MOEWIG BEI Ullstein

ZUM BUCH:

Gekränkter Stolz und unversöhnliche Feindschaft bestimmen seit Jahrhunderten das Verhältnis zwischen den beiden Herzogtümern Hammerfell und Storn. Doch nun scheint es, als hätte Storn den Kampf endgültig gewonnen. Rascard, der letzte Herzog von Hammerfell, ist bei der erfolglosen Verteidigung seines Herrschaftssitzes gefallen.

Dennoch ist Storns Triumph nicht vollständig, denn in letzter Sekunde konnte Rascards junge Frau sich und ihre beiden Zwillingssöhne aus der brennenden Burg retten. Und eines Tages wird es wiederum zu einem Kampf um Hammerfell kommen...

ZUR AUTORIN:

Ihr Roman Die Nebel von Avalon machte Marion Zimmer Bradley zur internationalen Bestsellerautorin. Berühmt wurde die 1930 in den USA geborene Schriftstellerin jedoch bereits durch ihren Darkover-Zyklus, um dessen Romane sich längst ein regelrechter Kult gebildet hat, der auch in Deutschland immer mehr Anhänger gewinnt.

# MARION ZIMMER BRADLEY

## Die Erben von Hammerfell

ROMAN

MOEWIG BEI Ullstein

Moewig bei Ullstein
Titel der Originalausgabe:
The Heirs of Hammerfell
Aus dem Amerikanischen
von Rosemarie Hundertmarck

Ungekürzte Ausgabe

Umschlagentwurf:
Theodor Bayer-Eynck
Illustration: Silvia Christoph

Printed in Germany 1996
Druck und Verarbeitung:
Ebner Ulm
ISBN 3 8118 2861 4

2. Auflage Januar 1996
Gedruckt auf alterungs-
beständigem Papier mit
chlorfrei gebleichtem Zellstoff

Von derselben Autorin
in der Reihe
Moewig bei Ullstein:

Hasturs Erbe (63515)
Die Flüchtlinge des Roten
Mondes (63540)
Reise ohne Ende (63548)
Der verbotene Turm (63553)
Die Zeit der hundert
Königreiche (63584)
Landung auf Darkover (63653)
Zauberschwestern (63884)
Die Monde von Darkover (63883)
Herrin der Falken (63886)
Das Schwert des Chaos (63702)
Die Winde von Darkover (62803)
Das Zauberschwert (62807)
Die blutige Sonne (62822)
Rote Sonne über Darkover
(62827)
Die Schwarze Schwesternschaft
(62846)
Die zerbrochene Kette (62862)
Sharras Exil (62863)
Kräfte der Comyn (62851)
Die Weltenzerstörer (62855)
Herrin der Stürme (62835)
Die Jäger des Roten Mondes (63528)
Gildenhaus Thendara (62834)
Das Schwert des Aldones (62860)
Der Preis des Bewahrers (62892)
Die Welt der Marion Zimmer
Bradley (62864)
Das Tor zum All (23797)

Die Deutsche Bibliothek –
CIP-Einheitsaufnahme

**Bradley, Marion Zimmer:**
Die Erben von Hammerfell :
Roman / Marion Zimmer Bradley.
[Aus dem Amerikan. von Rosemarie
Hundertmarck]. – Ungekürzte Ausg.,
2. Aufl. – Rastatt : Moewig bei
Ullstein, 1996
ISBN 3-8118-2861-4

*Für Betsy, die ganz der Vater ist*

# I

Der Sturm tobte über die Hellers. Blitze zerrissen den Himmel, und das Donnerkrachen hallte lange in den Tälern wider. Zwischen den Wolken wurden Fetzen eines fahlen Himmels sichtbar, noch beleuchtet von den letzten Strahlen der großen roten Sonne. Neben der Zacke des höchsten Gipfels hing die schmale Sichel des türkisfarbenen Mondes. Ein zweiter Mond, violett und tagesblaß, versteckte sich nahe dem Zenit hinter den rasenden Wolken. Schnee lag auf den Bergen, und hin und wieder machten vereiste Stellen den Weg für das kleine gehörnte Reittier, das den engen Pfad entlangfloh, gefährlich. Die anderen Monde waren im Augenblick nicht sichtbar, doch den einsamen Reiter kümmerte das nicht.

Der alte Mann auf dem Rücken des Chervines klammerte sich am Sattel fest. Er achtete nicht darauf, daß aus seiner Wunde immer noch Blut sickerte, das sich mit dem Regen mischte und die Vorderseite seines Hemds und Mantels befleckte. Ein Stöhnen entrang sich seinen Lippen, aber er war sich dessen ebensowenig bewußt wie der Wunde, die er völlig vergessen hatte. Und es war sowieso niemand da, der ihn hätte hören können.

*So jung, und der letzte, der letzte von den Söhnen meines Lords und auch mir teuer wie ein Sohn, und so jung, so jung ... viel zu jung zum Sterben ... Jetzt ist es nicht mehr weit. Wenn ich es nur bis nach Hause schaffe, bevor die Storn-Leute merken, daß ich entkommen bin ...*

Das Chervine stolperte über einen Stein, den das Eis losgesprengt hatte, und wäre beinahe gefallen. Es fing sich wieder, aber der alte Mann wurde aus dem Sattel geschleudert. Er schlug hart auf und blieb liegen, denn ihm fehlte die Kraft zum Aufstehen. Und immer noch flüsterte er seine Klage.

*So jung, so jung ... und wie soll ich die Nachricht seinem Vater bringen? Oh, mein Lord, mein junger Lord ... mein Alaric!*

Mühsam hob er den Blick zu der Burg oben auf den Klippen, erbaut aus rauh behauenen Steinen. Sie wäre für ihn nicht schwerer zu erreichen gewesen, hätte sie auf dem grünen Mond gelegen. Verzweifelt schloß er die Augen. Das Chervine, das seiner Bürde ledig war, aber durch das Gewicht des Sattels immer noch an den Willen des Reiters gebunden wurde, stupste den alten Mann auf dem eisigen, nassen Pfad sacht mit der Nase an. Dann witterte es andere Tiere seiner Art. Sie kamen den steilen Weg herunter, den der alte Mann so mühsam emporgeklommen war. Das Chervine hob den Kopf und wieherte leise, um die Aufmerksamkeit auf sich zu lenken, denn das bedeutete Futter, Ruhe und Befreiung vom Sattel.

Rascard, Herzog von Hammerfell, vernahm das Wiehern. Er hob die Hand und brachte den kleinen Zug, der ihm folgte, zum Halten.

»Hör doch, was ist das?« fragte er den Friedensmann, der hinter ihm ritt. In dem trüben Licht des Unwetters konnte er gerade noch das reiterlose Tier und die zusammengesunkene Gestalt auf dem Weg erkennen.

»Bei den Dunklen Göttern! Es ist Markos!« rief er aus. Ohne daran zu denken, wie gefährlich es war, sprang er aus dem Sattel, eilte den steilen, schlüpfrigen Weg hinunter zu dem Verwundeten und kniete neben ihm nieder. »Regis! Lexxas! Bringt Wein und Decken!« rief er, beugte sich über den alten Mann und zog vorsichtig den Mantel zur Seite. »Er lebt noch«, fügte er leise hinzu, kaum imstande, es zu glauben.

»Markos, alter Freund, sprich zu mir! Oh, ihr Götter, wie bist du zu einer solchen Wunde gekommen! Waren es die Schurken von Storn?«

Der Mann auf dem Boden öffnete die Augen. Ihr Blick

war mehr von Verwirrung denn vom Schmerz getrübt, als sich eine Gestalt über ihn beugte und ihm eine Flasche an den Mund hielt: Er schluckte, hustete qualvoll und schluckte von neuem. Doch der Herzog hatte den blutigen Schaum auf seinen Lippen bemerkt.

»Nein, Markos, versuch nicht zu reden.« Er nahm den offensichtlich Sterbenden in die Arme, und Markos, seit vierzig Jahren mit ihm verbunden, hörte die Frage, die der Herzog von Hammerfell nicht laut aussprechen mochte.

*Was ist mit meinem Sohn? Was ist mit meinem Alaric? Oh, ihr Götter, ich habe ihn dir als meinem zweiten Ich anvertraut... Ein Leben lang hast du dieses Vertrauen nicht enttäuscht...*

Und das Band trug ihn zu den Gedanken des halb bewußtlosen Mannes.

*Auch diesmal nicht. Ich glaube nicht, daß er tot ist. Die Männer von Storn waren über uns, ehe wir sie gesehen hatten... ein einziger Pfeil für jeden... Fluch sei ihnen allen...*

Herzog Rascard entfuhr ein Schmerzensschrei.

»Zandrus Dämonen sollen sie packen! Oh, mein Sohn, mein Sohn!« Er hielt den Gestürzten in seinen Armen und spürte das Leid des alten Mannes so deutlich wie die Pfeilwunde, die brannte, als sei sein eigener Körper durchbohrt worden.

*Nein, mein alter Freund, der du mir mehr bist als ein Bruder, dich trifft kein Vorwurf... ich weiß doch, daß du ihn mit deinem Leben verteidigt hast...*

Die Diener schrien auf vor Bestürzung über das Leid ihres Herrn. Er brachte sie mit einem strengen Befehl zum Schweigen.

»Hebt ihn hoch – paßt auf! Seine Wunde braucht nicht tödlich zu sein; ich mache euch dafür verantwortlich, wenn er stirbt! Die Decke über ihn – ja, so. Und noch ein bißchen *firi*... vorsichtig, daß er nicht erstickt! Markos, wo liegt mein Sohn? Ich weiß, du würdest ihn nicht allein lassen ...«

»Der ältere Sohn von Lord Storn – Fionn – hat ihn mitgenommen ...« Das harte, rasselnde Flüstern verstummte wieder, aber Herzog Rascard hörte die Worte, die Markos vor Schwäche nicht mehr aussprechen konnte. *Ich dachte, es gehe wirklich über meine Leiche ... dann kam ich wieder zu Bewußtsein und wollte dir die Nachricht bringen, und wenn es mit meinem letzten Atemzug wäre ...*

Mit Riesenkräften hob der Stallmeister Lexxas den Verwundeten hoch. »Du wirst *nicht* sterben, alter Freund«, sagte der Herzog sanft. »Setzt ihn auf mein Tier – vorsichtig, wenn ihr die Luft dieser Welt weiterhin atmen wollt. Jetzt zurück nach Hammerfell ... so schnell es geht, denn es wird dunkel, und wir sollten vor Einbruch der Nacht in der Burg sein.«

Vorsichtig traten sie den Rückweg zum Gipfel an. Der Herzog, der seinen ältesten Gefolgsmann stützte, sah das Bild in Markos' Geist, bevor dieser erneut das Bewußtsein verlor. Sein Sohn Alaric lag quer über Fionns Sattel, einen Storn-Pfeil in der Brust, das letzte Opfer einer Blutrache, die seit fünf Generationen zwischen Storn und Hammerfell tobte, einer so alten Fehde, daß sich keiner mehr an ihre eigentliche Ursache erinnerte.

Aber Markos, wenn auch schwer verwundet, lebte noch. War es nicht möglich, daß auch Alaric noch lebte, vielleicht sogar freigekauft werden konnte?

*Ich schwöre es, wenn er stirbt, werde ich keinen Stein von Stornhöhe auf dem anderen lassen, und nirgendwo in den Hundert Königreichen soll ein einziger Mann vom Geschlecht der Storns am Leben bleiben*, gelobte er. Sie überquerten die alte Zugbrücke und ritten in das Tor ein, das sich erst vor kurzem hinter ihnen geschlossen hatte. Sie trugen Markos in die Große Halle und legten ihn auf ein rauhes Sofa. Rascard blickte wild um sich, rief laut nach den Dienern und befahl: »Holt *damisela* Erminie.«

Die Haushalts-*leronis* war jedoch schon mit einem bestürzten Aufschrei in die Halle geeilt, kniete auf den kalten Steinen des Eingangs und beugte sich über den Verwundeten. Herzog Rascard erklärte schnell, was nötig war, aber auch die junge Zauberin hatte ihr ganzes Leben im Bann dieser Blutrache verbracht. Das schmächtige Mädchen war eine Cousine der vor langem verstorbenen Frau des Herzogs und diente ihm auf Hammerfell seit seiner Kindheit.

Erminie zog den blauen Sternenstein aus dem Ausschnitt ihres Kleides, konzentrierte sich auf ihn und fuhr mit den Händen an Markos' Körper entlang, ohne ihn zu berühren. Etwa einen Zoll von der Wunde entfernt hielt sie an, die Augen ins Leere gerichtet. Rascard sah wie erstarrt zu.

Endlich erhob sie sich. Ihre Augen standen voller Tränen.

»Die Blutung ist gestillt; er atmet noch«, berichtete sie. »Mehr kann ich im Moment nicht tun.«

»Wird er am Leben bleiben, Erminie?« fragte der Herzog.

»Ich weiß es nicht, aber entgegen aller Wahrscheinlichkeit ist er noch am Leben. Ich kann nur sagen, es liegt in den Händen der Götter. Wenn sie weiterhin gnädig sind, wird er es überstehen.«

»Ich bete darum. Wir sind zusammen aufgewachsen, und ich habe so viel verloren . . .« Dann stieß Rascard einen lange zurückgehaltenen Wutschrei aus. »Ich schwöre es bei allen Göttern! Wenn er stirbt, wird meine Rache . . .«

*»Still!«* befahl Erminie streng. »Wenn du brüllen mußt, Onkel, dann tu es dort, wo du den Verwundeten nicht störst.«

Herzog Rascard fügte sich mit rotem Kopf. Er ging zum

Kamin, ließ sich in einen tiefen Sessel fallen und wunderte sich über die Gefaßtheit und ruhige Tüchtigkeit dieses doch noch so jungen Mädchens.

Erminie war nicht älter als siebzehn, schlank und zart und hatte Haare von der Farbe frischgemünzten Kupfers, das sie als Telepathin auswies, und tiefliegende graue Augen. Sie folgte dem Herzog ans Feuer und sah ihm gerade ins Gesicht.

»Wenn er am Leben bleiben soll, muß er Ruhe haben . . . und auch du mußt ihn in Ruhe lassen, Onkel.«

»Ich weiß, meine Liebe. Du hattest recht, mich zu schelten.«

Rascard, der dreiundzwanzigste Herzog von Hammerfell, war über vierzig und stand in der vollen Kraft des mittleren Alters. Sein Haar, einst dunkel, war eisengrau, seine Augen zeigten das Blau von Kupferspänen im Feuer. Er war kräftig und muskulös. Sein wettergegerbtes Gesicht und die knotigen Muskeln verrieten das Erbe des zwergenhaften Schmiedevolks. Er sah wie ein früher einmal aktiver Mann aus, der mit dem Alter und der Untätigkeit ein bißchen weich geworden war. Sein strenges Gesicht wurde freundlicher als gewöhnlich, wenn er das junge Mädchen anblickte. Erminie war seiner Frau, die er vor fünf Jahren verloren hatte, nicht unähnlich. Alaric, ihr einziger Sohn, war damals erst dreizehn gewesen. Die beiden waren beinahe wie Bruder und Schwester erzogen worden, und der Herzog war einem Zusammenbruch nahe, als er daran dachte, wie sich die beiden rothaarigen Köpfe – kurzgeschnittene Locken, lange Zöpfe – gemeinsam über ein Schulbuch gebeugt hatten.

»Hast du es gehört, Kind?«

Die junge Frau senkte die Augen. In einem Umkreis von tausend Meilen hatte niemandem, der auch nur eine Spur von telepathischer Wahrnehmungsfähigkeit besaß, der qualvolle Austausch entgehen können, durch den der Herzog vom Geschick seines Sohnes und seines alten Dieners erfahren hatte, erst recht nicht einer *leronis,* die im Gebrauch der parapsychischen Kräfte ihrer Kaste gründlich ausgebildet worden war. Aber sie schwieg darüber.

»Ich glaube, ich würde es wissen, wenn Alaric tot wäre«, sagte sie, und das harte Gesicht des Herzogs wurde weicher.

»Ich bete, daß du recht hast, *chiya*. Magst du zu mir in den Wintergarten kommen, sobald du Markos allein lassen kannst?«

»Ja, Onkel.« Sie wußte, was er wollte. Von neuem beugte sie sich über den Verwundeten, ohne Herzog Rascard, der die Halle verließ, noch einmal anzusehen.

Der Wintergarten, eine in jedem Haushalt des Gebirges zu findende Einrichtung, lag hoch oben in der Burg. Er hatte Fenster von doppelter Stärke und wurde von mehreren Feuerstellen beheizt, und sogar während dieser unwirtlichen Jahreszeit war er voll von Blumen und grünen Blättern.

Herzog Rascard hatte in einem alten, abgenutzten Lehnsessel, von dem aus er das ganze Tal überblicken konnte, Platz genommen. Er starrte auf den Weg, der sich zur Burg hinaufschlängelte, und dachte daran, daß er dort zu Lebzeiten seines Vaters in mehr als einer Schlacht mitgekämpft hatte. So versunken war er in seine Erinnerungen, daß er die leisen Schritte hinter sich nicht hörte, bis Erminie um den Sessel herumkam und sich auf ein Kissen zu seinen Füßen setzte.

»Markos?« fragte er.

»Ich will dir nichts vormachen, Onkel, seine Wunde ist sehr ernst. Der Pfeil hat die Lunge durchbohrt, und die Verletzung wurde dadurch, daß Markos ihn herauszog, noch schlimmer. Aber er atmet, und die Blutung hat nicht von neuem begonnen. Er schläft; mit Ruhe und viel Glück wird er am Leben bleiben. Ich habe Amalie bei ihm gelassen. Sie wird mich rufen, wenn er aufwacht. Im Augenblick stehe ich dir zu Diensten, Onkel.« Ihre Stimme war leise und heiser, aber ganz fest. Die Mühsale ihres Lebens hatten sie über ihre Jahre hinaus reifen lassen. »Sag mir, Onkel, warum war Markos unterwegs, und warum ist Alaric mit ihm geritten?«

»Du wirst nichts davon erfahren haben, aber die Männer von Storn kamen im letzten Mond und brannten ein Dutzend Schober im Dorf nieder. Es wird vor der Zeit der nächsten Aussaat Hunger geben. Deshalb entschlossen sich unsere Männer, Storn zu überfallen und Lebensmittel und Saatgut für die Geschädigten von dort zu holen. Alaric hätte nicht mitzugehen brauchen; es war Markos' Aufgabe, die Männer anzuführen. Aber eine der niedergebrannten Scheunen gehörte Alarics Pflegemutter, und deshalb bestand er darauf, an der Spitze zu reiten. Ich konnte es ihm nicht abschlagen, denn er sagte, es sei eine Sache der Ehre.« Rascard holte krampfhaft Atem. »Alaric ist kein Kind mehr. Ich durfte ihm nicht verbieten, was er seinem Gefühl nach tun mußte. Ich bat ihn, einen oder mehrere der *laranzu'in* mitzunehmen. Er aber meinte, für Storn würden ihm Bewaffnete genügen. Als sie in der Dämmerung noch nicht zurückgekehrt waren, machte ich mir Sorgen – und fand Markos, der als einziger entronnen war, um mir die Nachricht zu bringen. Sie waren in einen Hinterhalt geraten.«

Erminie bedeckte das Gesicht mit den Händen.

Der Herzog fuhr fort: »Du weißt, um was ich dich bitten möchte. Wie steht es um deinen Vetter, mein Mädchen? Kannst du ihn sehen?«

»Ich will es versuchen«, antwortete Erminie leise und holte den blaßblauen Stein aus seinem Versteck an ihrem Hals. Der Herzog erhaschte einen kurzen Blick auf die sich bewegenden Lichter in dem Stein, sah aber gleich wieder weg. Obwohl er als Telepath so gut war, wie man es von einem seiner Kaste erwarten durfte, hatte er nie gelernt, einen Sternenstein für die höheren Energie-Ebenen zu benutzen, und wie allen halbausgebildeten Telepathen vermittelten ihm die tanzenden Lichter ein vages Gefühl der Übelkeit.

Erminie beugte mit ernsten, sinnenden Augen den Kopf über den Stein, und der Herzog blickte auf ihren Scheitel nieder. Ihre Züge waren so frisch, so jung, unberührt von jedem tiefen und andauernden Leid. Rascard fühlte sich alt und müde. Auf ihm lasteten viele Jahre der Blutrache, und schon der Gedanke an den Storn-Clan, der ihm Großvater und Vater, zwei ältere Brüder und jetzt seinen einzigen überlebenden Sohn genommen hatte, drückte ihn nieder.

*Aber wenn es den Göttern gefällt, ist Alaric nicht tot und mir nicht für immer genommen.* Heiser sagte er: »Ich bitte dich, sieh nach und berichte mir, Kind ...« Seine Stimme zitterte.

Nach ungewöhnlich langer Zeit sagte Erminie mit schwankender, unsicherer Stimme: »Alaric ... Vetter ...« Herzog Rascard fiel in Rapport und sah beinahe sofort das Gesicht seines Sohnes, eine jüngere Ausgabe seines eigenen, nur daß Alarics Haar leuchtend kupferfarben und überall gelockt war. Die jungenhaften Züge waren schmerzverzerrt, und die Vorderseite seines Hemds war mit hellem Blut bedeckt. Auch Erminies Gesicht war blaß.

»Er lebt. Aber er ist schwerer verwundet als Markos«, sagte sie. »Markos wird am Leben bleiben, wenn er ruhig gehalten wird, Alaric dagegen ... die Blutung in der Lunge geht weiter. Die Atmung ist sehr schwach ... er hat das Bewußtsein noch nicht wiedererlangt.«

»Kannst du ihn erreichen? Ist es möglich, seine Wunde über eine solche Entfernung zu heilen?« Der Herzog dachte daran, was Erminie für Markos getan hatte. Das Mädchen seufzte. Tränen strömten ihr über die Wangen.

»Nein, Onkel. Ich würde es gern versuchen, aber nicht

einmal der Bewahrer von Tramontana wäre fähig, aus einer solchen Entfernung zu heilen.«

»Kannst du ihn dann erreichen und ihm sagen, daß wir wissen, wo er ist, daß wir kommen werden, um ihn zu retten oder bei dem Versuch zu sterben?«

»Ich fürchte mich, ihn zu stören, Onkel. Wenn er aufwacht und eine unkluge Bewegung macht, zerreißt er seine Lunge vielleicht so, daß sie nicht mehr zu heilen ist.«

»Aber wenn er allein aufwacht und sich in den Händen unserer Feinde sieht, könnte ihn das nicht auch in Verzweiflung und Tod treiben?«

»Du hast recht. Ich will versuchen, seinen Geist zu erreichen, ohne ihn zu stören«, sagte Erminie. Der Herzog verbarg das Gesicht in den Händen und bemühte sich, durch die Gedanken des jungen Mädchens zu erblicken, was sie sah: das Gesicht seines Sohnes, blaß und schmerzverzerrt. Obwohl er in den Heilkünsten nicht ausgebildet war, meinte er, den Stempel des Todes auf dem jungen Gesicht zu erkennen. Am Rand seiner Wahrnehmungsfähigkeit spürte er Erminies Gesicht, angespannt und suchend, und hörte, nicht mit den Ohren, die Botschaft, die sie auf eine tiefe Ebene von Alarics Geist zu senken versuchte.

*Hab keine Angst, wir sind bei dir. Schlafe und heile dich selbst*... Wieder und wieder kam die beruhigende, warme Berührung, die Trost und Liebe vermittelte.

Die intime Verbindung mit Erminies Gedanken erschütterte Rascard. *Ich wußte nicht, wie sehr sie ihn liebt. Ich dachte, sie seien einfach Bruder und Schwester, beide Kinder. Jetzt sehe ich, daß es mehr ist als das.*

Da wurde er sich bewußt, daß das junge Mädchen errötete. Erminie hatte seine Gedanken mitbekommen.

*Ich habe ihn schon geliebt, als wir beide noch Kinder waren, Onkel. Ich weiß nicht, ob ich für ihn mehr bin als eine Pflegeschwester, aber ich liebe ihn viel mehr als einen Bruder. Es macht dich nicht zornig?*

Wenn er dies auf andere Weise erfahren hätte, wäre Herzog Rascard wohl wirklich zornig geworden. Seit vielen Jahren schon kreisten seine Gedanken um eine vorteilhafte Heirat, vielleicht sogar mit einer Tiefland-Prinzessin aus dem Hastur-Reich im Süden. Aber jetzt hatte nichts anderes mehr Raum in ihm als die Furcht um seinen Sohn.

»Wenn er erst wieder gesund bei uns ist, mein Kind, und es das ist, was ihr beide euch wünscht, soll es geschehen«, sagte der Herzog mit dem strengen Gesicht so freundlich, daß Erminie seine Stimme, die sonst so hart klang, ganz fremd war. Für einen Augenblick saßen sie stumm da, und dann spürte Rascard zu seiner großen Freude eine neue Berührung in dem Rapport, eine Berührung, die er erkannte. Sie war schwach und schwankend, aber zweifellos die mentale Berührung seines Sohnes Alaric.

*Vater . . . Erminie . . . ist es möglich, daß ihr es seid? Wo bin ich? Was ist geschehen? Was ist mit dem armen Markos . . .? Wo bin ich?*

So behutsam sie konnte, teilte Erminie ihm mit, was passiert war. Er sei verwundet und befinde sich in der Feste von Stornhöhe.

*Und Markos wird nicht sterben. Schlafe und heile dich selbst, mein Sohn, und wir werden dich auslösen oder dich retten oder bei dem Versuch umkommen. Mach dir keine Sorgen. Sei ruhig . . . ruhig . . .*

Plötzlich zerrissen ein gewaltiger Zornesausbruch und das blaue Gleißen eines Sternensteins das tröstliche Muster des Rapports. Es war wie ein Stich ins Herz, eine körperliche Qual.

*Du hier, Rascard, du schnüffelnder Dieb . . . was tust du in meiner Feste?* Als habe er es vor sich, sah Rascard von Hammerfell das narbige Gesicht, die grimmigen Augen seines alten Feindes Ardrin von Storn, mager, wild wie ein Panther und flammend vor Wut.

*Kannst du noch fragen? Gib mir meinen Sohn zurück,*

*Schurke! Nenne die Summe für den Freikauf, und sie soll bis zum letzten Sekal gezahlt werden, aber krümme ein Haar seines Hauptes, und du wirst es hundertfach bereuen!*

*So hast du in den letzten vierzig Jahren jeden Mond gedroht, Rascard. Du hast nichts, was ich haben will, außer deiner eigenen elenden Person. Behalte deinen Reichtum, und ich werde dich neben deinem Sohn von der höchsten Zinne auf Stornhöhe hängen lassen.*

Rascard bezwang den Drang, mit voller *laran*-Kraft zuzuschlagen – der Feind hatte Alaric in seiner Gewalt. Er bemühte sich, ruhig zu bleiben, und erwiderte: *Willst du mir nicht erlauben, meinen Sohn auszulösen? Nenne deinen Preis, und ich schwöre, du sollst ihn ohne Feilschen bekommen.*

Er spürte den Triumph Ardrins von Storn. Natürlich hatte sein Feind nur auf eine solche Gelegenheit gewartet.

*Ich werde ihn gegen dich austauschen,* kam Ardrins Antwort durch die telepathische Verbindung. *Komm her und liefere dich mir morgen vor Sonnenuntergang aus, und Alaric – falls er noch lebt oder, falls nicht, seine Leiche – soll deinen Leuten übergeben werden.*

Rascard wußte, daß er nichts anderes hatte erwarten können. Aber Alaric war jung; er selbst hatte ein langes Leben hinter sich. Alaric konnte heiraten, den Clan und das Königreich wiederaufbauen. Es dauerte nur einen Augenblick, bis er antwortete.

*Einverstanden. Aber nur, wenn er lebt. Stirbt er in deinen Händen, werde ich Storn über deinem Kopf mit* Haftfeuer *niederbrennen.*

*Vater, nein! Nicht um diesen Preis!* rief Alaric. *Ich werde nicht mehr so lange leben – und ich will auf keinen Fall, daß du für mich stirbst.* Rascard spürte, wie die Stimme die schwachen Verteidigungen seines Sohnes durchschlug, und dann war Alaric fort, aus dem Rapport gefallen – ob tot oder bewußtlos, konnte er nicht sagen.

Kein Laut war im Wintergarten zu hören außer Erminies leises Schluchzen und ein weiterer Zornesausbruch des Lords von Storn.

*Du hast mich um meine Rache betrogen, Rascard, alter Feind! Nicht ich habe ihm den Tod gegeben. Wenn du dein Leben gegen seine Leiche eintauschen möchtest, werde ich deinen Wunsch ehren ...*

*Ehren? Wie kannst du es wagen, dieses Wort auszusprechen, Storn?*

*Weil ich kein Hammerfell bin! Jetzt verschwinde! Laß dir nicht einfallen, noch einmal nach Storn zu kommen – und wenn es im Geist wäre!* schleuderte Ardrin ihm entgegen. *Geh weg!*

Erminie warf sich auf den Teppich und weinte wie ein Kind. Rascard von Hammerfell senkte den Kopf. Er war betäubt, leer, erschüttert. War die Blutrache nun um diesen Preis beendet worden?

# II

Die vierzig Tage der Trauerzeit gingen zu Ende. Am einundvierzigsten Tag zog eine Karawane aus Fremden langsam den gewundenen Klippenpfad nach Burg Hammerfell hinauf, und als man sie willkommen hieß, erwiesen sie sich als ein Verwandter der verstorbenen Frau des Herzogs und sein Gefolge. Herzog Rascard, dem unbehaglicher zumute war, als er in Gegenwart dieses weltläufigen, fein gekleideten Städters zugeben mochte, empfing ihn in seiner Großen Halle und rief nach Wein und Erfrischungen.

»Ich bitte, die Mängel dieses Empfangs zu entschuldigen«, sagte er und führte den Gast zu einem Sessel in der Nähe des geschnitzten Kamins, der das Wappen von Hammerfell trug. »Aber bis gestern war dies ein Haus der Trauer, und wir sind noch nicht wieder zum normalen Zustand zurückgekehrt.«

»Ich bin nicht des Kuchens und des Weins wegen gekommen, Verwandter«, antwortete Renato Leynier, ein Tiefland-Vetter aus dem Hastur-Land im Süden. »Eure Trauer ist die Trauer unserer ganzen Familie; Alaric war auch mein Verwandter. Aber unser Besuch dient einem bestimmten Zweck. Ich bin gekommen, um die Tochter meines Verwandten, die *leronis* Erminie, abzuholen.«

Renato musterte den Herzog. Wenn er erwartet hatte, einem alten, durch den Tod seines Sohnes gebrochenen Mann zu begegnen, der bereit war, Hammerfell in die Hände von Fremden fallen zu lassen, sah er sich getäuscht. Im Gegenteil, dieser Mann wirkte, als sei er durch seinen Zorn und seinen Stolz stärker geworden. Er war ein vitaler Mann, und das Reich von Hammerfell, durch das Renato viele Tage lang gereist war, hatte er immer noch fest im Griff. Kraft sprach aus jeder Geste und jedem Wort des Herzogs. Rascard von Hammerfell war zwar nicht mehr jung, aber weit davon entfernt, ein gebrochener Mann zu sein.

»Warum wollt Ihr Erminie ausgerechnet jetzt abholen?« fragte Rascard, und es durchfuhr ihn wie ein Stich. »Sie fühlt sich wohl in meinem Haus. Dies ist ihr Heim. Sie stellt die letzte lebende Verbindung mit meinem Sohn dar. Ich würde es vorziehen, sie als Tochter in meiner Familie zu behalten.«

»Das ist nicht möglich«, entgegnete Renato. »Sie ist kein Kind mehr, sondern eine heiratsfähige Frau, und so alt seid Ihr nun auch noch nicht.« Bis zu diesem Augenblick hatte er Rascard von Hammerfell in der Tat für so alt gehalten, daß eine junge Frau in seiner Gegenwart keine Anstandsdame brauchte. »Es wäre ein Skandal, wolltet ihr beide allein zusammenleben.«

»Es gibt gewiß nichts Schmutzigeres als die Gedanken eines tugendhaften Mannes, höchstens noch die Gedanken einer tugendhaften Frau!« entrüstete sich Rascard, und sein Gesicht wurde rot vor Zorn. In Wahrheit war ihm diese Auslegung nie in den Sinn gekommen. »Fast von ihrer Säuglingszeit an ist sie die Spielgefährtin meines Sohnes gewesen, und in all den Jahren, in denen sie hier lebte, hat es keinen Mangel an Anstandsdamen und Duenas, Gesellschafterinnen und Gouvernanten gegeben. Sie werden Euch berichten, daß wir während der ganzen Zeit nicht zweimal auch nur in einem Raum allein gewesen sind, außer als sie mir die Nachricht vom tragischen Tod meines Sohnes übermittelte, und da, glaubt mir, hatten wir anderes im Kopf.«

»Das bezweifle ich nicht«, erwiderte Renato verbindlich, »aber auch so ist Erminie in dem Alter, daß sie verheiratet werden sollte. Und wenn sie unter Eurem Dach lebt, kann sie nicht, wie es sich schicken würde, mit einem Mann ihres Standes in die Ehe treten. Oder habt Ihr vor, sie zu degradieren, indem Ihr sie irgendeinem niedriggeborenen Friedensmann oder Diener gebt?«

»Natürlich nicht!« verwahrte sich der alte Herzog dagegen. »Ich hatte die Absicht, sie mit meinem eigenen Sohn zu vermählen, wäre er nur lange genug am Leben geblieben.«

Darauf folgte ein peinliches und für Rascard trauriges Schweigen. Doch so schnell gab Renato nicht auf.

»Wäre es doch so gekommen! Aber bei aller Achtung für Euren Sohn, einen Toten kann sie nicht heiraten, so traurig die Sache auch ist«, sagte Renato. »Und so muß sie zu ihrer eigenen Familie zurückkehren.«

Rascard traten die Tränen in die Augen, die zu vergießen er bisher zu stolz gewesen war. Er blickte zu dem dunklen Wappen über dem Kamin hoch und konnte sein bitteres Leid nicht länger verbergen. »Jetzt bin ich wirklich allein, denn andere Blutsverwandte habe ich nicht. Die Leute von Storn können triumphieren: Außer mir lebt kein Mann und keine Frau mehr vom Geschlecht der Hammerfells in den Hundert Königreichen.«

»Ihr seid noch kein alter Mann.« Die schreckliche Einsamkeit, die aus Rascards Stimme klang, bewegte Renato. »Ihr könntet wieder heiraten und ein Dutzend Erben großziehen.«

Rascard erkannte, daß Renato die Wahrheit sprach, und doch war er trostlos. Sollte er eine Fremde in sein Haus nehmen und auf die Geburt der Kinder warten, darauf warten, daß sie zu Männern heranwuchsen, nur um Gefahr zu laufen, daß die Blutrache auch sie auslöschte . . . nein, alt war er vielleicht noch nicht, aber *dafür* war er entschieden zu alt.

Doch was war die Alternative? Den Storns ihren Triumph zu lassen, zu wissen, daß niemand mehr da wäre, um ihn zu rächen, wenn sie nach seinem Sohn auch ihn ermordeten ... zu wissen, daß Hammerfell selbst in Storn-Hände fiele und in den Hundert Königreichen keine Spur der Morays von Hammerfell bliebe.

»Dann *will* ich heiraten«, erklärte er, von tollkühner

Verzweiflung ergriffen. »Welchen Brautpreis verlangt Ihr für Erminie?«

Renato war bis ins Innerste schockiert.

»Das habe ich damit nicht vorschlagen wollen, mein Lord. Sie ist nicht von Eurem Stand, sie ist in Eurem Haushalt eine gewöhnliche *leronis* gewesen. Es würde sich nicht schicken.«

»Wenn ich die Absicht hatte, sie mit meinem eigenen Sohn zu vermählen, ist sie doch wohl auch standesgemäß für mich selbst. Würde ich auf sie herabsehen, hätte ich doch niemals an eine solche Heirat gedacht«, erklärte Rascard.

»Mein Lord ...«

»Sie ist im gebärfähigen Alter, und ich habe keinen Grund, sie für etwas anderes als tugendhaft zu halten. Einmal habe ich in der Hoffnung geheiratet, eine adlige Braut würde mir zu mächtigen Bündnispartnern verhelfen. Wo sind sie jetzt, da mein Sohn tot ist? Diesmal möchte ich nichts anderes als eine gesunde junge Frau; und sie kenne ich als die Spielgefährtin meines Sohnes. Mit ihr wird es besser werden als mit den meisten anderen, und es bleibt mir erspart, mich an die Art einer Fremden gewöhnen zu müssen. Nennt den Brautpreis; ich will ihren Eltern geben, was der Brauch verlangt.«

Lord Renato sah ihn bestürzt an. Ihm war klar, er konnte diese Heirat nicht kategorisch ablehnen, ohne sich einen schrecklichen Feind zu schaffen. Hammerfell war ein kleines Reich, aber Renato wußte, wie mächtig es war. Die Herzöge von Hammerfell regierten schon lange in diesem Teil der Welt.

Er konnte den alten Herzog nur hinhalten und hoffen, er werde sich, während die Klärung rein praktischer Fragen die Sache verzögerte, dieses Vorhaben aus dem Kopf schlagen.

»Nun«, sagte er schließlich, »wenn das Euer Wunsch ist, mein Lord, werde ich Erminies Vormündern eine Botschaft schicken und die Erlaubnis erbitten, daß ihr Mündel Euch heiratet. Es mag Schwierigkeiten geben; vielleicht ist sie als Kind anderweitig verlobt worden oder etwas von der Art.«

»Ihren Vormündern? Warum nicht ihren Eltern?«

»Sie hat keine, Sir. Als meine Cousine Ellendara, Eure verstorbene Frau, für Alaric, der damals noch ein Kind war, einen Spielgefährten aus dem eigenen Blut wünschte, wurde Erminie hergeschickt, weil sie ein Heim brauchte. Sicher werdet Ihr Euch erinnern, mein Lord, daß Ellendara eine ausgebildete *leronis* aus Arilinn war, und da sie keine Tochter hatte, wollte sie Erminie in diesen Künsten unterrichten.«

»Ich sehe nicht, wo das Problem liegen soll, wenn keine liebenden Eltern sie erwarten«, bemerkte der Herzog. »Gibt es bei ihrer Abstammung ein Geheimnis oder einen Skandal?«

»Nichts dergleichen. Meine Schwester Lorna war ihre Mutter, und ihr Vater war mein Friedensmann und ein Hastur-Gardist, Darran Tyall mit Namen. Erminie wurde außerhalb der *catenas* geboren, das ist wahr. Ihre Eltern waren miteinander verlobt worden, als sie erst zwölf Jahre alt waren, und als Darran sein Leben an der Grenze verlor, war meine Schwester wahnsinnig vor Kummer. Nur zu bald merkte sie, daß sie Tyalls Kind trug. Erminie wurde in die Arme meiner Frau geboren, und wir liebten sie sehr. Deshalb nahm Ellendara sie mit Freuden in diesem Haushalt auf.«

»Sie ist also Eure Nichte«, stellte Rascard fest. »Lebt ihre Mutter noch?«

»Nein. Lorna überlebte ihren versprochenen Gatten nicht einmal um ein Jahr.«

»Dann sieht es so aus, als seid Ihr ihr nächster Verwandter und außerdem ihr Vormund, und dieses Gerede, es sei die Erlaubnis von ›anderen‹ notwendig, ist nichts als ein Mittel, meine Werbung auf die lange Bank zu schieben.«

Rascard erhob sich zornig aus seinem Sessel. »Was habt Ihr dagegen, daß ich Erminie heirate, wenn ich für Eure Cousine, meine verstorbene Frau, gut genug war?«

»Ich will es Euch wahrheitsgemäß sagen«, antwortete Renato etwas beschämt. »Diese Blutrache mit Storn hat sich von einem Rauchsignal zu einem Waldbrand ausgeweitet. Sie hat mir damals schon mißfallen, und sie mißfällt mir heute noch viel mehr. Geht es nach meinem Willen, so soll es nicht wieder geschehen, daß eine Verwandte von mir in einen Clan einheiratet, in dem ein Mitglied nach dem anderen ausgelöscht wird.« Er sah, wie sich Rascards Unterkiefer spannte, und fuhr fort: »Ich weiß, wie es bei Euch in den Bergen zugeht. Es machte mich traurig, daß Ellendara in diese Fehde hineingezogen wurde, und ich möchte nicht, daß es noch jemandem aus meiner Familie genauso geht. Solange Erminie nicht mehr als ein Gast in Eurem Haushalt war, sagte ich mir, es gehe mich nichts an. Aber eine Heirat ist eine andere Sache. Und außerdem ist Erminie zu jung für Euch. Ich fände es in keinem Fall richtig, wenn ein so junges Mädchen einen Mann ehelichte, der alt genug ist, um ihr Vater zu sein. Doch soll sie selbst entscheiden. Wenn sie keinen Einwand hat, werde ich auch keinen erheben. Trotzdem sähe ich sie lieber in ein Haus einheiraten, das nicht von einer Blutrache verdüstert ist.«

»Dann laßt sie holen und fragt sie«, sagte Herzog Rascard.

»Nicht in Eurer Gegenwart«, erklärte Renato. »Sie könnte Hemmungen haben, vor ihrem Freund und Wohltäter auszusprechen, daß sie ihn verlassen möchte.«

»Wie Ihr wünscht.« Der Herzog rief einen Diener.

»Bitte die *damisela*, ihren Verwandten Renato im Wintergarten zu empfangen.« Seine Augen blickten eisig. Renato schritt hinter dem Diener durch den dunklen Gang und konnte sich kaum vorstellen, daß irgendeine junge Frau wünschen sollte, diesen ältlichen und reizbaren

Mann zu heiraten. Er war fest überzeugt, seine junge Verwandte werde sich über die Neuigkeit, daß er gekommen sei, um sie abzuholen, freuen.

Rascard sah Erminie den Gang zum Wintergarten hinuntergehen. Er betrachtete sie mit großer Zärtlichkeit, und zum erstenmal sah er sie als eine begehrenswerte junge Frau und nicht als das Kind, das die Spielgefährtin seines Sohnes gewesen war. Die Heirat war ihm wie eine verzweifelte Notwendigkeit erschienen. Jetzt erst kam ihm der Gedanke, sie könne auch einige Annehmlichkeiten haben.

Nach einer Weile kehrten beide in die Große Halle zurück. Renato machte ein finsteres Gesicht, während Erminie errötete und Rascard hinter dem Rücken ihres Verwandten ein Lächeln zusandte. Rascard wurde warm ums Herz. Sie mußte seinen Antrag freundlich aufgenommen haben.

Er fragte mit großer Zärtlichkeit: »Bist du also bereit, meine Frau zu werden, Erminie?«

»Meine Nichte ist eine Törin«, grollte Renato. »Ich habe ihr gesagt, ich würde einen Mann für sie finden, der besser zu ihr paßt.«

»Warum glaubt Ihr, einen Mann finden zu können, der mir besser paßt, Verwandter?« fragte Erminie und lächelte Rascard liebevoll zu. Zum ersten Mal, seit der Herzog das Gesicht seines toten Sohnes durch den Sternenstein gesehen hatte, brach ein Lichtstrahl durch das Dunkel seiner Erstarrung im Leid.

Er nahm ihre Hand und sagte freundlich: »Wenn du meine Frau werden willst, *chiya*, werde ich versuchen, dich glücklich zu machen.«

»Das weiß ich.« Erminie erwiderte sanft den Druck seiner Finger.

»Erminie!« Renato bemühte sich, seine ruhige Haltung zurückzugewinnen. »Du kannst es besser treffen. Willst du wirklich diesen alten Mann heiraten? Er ist älter, als dein Vater es heute wäre; er ist älter als ich. Ist es das, was du willst? Überleg es dir, Mädchen!« forderte er sie auf. »Nur wenigen jungen Frauen wird die Freiheit der Wahl zuteil. Niemand hat von dir verlangt, in das Haus Hammerfell einzuheiraten.«

Erminie ergriff die Hand des Herzogs und erklärte: »Onkel Renato, dies ist auch *meine* Familie und mein Heim. Ich bin schon als kleines Mädchen hergekommen, und ich habe keine Lust, zurückzukehren und von der Wohltätigkeit von Verwandten zu leben, die für mich Fremde geworden sind.«

»Du bist eine Törin, Erminie«, sagte Renato. »Willst du, daß auch *deine* Kinder in dieser wahnsinnigen Fehde ausgelöscht werden?«

Ihr Gesicht wurde ernst. »Ich gestehe, ich möchte lieber in Frieden leben. Aber wer von uns würde das nicht, wenn er die Wahl hätte?«

Und der Herzog, im Augenblick von etwas ergriffen, das stärker war als sein Stolz, erklärte: »Wenn du es von mir verlangst, Erminie, werde ich Lord Storn bitten, Frieden zu schließen.«

Den Blick auf ihre Handrücken gerichtet, erwiderte sie: »Es ist wahr, ich sehne mich nach Frieden. Aber es war Lord Storn, der sich sogar weigerte, die Leiche deines Sohnes zurückzugeben. Ich möchte nicht, daß du dich vor ihm demütigst, mein versprochener Gatte. Du sollst nicht als Bittsteller zu ihm gehen und mit ihm Frieden zu seinen Bedingungen schließen.«

»Also dann ein Kompromiß«, sagte Rascard. »Ich werde eine Abordnung zu ihm schicken, die ihn höflich um die Herausgabe der Leiche meines Sohnes bitten soll, damit er anständig begraben werden kann, und wenn er darauf eingeht, werden wir einen ehrenvollen Frieden schließen. Weigert er sich, heißt das Krieg zwischen uns auf ewig.«

»Auf ewig?« fragte Erminie, plötzlich ernüchtert. Dann

seufzte sie. »So sei es. Wir wollen seine Antwort abwarten.«

Renato blickte finster drein. »Ich merke jetzt, daß ihr *beide* hoffnungslose Toren seid. Wenn ihr *wirklich* Frieden wünschtet, würdet ihr diesen Stolz überwinden, der droht, Storn *und* Hammerfell auszulöschen und eure Burgen in verlassene Horste zu verwandeln, wo Raben krächzen und Räuber lauern!«

Rascard erschauerte, denn Renatos Worte hatten den Klang einer Prophezeiung. Sein Blick wanderte zu der Balkendecke der Halle empor, und einen Moment lang glaubte er tatsächlich die Klippe und die verlassene Ruine zu sehen, die einst die stolze Feste von Hammerfell gewesen war. Aber als Renato fragte: »Könnt Ihr diesen verdammten Stolz denn nicht überwinden?« rief das seinen Trotz hervor, und Erminie richtete sich mit einem Anflug von Arroganz auf.

»Warum muß es *mein* Gatte sein, der seinen Stolz überwindet?« fragte sie in barschem Ton. »Warum kann es nicht Storn sein, dem der Triumph zuteil geworden ist, den Clan meines Gatten fast vollständig auszulöschen? Ist es nicht Sache des Siegers, großmütig zu sein?«

»Du magst recht haben«, sagte Renato, »nur wird nicht das Recht diese Fehde beenden. Einer von euch muß seinen Stolz opfern.«

»Vielleicht«, meinte Rascard. »Aber warum soll ich das sein?«

Renato zuckte die Schultern und trat ans Fenster. Mit einer Geste der Resignation sagte er: »Erminie, du hast dir das Bett gemacht. Was es auch wert sein mag, du hast meine Erlaubnis, dich hineinzulegen. Nehmt sie, Verwandter; ihr verdient einander, und möge euch beiden viel Gutes daraus erwachsen.«

»Darf ich das als einen Segen verstehen?« fragte Rascard trocken.

»Als einen Segen, als einen Fluch, als alles, was Euch

gefällt, verdammt noch mal«, erwiderte Renato zornig, sammelte seine Habseligkeiten ein und verließ die Halle.

Rascard legte den Arm um Erminie und lachte.

»Er war so wütend, daß er vergessen hat, einen Brautpreis zu verlangen. Ich fürchte, du entfremdest dich deiner Familie, wenn du mich heiratest, Erminie.«

Sie lächelte ihn an. »Eine solche Familie ist mir entfremdet lieber als freundlich. Wenigstens werden uns viele unangenehme Verwandtenbesuche erspart bleiben.«

»Wenn er nur so lange bleibt, daß er bei unserer Hochzeit die Rolle des Verwandten übernehmen kann, mag er gehen, wohin es ihm beliebt – zur Hölle, wenn Zandru ihn einlassen will. Und möge der Teufel an seiner Gesellschaft mehr Vergnügen haben als wir«, stimmte Rascard ihr zu.

# III

Zu Mittsommer fand die Hochzeit von Herzog Rascard und Erminie Leynier statt. Für den Adel des Berglands war es eine kleine Feier, denn die Verwandten der Braut weigerten sich zu kommen, ausgenommen ein knappes Dutzend von Lord Renatos Friedensmännern, die zeigen sollten, daß Erminie mit Zustimmung ihrer Sippe in das Haus Hammerfell einheiratete. Weniger als das wäre ein Skandal gewesen, aber es war offensichtlich, daß Renato diese Pflicht widerwillig erfüllte, und die frischgebackene Herzogin von Hammerfell erhielt von ihrer Familie nur wenige Geschenke. Als wolle er sie für diesen Geiz entschädigen, übergab der alte Herzog seiner jungen Frau all die berühmten Schmuckstücke des Herzogtums. Die wenigen entfernten Verwandten Hammerfells, die der Zeremonie beiwohnten, waren verstimmt, denn sie hatten gehofft, in Ermangelung eines Erben oder eines nahen Verwandten werde der Titel und das Land des Herzogs einem von ihnen zufallen. Diese neue Heirat mit einer jungen Frau, von der zu erwarten war, daß sie Kinder gebären werde, machte all ihren Hoffnungen ein Ende.

»Kopf hoch«, sagte einer der Landsleute des Herzogs zu einem anderen. »Es braucht die Situation gar nicht zu verändern. Rascard ist nicht mehr jung; diese Ehe könnte durchaus kinderlos bleiben.«

»So viel Glück werden wir nicht haben«, gab der andere zynisch zurück. »Rascard sieht seit dem Tod seines Sohnes zwar älter aus, als er ist, aber er ist in voller Kraft, nicht älter als fünfundvierzig, und selbst wenn es nicht so wäre, kennst du doch das alte Sprichwort: Ein Gatte von vierzig wird vielleicht nicht Vater werden, ein Gatte von fünfzig aber bestimmt.« Höhnisch auflachend setzte er hinzu: »Traurig ist es nur für die junge Frau. Sie ist hübsch und gesund und verdient einen besseren Ehemann. Ich könnte in Versuchung geraten, hier einen Posten anzunehmen, um sie in den langen Winternächten zu trösten.«

»Ich bezweifle, daß du viel Glück haben würdest«, erwiderte der erste. »Sie scheint mir ein anständiges Mädchen zu sein und den alten Kerl ehrlich zu mögen.«

»Als Vater – das will ich gern glauben«, antwortete der zweite. »Aber als Mann?«

So wie dieses verliefen auch die anderen Gespräche. Erminie war eine sehr gute Telepathin, und da ihre Barrieren an die Gesellschaft derart vieler Menschen nicht gewöhnt waren, mußte sie dies alles mit anhören, ohne zu verraten, daß sie es gehört hatte. Sie brauchte ihre ganze Kraft, um ihre Entrüstung nicht zu zeigen – und das an ihrem Hochzeitstag! Der Zeitpunkt kam, zu dem die Frauen sie in das Brautgemach führen sollten – es waren zum größten Teil ihre Dienerinnen, denn keine ihrer Tanten und Cousinen hatte die lange Reise auf sich genommen. Erminie war den Tränen nahe und hatte nicht die geringste Lust zu dem üblichen Spiel, zu protestieren und sich zu wehren, als sie aus dem Raum geführt wurde, auch auf die Gefahr hin, beschuldigt zu werden, sie habe nicht die schickliche Keuschheit einer Braut gezeigt.

In dem Gemach war es kalt und zugig, obwohl es Mittsommer war. Erminie wurde mit dem durchscheinenden Nachtgewand, das traditionell für die Zeremonie des Zubettbringens war, bekleidet. (Nach altem Brauch sollte man sehen können, ob die Braut gesund und frei von verborgenen Entstellungen und Mängeln war.) Sie wartete, zitternd vor Kälte, und versuchte die Tränen zurückzuhalten – Rascard sollte doch nicht denken, sie gehe mit Widerwillen in die Ehe. So streng er wirkte, sie wußte sehr wohl, daß er eine sanfte Seite hatte, und sie war der Überzeugung, eine gute Partie zu machen, ganz gleich, was ihre Verwandten sagten. Es war schon etwas, Herzogin von Hammerfell zu sein. Früher oder später hätte sie sowieso heiraten müssen, und ihr war ein älterer Mann, bei dem sie sicher war, daß er wenigstens freundlich zu ihr sein würde, lieber als ein Fremder, so jung und schön er auch sein mochte. Schon viele Bräute waren in den Armen eines Mannes, den sie überhaupt nicht kannten, allein gelassen worden – sie war von Herzen froh, daß ihr dieses Schicksal erspart blieb.

Die Juwelen von Hammerfell lagen kalt und schwer um ihren Hals. Sie hätte sie gerne abgelegt, doch die Dienerinnen, die ihr die Kleider auszogen, ließen es nicht zu.

»Der Herzog würde glauben, Ihr verachtet seine Geschenke«, warnten sie sie. »Ihr müßt sie wenigstens heute nacht anbehalten.«

So ertrug sie das Gewicht und die Kälte der Steine, und sie fragte sich, wie lange es noch dauern würde. Man reichte ihr einen Becher Wein, den sie dankend nahm. Sie fühlte sich kraftlos, nachdem sie während der ganzen Zeremonie hatte stehen müssen, und das Herz tat ihr weh von all dem, was sie gehört hatte. Von dem Hochzeitsmahl hatte sie nicht viel essen können. Sie trank den Wein, und er erwärmte sie schnell. Sie spürte, daß etwas Farbe in ihre Wangen zurückkehrte. Als nun Herzog Rascard in das Gemach geführt wurde, angetan mit einem pelzbesetzten Nachtgewand (Erminie fragte sich, warum der Brauch nicht auch vom Bräutigam verlange, daß er sich zum Nutzen der Familie der Braut als frei von körperlichen Fehlern und Entstellungen zeige), sah er sie in dem hohen, mit Vorhängen versehenen Bett aufrecht sitzen, die Wangen rosig angehaucht, die Wohlgestalt ihres jungen Körpers von dem dünnen Gewand enthüllt, das aufgelöste Kupferhaar über die Brüste fließend. Noch nie hatte er ihr Haar offen gesehen, nur streng in Zöpfe geflochten. Es ließ sie so jung und unschuldig aussehen, daß ihm das Herz in der Brust weh tat.

Das dienende Volk entfernte sich mit vielen groben Witzen. Doch einen hielt der Herzog mit einer Handbewegung zurück.

»Geh in mein Ankleidezimmer, Ruyven, und bring mir den Korb, der dort steht«, sagte er, und als der Mann mit einem großen Korb auf den Armen zurückkehrte, befahl er: »Setz ihn dort ab. Ja, am Fußende des Bettes. Nun geh.«

»Gute Nacht, mein Lord, meine Lady, und ich wünsche euch beiden viel Glück.« Mit breitem Grinsen zog sich der Mann schnell zurück. Erminie betrachtete neugierig den großen Korb, über den eine Decke gebreitet war.

»Dies ist mein wahres Hochzeitsgeschenk für Euch, meine Lady«, sagte Rascard liebevoll. »Ich weiß, Schmuck bedeutet dir nichts, deshalb habe ich etwas für dich ausgesucht, von dem ich hoffe, daß es dir ein bißchen besser gefallen wird.«

Erminie spürte, daß ihr das Blut von neuem in die Wangen stieg. »Mein Lord, bitte, haltet mich nicht für undankbar. Es ist nur so, daß ich nicht daran gewöhnt bin, Schmuck zu tragen, und die Steine sind so schwer – ich möchte um nichts in der Welt Euer Mißfallen erregen.«

»Was soll denn das? Mein Mißfallen ...?« Er faßte sie sanft bei den Schultern. »Meinst du, ich möchte um der Juwelen willen, die ich dir gegeben habe, geliebt werden? Ich fühle mich geschmeichelt, daß dein Mann dir mehr gilt als dein Brautgeschenk. Nehmen wir das Zeug also ab.« Lachend öffnete er die massiven goldenen Schließen der Smaragde und half ihr, sie beiseite zu legen. Erminie seufzte vor Erleichterung. Als all die Halsketten und Armbänder auf dem Nachttisch lagen, fragte er leise: »Willst du jetzt mein anderes Geschenk öffnen?«

Erminie setzte sich im Bett auf und griff eifrig nach dem Korb. Sie zog die Decke weg, und mit einem Ausruf des Entzückens faßte sie in den Korb und hob einen großen wolligen jungen Hund heraus.

»Ist der süß!« Sie drückte den Hund fest an sich. »Oh, ich danke dir!«

»Ich freue mich, daß dir das Geschenk gefällt, meine Liebe«, sagte Rascard lächelnd. Sie warf ihm die Arme um den Hals und küßte ihn impulsiv.

»Hat er einen Namen, mein Lord Herzog?«

»Nein. Ich dachte, du würdest ihr gern selbst einen Namen geben«, sagte Rascard. »Aber *ich* habe einen Namen, und du mußt mich bei diesem Namen nennen, meine Liebe.«

»Dann – Rascard – danke ich dir«, sagte sie schüchtern. »Darf ich ihn Juwel nennen, weil ich ihn mehr liebe als alle Juwelen, die du mir schenken könntest?«

*»Sie«*, berichtigte Rascard sie. »Ich habe dir ein Weibchen besorgt. Sie sind sanftere und im Temperament ausgeglichenere Haushunde. Ich dachte, du hättest sicher gern einen Hund, der zu Hause bleibt und dir Gesellschaft leistet, und ein Rüde würde draußen herumstreunen und auf Erkundung ausgehen.«

»Sie ist süß, und Juwel paßt als Name für eine Hündin auch besser als für einen Rüden.« Erminie umarmte das schläfrige Hündchen, dessen schimmerndes Fell fast die gleiche Farbe hatte wie ihr eigenes Haar. »Sie ist das schönste meiner Juwelen und soll mein Baby sein, bis ich ein eigenes habe.«

Sie wiegte den kleinen Hund und sprach ihm glücklich zu, und Rascard, der sie mit großer Zärtlichkeit betrachtete, dachte: *Ja, sie wird meinen Kindern eine gute Mutter sein, sie geht sanft und liebevoll mit kleinen Wesen um.*

Er legte das Hündchen neben ihnen ins Bett, und Erminie kam willig in seine Arme.

Mittsommer ging schnell vorbei, und wieder lag Schnee auf den Pässen von Hammerfell. Der tapsige Welpe entwickelte sich zu einer schlanken Hündin, die die junge Herzogin bei ihren Besorgungen in der Burg ständig begleitete. Erminie gewann an Zuversicht, die Pflichten ihrer neuen Stellung erfüllen zu können, und sonnte sich in der Gewißheit, daß ihre Ehe glücklich war. Und sie wirkte hübscher als früher. Wenn sie hin und wieder um den Spielgefährten trauerte, der ihr Gatte hätte werden sollen, so tat sie das insgeheim und mit der Überzeugung, daß das Leid ihres Mannes nicht geringer war.

Eines Morgens, als sie ihn bat, sich zum Frühstück zu setzen, das sie immer gemeinsam in einem hochgelegenen Raum mit Blick auf das Tal einnahmen, sah Rascard aus dem Fenster und sagte: »Meine Liebe, deine Augen sind besser als meine. Was ist da unten?«

Sie kam und schaute über die vereisten Klippen hinweg zu der Stelle, wo sich eine kleine Gruppe den glatten Pfad hinaufmühte. »Das sind Reiter, sieben oder acht, und sie tragen ein Banner in Schwarz und Weiß – aber das Emblem kann ich nicht erkennen.« Sie sagte nichts davon, daß sie ein nicht näher zu benennendes Gefühl hatte, ihnen stehe Ärger bevor.

In etwas beklommenem Ton meinte ihr Mann: »Wir haben seit unserer Hochzeit zu wenig von Storn gehört, mein Liebes.«

»Erwartest du von ihm, daß er kommt und ein Stück von unserem Hochzeitskuchen ißt oder daß er uns Hochzeitsgeschenke schickt?«

»Ebensowenig wie ich von ihm erwarte, daß er unserem Sohn einen silbernen Eßnapf zum Namensgeschenk macht«, antwortete Rascard. »Aber diese Tage sind zu friedlich gewesen. Was mag er nur vorhaben?« Sein Blick fiel auf Erminies loses Gewand, und sein Gesicht verfinsterte sich vor Sorge. Erminie jedoch lächelte bei der Erwähnung ihres Kindes versonnen.

»Mit dem neuen Mond ist unser Sohn vielleicht bei uns.« Sie sah zu der violetten Scheibe, die am Tageshimmel hing, blaß und schattenhaft und abnehmend. »Was Storn anbelangt, so war sein letzter Zug, daß er Alaric gefangennahm.

Vielleicht denkt er, der nächste Zug im Spiel sollte deiner sein. Oder vielleicht ist er der Fehde müde geworden.«

»Wenn er Frieden wünschte, hätte er nur Alarics Leiche zurückzugeben brauchen«, wandte Rascard ein. »Es bringt keinen Ruhm, Rache an Toten zu nehmen, und das weiß Lord Storn ebensogut wie ich. Und daß er der Fehde müde werden könnte, werde ich glauben, wenn Beeren auf dem Eis des Walls um die Welt wachsen.«

Obwohl sie seine Ansichten teilte, wandte sich Erminie von ihrem Gatten ab. So freundlich er auch zu ihr war, sie empfand immer noch ein bißchen Angst, wenn er finster dreinschaute wie jetzt.

»Ist es schon Zeit, der Hebamme zu sagen, daß sie in der Burg bleiben soll?« fragte er sie.

»Darüber brauchst du dir keine Gedanken zu machen, mein Gatte«, antwortete Erminie. »Ich komme mit meinen eigenen Dienerinnen zurecht. Die meisten von ihnen haben Kinder geboren und geholfen, andere auf die Welt zu bringen.«

»Aber es ist dein erstes, und ich bin besorgt um dich«, sagte Rascard, der zu viele geliebte Menschen verloren hatte. »Ich will keine Weigerung mehr hören. Markos soll, bevor dieser Mond abgenommen hat, zum See des Schweigens reiten und von dort eine Priesterin Avarras mitbringen, die sich um dich kümmern wird.«

»Gut, Rascard, wenn dich das beruhigt, aber mußt du Markos schicken? Warum keinen jüngeren Mann?«

Rascard lachte vor sich hin und neckte sie: »Wie, meine Liebe, so viel Zärtlichkeit für Markos? Bin ich so unglücklich, einen Rivalen in meinem eigenen Haushalt zu haben?«

Erminie wußte, daß er scherzte, aber sie meinte es ernst. »Markos ist zu alt, um sich zu verteidigen, sollte er in den Bergen überfallen werden, von Räubern oder . . .« Hier brach sie ab. Rascard hörte trotzdem, was sie nicht aussprach.

*Oder von unseren Feinden auf Storn.*

»Nun, dann dürfen wir deinen Kavalier keiner Gefahr aussetzen«, sagte Rascard aufgeräumt. »Ich werde ihm einen der jungen Männer mitgeben, der ihn unterwegs beschützen soll.« Wieder sah er aus dem Fenster. »Kannst du das Emblem der Reiter nun erkennen, meine Liebe?«

Erminie spähte hinaus, und in ihren Augen war Sorge zu lesen. »Ich sehe jetzt, daß es nicht schwarz und weiß, sondern blau und silbern ist. Das sind die Hastur-Farben. Im Namen aller Götter, was kann einen Hastur-Lord dazu bringen, einen Besuch auf Hammerfell zu machen?«

»Das weiß ich nicht, aber wir müssen ihn begrüßen, wie es sich gehört«, sagte der Herzog.

»Das soll geschehen«, stimmte Erminie ihm zu, eilte in ihre Vorratskammern und beauftragte die Dienerinnen, die Bewirtung der fremden Gäste vorzubereiten. Sie war nervös, denn in all den Jahren, in denen sie in diesen Bergen gelebt hatte, war sie nie einem der Hastur-Lords begegnet.

Sie hatte gehört, daß die Hastur-Lords versucht hatten, alle Hundert Königreiche unter ihrem Schutz zu einem einzigen gigantischen Königreich zu vereinigen, und sie kannte viele Geschichten über die Abstammung der Hastur-Lords von den Göttern. So war sie beinahe überrascht, daß sich der Hastur-Lord nur als ein großer, schlanker Mann mit flammendem Kupferhaar und Augen von fast metallischem Grau, ihren eigenen nicht unähnlich, erwies. Er betrug sich freundlich und bescheiden; Erminie dachte bei sich, sogar Rascard sehe mehr nach einem Abkömmling von Göttern aus als er.

»Es ist Rascard von Hammerfell eine Ehre, Euch in seiner Burg willkommen zu heißen«, erklärte der Herzog förmlich, als sie bequem im warmen Morgenzimmer vor dem Feuer saßen. »Dies ist meine Lady Erminie. Darf ich den Namen des Gastes wissen, der mich mit seiner Gegenwart beehrt?«

»Ich bin Valentin Hastur von Elhalyn«, antwortete der Mann. »Meine Lady und Schwester«, er wies auf die Dame neben sich, die ein rotes Gewand trug und das Gesicht hinter einem langen Schleier verbarg, »ist Merelda, Bewahrerin von Arilinn.«

Erminies Wangen röteten sich, und sie sagte zu der Frau: »Aber ich kenne Euch doch.«

»Ja.« Merelda schob ihren Schleier zur Seite und zeigte ein strenges und leidenschaftsloses Antlitz. Ihre Stimme klang bemerkenswert tief, und Erminie erkannte, daß sie eine *emmasca* war. »Ich habe Euch in meinem Sternenstein gesehen. Aus diesem Grund sind wir hergekommen – um Euch kennenzulernen und Euch vielleicht in den Turm mitzunehmen, damit Ihr als *leronis* ausgebildet werdet.«

»Oh, das würde mir mehr als alles andere gefallen!« rief Erminie, ohne nachzudenken. »Ich habe nur das gelernt, was meine Pflegemutter, die vor mir hier Herzogin war, mir beibringen konnte ...« Plötzlich veränderte sich ihr Gesichtsausdruck. »Doch wie Ihr selbst seht, kann ich meinen Mann und mein Kind, das bald geboren werden wird, nicht verlassen.« Sie sah richtig enttäuscht aus, und Lord Valentin lächelte sie freundlich an.

»Natürlich gehört Eure erste Pflicht Euren Kindern«, sagte Merelda. »Doch wir haben einen großen Bedarf an ausgebildeten *leroni* im Turm – es gibt nie genug *laran*-Arbeiter für unsere Aufgaben. Vielleicht könntet Ihr, nachdem Eure Kinder geboren sind, für ein Jahr oder zwei zu uns kommen ...«

Der Herzog unterbrach sie ärgerlich. »Meine Frau ist keine heimatlose Waise, der Ihr eine Stelle als Lehrling anbieten müßt! Ich kann ohne Hilfe von einem Hastur angemessen für sie sorgen. Sie hat es nicht nötig, einem anderen Mann als mir zu dienen.«

»Davon bin ich überzeugt«, antwortete Valentin diplomatisch und fuhr, sich an Erminie wendend, fort: »Wir bitten Euch ja nicht, uns etwas zu geben, ohne dafür etwas zu bekommen. Die Ausbildung, die Ihr im Turm erhalten würdet, wäre von Nutzen für Eure Familie und Euren ganzen Clan.«

Rascard sah, daß Erminie tatsächlich enttäuscht dreinblickte. War es möglich, daß sie bereit war, ihn dieser »Ausbildung« wegen, worin sie auch bestehen mochte, zu verlassen? Brüsk erklärte er: »Meine Frau, die Mutter meines Kindes, wird den Schutz meines Daches nicht verlassen, und mehr gibt es darüber nicht zu reden. Kann ich Euch in irgendeiner anderen Weise zu Diensten sein, mein Lord und meine Lady?«

Valentin und Merelda waren zu klug, um ihren Gastgeber zu provozieren, und so ließen sie die Sache ruhen.

»Wollt Ihr meine Neugier entschuldigen?« fragte Lord Valentin. »Was hat es mit dieser Blutrache gegen die Leute von Storn auf sich? Ich hörte, sie habe schon zur Zeit meines Urgroßvaters getobt.«

»Und zu der des meinen«, ergänzte Rascard.

»Ich habe jedoch nicht erfahren können, wie sie entstanden ist oder womit sie begonnen hat. Als ich durch diese Berge ritt, sah ich Storns Männer auf dem Marsch, wie ich annehme, unterwegs zu einem Überfall. Könnt Ihr mich aufklären, Herzog?«

»Ich habe unterschiedliche Geschichten gehört«, erwiderte Herzog Rascard, »und ich kann nicht garantieren, daß eine von ihnen die wahre Geschichte ist.«

Valentin Hastur lachte. »Das nenne ich Ehrlichkeit. Erzählt mir, was Ihr für die Wahrheit haltet.«

»Mein Vater hat es mir so berichtet.« Juwel hatte ihren Kopf auf den Schoß des Herzogs gelegt, und Rascard streichelte sie gedankenverloren. »Zur Zeit seines Großvaters, als Regis der Vierte auf dem Thron der Hasturs zu Hali saß, schloß Conn, mein Urgroßvater, einen Vertrag ab, nach dem er eine Dame der Alton-Sippe heiraten sollte, und erhielt die Nachricht, sie sei von zu Hause aufgebrochen, mit Gefolge und Pferden und drei Wagen, die ihren Besitz und ihre Aussteuer enthielten. Wochen vergingen, doch er hörte nichts mehr, und die Dame traf nicht in Hammerfell ein. Nach vierzig Tagen kam sie dann endlich – mit einer Botschaft von Storn, er habe die Braut und die Aussteuer genommen, doch die junge Frau gefalle ihm nicht, und so gebe er sie Hammerfell zurück. Mein Vorfahr habe die Erlaubnis, sie zu heiraten, wenn er es wünsche, die Aussteuer behalte er jedoch für seine Mühe, die Braut auszuprobieren. Und da die Lady mit dem Sohn Storns schwanger sei, wäre er dem Herzog von Hammerfell dankbar, wenn er ihm das Kind irgendwann vor seinem Namensfest mit einem angemessenen Gefolge schikken würde.«

»Es überrascht mich nicht, daß das Ergebnis eine Blutrache war«, warf Lord Valentin ein. Rascard nickte.

»Trotzdem hätte es immer noch als der unschicklichste aller derben Späße durchgehen können. Aber als das Kind geboren wurde – und man sagt, es sei das Ebenbild von Storns älterem Sohn gewesen –, schickte mein Urgroßvater den Jungen samt einer Rechnung für die Amme, die ihn trug, und für das Maultier, das sie ritt, nach Storn. In diesem Frühling sandte Storn Bewaffnete gegen Hammerfell, und seitdem herrscht Krieg. Als ich ein Junge von fünfzehn und gerade eben zum Mann erklärt war, töteten Leute von Storn bei einem Überfall meinen Vater, meine beiden älteren Brüder und meinen jüngeren Bruder, erst neun Jahre alt. Die Storn-Sippe ist schuld, daß ich allein in der Welt stehe, ausgenommen meine liebe Frau und das Kind, das sie erwartet. Und ich werde beide mit meinem Leben beschützen.«

»Niemand könnte Euch das zum Vorwurf machen«, erklärte Lord Valentin feierlich. »Ich gewiß nicht. Dennoch würde ich diese Fehde gern beigelegt sehen, bevor ich sterbe.«

»Ich auch«, stimmte Rascard ihm zu. »Trotz allem wäre

ich bereit gewesen, meinen Groll gegen die Storns zu begraben, bis sie meinen Friedensmann angriffen und meinen Sohn töteten. Ich hätte ihnen die Ermordung meiner anderen Verwandten verzeihen können. Aber jetzt ist Schluß. Ich habe meinen Sohn zu sehr geliebt.«

»Vielleicht werden Eure Kinder diese Fehde beenden«, meinte der Hastur-Lord.

»Das mag sein. Nur bald wird es nicht geschehen; mein Sohn ist noch nicht geboren«, gab Herzog Rascard zu bedenken.

»Die Kinder, die Erminie erwartet . . .«

»Kinder?« unterbrach Erminie.

»Nun ja«, sagte die *leronis*. »Ihr werdet doch wissen, daß es Zwillinge sind.«

»N-nein, das wußte ich nicht«, stammelte Erminie. »Wie könnt Ihr da so sicher sein?«

»Habt Ihr noch nie eine schwangere Frau überwacht?«

»Nein, noch nie. Ich habe es nicht gelernt. Manchmal glaubte ich, meine Gedanken hätten das Kind berührt, allein ich war nicht sicher . . .«

Rascard runzelte die Stirn.

»Zwillinge?« fragte er beunruhigt. »Dann hoffe ich um unser aller willen, daß eines der beiden Kinder ein Mädchen ist.«

Valentin hob eine Braue. »Nun, Merelda?«

Die *leronis* schüttelte den Kopf. »Es tut mir leid, Ihr bekommt zwei Söhne. Ich dachte – ich war sicher, das würde Euch freuen. Es ist sehr traurig, wenn nichts als das Leben eines einzigen Kindes zwischen dem Fortbestand eines alten Hauses und seiner Auslöschung steht.«

Erminies Augen strahlten. »Ich werde meinem Lord nicht nur einen, sondern zwei Söhne schenken!« rief sie aus. »Habt Ihr es gehört, mein Lord?« Dann fiel ihr seine finstere Miene auf. »Ist es dir nicht recht, Rascard?«

Rascard zwang sich zu einem liebenswürdigen Lächeln. »Natürlich freue ich mich, meine Liebste. Aber bei Zwillingen gibt es immer Verwirrung, welcher von ihnen der ältere oder der zum Herrschen am besten geeignete ist, und es ist nur zu wahrscheinlich, daß sie zu Feinden und erbitterten Rivalen werden. Meine Söhne müssen als starke Verbündete gegen die Gefahren zusammenhalten, die uns von unseren Feinden auf Storn drohen.« Er sah ihre Verzweiflung und fügte hinzu: »Dadurch darfst du dir dein Glück über unsere Kinder nicht trüben lassen. Uns wird schon etwas einfallen.«

»Ich wünschte, Ihr würdet Eure Lady zu uns kommen lassen, wenigstens für einige Zeit. In Arilinn gibt es eine bekannte Hebammenschule, so daß sie ohne Gefahr entbinden könnte, und wir würden dafür sorgen, daß die Zwillinge jede Pflege und Rücksicht erhielten«, sagte Lord Valentin.

»Es tut mir leid, aber daran ist überhaupt nicht zu denken«, gab Rascard zurück. »Meine Söhne müssen unter ihrem eigenen Dach geboren werden.«

»Dann gibt es hierzu nichts mehr zu sagen.« Lord Valentin erhob sich, um Abschied zu nehmen. Herzog Rascard wandte ein, sie müßten sich erst bewirten lassen. Doch sie lehnten höflich ab und verabschiedeten sich mit vielen Beteuerungen der gegenseitigen Achtung.

Als sie von Hammerfell fortritten, bemerkte Rascard, daß Erminie bekümmert aussah.

»Du hast doch sicher nicht den Wunsch, mich allein zu lassen, meine Frau, und unsere Söhne sollen doch auch nicht unter Fremden geboren werden?«

»Nein, natürlich nicht«, antwortete Erminie, »aber . . .«

»Ah, ich wußte, daß es ein *Aber* gibt!« rief der Herzog. »Was könnte dich veranlassen, von mir zu gehen, Liebste? Hast du dich bei mir über irgend etwas zu beklagen?«

»Nein, über nichts, du bist der freundlichste Gatte, den man sich nur vorstellen kann«, versicherte Erminie ihm. »Dennoch ist es verlockend für mich, eine vollständige Ausbildung zur *leronis* haben zu können. Ich bin mir zu deutlich bewußt, daß mein *laran* Möglichkeiten bietet, die ich mir nicht einmal vorstellen kann, geschweige denn, daß ich sie zu nutzen verstehe.«

»Du weißt viel mehr als ich oder sonst jemand in den Grenzen von ganz Hammerfell«, sagte Rascard. »Kannst du dich damit nicht zufriedengeben?«

»Ich bin ja nicht unzufrieden«, antwortete Erminie. »Aber es gibt so viel mehr zu wissen – das habe ich aus dem Sternenstein selbst erfahren –, und ich fühle mich unzulänglich im Vergleich zu dem, was ich sein könnte. Nimm zum Beispiel die *leronis* Merelda. Sie ist so klug und gebildet . . .«

»Ich habe keinen Bedarf an einer gebildeten Frau, und du gefällst mir so, wie du bist.« Rascard nahm sie zärtlich in die Arme, und sie sagte nichts mehr. Mit ihrem Mann und den Kindern, die sie erwartete, war sie im Augenblick zufrieden.

# IV

Der violette Mond nahm ab und dann wieder zu, und drei Tage nach dem neuen Mond wurde Erminie von Hammerfell zu Bett gebracht. Wie die *leronis* prophezeit hatte, gebar sie Zwillingssöhne, sich gleichend wie zwei Erbsen in einer Schote. Es waren stramme Babys, rot und schreiend, und die beiden Köpfchen waren mit dichtem dunklem Haar bedeckt.

»Dunkles Haar.« Erminie runzelte die Stirn. »Ich hatte gehofft, zumindest einer unserer Söhne werde die *laran*-Gabe unserer Familie erben, mein Lord.«

»Nach allem, was ich über Menschen mit *laran* gehört habe«, erwiderte Rascard, »sind wir – und sie – ohne sie besser dran, meine Liebe. In meiner Linie hat es nicht allzuviel *laran* gegeben.«

»Einer – oder auch beide – könnte immer noch rothaarig werden, meine Lady.« Die Hebamme beugte sich über Erminie. »Wenn Babys bei der Geburt einen solchen Überfluß an dunklem Haar haben, ist es nicht ungewöhnlich, daß es ausfällt und blond oder rot nachwächst.«

»Wirklich?« fragte Erminie und versank in Gedanken. »Ja, die beste Freundin meiner Mutter erzählte, ich hätte bei der Geburt auch dunkles Haar gehabt, aber es fiel aus und wuchs in leuchtendem Rot nach.«

»Dann mag es so kommen.« Rascard beugte sich vor und küßte seine Frau. »Meinen Dank für dieses große Geschenk, meine liebste Lady. Wie sollen wir sie nennen?«

»Das mußt du bestimmen, mein Gatte«, antwortete Erminie. »Soll einer von ihnen den Namen deines Sohnes bekommen, der von Storn-Händen gefallen ist?«

»Alaric? Nein, ich halte es für ein böses Omen, meinem Sohn den Namen eines Toten zu geben«, wehrte Rascard ab. »Ich will in den Archiven von Hammerfell nach Namen von Männern suchen, die gesund und glücklich ein hohes Alter erreichten.«

Am Abend kam er in ihr Zimmer, wo sie mit den Babys zu beiden Seiten lag und Juwel, jetzt ein wirklich sehr großer Hund, sich über das ganze Fußende des Bettes ausstreckte.

»Warum hast du um das Handgelenk des einen Sohnes ein rotes Band gebunden?« erkundigte sich Herzog Rascard.

»Das habe ich getan«, meldete sich die Hebamme. »Dieser kleine Mann ist beinahe zwanzig Minuten älter als sein Bruder. Er wurde geboren, gerade als die Uhr Mittag schlug, während sein fauler Bruder sich noch etwas Zeit ließ.«

»Ein guter Gedanke«, lobte Rascard, »aber ein Band kann sich lösen oder verlorengehen. Rufe Markos.« Der alte Friedensmann betrat den Raum und verbeugte sich vor seinem Herzog und seiner Lady. Rascard befahl: »Nimm meinen älteren Sohn – den kleinen Herzog, meinen Erben –, der das Band um den Arm trägt, und sorge dafür, daß er ein Zeichen bekommt, mit dem er niemals irrtümlich für seinen Bruder gehalten werden kann.«

Markos hob das Baby hoch. Erminie fragte ängstlich: »Was hast du mit ihm vor?«

»Ich werde ihm nicht weh tun, meine Lady, und wenn, dann nur für einen Augenblick. Ich werde ihn mit dem Zeichen von Hammerfell tätowieren und ihn an Eure Brust zurückbringen. Das dauert nur eine Minute.« Mit dem gut eingewickelten Baby auf dem Arm verließ der alte Mann ungeachtet der Bitten Erminies den Raum.

Bald brachte er das Kind zurück, schlug die Decke auseinander und enthüllte eine rote Tätowierung auf der linken Schulter, das Hammer-Zeichen von Hammerfell.

»Er soll Alastair heißen«, bestimmte Rascard, »nach meinem verstorbenen Vater, und der andere Conn nach meinem Urgroßvater, zu dessen Lebzeiten die Blutrache gegen Storn entstand, wenn du nichts dagegen einzuwenden hast, meine Liebe.«

Das Baby schlief unruhig und wachte jammernd auf. Sein Gesicht war rot und zornig.

»Du hast ihm weh getan«, beschuldigte Erminie den Friedensmann.

Markos lachte. »Nicht sehr, nicht für lange, und es ist ein geringer Preis für die Erbschaft von Hammerfell.«

»Hammerfell und die Erbschaft seien verdammt!« entfuhr es der zornigen Erminie. Sie drückte den schreienden Alastair an die Brust. »Nun, nun, mein Schätzchen, du bist bei deiner Mutter, und nie wieder soll dir jemand etwas tun.«

In diesem Augenblick erwachte Conn in der Wiege auf der anderen Seite des Raums und begann ebenfalls zu brüllen. Rascard ging hin und nahm seinen jüngeren Sohn, der sich in seinen Decken hin und her warf, hoch. Überrascht stellte Rascard fest, daß Conn krampfhaft nach seiner heilen linken Schulter langte. Alastair jedoch schlief in Erminies Armen ein, sobald Conn mit seinem Geheul angefangen hatte.

Während der nächsten Tage fiel es Erminie mehr als einmal auf, daß Conn, wenn Alastair schrie, aufwachte und wimmerte. Aber sogar als Conn von einer Nadel in seinen Windeln böse gestochen wurde, schlief Alastair friedlich weiter. Sie erinnerte sich, daß in ihrer Familie erzählt worden war, von Zwillingen mit *laran* habe der eine immer ein bißchen mehr, der andere ein bißchen weniger als seinen gerechten Anteil an der parapsychischen Begabung. Dann war offenbar Conn der stärkere Telepath von beiden, und Erminie verbrachte mehr Zeit damit, ihn auf dem Arm zu tragen und zu beruhigen. Wenn er seinen eigenen Schmerz und dazu den seines Bruders spürte, brauchte er mehr Liebe und Zärtlichkeit. Deshalb wurde Conn in den ersten Monaten seines Lebens der Liebling der Mutter, Alastair dagegen der seines Vaters, weil er der Erbe war, weniger schrie und seinen Vater öfter anlächelte.

Beide Zwillinge waren schöne und gesunde Kinder und wuchsen wie junge Hunde. Erst ein halbes Jahr alt, machten sie schon wacklige Schritte im Haus und auf dem Hof. Manchmal hielten sie sich dabei an Juwel fest, die ihr ständiger Begleiter und Wächter war. Wie die Hebamme vorausgesagt hatte, war ihr flaumiges Kinderhaar feuerfarben geworden.

Nur ihre Mutter konnte sie unterscheiden. Sogar ihr Vater hielt Conn zuweilen für Alastair, aber Erminie irrte sich nie.

Sie waren ein volles Jahr und mehrere Monde auf der Welt, als Herzog Rascard gegen Abend eines dunklen, wolkenverhangenen Tages in das Wohnzimmer seiner Frau stürmte, wo sie mit ihren Damen saß. Die Zwillinge spielten mit Holzpferdchen auf dem Fußboden. Erminie sah überrascht auf.

»Was ist geschehen?«

»Versuche ruhig zu bleiben, meine Liebe«, sagte der Herzog. »Bewaffnete nähern sich der Burg. Ich habe die Glocke läuten lassen, damit alle Männer, Frauen und Kinder auf den Höfen draußen in die Feste kommen; ich habe befohlen, daß die Zugbrücke hochgezogen wird. Wir sind hier sicher, selbst wenn sie uns ein ganzes Jahr belagern sollten. Aber wir müssen auf alles vorbereitet sein.«

»Die Männer von Storn?« Erminies Gesicht verriet keine Angst, aber Conn, der offenbar etwas spürte, ließ sein Holzpferdchen fallen und begann zu jammern.

»Ich fürchte, ja«, antwortete Rascard. Erminie wurde blaß.

»Die Kinder!«

»Ja.« Er küßte sie rasch. »Nimm sie und geh, wie wir es besprochen haben. Die Götter mögen dich schützen, meine Liebste, bis wir wieder vereint sind.«

Erminie klemmte sich unter jeden Arm einen Zwilling

und eilte in ihr eigenes Zimmer, wo sie schnell ein paar notwendige Dinge für jedes Kind packte. Eine ihrer Frauen schickte sie nach einem Korb mit Essen in die Küche und stieg zu einem Hintereingang hinunter. Sie und Rascard hatten vereinbart, daß sie, sollte tatsächlich jemand in die Festung eindringen, sofort mit den Babys floh und sich durch den Wald zum nächsten Dorf durchschlug, wo sie sicher sein würden. Jetzt kam Erminie der Gedanke, es sei vielleicht eine große Dummheit, den Schutz der Burg gegen den wilden Wald einzutauschen. Was auch geschehen mochte, selbst bei einer Belagerung würde sie hier wenigstens mit ihrem Mann zusammensein.

Aber sie hatte Rascard versprochen, sich an den verabredeten Plan zu halten. Tat sie es nicht, war er später vielleicht nicht imstande, sie zu finden, und sie würden nie wieder vereint werden. Ihr war, als bleibe ihr das Herz in der Brust stehen. Hatte sie mit diesem hastigen Kuß für immer Abschied von dem Vater ihrer Kinder genommen? Conn weinte bitterlich. Erminie wußte, daß er ihre Furcht spürte, und so versuchte sie, nicht nur für sich selbst, sondern auch für ihre verängstigten Kinder Mut zu fassen. Sie hüllte sie in ihre wärmsten Mäntel und reichte, den Korb am Arm, jedem eine Hand.

»Nun kommt schnell, ihr Kleinen«, flüsterte sie ihnen zu und eilte die lange Wendeltreppe zum hinteren Burgtor hinunter. Die Zwillinge stolperten auf unsicheren Füßchen mit.

Erminie schob das lange nicht benutzte Tor auf, das nichtsdestotrotz für einen Fall wie diesen in gutem Zustand gehalten und geölt worden war. Sie blickte zu dem Haupthof zurück und sah, daß der Himmel sich vor fliegenden Pfeilen verdunkelte und daß irgendwo Flammen aufzüngelten. Sie wollte zurücklaufen, den Namen ihres Gatten rufen, aber sie hatte versprochen, es nicht zu tun.

*Kehre in keinem Fall um, ganz gleich, was geschieht,*

*sondern warte in dem Dorf, bis ich zu dir komme. Bin ich bei Sonnenaufgang noch nicht da, weißt du, daß ich gefallen bin. Dann mußt du Hammerfell verlassen und bei deinen Hastur-Vettern in Thendara Zuflucht suchen. Bitte sie, dir dein Recht und deine Rache zu verschaffen.*

Erminie eilte davon, aber sie ging zu schnell für die Kinder. Erst fiel Alastair und lag schreiend auf den Pflastersteinen, dann stolperte Conn. Sie nahm beide Kinder auf die Arme und lief weiter. Etwas Großes und Weiches stieß sie in der Dunkelheit an. Sie streckte die Hand aus, und Tränen stiegen ihr in die Augen.

»Juwel! Guter Hund«, sagte sie unter Tränen. »Du bist also mit mir gekommen, oh, guter Hund!«

Sie stolperte über etwas, das sich beängstigend weich anfühlte, und wäre beinahe gefallen. Im Halbdunkel des Hofes sah sie, daß zu ihren Füßen die Leiche eines Mannes lag. Sie war in die Knie gesunken und konnte es nicht vermeiden, ihm ins Gesicht zu blicken. Zu ihrem Schrekken erkannte sie in dem Mann den Reitknecht, der noch an diesem Nachmittag die Ponys der Kinder aus dem Stall geführt hatte. Ihm war die Kehle durchgeschnitten worden. Erminie schrie entsetzt auf, brach aber sofort ab, als Conn zu schluchzen begann.

»Still, still, mein kleiner Sohn, wir müssen jetzt tapfer sein und dürfen nicht weinen«, flüsterte sie und streichelte ihn, um ihn zum Schweigen zu bringen.

Aus der Dunkelheit sagte eine Stimme ihren Namen so leise, daß sie es über dem Schluchzen des Kindes kaum hören konnte.

»Meine Lady ...«

Mit knapper Not hielt sie einen Schrei zurück. Dann erkannte sie die Stimme und in der tiefer werdenden, vom Feuerschein durchzuckten Dunkelheit das vertraute Gesicht von Markos.

»Habt keine Angst, ich bin es bloß.«

Erminie stieß erleichtert den angehaltenen Atem aus.

»Oh, den Göttern sei Dank, daß du es bist! Ich fürchtete ...« Ihre Stimme ging in einem gewaltigen Krachen wie von einstürzendem Mauerwerk oder Donner unter. Markos trat dicht an sie heran.

»Laßt mich eins der Kinder tragen«, bat der alte Mann. »Zurück können wir nicht mehr; die oberen Höfe stehen in Flammen.«

»Was ist mit dem Herzog?« fragte Erminie zitternd.

»Als ich ihn zuletzt sah, hielt er mit einem Dutzend seiner Männer die Brücke. Diese Schufte haben sie mit Haftfeuer angesteckt; das verbrennt sogar Stein!«

»Oh, diese Teufel!«

»Teufel sind sie in der Tat!« murmelte Markos mit einem grimmigen Blick zur Höhe hinauf. Dann wandte er sich wieder Erminie zu. »Ich wollte mitkämpfen, aber Seine Gnaden schickten mich nach unten, um Euch ins Dorf zu führen, Lady. Gebt mir eins der Kinder, dann kommen wir schneller voran.«

Erminie hörte durch das Toben des Feuers das Knarren einer großen Belagerungsmaschine, spähte nach oben und sah ihre Umrisse sich vor dem dunklen Himmel abzeichnen wie das Skelett eines monströsen unbekannten Tiers. Aus seinem Riesenmaul flogen Geschosse und gingen in der Luft in Flammen auf. Die Zwillinge zappelten auf ihren Armen und wollten abgesetzt werden. Erminie reichte einen von ihnen Markos. Sie war sich im Dunkeln nicht sicher, welchen sie ihm gegeben hatte. Es wurde kalt, die Nacht war finster, und der Regen machte den Pfad unter ihren Füßen schlüpfrig. Das Kind an sich drükkend, eilte sie den Berg hinunter, der schattenhaften Gestalt Markos' folgend. Einmal stolperte sie über den Hund und ließ ihren Korb fallen. Sie mußte ihn aufheben und hätte ihren Beschützer beinahe aus den Augen verloren. Am liebsten hätte sie ihm nachgerufen, er solle warten, aber die Zeit drängte. Deshalb versuchte sie, ihn im Blick zu behalten, und taumelte weiter, ohne richtig darauf zu achten, wohin sie ging. Der Hund, der ihr ständig vor die Füße lief, und das schwere Kind auf ihrem Arm behinderten sie, und so dauerte es nicht lange, bis sie sich total verlaufen hatte. Wenigstens brauchte sie nur den einen Zwilling zu tragen, und der andere war in Sicherheit bei dem einzigen Mann, dem sie, abgesehen von ihrem Gatten, volles Vertrauen schenkte.

Über Steine stolpernd und immer wieder ausrutschend, erreichte sie irgendwie den Fuß des Berges. »Markos!« rief sie leise.

Es kam keine Antwort.

Wieder rief sie. Sie fürchtete, die Aufmerksamkeit der Feinde, die ringsum im Wald stecken mußten, auf sich zu lenken und wagte deshalb nicht, die Stimme zu sehr zu erheben. Oben auf dem Gipfel brannte Hammerfell. Erminie sah die Flammen wie aus einem Vulkan hochschlagen. Niemand konnte in diesem Inferno noch am Leben sein – aber wo war der Herzog? War er in der brennenden Burg eingeschlossen? Jetzt erkannte sie, daß es Alastair war, der sich wimmernd an ihrem Hals festklammerte. Wo war Markos mit Conn? Erminie versuchte, sich in dem schrecklichen Licht ihres brennenden Heimes zurechtzufinden. Von neuem rief sie leise. Aber überall im Wald vernahm sie fremde Schritte und unbekannte Stimmen, sogar Gelächter. Sie war sich nicht einmal sicher, ob sie die Stimmen mit ihren Ohren oder mit ihrem *laran* hörte.

»Ha, ha! So endet Hammerfell!«

»Das ist das Ende von ihnen allen!«

Wie gelähmt vor Angst, sah Erminie die Flammen höher und höher steigen. Mit einem Getöse, als sei das Ende der Welt gekommen, stürzte die Burg schließlich ein, und das Feuer sank in sich zusammen. Erminie floh, vor Entsetzen zitternd, durch den Wald. Dann ging die Sonne über der Ruine, die einmal die stolze Festung Hammerfell gewesen war, auf, und Erminie fand sich ganz allein in einem fremden Wald wieder. Der Hund schmiegte sich an ihre Beine, und das müde Kind hing an ihrem Hals. Juwel winselte mitfühlend. Die junge Frau setzte sich auf einen Baumstamm, zog Juwel der Wärme wegen dicht an sich und versuchte, die Augen von dem sterbenden Feuer abzuwenden. Es hatte das einzige Heim, das sie je gekannt hatte, vernichtet.

Das Licht des neuen Tages wurde stärker. Erminie erhob sich müde, nahm die schwere Bürde des schlafenden Kindes wieder auf und schleppte sich in das, was von dem Dorf am Fuß des Berges noch übrig war. Entsetzt stellte sie fest, daß Storns Männer hier zuerst gewesen waren. Haus um Haus lag in qualmenden Trümmern, und die meisten Bewohner waren geflohen – ausgenommen diejenigen, die man erschlagen hatte. Erschöpft und krank im Herzen, zwang sie sich, in den wenigen Häusern, die noch standen, nach einem Menschen zu suchen, den sie kannte und nach Markos und Conn fragen konnte. Aber nirgendwo erfuhr sie etwas über den alten Mann und ihr Kind. Sie vermied es sorgfältig, sich von einem Fremden sehen zu lassen – wenn ein Gefolgsmann von Storn sie entdeckte, würde er sie und auch ihr Kind auf der Stelle gnadenlos töten. Bis kurz vor Mittag wartete sie, immer noch hoffend, der Herzog sei dem letzten Feuersturm entronnen und werde sich im Dorf mit ihr zusammenfinden. Der Wald war jetzt voll von heimatlosen Dorfbewohnern, und jeder, den sie fragte, betrachtete die traurige, schmutzige Frau mit dem Hund und dem Kind voller Mitleid und Freundlichkeit. Doch von einem alten Mann, der ein einjähriges Kind auf dem Arm trug, hatte niemand etwas gehört oder gesehen.

Den ganzen Tag suchte Erminie nach den beiden, doch bei Sonnenuntergang mußte sie sich eingestehen, daß das, was sie am meisten gefürchtet hatte, Wirklichkeit geworden war. Markos war verschwunden. Entweder war er erschlagen worden, oder er hatte sie aus irgendeinem Grund im Stich gelassen. Und da der Herzog nicht gekommen war, mußte er beim Einsturz der brennenden Burg den Tod gefunden haben.

Das letzte Tageslicht erstarb. Die verzweifelte Erminie zwang sich, sich hinzusetzen, ihr langes, aufgelöstes Haar zu glätten und zu flechten, etwas Essen aus ihrem Korb zu sich zu nehmen und dann den Hund und das hungrige Kind mit Brot zu füttern. Wenigstens war sie nicht ganz allein. Ihr Erstgeborener, jetzt der Herzog von Hammerfell, war ihr geblieben – aber *wo* war sein Zwilling? Als Hilfe und Schutz hatte sie nur einen Hund. Sie legte sich nieder, wickelte sich in ihren Mantel, kroch der Wärme wegen nahe an Juwel heran und schützte den schlafenden Alastair mit ihren Armen. Innigen Dank sagte sie den Göttern dafür, daß der Winter vorüber war. Sie nahm sich vor, beim ersten Morgengrauen vorsichtig Umschau zu halten, sich zu orientieren und sich dann auf den langen Weg zu machen, der sie zu der fernen Stadt Thendara und zu ihren Verwandten im dortigen Turm führen würde.

# V

Thendara schmiegte sich in ein Tal der Venza-Berge, und der große Turm erhob sich über die Dächer der Stadt. Anders als abgelegenere Türme, die alle dort arbeitenden Telepathen beherbergten – Überwacher, Bewahrer, Techniker und Mechaniker –, isolierte der Turm in Thendara seine Leute nicht von den Bewohnern der Stadt, sondern gab, wie in allen Städten des Tieflands, im gesellschaftlichen Leben eher den Ton an.

Die Turm-Arbeiter hatten zumeist Wohnungen in der Stadt, manchmal sehr elegante und kostspielige. Bei der verwitweten Herzogin von Hammerfell war das jedoch nicht der Fall. Erminie, die diesen Stand für den einer Zweiten Technikerin im Thendara-Turm eingetauscht hatte (in der Gesellschaft von Thendara verband sich damit sogar mehr Prestige), lebte bescheiden in einem Häuschen an der Straße der Schwertschmiede, dessen einziger Luxus ein Garten voll von duftenden Kräutern, Blumen und Obstbäumen war.

Erminie war jetzt siebenunddreißig Jahre alt, aber immer noch schlank, mit flinken Bewegungen und glänzenden Augen, und ihr herrliches Kupferhaar schimmerte wie eh und je. Sie hatte in all diesen Jahren mit ihrem einzigen Sohn allein gelebt; kein Hauch eines Skandals hatte ihren Namen oder Ruf berührt. Selten sah man sie in anderer Gesellschaft als der ihres Sohnes, ihrer Haushälterin oder des großen alten rostfarbenen Gebirgshundes, der sie überallhin begleitete.

Der Grund war nicht etwa, daß die Gesellschaft sie mied. Vielmehr mied sie die Gesellschaft, schien sie sogar zu verachten. Zweimal war ihr ein Heiratsantrag gemacht worden, einmal von dem Bewahrer des Turmes, einem gewissen Edric Elhalyn, und ein andermal von ihrem Vetter

Valentin Hastur, demselben Mann, der vor so langer Zeit ihrem Heim in den Bergen einen Besuch abgestattet hatte. Dieser Herr, den Hastur-Lords von Thendara und Carcosa nahe verwandt, hatte sie zum erstenmal gebeten, ihn zu heiraten, als sie das zweite Jahr im Turm arbeitete. Damals hatte sie ihre Ablehnung damit begründet, daß sie erst vor kurzem Witwe geworden sei. Jetzt, an einem Abend im Spätsommer, achtzehn Jahre nachdem sie in die Stadt gekommen war, erneuerte er seine Werbung.

Er fand sie im Garten ihres Stadthauses auf einer rostigen Bank sitzend, die Finger emsig mit einer Nadelarbeit beschäftigt. Die Hündin Juwel lag zu ihren Füßen, hob jedoch den Kopf und knurrte leise, als er sich ihrer Herrin näherte.

»Ruhig, sei ein braves Mädchen«, schalt Erminie den Hund sanft. »Du müßtest meinen Cousin doch inzwischen kennen, er ist oft genug hier gewesen. Leg dich, Juwel«, befahl sie, und der Hund rollte sich zu ihren Füßen zusammen.

»Ich bin nur froh, daß du eine so treue Freundin hast, denn einen anderen Beschützer hast du ja nicht. Sollte sich mein Wunsch erfüllen, wird Juwel mich schon noch besser kennenlernen«, sagte Valentin Hastur mit einem bedeutungsvollen Lächeln.

Erminie blickte in die tiefgrauen Augen des Mannes, der sich neben sie setzte. Sein Haar war leicht sandfarben geworden, aber ansonsten war er unverändert – derselbe Mann, der ihr seit nahezu zwei Jahrzehnten Hilfe angeboten und für sie Zuneigung empfunden hatte. Sie seufzte. »Vetter Val, ich bin dir dankbar wie immer. Aber du weißt doch, warum ich noch nein sagen muß.«

»Verdammt will ich sein, wenn ich das weiß«, gab Lord Valentin hitzig zurück. »Du kannst doch nicht mehr um den alten Herzog trauern, obwohl du die Leute das vielleicht glauben machen willst.«

Juwel rieb sich an Erminies Knien und winselte, nach

der Aufmerksamkeit verlangend, die ihr verweigert wurde. Erminie streichelte sie geistesabwesend.

»Valentin, du weißt, ich habe dich gern«, sagte sie, »und es ist wahr, ich trauere nicht mehr um Rascard, obwohl er ein guter Ehemann und meinen Kindern ein liebevoller Vater war. Aber meines Sohnes wegen fühle ich mich im Augenblick nicht frei zu heiraten.«

»Im Namen Avarras, Verwandte, wie kann es einen anderen als günstigen Einfluß auf das Geschick deines Sohnes haben, wenn seine Mutter in die Hastur-Sippe einheiratet?« fragte Valentin Hastur. »Angenommen, er wird statt eines Hammerfell ein Hastur, oder ich gelobe, daß ich mich der Aufgabe weihen werde, ihm alles, was ihm zusteht, den Rang und das Erbe, wiederzubeschaffen, was dann?«

»Als ich nach Thendara kam, hast du dich meiner und des Kindes angenommen. Wir verdanken dir unser Leben.« Valentin wischte das beiseite. »Es wäre ein schlechter Dank für deine Freundlichkeit, dich in diese alte, unbeendete Blutrache zu verwickeln«, fuhr Erminie fort.

»Ich habe nicht mehr getan, als ich einer Verwandten schuldig war«, erklärte Valentin. »Und ich bin es, der für ewig in deiner Schuld steht, meine Liebe. Aber wie kannst du diese alte Fehde immer noch unbeendet nennen, Erminie, wenn kein Mann der Hammerfell-Linie mehr am Leben ist außer deinem Sohn, der erst ein Jahr alt war, als sein Vater und dessen ganzer Haushalt beim Brand der Feste ums Leben kamen?«

»Es ist mir nun einmal nicht möglich, ein anderes Bündnis einzugehen, solange mein Sohn nicht wieder in sein Erbe eingesetzt ist«, sagte Erminie. »Als ich seinen Vater heiratete, habe ich geschworen, mich dem Wohl des Hauses Hammerfell zu widmen. Diesen Eid werde ich nicht brechen, und ich werde auch keinen anderen mit hineinziehen.«

»Ein Versprechen, das einem jetzt Toten gegeben

wurde, gilt nicht mehr«, protestierte Valentin heftig. »Ich lebe, und ich finde, du schuldest mir mehr als dem Toten.«

Erminie lächelte Valentin freundlich zu.

»Mein lieber Verwandter, ich schulde dir in der Tat viel.« Denn als sie nach Thendara gekommen war – halb verhungert, ohne Geld, in Lumpen –, hatte er sie bei sich aufgenommen, und zwar so, daß kein Schatten auf ihren Ruf gefallen war. Zu der Zeit war er mit einer edlen Dame aus der Mac-Aran-Sippe verheiratet gewesen. Valentin und seine Lady hatten Erminie und ihr Kind gespeist und gekleidet, dieses Haus, das sie jetzt noch bewohnte, für sie besorgt und sie in den Turm gebracht. Damit war die Grundlage für ihre gegenwärtige hohe Stellung in der Gesellschaft von Thendara geschaffen. An all das dachten sie beide, während er vor ihr stand und ihr in die traurigen Augen sah. Der Hastur-Lord senkte den Blick zuerst.

»Verzeih mir, meine liebe Erminie, du schuldest mir gar nichts. Das habe ich vorhin schon einmal gesagt, und es war mir ernst. Wenn überhaupt eine Schuld besteht, dann ist es die meine, weil ich in all diesen Jahren das Privileg deiner Freundschaft und Zuneigung genossen habe. Auch meine Frau liebte dich sehr. Es würde ihr Andenken nicht entweihen, wenn ich jetzt dich heiratete.«

»Ich habe sie auch geliebt«, sagte Erminie, »und wenn ich überhaupt an eine Heirat denken würde, könnte ich keinen Besseren finden als dich, mein lieber Freund. Es ist nicht leicht, all das zu vergessen, was du mir und ebenso meinem Sohn gewesen bist. Aber ich habe gelobt, solange er nicht wieder in sein Erbe . . .«

Stirnrunzelnd sah Valentin Hastur nach oben in die Zweige des Baumes, unter dem sie saßen, und versuchte sich über seine Gefühle klar zu werden. Alastair von Hammerfell war seiner Meinung nach ein verwöhnter junger Mann, weder seiner hohen Stellung noch der Sorge seiner Mutter würdig. Aber es hatte überhaupt keinen Sinn, dies der Mutter des Jungen zu sagen. Da er alles war, was sie besaß, konnte sie nicht den geringsten Fehler an ihm entdecken und setzte sich mit Leidenschaft für seine Interessen ein. Valentin erkannte, daß es falsch gewesen war, über ihren Sohn zu sprechen, denn Erminie wußte, daß er, obwohl er immer freundlich zu Alastair war, ihn nicht liebte.

Im letzten Jahr hatte Alastair eine hohe Geldstrafe dafür zahlen müssen, daß er zum drittenmal mit seinem Wagen innerhalb der Stadtmauern rücksichtslos gefahren war. Das war ein bei jungen Männern seines Alters nur zu häufiges Vergehen, und unglücklicherweise betrachteten sie es gern als Ehrensache, die Vorschriften hinsichtlich des Reitens und Fahrens, die der Sicherheit dienten, zu verletzen. Diese Gecken, die sich für Zierden der Gesellschaft hielten, waren eine Schande für ihre Familien, dachte Valentin. Ihm war aber auch klar, daß das die übliche Einstellung bei Männern seines Alters war. Wurde er vielleicht einfach alt?

Die Hündin zu Erminies Füßen regte sich und hob den Kopf, und Erminie sagte voller Erleichterung: »So früh kann das kaum Alastair sein; ich habe sein Pferd auf der Straße nicht gehört. Wer mag da kommen? Sicher ist es jemand, den Juwel kennt . . .«

»Es ist dein Verwandter Edric«, sagte Valentin Hastur, zum Gartentor blickend. »Dann gehe ich besser . . .«

»Nein, Vetter. Wenn es Edric ist, handelt es sich um nichts anderes als um unsere Arbeit, da kannst du sicher sein, und wenn er nicht in deiner Anwesenheit sprechen möchte, wird er nicht zögern, dich wegzuschicken«, entgegnete Erminie lachend. Edric war der Bewahrer des ersten Kreises von Matrix-Arbeitern im Thendara-Turm und mit Erminie wie auch mit Valentin nahe verwandt.

Edric schritt durch den Garten und machte vor Valentin Hastur eine kühle, aber höfliche Verbeugung.

»Vetter«, sagte er förmlich.

Erminie begrüßte ihn offiziell mit einem Knicks. »Willkommen, Vetter. Das ist eine merkwürdige Zeit für einen Familienbesuch.«

»Ich muß dich um einen Gefallen bitten«, erklärte Edric. In der brüsken Art, die für ihn charakteristisch war, verschwendete er keine Zeit. »Und es handelt sich in der Tat um eine Familienangelegenheit. Du weißt doch, daß meine Tochter Floria nicht hier in der Stadt, sondern im Neskaya-Turm zur Überwacherin ausgebildet worden ist?«

»Ja, ich erinnere mich. Wie geht es ihr?«

»Sehr gut, Cousine, nur sieht es so aus, als gebe es für sie in Neskaya keine Dauerstelle«, antwortete Edric. »Hier jedoch ist Kendra Leynier schwanger und will zu ihrem Mann zurückkehren, bis das Kind geboren ist, und das schafft im dritten Kreis von Thendara einen Platz für Floria. Aber bis wir sicher sind, muß Floria hier in Thendara wohnen, und da wollte ich dich als die geeignetste weibliche Verwandte bitten, in der Gesellschaft als ihre Anstandsdame aufzutreten.« Florias Mutter, ebenfalls eine nahe Verwandte von Erminie, war gestorben, als das Mädchen noch ganz klein gewesen war.

»Wie alt ist Floria jetzt?« erkundigte sich Erminie.

»Siebzehn, im heiratsfähigen Alter. Doch sie möchte erst noch ein paar Jahre im Turm arbeiten«, sagte Edric.

*So schnell erwachsen geworden*, dachte Erminie. *Mir ist, als sei es erst gestern gewesen, daß Floria und Alastair Kinder waren und hier in diesem Garten spielten.*

»Ich wäre *entzückt!*« rief Erminie aus.

»Wirst du heute abend Dom Gavin Dellerays Konzert besuchen?« erkundigte Edric sich.

»Ja«, antwortete Erminie. »Dom Gavin ist ein enger Freund von meinem Sohn. Als Alastair noch jünger war, haben sie zusammen Musik studiert. Ich finde, Gavin hat immer einen guten Einfluß auf ihn gehabt.«

»Möchtest du dich im Theater nicht zu mir und Floria in die Loge setzen?«

»Ich wünschte, das wäre möglich«, sagte Erminie, »aber ich habe für diese Saison selbst eine Loge abonniert, teilweise wegen Gavins Konzert heute abend.« Nun klang ihre Stimme wehmütig. »Oh, Edric, es fällt mir so schwer, mir Floria als Siebzehnjährige vorzustellen. Als ich sie das letztemal sah, war sie erst elf. Sie trug ein kurzes Röckchen und das Haar in Locken. Ich weiß noch, daß Alastair sie immer schrecklich ärgerte – jagte sie mit Spinnen und Schlangen durch den Garten, bis ich versuchte, dem ein Ende zu machen, indem ich sie beide zum Abendessen hereinrief. Aber auch dann hörte er nicht auf, sie zu ärgern, und stahl ihr den Kuchen und die Süßigkeiten. Er hat von seiner Kinderfrau für dieses Betragen oft Schläge bekommen.«

»Nun, Floria ist ein ganzes Stück gewachsen; ich bezweifle, daß ihr Vetter sie wiedererkennen wird«, sagte Edric lächelnd. »Sie hat nichts mehr von dem Wildfang an sich, der sie früher war. Trotzdem wird es ihr immer noch guttun, wenn du ihr durch dein Beispiel zeigst, was damenhaft ist.«

»Das hoffe ich«, meinte Erminie. »Ich war noch sehr jung, als Alastair geboren wurde, nicht viel älter, als Floria jetzt ist. Das ist der Brauch in den Bergen. Heute frage ich mich, ob es nicht falsch ist. Wie kann eine so junge Frau eine kluge Mutter sein, und haben die Kinder nicht darunter zu leiden, wenn es der Mutter an Reife fehlt?«

»Das möchte ich nicht unbedingt sagen«, erwiderte Edric. »Ich finde, du bist eine sehr gute Mutter gewesen, und ich denke nicht schlecht von Alastair. Ist Floria erst noch ein bißchen älter . . .« Er hielt kurz inne und fuhr dann fort: »Es tat mir nur leid, daß du mit Kindern belastet wurdest, obwohl du selbst noch ein Kind warst. Ich sehe ein junges Mädchen lieber frei von Sorgen . . .«

»Ja, ich weiß«, unterbrach ihn Erminie. »Meine Verwandten wollten nicht, daß ich Rascard heiratete, aber ich habe es nie bereut. Ich kann nur Gutes von ihm sagen, und ich bin froh, daß ich meine Söhne bekam, als ich noch jung genug war, um Spaß an Babys im Haus zu haben.« Mit dem gewohnten Schmerz dachte sie an Conn, der bei der Flucht aus Hammerfell ums Leben gekommen war. Aber das lag weit zurück. Vielleicht sollte sie Valentin doch heiraten, solange sie noch jung genug war, weitere Kinder zu bekommen. Valentin fing den Gedanken auf – sie hatte nicht darauf geachtet, ihn abzuschirmen – und lächelte ihr liebevoll zu. Sie schlug die Augen nieder.

»Sei es, wie es wolle«, nahm Edric den Faden wieder auf, und Erminie hätte gern gewußt, ob auch er den Gedanken mitbekommen hatte – selbstverständlich würde er niemals etwas gegen ihre Einheirat in den mächtigen und prominenten Hastur-Clan einwenden –, »ich würde mich jedenfalls freuen, wenn du heute abend in der Pause zu uns in die Loge kämst. Floria wird glücklich sein, dich wiederzusehen – du bist immer ihre liebste weibliche Verwandte gewesen, weil du noch so jung warst und Spaß am Spielen hattest.«

»Ich hoffe, ich bin auch jetzt noch jung genug, um ihr eher eine ältere Schwester und Freundin als eine Anstandsdame zu sein«, sagte Erminie. »Ich habe ihre Mutter beneidet – ich habe mir immer eine Tochter gewünscht.«

Als Edric sich zum Gehen wandte, berührte sie seinen Arm. »Edric, da ist noch etwas – ein Traum, den ich schon oft hatte und letzte Nacht wieder.«

»Dieser Traum von Alastair?«

»Ich weiß nicht recht, ob es Alastair war«, gestand Erminie. »Ich befand mich im Turm, im Kreis, und Alastair kam herein – ich *glaube*, es war Alastair. Nur trug er in meinem Traum – du weißt doch, wie untadelig er sich immer kleidet – ärmliche Sachen in der Art der Bergbewohner. Und er sprach zu mir durch den Sternenstein . . .« Ihre Stimme schwankte. Sie berührte das Matrix-Juwel.

»Du hast diesen Traum schon früher gehabt . . .«

»Das ganze Jahr über«, bestätigte Erminie. »Er kommt mir wie eine Vision der Zukunft vor, und doch – du selbst hast ja Alastair getestet ...«

»So ist es, und ich sagte dir damals, was ich dir heute wieder sage: Alastair hat nur wenig *laran*, nicht genug, daß es der Mühe wert wäre, ihn auszubilden«, erklärte Edric. »Bestimmt reicht es nicht für einen Turm-Arbeiter. Aber dein Traum verrät mir, daß du meine Entscheidung noch nicht akzeptiert hast. Bedeutet es dir so viel, Erminie?«

»Ich bin mir nicht sicher, ob dieser Traum so einfach ist. Denn als ich aufwachte, glühte mein Sternenstein, als sei er berührt worden.«

»Ich wüßte nicht, was es sonst bedeuten könnte.«

Bevor sie weiter darüber sprechen konnten, stand der Hund auf und sprang auf das Gartentor zu. Erminie erhob sich. »Mein Sohn kommt nach Hause. Ich muß gehen und ihn begrüßen.«

Valentin blickte zu ihr hoch. »Du übertreibst deine Fürsorge, meine Liebe.«

»Sicher hast du recht«, gestand Erminie, »aber ich kann die Nacht nicht vergessen, in der ich meinen anderen Sohn verlor, weil ich ihn nur ein paar Minuten lang aus den Augen ließ. Ich weiß, es ist lange her, und doch stehe ich immer noch Ängste aus, wenn ich Alastair nicht in Sichtweite habe.«

»Ich kann es dir nicht zum Vorwurf machen, daß du eine besorgte Mutter bist«, räumte Valentin ein, »ich bitte dich nur, vergiß nicht: Er ist kein Kind mehr. Es liegt im Lauf der Natur, daß er aufhört, die ständige Fürsorge seiner Mutter zu brauchen. Und wenn er sein Erbe zurückgewinnen soll, muß er anfangen, für sich selbst zu kämpfen. Andererseits weißt du ja, Erminie, daß ich es weitaus besser fände, wenn diese Fehde aus Mangel an Brennstoff verlöschen würde. Soll eine neue Generation es besser machen ...«

»Mit Argumenten dieser Art wirst du kein Glück bei ihr

haben, Vetter«, unterbrach Edric ihn. »Das habe ich ihr alles längst gesagt. Sie will einfach keine Vernunft annehmen.«

»Soll ich meinen Sohn für immer im Exil leben lassen, als landlosen Mann?« wandte Erminie entrüstet ein. Sie kam Valentin sehr schön vor, als ihre Augen vor Entschlossenheit glühten. Er wünschte nur, die Sache sei dieser Entschlossenheit würdiger. »Soll ich zulassen, daß mein Gatte in seinem Grab keine Ruhe findet und sein ungerächter Geist in den Ruinen von Hammerfell umgeht?«

»Glaubst du das wirklich, Verwandte – daß die Toten ihren Groll und ihre Rachegelüste gegen die Lebenden behalten?« fragte Valentin schockiert, doch er las in ihren Augen, *daß* sie es glaubte, und sah keine Möglichkeit, sie von ihrer Meinung abzubringen.

Juwel umkreiste jetzt mit ausgelassenen Sprüngen einen hochgewachsenen jungen Mann, der auf sie zukam.

»Mutter«, sagte Alastair, »ich wußte nicht, daß du Gäste hast.« Er verbeugte sich anmutig vor ihr und neigte den Kopf respektvoll erst vor dem Hastur-Lord, dann vor Lord Edric. »Guten Abend, Sir. Guten Abend, Vetter.«

»Das sind keine Gäste, sondern unsere Verwandten«, berichtigte Erminie. »Wollt ihr bleiben und mit uns essen? Ihr beide?«

»Es wäre mir ein Vergnügen, doch unglücklicherweise werde ich anderswo erwartet«, entschuldigte Valentin sich höflich und beugte sich zum Abschied über Erminies Hand.

Edric zögerte, dann sagte er: »Heute abend nicht, aber wir werden uns ja später beim Konzert sehen.«

Erminie blickte ihnen nach, den Arm um die Taille ihres großen Sohnes geschlungen.

»Was wollte er von dir, Mutter? Will dieser Mann dich herumkriegen, daß du ihn heiratest?«

»Wäre dir das so unangenehm, mein Sohn – wenn ich wieder heiraten würde?«

»Du kannst nicht von mir erwarten, daß ich erfreut wäre«, antwortete Alastair, »wenn meine Mutter irgendeinen Tiefländer heiratete, dem Hammerfell weniger als nichts bedeutet. Sobald wir unser Recht zurückbekommen haben und du dich wieder an dem dir zustehenden Platz auf Hammerfell befindest – ja, sollte er dann kommen und um dich werben, werde ich eine positive Antwort in Erwägung ziehen.«

Erminie lächelte sanft. »Ich bin Turm-Technikerin, mein Sohn; ich brauche keine Erlaubnis von einem Vormund, um zu heiraten. Du kannst nicht einmal einwenden, ich sei noch nicht volljährig.«

»Komm, Mutter, du bist immer noch jung und hübsch . . .«

»Ich freue mich ehrlich, daß du so denkst, mein Sohn. Trotzdem, wenn ich zu heiraten wünsche, werde ich mich vielleicht mit dir beraten, ich werde dich jedoch nicht um Erlaubnis bitten.« Ihre Stimme klang sehr sanft und nicht im geringsten vorwurfsvoll, aber der junge Mann senkte die Augen und errötete.

»Bei unserem Volk in den Bergen zeigen die Männer mehr Höflichkeit. Sie kommen, wie es sich schickt, zu den männlichen Verwandten einer Frau und erbitten die Erlaubnis, um sie zu werben.«

Nun, sie konnte ihn nicht tadeln; sie hatte ihn in den Sitten und Bräuchen ihrer Sippe aus den Bergen erzogen und ihm eingeprägt, niemals zu vergessen, daß er der Herzog von Hammerfell war. Wenn er das jetzt selbst dachte, war es das Produkt ihrer Lehren.

»Es wird dunkel, gehen wir ins Haus«, sagte sie.

»Der Tau fällt. Soll ich dir deinen Schal holen, Mutter?«

»So alt bin ich nun doch noch nicht!« antwortete Erminie entrüstet. Aber dann kam sie noch mal auf Valentin. »Was du auch von ihm halten magst, mein Sohn, Valentin hat etwas sehr Vernünftiges gesagt.«

»Und was war das, Mutter?«

»Er sagte, du seist ein Mann, und wenn du Hammerfell zurückgewinnen wolltest, müßtest du das selbst bewerkstelligen.«

Alastair nickte. »Darüber habe ich in den letzten drei Jahren viel nachgedacht, Mutter. Doch ich weiß gar nicht, wo ich anfangen soll. Schließlich kann ich nicht nach Stornhöhe reiten und den alten Lord Storn – oder wer auch immer heute auf seinem Platz sitzen mag – bitten, mir die Schlüssel zu geben. Mir ist nun folgender Gedanke gekommen: Wenn diese Hastur-Lords die Gerechtigkeit so hochhalten, wie sie sagen, könnten sie bereit sein, mir Bewaffnete zu leihen, um Hammerfell zurückzuerobern, oder zumindest könnten sie öffentlich anerkennen, daß Hammerfell mir gehört und Storn es unrechtmäßig in Besitz hat. Meinst du, unser Verwandter Valentin würde mir eine Audienz beim König vermitteln?«

»Davon bin ich überzeugt.« Erminie hörte mit Freuden, daß ihr Sohn über die Angelegenheit nachgedacht hatte. Bisher hatte er noch keinen richtigen Plan, aber wenn er bereit war, sich Rat bei älteren und klügeren Köpfen zu holen, war das schon einmal ein guter Anfang.

»Du hast doch sicher nicht vergessen, daß wir heute abend ins Konzert gehen wollen, Mutter?«

»Natürlich nicht«, antwortete sie. Aus irgendeinem Grund wollte sie nicht davon sprechen, daß der heutige Konzertbesuch eine besondere Bedeutung für sie hatte.

Erminie suchte ihre Räume auf und rief ihre Gesellschafterin, um sich für das Konzert ankleiden zu lassen. Sie hatte eine seltsame Vorahnung, als werde dieser Abend schicksalhaft sein, doch sie konnte nicht ergründen, warum.

In einem Gewand aus rostfarbenem Atlas, das ihr glänzendes Haar bis zur Perfektion hervorhob, eine Kette aus grünen Steinen um den schlanken Hals, so begab sie sich nach unten zu ihrem Sohn.

»Wie fein du heute abend aussiehst, Mutter«, bemerkte

Alastair. »Ich fürchtete schon, du würdest darauf bestehen, deine Turmrobe zu tragen. Aber du hast dich gekleidet, wie es sich für unsere Stellung ziemt, und ich bin stolz auf dich.«

»So? Na, dann bin ich froh, daß ich mir heute die Mühe mit dem Anziehen gemacht habe.«

Alastair trug Jacke und Kniehosen aus Goldsatin, zu dem dunkelgelbe Ärmel und die schwarze Verschnürung der Jacke einen Kontrast bildeten. Um den Hals hatte er einen Anhänger aus geschnitztem Bernstein. Sein rotes Haar fiel in kunstvollen Locken fast bis auf die Schultern. Er glich ihrem Spielgefährten Alaric derart, daß es Erminie noch nach so vielen Jahren die Kehle zuschnürte. Nun, er war schließlich Alarics Halbbruder. Dieses Band zu ihrem toten Verwandten war einer der Gründe, wenn auch nicht der wichtigste, gewesen, die sie bewogen hatten, Rascard von Hammerfell zu heiraten.

»Du bist heute abend auch schön, mein lieber Sohn«, sagte sie und dachte: *Er wird nicht mehr lange willens sein, seine Mutter zu solchen Anlässen zu begleiten. Ich sollte seine Gesellschaft genießen, solange ich sie noch habe.*

Alastair ging nach draußen, um für seine Mutter eine Sänfte, das üblichste öffentliche Verkehrsmittel in den Straßen Thendaras, zu rufen. Kurz darauf ritt er neben ihr zu dem palastartigen Gebäude, das im letzten Jahr für Konzerte und ähnliche Darbietungen an dem großen Markt von Thendara gebaut worden war.

Auf dem Platz drängten sich die Sänften, in der Mehrzahl die schmucklos schwarzen Mietsänften, doch ein paar fielen durch kostbare Vorhänge und gestickte oder in Edelsteinen eingelegte Wappen auf.

Alastair übergab sein Pferd einem Knecht des öffentlichen Stalles und half dann seiner Mutter beim Aussteigen. »Wir sollten eine eigene Sänfte haben, Mutter, damit du nicht jedesmal, wenn du ausgehen willst, eine Mietsänfte rufen mußt. Unsere sollte das Wappen von Hammerfell tragen. Es wäre der Würde deiner Position angemessener – die Leute würden es sehen und wissen, daß du die Herzogin von Hammerfell bist.«

»Wer, *ich?*« Der Gedanke brachte Erminie zum Lachen, aber dann sah sie das Gesicht ihres Sohnes und erkannte, daß sie seine Gefühle verletzt hatte.

»Solche äußeren Zeichen der Würde brauche ich nicht, mein Junge. Mir genügt es, eine Turm-Arbeiterin, eine Technikerin zu sein. Weißt du überhaupt, was das bedeutet?« fragte sie mit einer Spur von Schärfe.

Und erneut mußte sie an ihren Traum denken. Wenn Alastair so gut wie kein *laran* besaß, warum sah sie ihn in ihren Träumen immer wieder auf diese Weise? Hatte Valentin recht? Hielt sie ihn zu sehr am Gängelband – war das nicht gut für ihn? Aber nein, sie hatte ihn ermutigt, ein eigenes Leben zu führen, und sah vom Anfang der einen Woche bis zur nächsten nur wenig von ihm. Wie war das vor einem Jahr gewesen? Er hatte ihr erzählt, daß der Turm ihn nicht zur Ausbildung aufnehmen wolle, und erst dann hatte Erminie ihm gesagt, daß er einen Zwillingsbruder gehabt habe, der beim Überfall auf Hammerfell ums Leben gekommen sei, und offenbar sei er der Zwilling mit der geringeren *laran*-Fähigkeit. Damals hatte Alastair im Zorn erklärt, er könne es nicht bedauern, diesen Bruder verloren zu haben. »Denn er hat mir meinen Anteil an einer Gabe geraubt, die dir soviel bedeutet, Mutter.«

»Du solltest es deinem Bruder nicht mißgönnen«, hatte sie ihm erwidert, »denn da der Herzogstitel und das Erbe von Hammerfell dir als dem Erstgeborenen zufielen, mußte auch er etwas Besonderes haben.« Dann machte sie ihn zum erstenmal auf die kleine und unauffällige Tätowierung aufmerksam, den Hammer auf seiner Schulter.

»Dieses Zeichen sollte dich von deinem Zwillingsbruder unterscheiden. Es weist dich überall als den rechtmäßig geborenen Erben des Großen Hauses und Besitzes von Hammerfell, als den wahren Herzog dieser Linie aus«, hatte sie zu ihm gesagt.

Die Gruppe prächtig gekleideter Adliger bahnte sich einen Weg durch die Menge, die sich auf dem Platz drängte. Als Turm-Technikerin war Erminie den meisten bekannt, und auch den jungen Herzog von Hammerfell kannten sie. Es gab Verbeugungen und Knickse. Das Volk, das in der Hoffnung, in den Konzertsaal eingelassen zu werden, den Markt umstand – denn nach altem Brauch durfte keiner der gewöhnlichen Plätze verkauft werden, bevor sämtliche Adligen untergebracht waren –, beobachtete die Hochgeborenen und jubelte ihnen zu.

Als eine der jungen Edeldamen vorbeiging, zupfte Alastair seine Mutter unauffällig am Ärmel.

»Mutter, siehst du die hellhaarige junge Frau in dem weißen Gewand?« flüsterte er, und Erminie hielt nach dem Mädchen Ausschau, auf das er sie hinwies.

»Ich kenne sie«, sagte sie leise und überrascht.

»Tatsächlich?« Er hatte keine Ahnung, wer sie war, aber er *mußte* sie kennenlernen – es war das reizendste Mädchen, das er je gesehen hatte.

»Sicher, und du kennst sie auch, mein Sohn. Sie ist deine Cousine Floria. Als Kinder habt ihr fast jeden Tag zusammen gespielt.«

»Floria«, rief er erstaunt aus. »Ich erinnere mich, daß ich sie mit einer Schlange durch den Garten gejagt und sie geärgert habe – ich hätte sie niemals wiedererkannt! Sie ist schön!«

»Ihretwegen hat mich Edric heute besucht«, erzählte Erminie. »Er möchte, daß ich während der Saison der Ratssitzungen die Anstandsdame für sie spiele.«

»Die Aufgabe würde ich gern selbst übernehmen!« erklärte Alastair lachend. »Ich habe sagen gehört, die unscheinbarsten Mädchen wüchsen zu den größten Schönheiten heran. So etwas, meine Cousine Floria!« Er war überwältigt, konnte es einfach nicht glauben.

»Als Tochter unseres Bewahrers ist es ihr nicht erlaubt, in seinem Kreis zu arbeiten. Sie hat ihre Ausbildung in Neskaya bekommen, aber jetzt ist sie in ihr Vaterhaus zurückgekehrt und wartet darauf, daß für sie ein Platz in einem der anderen Kreise frei wird.«

»Wenn sie ein Milchmädchen oder eine Seidenweberin wäre, würde ich sie immer noch für die schönste Frau halten, der ich je begegnet bin«, erklärte Alastair. »Floria ...« Er sprach den Namen beinahe ehrfürchtig aus. »Ich bezweifle, daß die Cassilda der Legenden, die von Hastur geliebt wurde, schöner gewesen ist als sie.«

»Sie ist noch jung, aber in ein, zwei Jahren wird Edric wahrscheinlich Heiratsanträge für sie bekommen.«

»Hm«, machte Alastair. »Ich glaube, ich bin der glücklichste Mann der Welt! Sie ist frei, sie ist mit uns verwandt, und sie hat *laran*. Was meinst du, Mutter, wird sie sich an mich erinnern? Habe ich eine Chance?«

Ein wohllautender Glockenton, das Zeichen, die Plätze aufzusuchen, unterbrach seine Überlegungen. Mutter und Sohn durchschritten den Bogeneingang und die großen Türen. In der Loge auf dem ersten Balkon, die Erminie abonniert hatte, nahmen sie Platz. Alastair legte seiner Mutter ihren pelzgefütterten Mantel um und schob ihr einen gepolsterten Schemel unter die Füße, bevor er sich die Reihe der Logen ansah und nach der jungen Frau suchte, die seine Begeisterung erweckt hatte.

»Da, ich sehe sie«, flüsterte er. »In der Loge mit dem Elhalyn-Wappen.« Überrascht stellte er fest: »Die königliche Loge ist ebenfalls besetzt.« König Aidan galt nicht als Musikliebhaber, und die königliche Loge wurde nur noch selten benutzt.

»Sicher ist es Königin Antonella«, meinte Erminie. »Ihre großzügige Spende und ihre Liebe zur Musik haben den Wiederaufbau dieses Hauses nach dem Brand vom letzten Jahr ermöglicht. Sie ist alt, sehr dick und jetzt auch noch taub. Aber die höchsten Töne ihrer Lieblingssänger genießt sie immer noch.«

»Darüber habe ich eine Geschichte gehört«, unterbrach Alastair, »als ich letztes Jahr im Bergchor sang. Es hieß, sie habe Dom Gavin Delleray beauftragt, eine Kantate nur für Sopranstimmen und Violinen zu komponieren, da ihr Gehörverlust selektiv ist. Sie kann hohe Töne besser hören als tiefe.«

»Das hat man mir auch erzählt.« Erminie sah zu der königlichen Loge hinüber, wo die alte Königin, sehr klein und dick, in einem unvorteilhaften Kleid von einem häßlichen Blau kandierte Früchte kaute, das steife Bein auf einem Schemel hochgelegt. Ungeachtet ihres Alters, saß eine ältere Frau in der Kleidung einer Anstandsdame neben ihr.

Alastair unterdrückte ein Kichern. »Eine Dame in ihren Jahren wird eine Anstandsdame kaum brauchen«, flüsterte er und hielt sich den Ärmel vor den Mund.

»*Still!*« beschwor Erminie ihn. »Sicher wollte die Königin einer ihrer Hofdamen, die Musik liebt, eine Freude machen.«

Alastair hatte bemerkt, daß bei Floria in der Elhalyn-Loge nur ihr Vater saß und sie keine weibliche Begleitung hatte. »Wirst du mich in der ersten Pause vorstellen?« bat er seine Mutter.

»Natürlich, mein lieber Junge. Es wird mir ein Vergnügen sein«, versprach Erminie. Unter dem stürmischen Applaus, der das Orchester und den Chor begrüßte, setzten sie sich zurecht. Da die Adligen alle Platz genommen hatten, strömte jetzt das Volk in den unteren Teil des Saals, und das Konzert begann.

Es war eine schöne Kantate, und der Dirigent und erste Sänger war der Komponist selbst, Dom Gavin Delleray, ein hübscher junger Mann, der mehrere Soli für Baß sang, zwischen denen Chorstellen lagen. Erminie dachte beim

Zuhören, daß Alastair, würde er sich nur Mühe geben, bestimmt ebensogut sänge wie Dom Gavin.

Als Alastair es nicht merkte, sah sie zu Edric Elhalyns Loge hinüber. Der Bewahrer lächelte ihr zu und nickte, offenbar als Bestätigung seiner früheren Einladung, in der Pause in seine Loge zu kommen. Auch das Mädchen schaute zu Erminie hinüber und lächelte in der freundlichsten Weise. Vermutlich waren Floria Alastairs bewundernde Blicke aufgefallen.

In seinem Alter war natürlich zu erwarten, daß erst die eine, dann eine andere junge Frau sein Interesse erregen würde; wundern mußte man sich nur, daß es bisher nicht geschehen war.

Von Zeit zu Zeit spähte Erminie, während der junge Baß-Solist sang, zu der alten Königin hinüber, die mit hingerissenem Gesichtsausdruck (oder war es nur Kurzsichtigkeit?) vor sich hin starrte. Sie dachte daran, was ihr Sohn ihr erzählt hatte, und überlegte, wieviel von der Musik die alte Dame tatsächlich hören konnte.

Die Musik endete, und begeisterter Applaus dankte dem beliebten jungen Komponisten. Genauso alt wie Alastair, waren sie als Kinder und Halbwüchsige lange Zeit unzertrennlich gewesen. Zu Erminies Verwunderung klatschte Königin Antonella besonders heftig. Sie nestelte einen Blumenstrauß von ihrem Kleid, beschwerte ihn mit einem hübschen Schmuckstück und warf ihn auf die Bühne. Das löste einen wahren Regen von Blumen, Sträußchen und Schmuckstücken aus. Gavin sammelte sie strahlend vor Freude ein und verbeugte sich vor seiner königlichen Gönnerin.

Alastair lachte leise vor sich hin.

»Ich habe gar nicht gewußt, daß Königin Antonella die Musik so sehr liebt – und ebensowenig, daß sie eine Schwäche für schöne junge Männer hat«, flüsterte er.

»Alastair, ich muß mich über dich wundern«, schalt Erminie. »Du weißt genau, daß seine Mutter die Lieblingscousine der Königin war und Gavin wie ein Sohn für sie ist, da das Königspaar das Unglück hat, kinderlos zu sein.« Alastairs spöttisch gerunzelte Stirn glättete sich, aber auch ohne Telepathie wußte Erminie, daß er sich diesen Leckerbissen von Klatsch aufhob, um seinen Freund zu necken.

Der Applaus verebbte, und es begann ein allgemeiner Auszug aus den Logen und Reihen. Junge Paare und ganze Familien wollten sich in den Gängen die Beine vertreten oder draußen kurz frische Luft schnappen oder die eleganten Bars im unteren Teil des Hauses aufsuchen, um ein Getränk oder eine andere Erfrischung zu sich zu nehmen.

»Ich sollte wirklich gehen und Gavin gratulieren . . .« sagte Alastair schuldbewußt. Offensichtlich dachte er immer noch an Floria.

»Ich bin sicher, er würde sich freuen, dich zu sehen. Aber vergiß nicht, ich habe versprochen, daß wir Lord Elhalyn und seine Tochter besuchen.«

Alastairs Augen leuchteten auf. Er folgte seiner Mutter den Korridor zwischen den Logen entlang in den Außengang. Viele Lakaien eilten geschäftig mit Getränken und anderen Erfrischungen hin und her, denn in der Konzerthalle konnte man alles bekommen, von einem Krug Bier oder einem Teller mit süßen Keksen bis zu einem ganzen Dinner, das dann in dem Privatraum hinter jeder Loge serviert wurde. In den überfüllten Korridoren hingen der Duft dieser Köstlichkeiten und das Hintergrundgeräusch einer sich ausgezeichnet unterhaltenden Menge. Vom Zuschauerraum kamen die fernen Klänge des Orchesters, das seine Instrumente für den zweiten Teil des Konzerts stimmte.

Erminie klopfte leicht an die Tür der Elhalyn-Loge. Lord Edric erhob sich mit einem strahlenden Lächeln und beugte sich über ihre Hand, ganz so, als hätten sie sich nicht erst vor weniger als drei Stunden getrennt.

»Ich grüße dich, Verwandte«, sagte er. »Komm, setz dich zu uns. Ein Glas Wein?«

»Danke, ja.« Erminie nahm das ihr angebotene Glas entgegen. »Floria, meine Liebe, wie groß und schön bist du geworden! Du erinnerst dich an deinen Vetter Alastair?«

Alastair beugte sich über ihre Hand.

»Es ist mir ein außerordentliches Vergnügen, *damisela*«, sagte er lächelnd. »Darf ich Euch eine Erfrischung bringen? Oder dir, Mutter?«

»Nein, danke, mein Junge.« Edric wies auf einen Tisch, der üppig mit kaltem Fleisch, Kuchen und Obst besetzt war. »Bitte, bedient euch.«

Auf diese Einladung hin legte sich Alastair bescheiden etwas Kuchen und Obst auf einen Teller. Ein Diener goß ihm eine großzügige Menge Wein ins Glas, und Alastair trank davon, ohne auch nur eine Sekunde den Blick von Floria abzuwenden.

Floria war ihrerseits von Alastair ganz gefesselt. »Vetter, habt Ihr Euch verändert! Ihr wart so grausam zu mir, als wir Kinder waren; ich erinnere mich an Euch nur als einen ganz schlimmen Jungen. Aber jetzt seid Ihr wirklich der Herzog von Hammerfell! Ich konnte die Mädchen in Neskaya nicht verstehen, die die Geschichte von Eurer Flucht aus der Heimat romantisch nannten. Ist es wahr, daß alle Eure Verwandten in diesem Feuer umgekommen sind? Das finde ich tragisch, nicht romantisch.«

»Es ist die reine Wahrheit, Lady Floria.« Ihr Interesse tat Alastair wohl. »Wenigstens hat meine Mutter es mir so erzählt. Mein Vater und mein Zwillingsbruder starben. Ich habe keine Verwandten aus der Hammerfell-Linie mehr; alle meine noch lebenden Verwandten gehören zur Familie meiner Mutter.«

»Und Ihr hattet einen Zwillingsbruder?«

»Ich erinnere mich überhaupt nicht mehr an ihn. Meine Mutter und ich, so hat sie es mir erzählt, kamen nur davon, weil wir in den Wald flohen, und wir hatten niemanden zum Schutz außer unserem Hund Juwel. Aber natürlich ist mir das nicht im Gedächtnis haftengeblieben; ich war kaum alt genug, um allein zu laufen.«

Mit großen Augen sah sie ihn an.

»Im Vergleich dazu habe ich ein ganz ruhiges und friedliches Leben geführt«, sagte sie leise. »Und jetzt, da Ihr erwachsen seid, gehört Hammerfell Euch?«

»Ja, sofern ich eine Möglichkeit finde, es zurückzugewinnen«, antwortete Alastair und fuhr fort: »Ich bin entschlossen, es zu versuchen. Ich werde ein Heer aufbieten, wenn ich kann, und den Feinden unserer Familie Hammerfell wieder wegnehmen.«

Floria nahm einen Schluck und blickte ihn dabei sittsam über den Rand des Glases an.

»Vater«, sagte sie leise, »hattest du nicht vor . . .?« Sie sah bittend zu Lord Elhalyn, und wie sie es erwartet hatte, fing er ihren Gedanken auf und lächelte.

»Wir geben zu Beginn des nächsten Vollmonds einen Tanz für viele unserer jungen Freunde«, erklärte er, »und wir würden uns freuen, wenn du auch kommen würdest. Der Anlaß ist Florias Geburtstag, und es wird eine einfache und informelle Angelegenheit sein«, setzte er hinzu. »Du brauchst dir keine Gedanken über hoffähige Kleidung oder Etikette zu machen; zieh dich an wie immer, und benimm dich wie immer.«

»Das würde ich mir nie einfallen lassen.« Alastair gratulierte sich, daß Floria ihren Vater gebeten hatte, ihn einzuladen. Nicht nur, daß er von Florias großer Schönheit ungeheuer beeindruckt war, ihre hohe Stellung und ihre adlige Verwandtschaft machten sie auch zu einem höchst wertvollen Kontakt, was seinen Ehrgeiz hinsichtlich Hammerfell betraf. Sie waren tatsächlich Vetter und Cousine, aber ihr Zweig der Familie stand ungeheuer viel höher als der seine. »Ich werde mein Bestes tun, um diese unglückliche Verbindung zwischen meiner Person und Schlangen aus Eurem Gedächtnis zu löschen.«

Während Alastair und Floria ihre Bekanntschaft erneuerten, sagte Lord Edric zu Erminie: »Es ist schön, daß unsere jungen Leute Freude an der gegenseitigen Gesellschaft haben. Da fällt mir ein: Hat Alastair nicht letztes Jahr mit einem Männerquartett in Neskaya gesungen?«

»Das hat er«, antwortete Erminie nickend. »Er ist musikalisch begabt.«

»Er ist überhaupt begabt. Du mußt sehr stolz auf ihn sein«, sagte Edric. »Es tut mir leid, daß Valentin ihn für einen jungen Taugenichts hält, für einen dieser Gecken, die an kaum etwas anderes als an ihre äußere Erscheinung denken. Vielleicht beurteilt Valentin ihn zu hart.«

»Das tut er.« Erminie schluckte heftig. »Alastairs Vater und Bruder sind bei der Zerstörung Hammerfells ums Leben gekommen. Ich mußte ihn allein großziehen – das war nicht leicht für ihn.«

»Ich mache mir Sorgen um die Jugend von heute«, gestand Edric. »Meine vier Söhne haben anscheinend für nichts anderes Interesse als Rennen und Spiele.«

»Ja, das beunruhigt mich bei Alastair auch. Und ich möchte dich um einen Gefallen bitten, Verwandter.«

»Nenne ihn, und du weißt, wenn es in meiner Macht steht, ihn zu erfüllen, wird es geschehen.« Edric lächelte ihr so intensiv zu, daß Erminie einen Augenblick lang wünschte, sie hätte ihn nicht gebeten.

Aber das hatte sie nun einmal getan, und schließlich war es nichts Unrechtes, was sie von ihm wollte.

»Kannst du bei deinem Verwandten König Aidan eine Audienz für meinen Sohn arrangieren?«

»Nichts einfacher als das. Mir ist zu Ohren gekommen, Aidan habe Interesse an den Angelegenheiten von Hammerfell gezeigt«, antwortete Edric. »Vielleicht bei dieser Geburtstagsgesellschaft für Floria – es mag besser sein, wenn sie sich inoffiziell treffen.«

»Ich danke dir.« Erminie lehnte ein zweites Glas Wein ab und knabberte an einer Frucht.

Floria und Alastair nahmen inzwischen von der Welt nichts anderes wahr als sich selbst. »Sagt, Lord Hammerfell, kennt Ihr meine Brüder?«

»Ich glaube, ich bin einmal Eurem Bruder Gwynn vorgestellt worden.«

»Oh, Gwynn ist zwölf Jahre älter als ich, und er hält mich wohl für so jung, daß ich immer noch kurze Röckchen tragen sollte«, bemerkte sie ärgerlich. »Mein Lieblingsbruder ist Deric; er und ich sind nur ein Jahr auseinander. Er kennt Euch. Reitet Ihr nicht eine braune Stute mit weißer Blesse?«

»Ja, meine Mutter hat sie mir zum fünfzehnten Geburtstag geschenkt.

»Mein Bruder sagte, Ihr müßtet ein gutes Auge für Pferde haben. Er habe nie eine schönere Stute gesehen.«

»Das Kompliment steht meiner Mutter zu«, wehrte Alastair ab. »Sie hat die Stute ausgesucht. Aber in ihrem Namen danke ich Eurem Bruder.«

»Ihr könnt ihm persönlich danken, denn meine Brüder haben versprochen, uns hier in der Pause zu besuchen«, erzählte Floria. »Keiner von ihnen macht sich viel aus Musik. Bestimmt sind sie in einem Wirtshaus gewesen oder vielleicht in einem Spiellokal. Interessiert Ihr Euch nicht für Karten und Spiele?«

»Nicht sehr«, behauptete Alastair, obwohl es in Wahrheit so lag, daß er sich beim Spiel nur die kleinsten Einsätze leisten konnte, was es kaum der Mühe wert machte. Sein Einkommen war sehr gering, und so stellte ihm seine Mutter genug Geld zur Verfügung, um anständig auszusehen.

In diesem Augenblick drängten sich vier junge Männer – die Söhne Edrics von Elhalyn – alle auf einmal in die Loge und belagerten den Tisch mit Erfrischungen. Der größte von ihnen trat schnell zu Floria und fragte stirnrunzelnd: »Wer ist dieser Fremde, mit dem du sprichst, Schwester? Und warum plauderst und flirtest du mit fremden jungen Männern?«

Floria stieg das Blut in die Wangen. »Mein Bruder Gwynn, Lord Alastair von Hammerfell; er ist unser Vetter. Ich kenne ihn, seit wir Kinder waren, und wir haben ganz korrekt in Gegenwart meines Vaters und seiner Mutter miteinander gesprochen. Du kannst beide fragen, ob ein einziges Wort zwischen uns gewechselt worden ist, das nicht schicklich war.«

»Das ist richtig, Gwynn«, fiel Lord Edric ein. »Diese Dame ist die Herzogin von Hammerfell, eine alte Freundin und unsere Verwandte.«

Gwynn verbeugte sich vor Erminie. »Ich bitte um Verzeihung, *domna*. Es war nicht böse gemeint.«

Erminie lächelte und antwortete mit Anstand: »So habe ich es auch nicht aufgefaßt, Verwandter. Wenn ich eine Tochter hätte, würde ich ihr Brüder wünschen, die so besorgt um ihr Benehmen und ihren Ruf sind.« Alastair jedoch machte ein finsteres Gesicht.

»Es ist Sache der Lady Floria, nicht die Eure, Sir, zu sagen, ob meine Gesellschaft ihr unangenehm ist, und ich wäre Euch dankbar, wenn Ihr Euch um Eure eigenen Angelegenheiten kümmertet.«

Gwynn nahm den Fehdehandschuh nur zu eifrig auf. »Könnt Ihr behaupten, es sei *nicht* meine Angelegenheit, wenn ich meine Schwester im Gespräch mit einem landlosen Habenichts im Exil sehe, dessen alte Geschichte von ihm widerfahrenem Unrecht von Dalereuth bis Nevarsin ein Witz ist?« ging Gwynn auf Alastair los. »Auf dem Weg hierher habe ich bemerkt, daß Unruhe in der Stadt herrscht – Horden von vertriebenen Bauern auf den Straßen, Banden junger Rowdys, bereit zu einer Geste gegen die Aristokraten –, aber ich bin überzeugt, Ihr wißt das nicht, und es kümmert Euch nicht; Ihr wart so eifrig damit beschäftigt, Eure langweilige alte Geschichte von Hammerfell zu erzählen ... es könnte ebensogut eine vom Wolkenkuckucksheim sein! Ihr könnt Euch selbst erzählen, was Euch beliebt, aber macht Euch im Exil nicht mit einem zweifelhaften Titel wichtig – es gibt hundert solcher Titel in Thendara, Lord von Hintertreppe oder von Zandrus Zehnter Hölle, nehme ich an. In den Ohren junger Mädchen, die es nicht besser wissen, mag so etwas gut klingen, aber ...«

»Hör mal, Gwynn, das ist genug«, unterbrach ihn Lord Edric. »Dein Mangel an Manieren ist abscheulich! Ich bin noch nicht so alt, daß ich nicht entscheiden kann, wer geeignet ist, mein Gast oder mein Freund zu sein. Entschuldige dich sofort bei Lady Erminie und Alastair!«

Aber Gwynn wollte nicht klein beigeben. »Vater, weißt du nicht, daß diese Hammerfell-Geschichte in allen Hundert Königreichen ein Witz ist? Wenn Hammerfell ihm gehört, warum ist er dann nicht bei seinen Leuten in den Hellers, statt hier in Thendara herumzulungern und jeden in Hörweite zu langweilen ...«

Jetzt reichte es Alastair. Er packte Gwynn vorn beim Hemd und drückte ihm die freie Hand fest auf die Nase. »Hör zu, du! Du hältst dein Maul über meine Familie ...«

Erminie schrie vorwurfsvoll auf, doch ihr Sohn war zu wütend, um es zu hören. Gwynn Elhalyns Gesicht wurde rot vor Zorn. Er stieß Alastair so heftig zurück, daß dieser über ein Möbelstück stolperte und der Länge nach auf dem teppichbelegten Fußboden der Loge hinschlug. Alastair sprang auf die Füße, faßte Gwynns Hemd von neuem und schob ihn aus der Tür der Loge. Dabei rempelte er einen Diener an, der ein Tablett mit Gläsern trug. Der Mann fiel zu Boden, Glas klirrte, Wein spritzte in alle Richtungen. Alastair fuhr sich mit der Hand über die Augen und stürzte sich auf Gwynn, der sich hochgerappelt und seinen *skean* gezogen hatte.

Lord Edric warf sich zwischen sie, ergriff Gwynns Dolch und hielt seinen Sohn zurück. »Verdammt noch mal!« brüllte er, »das ist genug, habe ich gesagt, und du wirst mir gehorchen! Wie kannst du es wagen, den Dolch gegen Gäste zu ziehen, die dein Vater eingeladen hat?«

Erminie unterbrach taktvoll: »Verwandter, die zweite Kantate wird gleich beginnen. Sieh doch, die Solisten nehmen bereits ihren Platz auf der Bühne ein. Mein Sohn und ich müssen uns verabschieden.«

»Ja, das stimmt«, antwortete Lord Edric beinahe dankbar. Er nickte Alastair zu. »Wir sehen uns dann auf Florias Ball . . .«

In diesem Augenblick entstand Unruhe im Gang. Eine Gruppe ärmlich gekleideter junger Männer erzwang sich lachend und johlend den Weg in die Loge. Sofort riß Gwynn seinem Vater den Dolch aus der Hand, und Edric stellte sich schützend vor Erminie. Alastair hatte das Messer gezogen und trat den jungen Männern entgegen.

»Dies ist eine private Loge. Ich wäre euch dankbar, wenn ihr sie verlassen würdet«, sagte er.

Der vorderste der Männer erwiderte höhnisch: »Wie soll ich denn das verstehen? Welcher Gott hat dir diesen Ort geschenkt, daß du mich von ihm vertreiben kannst? Ich bin ebensoviel wert wie du – glaubst du, du kannst mich hinauswerfen?«

»Ich werde gewiß mein Bestes tun.« Alastair faßte ihn bei der Schulter. »So, hinaus!« Er drängte den jungen Mann zur Tür. Diesen überraschte es anscheinend, daß er und seine Freunde überhaupt auf Widerstand stießen. Er drehte sich um und rang mit Alastair.

»Hilf mir bei dem hier, Vetter!« rief Alastair, aber Gwynn beschützte Floria. Über die Schulter sah Alastair, daß auch in andere Logen Fremde eingedrungen waren. Weitere junge Männer, Gefährten dessen, den er wegzuschieben versuchte, hatten sich sofort auf den Tisch mit den Erfrischungen gestürzt und griffen mit beiden Händen nach den Leckerbissen und stopften sie in Taschen und Säcke. Unwillkürlich kam Alastair der Gedanke: *Ob sie wirklich Hunger haben?*

Als habe sein Gedanke den Lord erreicht, erklärte Edric gelassen: »Wenn ihr Hunger habt, junge Leute, nehmt, was ihr wollt, und geht wieder. Wir sind hergekommen, um Musik zu hören; wir tun niemandem etwas.«

Die ruhigen Worte bewirkten, daß die meisten Eindringlinge sich zurückzogen. Sie stopften sich die Taschen voll Essen und eilten in den Gang hinaus. Aber der Anführer, der mit Alastair kämpfte, wich nicht.

»Ihr reichen Blutsauger bildet euch wohl ein, ihr könnt uns mit ein paar Kuchenstücken abspeisen? Ihr habt euch in all diesen Jahren von unserem Blut ernährt – sehen wir mal, welche Farbe das eurige hat!« Plötzlich war ein Messer in seiner Hand. Er stieß nach Alastair, der damit nicht gerechnet hatte. Das Messer ritzte ihm den Unterarm. Er schrie vor Schmerz auf, riß sein eigenes Messer hoch und wickelte sich ein Ende seines Mantels um den Arm.

Erminie rief verzweifelt: »Wachen! Wachen!«

Plötzlich füllten junge Gardisten in grünen und schwarzen Mänteln die Loge. Der Eindringling starrte noch immer wie betäubt auf das Blut, das aus Alastairs Wunde tropfte, als er von den Gardisten ergriffen wurde.

»Seid Ihr in Ordnung, *vai dom?*« erkundigte sich einer von ihnen. »Heute abend ist ein Haufen von diesem Gesindel in der Stadt; es hat die Sänfte der Königin umgeworfen.«

»Mir fehlt weiter nichts«, sagte Alastair. »Ich verstehe nicht, was er wollte . . .« Geschwächt sank er in einen Sessel.

»Das wissen die Götter«, meinte der Gardist. »Ich bezweifle, daß er es selbst weiß – oder, du Schwein?« Er versetzte dem jungen Mann einen Stoß. »Wie schwer seid Ihr verletzt, Sir?«

Lord Edric zog sein eigenes leinenes Taschentuch hervor und gab es Alastair zum Stillen der Blutung.

Alastair saß halb betäubt da und blinzelte beim Anblick des blutgetränkten Taschentuchs. »Ich bin nicht schwer verletzt; laßt den Kerl laufen. Aber wenn ich ihn jemals wiedersehe . . .«

Floria kam und beugte sich zu Alastair herab. Befehlend sagte sie zu den Gardisten: »Es ist mir gleich, was ihr mit ihm macht, aber schafft ihn uns aus den Augen.« Dann nahm sie ihm das Taschentuch weg und erklärte sanft: »Ich bin Überwacherin; laßt mich sehen, wie tief die Wunde ist.« Sie hob die Hand und führte sie über Alastairs Arm, ohne ihn zu berühren. »Sie ist nicht tief, aber eine kleine Ader ist getroffen worden.« Nun holte sie ihren Sternenstein hervor und konzentrierte sich auf die Wunde. Sekunden später hörte sie auf zu bluten. »So, ich glaube, ein wirklicher Schaden ist nicht angerichtet worden.«

»Mein Junge, ich bin entsetzt, daß das in unserer Loge passiert ist«, beteuerte Lord Edric. »Wie kann ich das wiedergutmachen?«

»Anscheinend trifft das heute abend jeden.« Erminie sah sich im Zuschauerraum um. Die Gardisten hatten inzwischen die Oberhand gewonnen, und überall im Gebäude wurden schäbig gekleidete junge Männer abgeführt.

Ein älterer Mann, ebenso ärmlich aussehend wie die Eindringlinge, protestierte lautstark, als die Gardisten ihn wegzerren wollten. »Ich gehöre nicht zu denen, ich habe mir eine Eintrittskarte gekauft wie jeder andere auch! Brauche ich eine Seidenhose, um mir ein Konzert anhören zu dürfen, meine Lords? Ist das die Gerechtigkeit der Hasturs?«

Dom Gavin Delleray, der an der Rampe gestanden hatte, sprang zu den unteren Sitzreihen hinunter. »Laßt ihn in Ruhe!« rief er. »Er ist meines Vaters Friedensmann!«

»Wie Sie wünschen, mein Lord«, sagte der Gardist und wandte sich wieder dem älteren Mann zu: »Entschuldigt, aber wie soll man das wissen, wenn er genauso aussieht wie dieses Pack?«

Erminie legte ihrem Sohn die Hand auf den Arm. »Soll ich eine Sänfte rufen? Oder möchtest du bleiben?«

Alastairs Hand lag noch immer in der Florias. Er hatte nicht den Wunsch, sich zu bewegen. Floria betrachtete ihn mit beschützerischer Entrüstung.

»Ich glaube, er sollte jetzt nicht gehen«, sagte Floria. »Gwynn, gieß ihm etwas Wein ein, falls diese Rüpel ihn nicht ganz ausgetrunken haben. Setzt Euch, Cousine Erminie; Ihr könnt Euch das Konzert ebensogut hier anhören.«

Der Tumult legte sich. Das Orchester begann mit einer Ouvertüre, und Erminie nahm neben Alastair Platz. Sie war erschüttert. Was spielte sich in dieser Stadt ab, die sie so gut kannte? Die Eindringlinge hatten sie und ihren Sohn angesehen, als seien sie Ungeheuer. Aber sie war doch nur eine einfache, schwer arbeitende Frau und nicht einmal reich. Was konnten sie gegen sie haben?

Sie sah, daß Floria die Hand Alastairs hielt, und ohne zu wissen, warum, war sie plötzlich von bösen Vorahnungen erfüllt. Doch die beiden waren Vetter und Cousine, sie waren zusammen aufgewachsen, und eine Heirat wäre eine passende Partie. Weshalb beunruhigte sie der Gedanke so?

Sie hob den Blick zu der königlichen Loge. Königin Antonella, deren steifes Bein immer noch auf dem Schemel hochgelegt war, mampfte seelenruhig Nußkuchen, als habe es nie eine Unterbrechung gegeben.

Plötzlich mußte Erminie lachen und konnte nicht mehr aufhören. Aus den anderen Logen sandte man ihr zornige Blicke zu. Edric bot ihr Riechsalz und einen Schluck Wein an, aber sie konnte es nicht unterdrücken, so sehr sie sich auch bemühte. Zuletzt mußte Edric sie in den Vorraum der Loge beinahe tragen, wo ihr Lachen in Weinen umschlug. Sie lag in Edrics Armen und weinte, bis sie zusammenbrach.

# VI

Conn von Hammerfell fuhr mit einem Schrei aus dem Schlaf und faßte nach seinem Arm, von dem er glaubte, er sei blutüberströmt. Die Dunkelheit und die Stille verwirrten ihn. Nur das heftige Schneetreiben, das gegen die Fensterläden anstürmte, und das Schnarchen schlafender Männer waren zu hören. In dem schwachen rötlichen Schein des Feuers sah Conn einen Kessel an einem Haken schaukeln. Ein angenehm fruchtiger Geruch entströmte ihm. Neben Conn richtete Markos sich auf und blinzelte in die Finsternis.

»Was ist, mein Junge?«

»Ah, das Blut ...« murmelte Conn. Dann wurde er ganz wach und stellte fest: »Aber es ist niemand hier ...«

»Wieder ein Traum?«

»Es kam mir alles so wirklich vor«, berichtete Conn mit benommener, schläfriger Stimme. »Ein Dolch – wir kämpften – der Mann erzwang sich Zutritt – um mich herum waren Leute in so feinen Kleidern, wie ich sie nur in Träumen gesehen habe, ein alter Mann, der ein Verwandter war und sich bei mir entschuldigte – und ein schönes Mädchen in einem weißen Kleid. Es ...« Er unterbrach sich, runzelte die Stirn und fuhr sich mit den Fingern über den Unterarm, als erstaune es ihn, daß kein Blut da war. »Ich weiß nicht, was es gemacht hat, aber es stillte die Blutung.« Er sank auf die primitive Strohmatratze zurück. »Oh, es war schön ...«

»War das wieder eine Traumjungfrau?« Markos lachte gutmütig. »Du hast früher schon von ihr gesprochen, aber in letzter Zeit nicht mehr. War es dieselbe? War da noch mehr?«

»O ja – Musik und ein Mann, der sich über mein Erbe lustig machte und Streit anfing – und meine ... *Mutter*, und ich weiß nicht, was sonst noch alles – du kennst das ja, wie in Träumen alles durcheinandergeht.« Er seufzte, und Markos, der auf dem Strohsack neben Conn lag, nahm die Hand des jungen Mannes in seine knorrige alte Pranke.

»Leise – weck die anderen nicht auf«, mahnte er und wies in die Dunkelheit, wo vier oder fünf Gestalten lagen. »Schlaf, Junge. Wir haben eine lange Nacht und einen noch längeren Tag vor uns. Da dürfen wir keine Zeit damit verschwenden, uns über Träume aufzuregen – falls es wirklich ein Traum war. Schlaf noch, sie können frühestens um Mitternacht hier sein.«

»Falls sie kommen«, erwiderte Conn. »Hör dir den Sturm draußen an! Das wäre in der Tat aufopfernd, wenn sie bei dem Wetter kämen.«

»Sie werden kommen«, erklärte Markos zuversichtlich. »Versuch noch ein, zwei Stunden zu schlafen.«

»Aber wenn es kein Traum war, was könnte es dann gewesen sein?« wollte Conn wissen.

Seine Stimme fast zum Flüstern dämpfend, antwortete Markos zögernd: »Du weißt, daß *laran* in deiner Familie ist. Deine Mutter war eine *leronis* – wir müssen ein anderes Mal darüber sprechen, und das werden wir auch.«

»Ich verstehe nicht...« begann Conn, verfolgte aber den Gedanken nicht weiter, sondern lauschte dem tobenden Sturm und dem Schnee, der gegen die Fensterläden prasselte. Er nahm die Emotionen seines Pflegevaters wahr. Der alte Mann war beunruhigter, als er es durch einen bloßen Traum, auch einen immer wiederkehrenden, hätte sein dürfen.

Abgesehen von dem Schreck und dem Schmerz, als er erwachte und meinte, verletzt worden zu sein und zu bluten, hatte Conn selbst den Traum nicht sehr ernst genommen. Kurze Einblicke in ein anderes Leben hatte er schon viele Male in Träumen gehabt, obwohl er selten darüber mit seinem Pflegevater sprach. In ihnen versteckte er sich nicht in diesem kleinen Dorf im Gebirge, wo nur wenige seinen richtigen Namen und seine Identität kannten, sondern wohnte in einer großen Stadt und war von einem Luxus umgeben, den er sich kaum vorstellen konnte. Es beunruhigte ihn sehr, daß Markos anscheinend glaubte, diesen Visionen liege irgendeine Realität zugrunde.

Markos war Conns früheste Erinnerung. Sosehr er es auch versuchte, in seinem Gedächtnis war sonst nichts zu finden, nichts außer Bildern von einem großen Feuer und manchmal eine liebe Stimme, die ihm in seinen Träumen beruhigend zusprach. Markos hatte eines Tages entdeckt, daß Conn sich schwach an das Feuer erinnern konnte, und da hatte er ihm seinen richtigen Namen mitgeteilt und die Geschichte des Brandes von Hammerfell erzählt, bei dem sein Vater und seine Mutter und sein einziger Bruder umgekommen seien. Als Conn größer geworden war, nahm Markos ihn mit zu der ausgebrannten Ruine, die einmal die stolze Feste von Hammerfell gewesen war, und prägte ihm ein, daß seine erste Pflicht als der einzige überlebende Mann der Hammerfell-Sippe darin bestünde, für die verlassenen Gefolgsleute von Hammerfell zu sorgen und sein Herzogtum zurückzuerobern und wiederaufzubauen.

Conn bemühte sich einzuschlafen, und das süße Gesicht des Mädchens in Weiß, das seine Traumwunde geheilt hatte, begleitete ihn in die dunklen Abgründe des Schlafs. Ob es dieses Mädchen wirklich gab? Markos hatte ihm erzählt, er sei als Telepath geboren worden, begabt mit den erblichen parapsychischen Kräften seiner Kaste. War es also möglich, daß das Mädchen tatsächlich irgendwo existierte, daß er es durch die Kraft seines ererbten *laran* gesehen hatte? Oder war sein *laran* von der präkognitiven Art, war es vorherbestimmt, daß das Mädchen irgendwann in sein Leben treten würde?

Mehr schlafend als wachend, sich des tobenden Schneesturms bewußt, überließ Conn sich Phantasien, in denen das schöne Mädchen bei ihm war. Sie hatten Zuflucht in einer halb in Trümmern liegenden Steinhütte gefunden, nicht unähnlich der Hütte an der Grenze von Hammerfell, wo er mit Markos gewohnt hatte, so weit er sich zurückerinnern konnte, nur sie beide und eine schweigsame alte Frau, die für sie gekocht und Conn versorgt hatte, als er noch zu klein gewesen war, um während Markos' häufiger Abwesenheit allein gelassen zu werden. Jetzt wurde Conns Traum durch Hufschläge gestört. Reiter kamen auf der Straße näher. Conn erwachte und streckte die Hand nach Markos aus.

»Es ist Zeit«, flüsterte er. »Sie kommen.«

»Und da ist das Zeichen«, bestätigte Markos, als unmittelbar vor der Hütte ein Regenvogel dreimal rief. Er zündete ein Streichholz an. Auch die anderen Männer standen auf und fuhren in die Stiefel.

Markos ging an die Tür und zog sie auf. Die Angeln kreischten so laut, daß Conn zusammenzuckte.

»Ich könnte dieses Quietschen noch hören, wenn wir auf der anderen Seite des Walls um die Welt wären«, beschwerte er sich. »Öl sie, oder die Berge werden sie für eine Alarmglocke halten.«

»Aye, mein Lord«, stimmte Markos zu. Wenn sie allein oder mit Leuten zusammen waren, die Conns wahre Identität nicht kannten, hieß es meistens »mein Junge« oder »Master Conn«. Aber seit Conns fünfzehntem Geburtstag hatte Markos ihn in Anwesenheit solcher, die Bescheid wußten, stets respektvoll mit seinem Titel angeredet.

Ein halbes Dutzend Männer in Reitkleidung drängte sich in die Hütte, in der Conn, Markos und die anderen geschlafen hatten. Trotz des kleinen, dem Schutz vor dem Wetter dienenden Vorraums strömten der eisige Wind und die Graupeln mit ihnen ins Innere, und der letzte hatte Mühe, die Tür zu schließen.

In dem trüben Licht stellte sich Markos in die Mitte der Männer, die auf dem Fußboden geschlafen hatten, und fragte den Anführer der Reiter: »Seid ihr sicher, daß euch niemand hierher gefolgt ist?«

»Wenn sich auch nur ein Eiskaninchen zwischen hier und dem Wall um die Welt muckst, will ich es lebendig essen, mit Fell und allem«, antwortete der Anführer, ein großer, stämmiger Mann in einer Lederjacke. Rötliche Bartfransen umgaben sein Gesicht. »Im Wald gibt es nichts anderes als Schnee und Stille. Ich habe mich dessen vergewissert.«

»Sind die Männer alle gut bewaffnet?« forschte Conn. »Zeigt mir, was ihr habt.« Er inspizierte kurz die Schwerter und Piken, alle alt, einige kaum etwas besser als Mistgabeln, aber glänzend, gut in Schuß gehalten und frei von Rost.

»In Ordnung, dann sind wir soweit. Aber ihr müßt halb tot sein vor Kälte. Bleibt eine Weile, wir haben Glühwein für euch.« Er trat an den Kamin und schöpfte den dampfenden Punsch in Tonbecher, die er den Männern reichte. »Trinkt, und dann brechen wir auf.«

»Einen Augenblick, mein junger Lord«, sagte Markos. »Bevor wir reiten, habe ich dies für Euch.« Mit feierlichem und geheimnisvollem Gehabe begab er sich in die fernste Ecke des Raums und kramte dort in einer alten Truhe. Dann drehte er sich um. »Seit dem Brand, der Hammerfell zerstörte, habe ich das für Euch versteckt – Eures Vaters Schwert.«

Conn hätte beinahe den Tonbecher fallen lassen. Es gelang ihm gerade noch, ihn dem Mann mit den Bartfransen in die Hand zu drücken. Er faßte nach dem Schwert und umklammerte sichtlich bewegt den Griff. Er besaß nichts von seiner Familie; Markos hatte ihm erzählt, daß alles, was seinem Vater gehört hatte, verbrannt sei. Nun hoben die Männer die Becher, und Rotbart rief: »Aye, trinken wir auf unseren jungen Herzog!«

»Aye, mögen alle Götter ihn segnen!« Mit lauten Rufen tranken sie auf seine Gesundheit.

»Ich danke dir, Farren – und euch allen. Möge das Werk dieser Nacht ein guter Anfang für die langwierige Aufgabe sein, die vor uns liegt«, sagte Conn und fügte hinzu: »Es gibt ein Sprichwort, daß die Götter diejenigen segnen, die schwer arbeiten, bevor sie um Hilfe bitten.« Er stieß das Schwert seines Vaters in die Scheide – später wollte er die darauf eingravierten Runen studieren, wollte versuchen, aus ihnen etwas über die Verwandten zu erfahren, die vor ihm geboren worden waren.

Nun ergriff Farren das Wort. »Unser Leben steht Euch zur Verfügung, mein Lord. Aber wohin reiten wir heute nacht? Markos hat uns nicht mehr mitgeteilt, als daß Ihr uns braucht, und so sind wir im Gedenken an Euren Vater gekommen. Sicher habt Ihr uns nicht bei diesem Sturm gerufen, damit wir auf Eure Gesundheit trinken – obwohl dieser Punsch ausgezeichnet ist – und sehen, wie Euch das Schwert von Hammerfell übergeben wird.«

»Natürlich nicht«, antwortete Conn. »Ihr seid hier, weil ich eine seltsame Geschichte gehört habe. Ardrin von Storn, unser alter Feind, soll vorhaben, heute nacht ein auf Gemeindeland stehendes Dorf unserer Clansleute, Pächtern von Hammerfell, niederzubrennen.«

»Bei einem solchen Sturm? Welchen Grund könnte er denn haben?«

»Es ist nicht das erste Mal, daß er die Wohnungen von Pächtern niederbrennt und sie heimatlos in den Winter hinausstößt. Sie können sich nicht wehren, weil sie in aller Eile Schutz vor den Elementen suchen müssen«, erläuterte Conn. »Man sagt, er beabsichtige mehr Schafe auf seinem Land zu halten, um Wolle und Tuch zu produzieren, da ihm das mehr Gewinn bringe als der Ackerbau, mit dem die Pächter sich selbst ernähren.«

»Aye, das stimmt«, bestätigte Farren. »Er hat meinen Großvater von einem kleinen Hof vertrieben, auf dem er fünfzig Jahre lang gewohnt hatte. Dem armen alten Mann blieb nichts weiter übrig, als in die Tiefland-Städte zu hinken, um sich eine Stelle als Lagerarbeiter zu suchen, und er hatte noch Glück, daß er sie fand. Jetzt weiden Wolltiere dort, wo mein Großvater das Feld bestellte.«

»Storn ist nicht der einzige, der diese üblen Methoden anwendet«, sagte Conn. »Seine eigenen Pächter – wenn sie es sich gefallen lassen – gehen mich nichts an. Aber ich habe geschworen, es nicht zuzulassen, daß Hammerfell-Leute so schikaniert werden. Die Sache mit deinem Großvater war mir nicht bekannt, Farren. Sollte ich Storn besiegen und mein Land wiedergewinnen, wird er auch seinen Hof zurückerhalten. So alte und schwache Männer dürften nicht gezwungen sein, für ihren Porridge zu schuften und zu schwitzen.«

»In seinem Namen danke ich Euch.« Farren bückte sich, um seinem Lord die Hand zu küssen, aber Conn errötete und streckte sie ihm statt dessen zu einem freundschaftlichen Händedruck entgegen.

»Und nun wollen wir reiten. Storns Männer werden des Nachts zuschlagen und die alten Leute aus ihren Häusern vertreiben. Doch ab heute nacht wird Storn wissen, daß Hammerfell lebt. Ungestraft soll er diese Verbrechen nicht fortsetzen.«

Einer nach dem anderen schlüpften sie in den tobenden Schneesturm hinaus, gingen zu ihren Pferden und saßen auf. Markos ritt an der Spitze, Conn dicht hinter ihm. Der Schnee raubte ihnen die Sicht; es war fast unmöglich zu sehen, welchen Weg Markos nahm. Aber Conn vertraute seinem Pflegevater bedingungslos, und er wußte, der alte Mann kannte jeden Stein und jeden Baum dieser Berge. Er brauchte sich nur dicht hinter dem Pferd seines alten Dieners zu halten. So ritt er dahin, die Augen vor den Graupeln halb geschlossen, und ließ sein Pferd den Weg selbst finden, während er mit heimlichem Stolz leicht den Griff des Schwertes seines Vaters berührte.

Damit hatte er nicht gerechnet. Als Ritus war die Übergabe des Schwertes wichtiger als das Unternehmen dieser

Nacht. Conn war schon öfter als einmal mit Markos ausgezogen, um die Storns zu überfallen – tatsächlich hatten er und Markos sich in all diesen Jahren von dem dabei erbeuteten Geld und den geraubten Tieren ernährt. Doch Conn wäre es niemals in den Sinn gekommen, sich oder Markos für einen Dieb zu halten. Vor seiner Geburt hatten die Storns den größten Teil des Eigentums seines Vaters gestohlen, und als er ein Jahr alt war, hatten sie den kleinen Rest niedergebrannt.

Da nun Storn sich den gesamten Hammerfell-Besitz angeeignet hatte, hielten Conn und Markos es nur für recht und billig, wenn ein ansehnlicher Teil davon an den rechtmäßigen Eigentümer zurückgeführt wurde.

Aber heute nacht würde Storn erfahren, wer sein Feind war und warum er ihn verfolgte.

Der Schnee fiel jetzt so dicht, daß Conn die Hufschläge des Pferdes kaum noch hören konnte. Er gab dem Tier den Kopf frei, denn wenn er es bei diesem Wetter zu sehr führte, konnte es ausrutschen. Nach einer Weile hielt Markos so abrupt an, daß Conn beinahe in das Pferd des alten Mannes hineingeritten wäre.

Markos glitt aus dem Sattel und ergriff Conns Zügel.

»Von hier an gehen wir zu Fuß«, flüsterte er. »Es können einige seiner Leibgarde in der Nähe sein, und die sollten uns lieber nicht sehen.«

»Ja, richtig.« Conn hörte auch, was Markos nicht aussprach: Je weniger er töten mußte, desto besser war es für sie alle. Storns Männer gehorchten ihren Befehlen und trugen nicht die ganze Verantwortung für das, was sie tun mußten – zuviel Mitgefühl für die herrenlosen Hammerfell-Pächter, und sie würden ihr Schicksal teilen. Weder Conn noch Markos fanden Geschmack an sinnlosem Töten.

Leise gab jeder die geflüsterte Botschaft an seinen Hintermann weiter. Die Pferde jetzt führend, umging die kleine Gruppe das Dorf. Dann kam der Befehl, stehenzubleiben, wo sie waren, und sich still zu verhalten. Conn stand allein in der Dunkelheit und meinte, sein Atem und das Klopfen seines Herzens müßten von den Leuten in den dicht nebeneinandergebauten Hütten dort unten gehört werden.

Aber die Hütten waren fast alle dunkel; nur eine von zehn oder zwölf hatte ein Licht im Fenster. Was mochte es zu bedeuten haben? dachte Conn. War da ein alter Mann am Feuer eingenickt, wachte eine Mutter bei ihrem kranken Kind, erwarteten alte Eltern die Rückkehr ihres von der Dunkelheit überraschten Sohnes, war eine Hebamme bei der Arbeit?

Er wartete stumm und bewegungslos und hatte das Schwert ein wenig in der Scheide gelockert. *Heute nacht bin ich wirklich Hammerfell, dachte er. Vater, wo du auch sein magst, ich hoffe, du siehst, daß ich mich für unsere Leute einsetze.*

Plötzlich ertönte aus einer der Hütten wildes Gebrüll. Flammen züngelten in den Himmel über den Dächern. Eins der Häuser loderte wie eine Fackel. Es gab Schreie und Verwirrung.

»*Jetzt!*« kam der scharfe Befehl von Markos. Die Männer sprangen auf die Pferde und stürmten unter Wutgebrüll den Hang hinunter. Conn legte einen Pfeil auf die Sehne und zielte auf die dunklen, bewaffneten Gestalten, die mit Fackeln in den Händen um die Häuser herum liefen. Der Pfeil flog; einer der Fackelträger fiel ohne einen Laut zu Boden. Conn griff zum nächsten Pfeil. Jetzt kamen Frauen und Kinder und ein paar alte Männer aus den Hütten, taumelnd, halb im Schlaf, schreiend vor Angst und Schmerz. Ein weiteres Haus ging in Flammen auf. Und dann stürzten sich Conns Männer in den Kampf. Sie schrien wie wilde Tiere und schossen Pfeile auf die Männer, die das Dorf niederbrannten.

Conn brüllte mit voller Lungenkraft: »Lord Storn! Seid Ihr hier, oder habt Ihr Eure Diener gesandt, die schmutzige Arbeit zu tun, und sitzt selbst sicher zu Hause an Eurem eigenen Feuer? Was sagt Ihr, Lord Storn?«

Es folgte eine lange Pause, in der nur das Knistern der Flammen und das Weinen verängstigter Kinder zu hören waren, und dann erklang eine strenge Stimme.

»Ich bin Ruprecht von Storn. Wer wagt es, mich für das, was ich tun muß, zur Verantwortung zu ziehen? Diesen nichtsnutzigen Menschen ist immer wieder gesagt worden, sie müßten ihre Häuser räumen; da sie es nicht taten, zwingen sie mich, so zu handeln. Wer bestreitet mein Recht, auf meinem eigenen Grund und Boden zu tun, was ich will?«

»Das hier ist nicht Storn-Land«, schrie Conn gellend, »es ist von Rechts wegen Hammerfell-Land! Ich bin Conn, Herzog von Hammerfell, und Ihr mögt Eure Schurkenstreiche auf Eurem eigenen Boden verüben, wenn Eure Leute es zulassen, aber vergreift Euch an *meinen* Pächtern, und Ihr werdet es büßen! Eine feine Arbeit ist das für einen Mann – gegen Frauen und Kleinkinder zu kämpfen! Aye, und gegen ein paar Greise! Wie tapfer sind die Männer von Storn, wenn keine Krieger da sind, die sich gegen sie wehren und die Frauen und Kinder beschützen!«

Langes Schweigen. Dann kam eine Antwort.

»Ich hatte gehört, die Wolfswelpen von Hammerfell seien in dem Feuer umgekommen, das diese verfluchte Familie auslöschte. Welcher Betrüger erhebt hier einen unrechtmäßigen Anspruch?«

Markos flüsterte Conn ins Ohr: »Rupert ist Ardrin Storns Neffe und Erbe.«

»Tretet vor, wenn Ihr es wagt«, gab Conn zurück, »und ich will Euch beweisen, daß ich Hammerfell bin, auf Eurem wertlosen Kadaver werde ich es beweisen!«

»Ich kämpfe nicht mit Hochstaplern und unbekannten Räubern«, schallte Ruperts Stimme aus der Dunkelheit. »Reit weg, wie du gekommen bist, und hör auf, dich in meine Angelegenheiten zu mischen! Dieses Land gehört mir, und kein namenloser Bandit soll ...« Ein Schmerzensschrei unterbrach diese Rede und ging in grausiges Röcheln über. Farrens Pfeil war geräuschlos aus der Nacht herangeflogen und hatte Rupert die Kehle zerrissen.

»Wollt ihr jetzt kommen und wie Männer kämpfen?« rief Markos.

Mit gedämpfter Stimme wurde ein scharfer Befehl gegeben, und Conns Männer griffen die sich im Dunkeln haltenden Storn-Leute an. Der Kampf war blutig und kurz. Conn hieb einen nieder, der mit einer Pike auf ihn losging, und hatte ein kurzes Handgemenge mit einem zweiten Mann. Dann faßte Markos seinen Arm mit eisernem Griff und zog ihn fort.

»Los, aufs Pferd! Die haben genug, und heute nacht wird ihnen die Lust zu weiteren Schurkenstreichen vergangen sein. Sieh doch, sie heben Rupert – oder was noch von ihm übrig ist – aufs Pferd ... jetzt sind sie fort«, sagte Markos. Conns Atem ging schnell, und ihm war ein bißchen übel. Er gehorchte Markos und schwang sich in den Sattel. Die Frauen und Kinder in ihren Nachtgewändern, wie sie aus den Betten gejagt worden waren, drängten sich im Schnee um sein Pferd.

»Ist das wirklich der junge Herzog?«

»Hammerfell ist zu uns zurückgekommen!«

»Unser junger Herr!«

Sie umringten ihn, küßten ihm die Hände, weinten, flehten.

»Jetzt werden diese Räuber von Storn uns nicht mehr vertreiben können.« Eine alte Frau hielt eine Fackel, die sie einem von Storns verschwundenen Männern weggenommen hatte, in die Höhe. »Ihr seid das Ebenbild Eures Vaters, lieber Junge – mein Lord«, verbesserte sie sich schnell.

Conn stotterte: »Liebe Leute – ich danke euch für euer

Willkommen. Ich gelobe euch – von diesem Tag an wird kein Haus mehr in Brand gesteckt werden, wenn ich es verhindern kann. Und es wird kein Krieg mehr gegen Frauen und Kinder geführt.«

Schließlich ritten sie stumm in die Nacht hinaus. »Aye«, sagte Markos leise, »der Falke ist jetzt vom Block gelassen. Von heute an, mein Junge . . .« Er brach ab. »Nein, Ihr seid kein Junge mehr – mein Lord, von heute an wird man wissen, daß es in diesen Wäldern einen Hammerfell gibt. Ihr habt in dieser Nacht das Schwert Eures Vaters in Ehren mit Blut gerötet.«

Conn war von der Überzeugung erfüllt, in einer gerechten Sache den Kampf begonnen zu haben. Dafür hatte er während all der vergangenen Jahre zusammen mit Markos im Versteck gelebt, dafür war er geboren worden.

# VII

In der Nacht der vollen Monde gab Edric Elhalyn im Thendara-Palast der Elhalyns ein Fest zur Feier des achtzehnten Geburtstags seiner jüngsten Tochter Floria. Unter den Gästen waren auch König Aidan und Königin Antonella. Wie Edric es versprochen hatte, kam er in einer Tanzpause zu Floria und dem jungen Alastair von Hammerfell, die beieinandersaßen, sich unterhielten und an kalten Getränken nippten.

»Ich hoffe, du amüsierst dich, meine Liebe«, sagte Edric zu seiner Tochter.

»O ja, Vater! Es ist die schönste Gesellschaft, die ich je . . .«

»Leider muß ich dir Alastair für ein, zwei Tänze entführen. Alastair, ich habe König Aidan um eine Audienz für dich gebeten. Seine Gnaden ist gern bereit, dich anzuhören. Bitte, komm mit mir.«

Alastair entschuldigte sich bei Floria, erhob sich und folgte Lord Elhalyn durch die im Saal tanzenden Paare in einen Nebenraum, der mit dunklem Holz ausgestattet und mit seidenen Wandteppichen behängt war.

In einem der kunstvoll gepolsterten Sessel saß ein kleiner weißhaariger Mann in prachtvoller Kleidung. Er war vom Alter gebeugt, aber die Augen, die er zu ihnen aufschlug, blickten klar und scharf. Mit einer Stimme, die unerwartet tief und kräftig klang, fragte er: »Der junge Hammerfell?«

»Euer Majestät.« Alastair verbeugte sich tief.

»Laßt das.« König Aidan Hastur forderte Alastair mit einer Handbewegung auf, Platz zu nehmen. »Ich kenne Eure Mutter, eine bezaubernde Dame, und mein Vetter Valentin hat mir viel von ihr erzählt. Ich glaube, er wünscht sich sehr, Euer Stiefvater zu werden, junger

Mann. Er war allerdings nicht imstande, mir die Frage zu beantworten, die mich wirklich interessiert – diese Sache mit der Blutrache, die zwei Gebirgsdynastien so gut wie ausgelöscht hat. Was könnt Ihr mir darüber berichten? Wie und wann hat es angefangen?«

»Das weiß ich nicht, Sir«, antwortete Alastair. Es war heiß im Zimmer, und er merkte, wie ihm unter seiner seidenen Jacke der Schweiß am Körper herunterlief. »Meine Mutter spricht nur wenig darüber. Sie sagt, selbst mein Vater sei sich über den wahren Grund und Ursprung nicht sicher gewesen. Ich weiß nur, daß mein Vater und mein Bruder starben, als die Storn-Truppen uns Hammerfell über den Köpfen anzündeten.«

»Und so viel wissen sogar die Straßensänger in Thendara«, bemerkte König Aidan. »Einige von diesen Gebirgslords sind arroganter geworden, als für sie selbst gut ist. Das bedroht den Frieden, den wir jenseits des Kadarin um einen so hohen Preis geschaffen haben. Sie halten die Aldarans für ihre Herren, und mit den Aldarans befinden wir uns immer noch im Krieg.«

Mit finsterer Miene dachte er nach. Dann sagte er: »Hört, junger Mann, wenn ich Euch helfen würde, Hammerfell zurückzugewinnen, würdet Ihr dann geloben, ein treuer Vasall der Hasturs zu sein?« Alastair öffnete den Mund zum Sprechen, doch der König unterbrach ihn. »Nein, antwortet mir nicht sofort. Geht nach Hause und überlegt es Euch. Dann kommt wieder und teilt mir Euren Entschluß mit. Ich brauche loyale Männer in den Hellers; ohne sie werden die Domänen von Kriegen zerrissen werden wie zur Zeit Varzils. Und das wäre für keinen von uns gut. Kehrt jetzt zu der Gesellschaft zurück, und in zwei oder drei Tagen, wenn Ihr gründlich nachgedacht habt, kommt Ihr zu mir.« Er nickte und lächelte Alastair liebenswürdig zu. Dann wandte er die Augen ab, ein deutliches Zeichen, daß die Audienz zu Ende war.

Lord Edric berührte Alastairs Schulter. Alastair entfernte sich rückwärtsgehend, drehte sich um und folgte dem Älteren aus dem Raum. *Geht nach Hause und überlegt es Euch*, hatte der König gesagt, aber gab es da noch etwas zu überlegen? Seine erste und einzige Pflicht war die Zurückgewinnung und der Wiederaufbau seiner Heimat und seines Clans. Wenn der Preis dafür Treue zu den Hastur-Königen war, würde er ihnen Treue geloben.

Aber, ging es ihm auch durch den Kopf, verzichtete er damit nicht auf Macht, die von Rechts wegen Hammerfell und den Gebirgslords der Hellers zukam? Konnte er Aidan oder sonst einem Hastur-König wirklich vertrauen? Oder war der Preis, den er für königliche Gunst und König Aidans Hilfe bei der Wiedereroberung seines Landes zahlen mußte, zu hoch?

Als er an den Platz zurückkehrte, wo er sich mit Floria unterhalten hatte, war sie nicht mehr da. Er entdeckte auf der gegenüberliegenden Seite des Saales das Blitzen der Edelsteine in ihrem hellen Haar. Sie machte mit einem Dutzend anderer Mädchen und junger Männer einen Kreistanz. Absurderweise wurde Alastair von Zorn und Eifersucht gepackt. Sie hätte auf ihn warten können.

Kurz darauf kam sie zurück, rosig und erhitzt von der Bewegung. Es fiel ihm ungemein schwer, sie nicht in die Arme zu nehmen. Als Telepathin fing sie natürlich den Drang auf, dem er nicht nachgab. Errötend schenkte sie ihm ein so strahlendes Lächeln, daß er sie am liebsten geküßt hätte. Sie flüsterte: »Was ist geschehen, Alastair?«

Beinahe ebenso leise gab er zurück: »Ich war beim König, und er hat mir seine Hilfe bei der Wiedereroberung Hammerfells versprochen.« Seinen Teil des Handels erwähnte er nicht.

Floria teilte seine Freude. »Oh, wie herrlich!« rief sie. Im ganzen Saal drehten sich Köpfe nach ihr um. Wieder errötete sie und lachte ein bißchen.

»Nun, wie es auch ausgehen mag, wir haben uns verdächtig gemacht. Evanda sei Dank, daß wir uns unter meines Vaters Dach befinden«, stellte sie fest. »Andernfalls gäbe es einen Skandal von hier bis – bis Hammerfell.«

»Floria«, sagte er, »du weißt doch, wenn ich mir mein Recht verschafft habe, werde ich als erstes mit deinem Vater sprechen . . .«

»Ich weiß«, hauchte sie, »und ich erwarte diesen Tag ebenso sehnsüchtig wie du.« Und für einen Augenblick lag sie in seinen Armen und küßte ihn so leicht auf die Lippen, daß er eine Minute später nicht zu sagen wußte, ob es wirklich geschehen war oder ob er es geträumt hatte.

Sie ließ ihn los, und er kehrte in die gewöhnliche Welt zurück.

»Wir sollten lieber tanzen«, mahnte sie. »Es sehen schon genug Leute zu uns her.

Seine Zweifel und Bedenken waren verflogen. Mit Floria als Lohn war er bereit, alles zu geloben, was König Aidan verlangte.

»Das glaube ich auch«, stimmte er ihr zu. »Ich möchte nicht, daß dein Bruder von neuem Streit mit mir anfängt. Eine Blutrache reicht.«

»Oh, das würde er nicht tun, wenn du als Gast unter dem Dach unseres Vaters weilst«, erklärte Floria. Doch Alastair war da nicht so sicher. Gwynn hatte auch Streit angefangen, als Alastair beim Konzert Gast in Lord Edrics Loge gewesen war, warum sollte er es unter dem Dach seines Vaters nicht tun?

Sie gingen auf die Tanzfläche. Alastairs Finger berührten die Seide an Florias Taille.

*Weit weg im Norden hätte Conn von Hammerfell vor Verwirrung fast aufgeschrien. Das Gesicht der Frau, die Wärme ihres Körpers unter der Seide, die seine Hände berührten, die Beinahe-Erinnerung an ihre Lippen, die die seinen gestreift hatten . . . Es war zuviel der Emotion. Wieder seine Traumfrau und die hellen Lichter, die kostbar gekleideten Menschen, wie er solche noch nie gesehen hatte ... Was war über ihn gekommen? Was war ihm widerfahren, daß diese liebreizende Frau ihn jetzt bei Tag und bei Nacht begleitete?*

Alastair blinzelte, und Floria fragte sanft: »Was ist?«

»Ich weiß nicht recht, ich war einen Augenblick ganz verwirrt – von dir verwirrt, zweifellos –, aber es kam mir vor, als sei ich weit weg von dir an einem Ort, den ich nie gesehen habe.«

»Du bist natürlich Telepath. Vielleicht hast du etwas von jemandem aufgefangen, der Teil deines Lebens werden soll, wenn nicht jetzt, dann irgendwann in der Zukunft«, meinte Floria.

»Aber ich bin *kein* Telepath, jedenfalls kein guter«, widersprach er. »Ich habe nicht einmal genug *laran*, daß sich eine Ausbildung lohnen würde. Meine Mutter hat es mir versichert – wie kommst du auf den Gedanken?«

»Dein rotes Haar. Das ist gewöhnlich ein Zeichen für *laran.*«

»Nicht in meinem Fall«, wehrte er ab, »denn ich bin als Zwilling geboren, und mein Bruder, so sagt meine Mutter, war derjenige mit *laran.*« Er sah die Beunruhigung in ihrem Gesicht und fragte: »Bedeutet dir das so viel?«

»Nur – daß es noch etwas gewesen wäre, das wir hätten teilen können«, antwortete sie. »Aber ich liebe dich, wie du bist.« Sie errötete. »Halte mich nicht für ein Mädchen, das die Sitte mißachtet, weil ich so offen spreche, bevor es zwischen unseren Eltern abgemacht ist ...«

»Ich könnte nie etwas anderes als Gutes von dir denken«, beteuerte er leidenschaftlich, »und ich weiß, meine Mutter wird dich als Tochter willkommen heißen.«

Die Musik endete, und Alastair sagte: »Ich sollte zu meiner Mutter gehen und ihr von meinem Glück erzählen – von *unserem* Glück.« Plötzlich fiel ihm bei der Erwähnung seiner Mutter etwas ein. »Noch eins – weißt du, ob es einen guten Hundezüchter in der Stadt gibt?«

»Einen – Hundezüchter?« Floria war sich nicht im klaren, was sie von dem plötzlichen Themenwechsel halten sollte.

»Ja. Der Hund meiner Mutter ist schon sehr alt. Ich möchte einen Welpen für sie besorgen. Wenn Juwel einmal dorthin geht, wohin alle guten Hunde gehen müssen, soll Mutter nicht allein sein – vor allem jetzt, da ich mich viel außerhalb der Stadt werde aufhalten müssen.«

»Eine gute Idee!« Bei dieser Sorge um das Glück seiner Mutter wurde es Floria warm ums Herz. »Ja, ich weiß, wo mein Bruder Nicolo seine Jagdhunde kauft. Sag ihm, ich hätte dich geschickt, und er wird ein Tier für deine Mutter aussuchen, das sich fürs Haus eignet.« Und sie dachte: *Wie freundlich und gut er ist, er ist so aufmerksam gegen seine Mutter. Sicher wird er auch zu seiner Frau gut sein.*

Zögernd fragte Alastair: »Willst du morgen mit mir ausreiten?«

Sie lächelte ihn an. »Das täte ich sehr gern, aber ich kann nicht. Seit fünfmal zehn Tagen bin ich hier in der Stadt und warte auf einen Platz im Turm, und nun hat man mich endlich aufgefordert, Überwacherin in Renata Aillards Kreis zu werden. Morgen muß ich mich testen lassen.«

Bei aller Enttäuschung empfang Alastair Neugier. Obwohl seine Mutter seit seiner Kindheit Turm-Arbeiterin war, wußte er sehr wenig darüber.

»Es ist mir neu, daß es Frauen erlaubt ist, Bewahrerin zu werden«, sagte er.

»Das ist es auch nicht«, erläuterte Floria. »Renata ist *emmasca* von Geburt an. Ihre Mutter gehört dem Geschlecht der Hasturs an, und in dieser Linie werden viele *emmasca* geboren. Sie können als Mann oder als Frau leben, wie es ihnen beliebt. Es ist traurig, aber ihr bietet es die Möglichkeit, Bewahrerin zu sein, und vielleicht dürfen eines Tages auch richtige Frauen diese Arbeit tun. Doch sie ist für Frauen sehr gefährlich; ich glaube, ich möchte es lieber nicht versuchen.«

»Ich will nicht, daß du dich in Gefahr begibst!« rief Alastair hitzig.

Floria fuhr fort: »Bis Mittag werde ich fertig sein und wissen, ob ich in den Kreis aufgenommen werde. Wenn es dir recht ist, können wir dann zusammen mit Nicolo einen kleinen Hund für deine Mutter aussuchen.«

»Ob du aufgenommen wirst? Ich dachte, du hast bereits einen Platz in dem Kreis . . .«

»Ja, aber es ist für alle Arbeiter in einem Kreis sehr wichtig, daß sie sich gegenseitig akzeptieren. Ist einer dabei, der das Gefühl hat, er oder sie könne nicht mit mir arbeiten, dann werde ich von neuem auf einen Platz warten müssen. Ich habe Renata bereits kennengelernt und mag sie sehr gern, und ich glaube, sie akzeptiert mich. Morgen soll ich nun getestet werden, ob ich auch zu den anderen passe.«

»Wenn da irgend jemand ist, der es wagt, dich abzulehnen, werde ich ihm den Krieg erklären!« sagte Alastair nur halb im Scherz, und sie spürte den Ernst und nahm seine Hände.

»Nein, das verstehst du nicht, weil du kein ausgebildeter Telepath bist. Bitte, versprich mir, daß du nichts Unüberlegtes oder Törichtes tun wirst.«

Sie waren am Rand der Tanzfläche angelangt. »Jetzt muß ich mit meinen anderen Gästen tanzen«, sagte Floria, »auch wenn ich lieber bei dir bleiben würde.«

»Oh, warum müssen wir tun, was andere wollen, nur weil es der Brauch ist? Ich habe es satt zu hören: ›Dies schickt sich nicht‹ und ›Das schickt sich nicht‹!«

»Alastair, bitte, sprich nicht so! Ich habe gelernt, daß wir nicht auf der Welt sind, um nach unserem eigenen Willen zu handeln, sondern um unsere Pflicht gegenüber unserem Volk und unserer Familie zu erfüllen. Du bist Herzog von Hammerfell; es mag durchaus ein Tag kommen, an dem – wie es richtig ist – deine Pflicht gegenüber Hammerfell über dem steht, was wir einander gelobt haben.«

»Niemals!« schwor er.

»Sag das nicht! Ein Privatmann kann einen solchen Eid leisten, aber ein Prinz oder Herzog, ein Lord mit Verantwortung, kann es nicht.« Innerlich war sie beunruhigt, aber sie dachte: *Er ist noch jung, er ist im Exil nicht richtig für sein Amt und die Verantwortung, die ihm seine Geburt auferlegt, ausgebildet worden.*

»Es ist nur, daß ich es nicht ertrage, dich zu verlassen. Bitte bleib bei mir.«

»Mein Lieber, ich *kann* nicht. Bitte, versteh doch.«

»Wie du willst.« Verdrießlich reichte er ihr den Arm und führte sie schweigend zu ihren weiblichen Verwandten, unter denen, wie er mit einem Anflug von Ehrfurcht bemerkte, Königin Antonella saß. Sie zeigte ein leeres, freundliches Lächeln.

Mit der gellenden Stimme der Schwerhörigen sagte die Königin: »Endlich! Wir haben auf dich gewartet, meine Liebe. Aber ich glaube, deinen jungen Begleiter kenne ich nicht.«

»Er ist der Sohn Erminies, der Herzogin von Hammerfell, die Zweite Technikerin in Edric von Elhalyns Kreis ist«, erklärte Floria mit ihrer sanften Stimme so leise, daß Alastair sich fragte, wie die taube alte Dame das verstehen sollte. Dann fiel ihm ein, daß sie bestimmt Telepathin war und das gesprochene Wort nicht brauchte.

»Hammerfell«, wiederholte sie mit ihrer rostigen Stimme und nickte ihm freundlich zu. »Ist mir ein Vergnügen, junger Mann. Eure Mutter ist eine großartige Frau, ich kenne sie gut.«

Es erfüllte Alastair mit Genugtuung. An ein und demselben Abend erst von dem König, jetzt von der Königin ausgezeichnet zu werden, war mehr, als er sich erhofft hatte. Ein junger Mann, den Alastair nicht kannte, trat zu ihnen und bat Floria um einen Tanz. Alastair verbeugte sich vor Königin Antonella, die seinen Gruß würdevoll erwiderte, und machte sich auf die Suche nach seiner Mutter.

Er fand Erminie im Wintergarten, wo sie sich die prächtigen Blumen ansah. Sie drehte sich zu ihm um und fragte: »Mein lieber Junge, warum tanzt du nicht?«

»Ich habe für den heutigen Abend genug getanzt«, antwortete Alastair. »Wenn der Mond untergegangen ist, wen kümmern dann noch die Sterne?«

»Na, na«, ermahnte Erminie. »Deine Gastgeberin hat auch noch andere Pflichten.«

»Darüber hat Floria mir bereits eine Predigt gehalten. Fang du nicht auch noch damit an, Mutter«, erwiderte er gereizt.

»Floria hatte ganz recht«, sagte Erminie, spürte jedoch, daß er ihr viel zu erzählen hatte. »Was ist, Alastair?«

»Ich hatte eine Audienz beim König, Mutter – aber ich kann hier in aller Öffentlichkeit nicht viel darüber sagen.«

»Du möchtest sofort gehen? Wie du wünschst.« Erminie winkte einem Diener. »Bitte, ruf eine Sänfte für uns.«

Unterwegs schüttete Alastair seiner Mutter das Herz aus. »Und, Mutter, ich habe Floria gefragt, ob sie meinen Antrag annehmen wird, wenn ich mein Erbe zurückerobert habe ...«

»Und welche Antwort hat sie dir gegeben?«

Alastair flüsterte beinahe: »Sie küßte mich und sagte, sie erwarte diesen Tag sehnsüchtig.«

»Ich freue mich so für dich; Floria ist ein reizendes Mädchen.«

Erminie fragte sich, warum Alastair, wenn sich das alles so zugetragen hatte, so trübsinnig dreinblickte.

Da Alastairs telepathische Gabe nicht entwickelt war, deutete sie seinen Ausdruck falsch und glaubte, er habe das Mädchen vielleicht gedrängt, sich sofort mit ihm zu verloben oder sogar, ihn auf der Stelle zu heiraten, und Floria habe ihn schicklicherweise abgewiesen.

»Jetzt erzähl mir jedes Wort, das Seine Gnaden zu dir gesagt hat«, verlangte sie und setzte sich zurecht, um ihm zuzuhören.

# VIII

Das Dorf Niederhammer war armselig – nicht viel mehr als ein Haufen von Steinhäusern im Mittelpunkt von einem Dutzend Farmen. Aber es war Erntezeit, und die größte Scheune war ausgeräumt und in eine Tanzhalle umgewandelt worden, die voll war mit lautstark feiernden Dorfbewohnern. Für die Beleuchtung sorgte eine Anzahl von Laternen. Flöten- und Harfentöne erfüllten die Halle und luden zum Tanz ein. Entlang der ganzen Wand standen Schragentische, und jeder Becher und jedes Glas der Dorfbewohner war hier um Krüge mit Apfelwein und Bier aufgestellt. Für die Älteren waren Bänke da. In der Mitte tanzte ein Kreis von jungen Männern nach links um einen Kreis von jungen Mädchen, die nach rechts tanzten.

Conn war auch dabei. Als die Musik endete, streckte er dem Mädchen, das ihm gegenüberstand, die Hände entgegen, führte es an den Tisch mit den Erfrischungen und füllte zwei Becher.

Es war heiß in der Scheune. Hinter einer rauhen hölzernen Trennwand standen Pferde und Milchtiere, und vier oder fünf junge Männer bewachten die Tür, damit keine Fackeln oder Kerzen dorthin getragen wurden, wo es Heu und Stroh gab. Immer überschattete die Angst vor Feuer ländliche Feste, besonders zu dieser Jahreszeit, wenn der Herbstregen die Harzbäume noch nicht durchtränkt hatte.

Conn nahm einen Schluck von seinem Apfelwein und lächelte Lilla, dem Mädchen, das beim Tanz seine Partnerin gewesen war, hölzern zu. Warum nur sah er in diesem Moment, als erblicke er durch Lilla hindurch eine andere Frau – eine, die er fast an jeder Biegung sah, eine, die am Tag bei der Arbeit und nachts in seinen Träumen bei ihm war – die in glänzende Seide gekleidete Fremde, die Frau mit dem hellen Haar, kunstvoll zu juwelengeschmückten Zöpfen geflochten?

»Conn, was ist? Du bist tausend Meilen weit weg. Tanzt du auf dem grünen Mond?« fragte Lilla.

Er lachte. »Nein, aber ich hatte einen Tagtraum von einem Ort weit entfernt von hier«, gestand er. »Ich weiß nicht, warum – es gibt doch keinen *besseren* Ort als diesen hier, vor allem bei einem Erntetanz.« Ihm war deutlich bewußt, daß er log. Neben der Frau in seinem Traum sah Lilla wie ein Bauernmädchen mit rauhen Händen aus, und das war sie ja auch, und dieser Ort war nicht mehr als ein Hohn auf den strahlend erleuchteten Palast seines Tagtraums. Waren diese glänzenden Bilder, die er sah, die Realität – und diese ländlichen Festlichkeiten der Traum? Er geriet in Verwirrung, und statt dem Gedanken weiter zu folgen, wandte er sich seinem Apfelwein zu.

»Möchtest du wieder tanzen?« fragte er das Mädchen.

»Nein, mir ist zu heiß«, antwortete Lilla. »Setzen wir uns für ein paar Minuten hin.«

Sie suchten eine Bank hinten in der Scheune vor der hölzernen Trennwand. Sie konnten das leise Stampfen der Tiere hören. Alles um sie herum war Conn lieb und vertraut. Die Gespräche drehten sich um die Ernte, das Wetter und die Geschehnisse des täglichen Lebens. Doch aus irgendeinem Grund kam ihm das auf einmal fremd vor, als redeten die Leute plötzlich in einer fremden Sprache. Nur Lilla neben ihm wirkte real. Er nahm ihre Hand und legte seinen freien Arm um ihre Taille. Lilla lehnte sich an seine Schulter. Sie hatte sich frische Feldblumen und rote Bänder ins Haar geflochten. Es war dunkel und grob und lockte sich um ihre roten Wangen. Sie fühlte sich rund und weich an, und Conns Hände verirrten sich unter ihren Schal. Sie protestierte nicht, sondern seufzte nur, als er sich niederbeugte, um sie zu küssen.

Er sprach leise mit ihr, und sie folgte ihm willig in die Dunkelheit am Ende der langen Scheune. Ein Teil des

Spiels bestand darin, den jungen Männern auszuweichen, die aufpaßten, daß kein Feuer in brandgefährdete Teile der Scheune getragen wurde. Aber Conn und Lilla wollten kein Licht. Umgeben von der frischen Süße des Heus, in die sich der Duft von Kleeblumen mischte, drückte Conn sie fest an sich und küßte sie immer wieder. Nach einer Weile flüsterte er ihr etwas zu, und sie zog sich mit ihm weiter in die Dunkelheit zurück. Dort standen sie aneinandergeschmiegt, sein Kopf lag zwischen ihren Brüsten, seine Hände machten sich an den Schnüren ihres Mieders zu schaffen. Da rief jemand seinen Namen.

»Conn?« Das war Markos' Stimme. Gereizt fuhr Conn herum und sah den alten Mann mit einer feuersicheren Laterne in der Hand dastehen. Markos hob die Laterne und blickte dem Mädchen ins Gesicht. »Ah, Lilla – deine Mutter sucht dich, Mädchen.«

Ärgerlich spähte Lilla hinaus. Sie konnte erkennen, daß ihre Mutter, klein und dunkel in einem gestreiften Kleid, mit einem halben Dutzend anderer Frauen plauderte. Aber Markos sah sie gar zu finster an, und sie entschloß sich, auf Widerspruch zu verzichten. Sie ließ Conns Hand los und zog schnell die Schnüre ihres Mieders fest.

»Geh nicht, Lilla. Wir wollen wieder tanzen«, bat Conn.

»Nichts da! Man verlangt nach Euch, junger Herr«, sagte Markos ehrerbietig, aber mit einer Strenge, der Conn sich niemals zu widersetzen gewagt hätte. Mürrisch folgte er Markos aus der Scheune. Sobald sie draußen waren, verlangte er zu wissen: »Also, was ist los?«

»Sieh mal, wie dunkel der Himmel ist. Es wird noch vor dem Morgengrauen regnen«, sagte Markos.

»Und deshalb hast du uns gestört? Du überschreitest deine Befugnisse, Pflegevater.«

»Ich glaube nicht. Was kann einem Grundeigentümer

wichtiger sein als gutes Wetter?« fragte Markos. »Außerdem ist es meine Aufgabe, dafür zu sorgen, daß du nicht vergißt, wer du bist. Kannst du leugnen, daß du Minuten später das Mädchen im Heu gehabt hättest?«

»Und wenn schon, was geht es dich an? Ich bin kein Eunuch. Erwartest du von mir . . .«

»Ich erwarte, daß du jeder Frau, die du nimmst, Gerechtigkeit widerfahren läßt«, unterbrach ihn Markos. »Das Tanzen schadet nichts, aber alles Weitere – du bist Hammerfell, du könntest das Mädchen nicht heiraten und nicht einmal für ein Kind sorgen, sollte das die Folge sein.«

»Soll ich des Unglücks meiner Familie wegen mein ganzes Leben lang auf Frauen verzichten?« begehrte Conn auf.

»Durchaus nicht, Junge. Sobald Hammerfell wieder dein ist, kannst du um jede Prinzessin der Hundert Königreiche freien«, antwortete Markos. »Nur laß dich nicht jetzt von einem Bauernmädchen einfangen. Du verdienst etwas Besseres als die Tochter eines Kuhhüters – und das Mädchen verdient etwas Besseres von dir, als bei einem Erntetanz leichtfertig genommen zu werden«, setzte er hinzu. »Ich habe gehört, daß Lilla ein gutes Mädchen ist. Ihr steht ein Ehemann zu, der sie achten kann. Sie soll nicht von einem jungen Lord, der ihr weiter nichts zu bieten hat, im Heu umgelegt werden. Die Männer deiner Familie haben sich immer ehrenhaft gegen Frauen betragen. Dein Vater, mögen die Götter gut zu seinem Andenken sein, war der Inbegriff der Schicklichkeit. Du willst doch nicht, daß von dir gesagt wird, du seist nur ein junger Lüstling, der zu nichts anderem taugt, als Frauen in dunkle Ekken zu locken.«

Conn ließ den Kopf hängen. Er wußte, daß Markos recht hatte, und doch war er immer noch wütend über die Störung, und die Enttäuschung quälte ihn.

»Du redest wie ein *cristoforo*«, murrte er.

Markos zuckte die Schultern. »Das ist längst nicht das Schlechteste. Wenn du diesem Glauben folgst, wirst du wenigstens nie etwas zu bereuen haben.«

»Und auch nichts zu lachen«, sagte Conn. »Es ist eine Schande für mich, Markos. Du hast mich vom Tanz weggeholt wie einen ungezogenen kleinen Jungen, der ins Bett muß.«

»Nein«, gab Markos zurück. »Im Augenblick glaubst du mir nicht, mein Junge, aber ich habe dich vor Schande *bewahrt.* Paß auf.« Er zeigte auf die Bauern, die zu einer neuen Melodie tanzten. Conns Augen folgten Lilla, die auch dabei war. »Gebrauch deinen Kopf, Junge«, drängte Markos ihn freundlich. »Jede Mutter im Dorf weiß, wer du bist. Glaubst du nicht, eine jede von ihnen würde dich nur zu gern in ihre Familie locken und nicht darüber erhaben sein, als Köder für die Falle ihre Tochter zu benutzen?«

»Was hast du für eine Meinung von Frauen!« sagte Conn angewidert. »Hältst du sie wirklich für solche Intrigantinnen? So hast du bisher noch nie gesprochen.«

»Nee, ha' ick nich.« Markos übertrieb den rauhen ländlichen Akzent. »Bis vor kurzem hat niemand dich für etwas anderes gehalten als für *meinen* Sohn. Jetzt wissen alle, wer du wirklich bist, und du bist der Herzog von Hammerfell.«

»Und mit dem Titel und mit einem silbernen Sekal kann ich einen Becher Apfelwein bezahlen«, spottete Conn. »Ich sehe darin augenblicklich keinen großen Nutzen . . .«

»Hab Geduld, Junge. Es hat einmal eine Armee in Hammerfell gegeben, und nicht alle Kämpfer haben ihre Schwerter gegen Pflugscharen eingetauscht. Sie werden sich sammeln, wenn es soweit ist, und das wird nicht mehr lange dauern.« Sie gingen langsam die Dorfstraße hinunter, bis sie das kleine Haus erreichten, in dem Conn und Markos wohnten. Ein alter Mann – ein gebeugter Veteran mit nur einem Arm –, der lange Zeit seines Lebens für sie gearbeitet hatte, kam herbei, nahm ihnen die Mäntel ab und hängte sie auf.

»Wollt ihr essen, Masters?«

»Nein, Rufus, wir haben beim Fest gegessen und getrunken«, antwortete Markos. »Geh zu Bett, alter Freund. Heut nacht tut sich nichts.«

»Was nur gut ist«, brummte der alte Rufus. »Wir hatten eine Wache auf den Paß gestellt für den Fall, daß Storn sein gieriges Auge auf die Hammerfell-Ernte werfen würde. Aber es rührt sich nicht einmal ein Buschspringer auf den Bergen.«

»Gut.« Markos trat an den Wassereimer und schöpfte sich Wasser zum Trinken. »Vor Morgengrauen wird es Regen geben, glaube ich. Ein Glück, daß es trocken geblieben ist, bis das Korn eingefahren war.« Er bückte sich, um seine Stiefel aufzuschnüren, und sagte, ohne seinen Pflegesohn anzusehen: »Es hat mir leid getan, daß ich dich so plötzlich wegholen mußte, aber ich fand, es sei Zeit zum Eingreifen. Vielleicht hätte ich früher sprechen sollen. Solange du noch ein Junge warst, hielt ich es jedoch nicht für nötig. Wie dem auch sei, die Ehre verlangte . . .«

»Ich verstehe«, fiel Conn ihm mit rauher Stimme ins Wort. »Es ist nicht weiter wichtig. Vielleicht ist es ganz gut, daß wir nach Hause gekommen sind, bevor das Unwetter . . .« Und schon hörte man draußen einen heftigen Windstoß und ein Rauschen. Der Himmel öffnete sich, in Strömen fiel Regen hernieder und übertönte jedes andere Geräusch.

»Aye, das wird den armen Mädchen den Feststaat ruinieren«, bemerkte Markos. Conn hörte nicht hin. Die Steinwände des kleinen Hauses waren verblichen, und gleißendes Licht blendete seine Augen. Die einfache Bank unter ihm war ein Brokatsessel, und ein kleiner, weißhaariger, elegant gekleideter Mann sah ihn mit durchdringenden Augen an und fragte: *Wenn ich Euch helfen würde, Hammerfell zurückzugewinnen, würdet Ihr dann geloben, ein treuer Vasall der Hasturs zu sein?*

»Conn!«

Markos rüttelte ihn am Arm.

»Wo warst du? Weit weg von hier, das konnte ich sehen – war das wieder dein Traummädchen?«

Der plötzliche Wechsel der Beleuchtung von strahlendem Glanz zu einer einfachen Laterne und dem Schein des Feuers ließ Conn blinzeln.

»Diesmal nicht«, antwortete er, »obwohl ich weiß, daß sie in der Nähe war. Nein, Markos, ich habe mit dem König gesprochen –« er suchte nach dem Namen »– mit König Aidan in Thendara, und er versprach mir Hilfe für Hammerfell ...«

»Gnädige Avarra«, sagte der alte Mann leise, »was war das für ein Traum ...«

»Kein Traum, Pflegevater, es *kann* kein Traum gewesen sein. Ich sah ihn, wie ich dich sehe, nein, noch deutlicher, weil mehr Licht war, und ich hörte seine Stimme. Oh, Markos, wenn ich nur wüßte, ob mein *laran* von der Art ist, die die Zukunft voraussieht! Denn wenn dem so ist, sollte ich sofort nach Thendara reiten und König Aidan aufsuchen.«

»Ich weiß nicht, was für ein *laran* in der Familie deiner Mutter war – es könnte durchaus diese Gabe sein.«

Die Wiederkehr des »Traumes« gab Markos Rätsel auf. Er sah Conn scharf an. Zum erstenmal in vielen Jahren kam es ihm in den Sinn: *Ist es möglich, daß die Herzogin von Hammerfell noch am Leben ist und die Sache Hammerfells in Thendara vertritt?*

*Oder hat vielleicht sogar Conns Bruder diese Nacht des Feuers und des Untergangs überlebt?* Nein, sicher nicht. Das konnte nicht die Ursache von Conns Visionen sein. Immerhin hatte Conn, wie er sich erinnerte, eine ungewöhnlich starke Verbindung zu seinem Zwillingsbruder gehabt ...

»Sollte ich nicht wirklich nach Thendara gehen und mit König Aidan Hastur sprechen?« fragte Conn.

»So leicht ist es nicht, einem König das Haus einzurennen«, gab Markos zu bedenken. »Aber deine Mutter hatte Hastur-Verwandte, und diese würden sich um ihretwillen sicher für dich einsetzen.«

*Soll ich ihm sagen, daß ich vermute, seine Mutter und vielleicht sogar sein älterer Bruder seien noch am Leben?* fragte Markos sich. *Nein, das wäre unfair gegen den Jungen. Er würde auf dem ganzen Weg nach Thendara grübeln – und er hat bereits genug zu verkraften ...*

»Ja«, fuhr Markos dann resigniert fort, »es sieht ganz so aus, als müßtest du nach Thendara und feststellen, was man dort über Hammerfell weiß und was getan werden kann, um unseren Leuten zu helfen. Auch sollten wir uns an die Verwandten deiner Mutter wenden. Möglicherweise bieten sie uns ihre Hilfe an.« Er schwieg einen Augenblick, dann sagte er: »Es ist Zeit, mein Junge, daß du einmal mit jemandem sprichst, der von *laran* mehr versteht als ich – diese ›Episoden‹ werden zu häufig, und ich mache mir Sorgen um dein Wohlergehen.«

Conn konnte nicht umhin, ihm zuzustimmen.

Conn ritt südwärts durch den leichten Regen, der die Umrisse der Berge verwischte. Als er in die südlichen Gebiete des alten Reiches von Hammerfell und in das Königreich von Asturias kam, war es, als lägen alle Hundert Königreiche zu seinen Füßen. Früher hatte man gesagt, viele kleinere Könige in den Hundert Königreichen könnten sich auf einen Hügel stellen und von einer Grenze ihres Landes zur anderen blicken, und jetzt, als er von einem kleinen Königreich ins nächste kam und eine Grenze nach der anderen hinter sich ließ, erkannte Conn, daß dies zutraf. Im Süden, so hatte man ihm erklärt, lägen die Hastur-Domänen, wo in den langen Kriegen der Vergangenheit der brillante König Regis IV. endlich viele dieser Miniaturkönigreiche unter einer einzigen Herrschaft vereinigt hatte.

Conn überquerte den Kadarin-Fluß, gelangte ins Vorgebirge und nach Neskaya, die angeblich älteste Stadt der Welt. Dort verbrachte er die Nacht als Gast einer Tiefland-Familie, an die Markos ihm ein Empfehlungsschreiben mitgegeben hatte. Die Leute behandelten ihn mit Achtung und stellten ihm alle ihre Söhne und Töchter vor. So jung und naiv war Conn nun auch wieder nicht, daß er geglaubt hätte, diese Ehrerbietung gelte seiner Person statt seinem Erbe und Titel, aber für einen Jungen seines Alters war es trotzdem wie ein berauschendes Getränk. Man gab ihm zu verstehen, daß er ihnen für beinahe unbegrenzt lange Zeit willkommen sein würde, aber er lehnte freundlich ab – sein Vorhaben drängte ihn zur Eile.

Bei Sonnenuntergang des dritten Tages kam er an den Wolkensee von Hali mit seinen merkwürdigen Fischen und zu den schimmernden Ruinen des großen Turmes, der einmal dort gestanden hatte und der für immer in Trümmern liegenbleiben sollte, um an die Torheit zu erinnern, Krieg mit *laran* zu führen. Conn war sich nicht sicher, ob er die Überlegungen verstand, die dem zugrunde lagen. Wenn es eine so wirksame Waffe gab, war es in Kriegszeiten doch bestimmt das Barmherzigste, sie sofort einzusetzen und den Konflikt schnell zu beenden, bevor noch mehr Menschen sterben mußten. Aber er sah schon ein, daß es eine Katastrophe wäre, sollte eine solche Waffe in die Hände der falschen Seite fallen. Und als er noch ein bißchen mehr darüber nachdachte, erkannte er, daß nicht einmal der Weiseste würde sagen können, welche Sache die gerechtere war.

In dieser Nacht schlief er im Schatten der Ruinen, und falls es dort Geister gab, störten sie ihn nicht.

Am nächsten Vormittag machte er bei einer Schutzhütte halt, wusch sich, kämmte sein rotes Haar und zog den sauberen Anzug an, den er in einer Satteltasche mitgenommen hatte. Er aß den letzten Rest seines Proviants, doch das bereitete ihm keine Sorge. Er hatte immer für den Lebensunterhalt gejagt, und jetzt war er nach seinen bescheidenen Begriffen reichlich mit Geld versehen und wußte, er würde bald in dichter besiedelte Gebiete kommen, wo er Speisen und Getränke kaufen konnte. Wie ein Kind, das sich auf ein Fest freut, brannte er darauf, die große Stadt zu sehen.

Am späten Vormittag gelangte er in die Umgebung der Stadt. Die Straßen waren breiter und besser, die Gebäude älter und größer, und die meisten von ihnen machten den Eindruck, als seien sie schon lange Zeit bewohnt. Conn war auf seinen schönen neuen Anzug, der aus haltbarem Tuch und ordentlich genäht war, stolz gewesen. Doch jetzt verglich er ihn mit der Kleidung anderer junger Männer seines Alters, und es kam ihm bald zu Bewußtsein, daß er darin wie ein Bauer aussah. Denn niemand trug so etwas außer ein paar älteren Landleuten mit Dreck an den Stiefeln.

*Was kümmert es mich? Schließlich will ich nicht zum Tanz auf des Königs Mittsommerball!* Aber er mußte sich eingestehen, daß es ihn doch kümmerte. Es war nicht sein sehnlicher Wunsch gewesen, in die Stadt zu kommen, aber wenn die Straßen seines Schicksals ihn hinführten, würde er es vorziehen, wie ein Edelmann auszusehen.

Es war gegen Mittag, und die rote Sonne stand hoch am Himmel, als er von weitem die Mauern der alten Stadt Thendara erblickte, und schon eine Stunde später ritt er in die Stadt ein, die von der alten Burg der Hastur-Lords beherrscht wurde.

Anfangs war er es zufrieden, durch die Straßen zu reiten und sich umzusehen. Später nahm er in einer billigen Wirtschaft eine Mahlzeit zu sich. Ein Mann ging durch den Raum und winkte ihm lässig zu. Conn hatte ihn noch nie gesehen und fragte sich, ob das bloße Freundlichkeit gegenüber einem Fremden war oder ob der Mann ihn irrtümlich für jemand anderen gehalten hatte.

Als er fertig gegessen und seine Zeche bezahlt hatte, erkundigte er sich, wie Markos ihm geraten hatte, nach dem Haus Valentin Hasturs und erhielt Auskunft. Unterwegs fragte er sich wieder, ob man ihn verwechselte, denn zwei- oder dreimal winkte ihm jemand freundlich zu, wie man es bei einem Bekannten tut.

Er fand Valentin Hasturs Haus nach der Beschreibung, die man ihm gegeben hatte, leicht, aber er näherte sich der Tür nur zögernd. Zu dieser Tagesstunde ging der Lord wahrscheinlich seinen Geschäften nach und war gar nicht daheim. Nein, sprach Conn sich Mut zu, der Mann war ein hoher Adliger, kein Bauer, er hatte keine Felder zu pflügen und sich um keine Herden zu kümmern, und wenn jemand ihn geschäftlich sprechen wollte, würde er ihn aufsuchen. Er konnte ebensogut zu Hause wie außer Haus sein.

Conn stieg die Treppe hinauf. Ein Diener kam an die Tür, und Conn fragte freundlich, ob dies das Haus des Lords Valentin Hastur sei.

»Das ist es, sofern es dich irgend etwas angeht.« Der Mann betrachtete mit kaum verhohlener Verachtung Conns Erscheinung und seine ländliche Kleidung.

»Melde Lord Valentin Hastur«, sagte Conn jetzt bestimmt, »daß der Herzog von Hammerfell, ein Verwandter von ihm aus den fernen Hellers, um eine Audienz bei ihm bittet.«

Der Diener machte ein überraschtes Gesicht – dazu hatte er auch allen Grund, dachte Conn –, doch er führte den Besucher in ein Vorzimmer und entfernte sich, um die Botschaft auszurichten. Nach einer Weile hörte Conn, daß sich feste Schritte näherten – offenbar, dachte er, die Schritte des Herrn dieses Hauses.

Valentin Hastur, ein großer, schlanker Mann mit rotem Haar, das mit zunehmendem Alter sandfarben wurde, betrat den Raum, die Hand zum Willkommen ausgestreckt.

»Alastair, mein lieber Junge«, sagte er, »ich hatte nicht damit gerechnet, dich zu dieser Stunde zu sehen. Aber was ist das? Ich hätte nie geglaubt, daß du dich in einer solchen Aufmachung innerhalb deiner vier Wände sehen ließest, ganz zu schweigen auf der Straße! Habt ihr, du und die junge Dame, schon einen Termin festgesetzt? Mein Vetter sagte mir erst gestern, er warte nur darauf, daß du zu ihm kommen und mit ihm sprechen würdest.« An dieser Stelle runzelte Conn die Stirn. Es lag auf der Hand, daß der Hastur-Lord nicht zu ihm sprach, sondern zu jemandem, für den er ihn irrtümlich hielt. Valentin Hastur schritt ihm voraus den Gang entlang und bemerkte Conns Blick nicht, sondern plauderte liebenswürdig weiter: »Und wie ist die Sache mit dem jungen Hund ausgegangen? Gefällt er deiner Mutter? Wenn nicht, ist sie schwer zufriedenzustellen. Nun, was kann ich für dich tun?« Erst jetzt drehte er sich um und sah Conn wieder an.

Er blieb wie angewurzelt stehen. »Einen Augenblick ... du bist *nicht* Alastair!« Valentin konnte es nicht fassen. »Du siehst genauso aus wie er! Wer bist du, Junge?«

Conn erklärte mit fester Stimme: »Ich verstehe das nicht. Ich bin Euch dankbar, daß Ihr mich so freundlich empfangt, Sir, aber für wen haltet Ihr mich?«

Valentin Hastur antwortete langsam: »Ich hielt dich natürlich für Alastair von Hammerfell – den jungen Herzog. Ich – nun, ich hielt dich für einen jungen Mann, den ich kenne, seit du – seit er Babysachen trug, und deine Mutter ist meine beste Freundin. Allein ...«

»Das ist nicht möglich«, sagte Conn. Aber diese Freundlichkeit konnte nicht ohne Eindruck auf ihn bleiben. »Sir, ich bitte Euch um Verzeihung. Ich bin Conn von Hammerfell, und ich bin Euch dankbar für Euer Willkommen, Verwandter, aber ...«

Lord Valentin blickte mißvergnügt – nein, dachte Conn, verwirrt drein. Dann hellte sich seine Miene auf.

»*Conn* ... natürlich ... der Bruder, der Zwillingsbruder – aber man hat mir gesagt, du seist beim Brand von Hammerfell ums Leben gekommen.«

»Nein«, berichtigte Conn, »*mein* Zwillingsbruder ist gestorben – zusammen mit meiner Mutter, Sir. Ich versichere Euch feierlich, daß ich der Herzog von Hammerfell und der einzige lebende Mann bin, der Anspruch auf diesen Titel erheben kann.«

»Da täuschst du dich«, sagte Valentin Hastur freundlich. »Ich sehe jetzt, daß ein schrecklicher Irrtum vorliegt. Deine Mutter und dein Bruder leben, mein Junge, doch sie glauben, *du* habest den Tod gefunden. Ich versichere dir, die Herzogin und der Herzog von Hammerfell sind sehr lebendig.«

»Ihr scherzt, glaube ich.« Conn wurde schwindlig.

»Nein. Zandru hole mich, wenn ich über eine solche Sache scherzen würde«, beteuerte Lord Valentin. »Deine Mutter, mein Junge, hat viele Jahre in dem traurigen Glauben gelebt, ihr Sohn sei beim Brand von Hammerfell gestorben. Ich nehme an, du bist tatsächlich der andere Zwilling?«

»Und ich habe geglaubt, sie seien beide bei diesem Brand umgekommen.« Conn war sichtlich erschüttert. »Ihr kennt meinen Bruder, Sir?«

»So gut wie meine eigenen Söhne.« Lord Valentin schaute Conn prüfend an. »Bei näherer Betrachtung bemerke ich kleine Unterschiede. Du hast einen etwas anderen Gang als er, und die Stellung deiner Augen ist ein bißchen anders. Aber du siehst ihm wirklich sehr ähnlich.« Aufregung zeichnete sich auf Valentins Gesicht ab. »Erzähl mir, warum du nach Thendara gekommen bist, Conn – wenn ich dich als einen Verwandten so nennen darf.«

Er trat vor und umarmte den jungen Mann. »Willkommen in meinem Haus, mein lieber Junge.«

Auch Conn war aufgeregt. Einen ihm wohlgesonnenen Verwandten zu finden, wo er einen fremden erwartet hatte, war ein Schock, wenn auch kein unangenehmer.

»Ihr spracht von meiner Mutter – dann lebt sie hier in der Nähe?«

»Sicher; ich habe erst gestern abend in ihrem Haus gespeist«, antwortete Lord Valentin, »und noch bevor du mir erzählst, warum du nach Thendara gekommen bist, möchte ich vorschlagen, daß du zu ihr gehst, damit sie von deiner Anwesenheit erfährt. Wenn du erlaubst, würde ich dich gern begleiten und der erste sein, der ihr diese Neuigkeit mitteilt.«

»Ja«, stammelte Conn. »Gewiß, als erstes muß ich meine Mutter aufsuchen.«

Valentin ging an seinen Schreibtisch, setzte sich und schrieb rasch ein paar Zeilen. Dann rief er einen Diener und befahl ihm: »Bring diesen Brief sofort zu der Herzogin von Hammerfell und sage ihr, daß ich innerhalb einer Stunde bei ihr sein werde.« Er wandte sich wieder Conn zu. »Wir müssen ihr Zeit geben, sich auf den Empfang von Gästen vorzubereiten. Bevor wir aufbrechen, können wir noch etwas kaltes Fleisch und Brot essen, denn du hast doch eine lange Reise hinter dir.«

Conn brachte jedoch nur wenig hinunter. Dann ritten sie zusammen durch die Straßen, und Lord Valentin sagte: »Dies ist ein freudenvoller Tag für mich. Ich kann es nicht erwarten, das Gesicht deiner Mutter zu sehen, wenn du auf einmal vor ihr stehst. Warum hast du dich nicht früher auf die Suche nach ihr gemacht? Wo hast du gelebt?«

»Im Versteck, auf dem Grund und Boden meines Vaters. Ich habe mich für den letzten der Hammerfell-Linie gehalten, der keinen anderen Angehörigen mehr hat als Markos, den alten Friedensmann.«

»Ich erinnere mich an Markos«, sagte Valentin nikkend. »Deine Mutter hält auch ihn für tot. Er muß inzwischen doch sehr alt sein.«

»Das ist er, aber für einen so alten Mann ist er sehr rüstig«, berichtete Conn. »Er ist wie ein Vater zu mir gewesen und bedeutet mir mehr als viele Verwandte.«

»Und warum bist du jetzt hergekommen?« forschte Valentin.

»Weil ich den Hastur-König um Gerechtigkeit bitten will, nicht nur für mein Volk allein, sondern für die ganzen Hellers. Die Lords von Storn geben sich nicht damit zufrieden, meine Familie und meine Linie vernichtet zu haben, sie versuchen auch noch, meine Pächter, die Angehörigen meines Clans, umzubringen oder Hungers sterben zu lassen, indem sie sie von dem Land vertreiben, das sie seit Generationen bestellt haben. Denn die Storns wollen die Äcker in Weideland umwandeln, weil Schafe mehr Gewinn bringen und weniger Mühe machen als Ackerbau betreibende Pächter.«

Valentin Hastur blickte ihn besorgt an. »Ich weiß nicht, ob König Aidan dagegen etwas machen kann oder will, mein Junge. Ein Adliger hat das Privileg, mit seinem eigenen Land zu tun, was ihm gefällt.«

»Und wohin sollen die Leute dann gehen? Sollen sie verhungern, weil das einem edlen Lord bequemer ist? Sind sie nicht wichtiger als Schafe?«

»Oh, ich bin durchaus deiner Meinung«, versicherte Lord Valentin. »Ich habe mich entschieden dagegen gestellt, daß dergleichen auf Hastur-Land geschieht. Dennoch wird Aidan sich höchstwahrscheinlich nicht einmischen – ja, das Gesetz verbietet es sogar, sich in die Angelegenheiten des Adels einzumischen, und täte er es doch, würde er nicht lange auf dem Thron bleiben.«

Das gab Conn viel zu bedenken. Tief beunruhigt verstummte er. Sie erreichten das Haus, in dem Erminie so viele Jahre gelebt hatte, und gingen durch das Gartentor. Conn meinte versonnen: »Ich *kenne* dieses Haus, aber ich weiß, daß es nur ein Traum war.«

Sie betraten den gepflasterten Hof. Eine alte Hündin kam und hob mit scharfem, fragendem Bellen den Kopf.

»Ich kenne sie seit Jahren, und doch bleibe ich immer ein Fremder für sie«, gestand Valentin. »Komm, Juwel, gutes Mädchen, ist ja in Ordnung, du dummes Tier . . .«

Die Hündin schnüffelte an Conns Knien. Dann geriet sie in eine schwanzwedelnde Ekstase und umtanzte ihn steifbeinig. In der Tür am Ende erschien Erminie und rief: »Juwel, benimm dich, altes Mädchen! Was . . .« Sie blickte auf, sah Conn ins Gesicht und brach beinahe ohnmächtig auf einem Gartenstuhl zusammen.

Valentin sprang hinzu, um sie aufzufangen. Nach einer Weile öffnete sie die Augen.

»Ich habe – habe ich ihn wirklich . . .«

»Du hast nicht geträumt«, sagte Valentin mit fester Stimme. »Auch für mich war es ein Schock, und ich vermag mir nicht vorzustellen, wie es geschehen konnte. Aber er ist dein zweiter Sohn, und er ist am Leben. Conn, mein Junge, komm her und beweise deiner Mutter, daß du es bist und daß kein Geist vor ihr steht.«

Conn kniete neben ihrem Sessel nieder, und sie umklammerte seine Hände so fest, daß es weh tat.

»Wie ist das geschehen?« fragte sie heiser, die Wangen naß von Tränen. »Ich habe die ganze Nacht im Wald nach Markos und dir gesucht!«

»Und er nach dir«, berichtete Conn. »Ich bin mit der Geschichte von dieser Sache aufgewachsen. Doch auch heute noch verstehe ich nicht, wie so etwas möglich war.«

»Allein wichtig ist, daß du noch lebst.« Erminie stand auf und küßte ihn. »Und Juwel, du erkennst ihn auch wieder? Würde ich es nicht glauben, könnte Juwel mich überzeugen. Ich habe euch damals oft ihr als einziger Wärterin überlassen – sie war so zuverlässig wie jede Kinderfrau.«

»Ich glaube, daran erinnere ich mich noch.« Die alte Hündin legte den Kopf auf Conns Schoß, und er drückte sie fest an sich.

Eine Reihe von dünnen Kläfflauten kam aus einer Ecke des Gartens. Ein wolliger Welpe stürzte heran und zwickte

Conn mit den Zähnchen. Conn lachte und hielt den kleinen Hund spielerisch von sich ab.

»Nein, du wirst meine Finger nicht zu essen kriegen, nun komm, sei lieb«, schmeichelte er, und Erminie befahl: »Platz, Kupfer!« Juwel ließ ihr tiefkehliges Bellen hören und versuchte den Welpen wegzuschieben. Conn sagte lachend: »Du magst mich also nicht so gern wie die alte Juwel, Hündchen – Kupfer heißt du, nicht wahr? Ein schöner Name für einen schönen kleinen Hund.«

Sie setzten sich alle zusammen mit den spielenden, springenden Hunden auf den Boden. Und dann erklang von der Tür eine Stimme, die Conn so vertraut war wie ein Traum: »Ich habe die Hunde gehört und bin sofort gekommen. Ist alles in Ordnung, Verwandte?«

Floria trat näher, hob die kleine Kupfer hoch und schalt sie sanft. Conn blieb sitzen, unfähig, sich zu bewegen, und starrte die Frau an, die er nicht für real gehalten hatte.

»Ich habe von Euch geträumt«, stammelte er benommen.

Auch er war als Telepath nicht ausgebildet, und so ungeübt, reagierte er heftig. Ihm war, als fließe seine ganze Seele, seine Geschichte, sein Wesen hinaus, um ihre Seele zu umarmen, und für einen kurzen Moment spürte er ihre impulsive Erwiderung. Florias Augen sahen ihn an, und ihre Hände streckten sich nach ihm aus. Dann erinnerte sie sich, daß sie Conn, obwohl sie ihn so gut zu kennen meinte wie sich selbst, in Wirklichkeit noch nie gesehen hatte. Erschrocken und verlegen zog sie sich zurück, wie es sich in der Anwesenheit eines Fremden schickte.

Zitternd erklärte sie: »Ihr seht Eurem Bruder sehr ähnlich.«

Und er antwortete: »Das glaube ich allmählich selbst; schon so viele Leute haben es mir gesagt. Und Mutter wäre beinahe in Ohnmacht gefallen, als sie mich erblickte.«

»Ich hatte dich so viele Jahre für tot gehalten«, sagte Erminie, »und wenn man dann nach einer halben Lebensspanne einen Sohn zurückerhält – Alastair ist achtzehn, und so alt war ich bei deiner Geburt.«

»Wann werde ich meinen Bruder sehen?« fragte Conn eifrig.

»Er bringt die Pferde weg und wird in ein, zwei Minuten hier sein. Wir sind heute vormittag draußen vor der Stadtmauer geritten. Vater hatte es erlaubt; er meinte, es sei ja ausgemacht, daß wir bald heiraten«, antwortete Floria.

Das war für Conn ein Schock, aber er sagte sich, das hätte er vorhersehen müssen. Jetzt war ihm klar: Seine Visionen des Stadtlebens – ebenso wie seine Eindrücke von Floria – hatte er über den Zwillingsbruder, von dem er nicht gewußt hatte, daß er noch lebte, erhalten.

Erminie, die den unausgesprochenen Gedankenaustausch zwischen Conn und Floria beobachtet hatte, dachte bei sich: *Ach du meine Güte, was soll daraus noch werden?* Aber das war ihre erste Begegnung, und ihr wiedergewonnener Sohn machte den Eindruck eines anständigen und ehrenhaften Mannes. Im Grunde konnte er gar nichts anderes sein, wenn Markos ihn erzogen hatte. Er gehörte auf keinen Fall zu der Sorte, die sich an die versprochene Frau des eigenen Bruders heranmacht, er mußte die Situation nur erst in den Griff bekommen. Doch Erminie hatte erkannt, wie tief die Gefühle bei Conn gingen, und das Herz tat ihr bei dem Gedanken weh, was die Zukunft bringen würde. Sie fragte sich, was sie da tun könne.

»Und du bist nach Thendara gekommen, ohne auch nur zu ahnen, daß wir leben, Conn?«

»Ich hätte es mir denken können, daß zumindest mein Zwillingsbruder noch am Leben ist«, antwortete Conn. »Von Leuten, die mehr von *laran* verstehen als ich, habe ich gehört, daß das Band zwischen Zwillingen die stärkste aller Verbindungen ist. Und seit etwa einem Jahr verfolgen mich Bilder von Orten, an denen ich nie gewesen bin, und von Gesichtern, die ich niemals gesehen habe. Weißt du viel über *laran* und die Kunst des Sternensteins, Mutter?«

»Ich habe während der letzten siebzehn Jahre als Technikerin im Thendara-Turm gearbeitet«, erzählte Erminie. »Doch ich habe schon daran gedacht, den Turm zu verlassen, wenn Floria besser ausgebildet ist und meinen Platz dort einnehmen kann, und wieder zu heiraten.«

Floria errötete. »Nein, Verwandte, das möchte Alastair nicht.«

»Es ist aber deine Sache, das zu entscheiden, Kind«, mahnte Erminie. »Was für ein Jammer, deine Arbeit um der Selbstsucht eines Mannes wegen aufzugeben!«

»Die Wahrheit ist, daß wir nur sehr wenig Zeit hatten, darüber zu sprechen«, sagte Floria. Wieder blickte sie Conn an. »Und Ihr, Verwandter, Ihr seid doch Telepath. Seid Ihr bereits in einem Turm ausgebildet worden?«

Conn schüttelte den Kopf. »Nein. Ich habe in den Bergen gelebt und keine Gelegenheit dazu gehabt. Außerdem hatte ich anderes im Sinn, zum Beispiel, meine Leute gegen Storns Schurkenstreiche zu verteidigen.«

Erminie kam zu Bewußtsein, daß das Gespräch sich weit von dem entfernt hatte, was sie hatte fragen wollen. »Dann weiß Storn, daß du am Leben bist?«

»Ja, und die Blutrache ist von neuem entflammt. Es tut mir leid, dir das sagen zu müssen, Mutter. Viele Jahre lang hat er geglaubt, unser ganzer Clan sei ausgestorben.«

»Ich hatte gedacht – gehofft –, Storn halte uns alle für tot, und deshalb werde die Fehde einschlafen. Allerdings habe ich geschworen, deinem Bruder zu seinem Recht zu verhelfen.«

»Die Fehde wäre wohl eingeschlafen, Mutter, hätte ich mich damit zufriedengegeben, in meinem Versteck zu bleiben und zuzusehen, wie unsere Leute unterdrückt werden«, sagte Conn. »Aber vor noch nicht vierzig Tagen habe ich ihn wissen lassen, daß er mit einem Hammerfell rechnen müsse, wenn er mit dem Plündern und Brennen fortfahre.« Er berichtete von dem Überfall auf Storns Leute.

»Das kann ich dir nicht zum Vorwurf machen!« erklärte Erminie, beugte sich zu ihm herüber und umarmte ihn. In diesem Augenblick betrat Alastair den Garten. Er sah die Frauen mit den Hunden auf dem Weg sitzen und Conn in den Armen seiner Mutter, und instinktiv begriff er, was sich dort abspielte.

Um ihm Gerechtigkeit widerfahren zu lassen: Seine erste Regung war die der Freude. Er pfiff den Hunden, und sie kamen angerannt. Erminie sprang sofort auf. »Oh, Alastair, es ist etwas Wundervolles geschehen!«

»Ich bin Lord Valentin auf dem Hof begegnet.« Er schenkte Conn sein offenes, bezauberndes Lächeln.

»Du bist also mein Zwilling«, sagte er nachdenklich. »Willkommen, kleiner Bruder . . . du weißt, daß ich der ältere bin?«

»Ja.« Conn fand es ziemlich merkwürdig, daß Alastair es für notwendig hielt, davon zu sprechen, noch bevor sie einander kennengelernt hatten. »So ungefähr um zwanzig Minuten.«

»Zwanzig Minuten oder zwanzig Jahre – das bleibt sich gleich«, sagte Alastair mit dunkler Stimme und umarmte ihn. »Was tust du in der Stadt?«

»Ich hatte etwas vor, das du, wie ich hoffe, an meiner Stelle tun wirst«, gab Conn zurück. »Ich wollte den Hastur-König bitten, daß er mir helfe, unser Land zurückzuerobern und unsere Leute zu schützen.«

»Da bin ich dir wieder zuvorgekommen«, sagte Alastair. »Denn ich *habe* darüber bereits mit König Aidan gesprochen, und er hat mir seine Hilfe zugesagt.« Er lächelte, und die Zwillinge blickten einander an wie Spiegelbilder, von denen eins rauh und das andere glatt war.

»Du warst es also!« rief Conn aus. »Ich glaubte, mir sei es bestimmt, ihn um Hilfe anzugehen.«

Alastair zuckte die Schultern. Er hatte keine Ahnung, was Conn mit seinem *laran* gesehen hatte.

»Ich freue mich, daß du dich unserer Mutter vorgestellt hast«, sagte Alastair. »Und der Lady Floria, meiner versprochenen Frau, die bald deine Schwägerin sein wird.«

*Schon wieder!* dachte Conn. *Warum reibt er es mir dauernd unter die Nase, daß er älter ist als ich und mir in allen Dingen voraus? Sicher, er ist der richtige Herzog von Hammerfell. Solange ich von seinem Tod überzeugt war, hatte ich jedes Recht, mich Herzog zu nennen, aber nun, da ich weiß, daß er lebt, muß ich mein Bestes tun, um ihn zu unterstützen.* Er verbeugte sich und sagte formell: »Mein Bruder und mein Lord.«

Alastair drückte ihn fest an sich: »Solcher Förmlichkeiten bedarf es nicht zwischen uns, Bruder. Dafür ist noch Zeit genug, wenn ich mit dir an der Seite wieder in Hammerfell regiere.« Dann schüttelte er lächelnd den Kopf. »Aber woher hast du nur diesen Clownsanzug? Wir müssen dir sofort Kleidung anfertigen lassen, die deiner Stellung angemessen ist. Ich werde noch heute nachmittag meinen Schneider benachrichtigen.«

Das brachte Conn aus der Fassung. Hatte sein Bruder überhaupt keine Manieren? Er erklärte steif: »Dieser Anzug ist neu und von gutem Tuch. Es wäre eine Verschwendung, ihn nicht zu tragen.«

»Verschwendet braucht er nicht zu werden, schenke ihn dem Butler, zu seiner Stellung paßt er«, unterstützte Erminie ihren Sohn Alastair.

»In den Hellers wird er für mich gut genug sein«, sagte Conn stolz. »Ich bin kein Stadtfatzke!«

»Aber wenn du zu einer Audienz bei König Aidan gehst – und er muß erfahren, daß es zwei von uns gibt –«, versuchte Alastair es auf diplomatischere Weise, »kannst du nicht wie ein Bauer, der gerade vom Rübenfeld kommt, vor ihm erscheinen. Ich finde, du solltest in der Stadt lieber Sachen von mir tragen. Du bist doch nicht zu stolz, dir Kleider von deinem eigenen Zwilling zu leihen, Bruder?«

Sein entwaffnendes Lächeln bezauberte Conn, und ihm wurde wieder warm ums Herz.

Schließlich brauchte es Zeit, seinen Bruder richtig kennenzulernen. Er lächelte zurück. »Das mögen die Götter verhüten! Ich danke dir – Bruder!«

Erminie stand auf. »Nun komm mit ins Haus, Conn, und erzähl mir alles über dich. Vielleicht können wir herausfinden, wie es geschehen ist, daß wir uns bis heute nicht wieder zusammengefunden haben! Was hat sich in all diesen Jahren auf Hammerfell abgespielt? Wie geht es Markos? Ist er gut zu dir gewesen, mein Sohn? Floria, Liebes, du bleibst natürlich zum Essen bei uns. Kommt, meine Söhne ...« Sie unterbrach sich und stieß einen Seufzer der Freude aus. »Wie es mir guttut, das nach all diesen Jahren wieder zu sagen!« Jedem eine Hand reichend, führte sie sie ins Haus.

# IX

In Thendara wurde in diesem Sommer kaum über etwas anderes geredet als über die romantische Geschichte, wie der zweite Sohn der Herzogin von Hammerfell verlorengegangen und wiedergefunden worden war. Sogar Erminie wurde es leid, sie fortwährend zu wiederholen, obwohl sie stolz auf die Aufmerksamkeit war, die man ihrem wiederaufgetauchten Sohn zollte. Conn wuchs ihr so ans Herz, daß sie manchmal ein schlechtes Gewissen Alastair gegenüber hatte, der ihr in all diesen Jahren ein so freundlicher und aufmerksamer Gefährte gewesen war.

Obwohl die verwitwete Herzogin keinen Wert darauf legte, Gesellschaften zu geben, was man in Thendara seit langem wußte, veranstaltete sie gegen Ende des Sommers einen kleinen Ball, um die Verlobung ihres Sohnes Alastair mit Lady Floria offiziell bekanntzumachen.

Den ganzen Tag über zogen drohende Wolken von den Venza-Bergen heran, und kurz vor Sonnenuntergang begann es tatsächlich zu regnen. Mit voller Wucht strömte das Wasser auf die Stadt hernieder. Die Gäste trafen naß und tropfend ein. Es wurden große Feuer angezündet, damit sie sich ein bißchen trocknen konnten, bevor sie sich dem üppigen Abendessen und dem Tanz, dem wichtigsten Bestandteil aller darkovanischen Geselligkeit, widmeten.

Aber feuchte Kleidung konnte die Stimmung der Versammelten nicht im geringsten dämpfen. Alastair und Floria standen im Eingang, um ihre Gäste willkommen zu heißen, und Conn machte den Kavalier seiner Mutter. Das Tanzvergnügen war auf seinem Höhepunkt, als Gavin Delleray eintraf. Er begrüßte Alastair mit verwandtschaftlicher Umarmung, und er beanspruchte das Vorrecht eines Verwandten und küßte Floria auf die Wange.

Gavin war ein rundlicher, robuster junger Mann, gekleidet nach der allerneuesten Mode. Seidene Kniehosen ließen die wohlgeformten Beine in ihren eleganten Strümpfen sehen, sein Brokatjackett war aus feuerfarbenem Satin, und Feuersteine schmückten den hohen Kragen seines Hemdes. Sein Haar war, wie es gerade als schick galt, auf beiden Seiten zu Korkenziehern frisiert, so daß es kaum noch natürlichem Haar ähnelte, sondern ebensogut eine steife Perücke hätte sein können, und in Streifen von Regenbogenfarben gefärbt. Alastair betrachtete ihn fast neidisch. Er selbst versuchte auch, der Mode zu folgen, und strebte eine stutzerhafte Erscheinung an, aber er kam nicht einmal in die Nähe von Gavins schillerndem Gefieder.

Als Gavin seinen feuchten Mantel dem Diener überließ, flüsterte Alastair seinem Bruder zu: »Es wird mir nie gelingen, so modisch auszusehen wie er.«

»Und dafür solltest du den Göttern danken«, erwiderte Conn geradeheraus. »Ich finde, er sieht wie ein Narr aus – wie eine aufgeputzte Puppe für das Puppenhaus eines kleinen Mädchens.«

»Unter uns gesagt, ich bin ganz deiner Meinung, Conn«, flüsterte Floria. »Mir würde es nie einfallen, mein Haar so zu färben und mit Kleister zu frisieren!«

Dann wandte sich Gavin ihnen mit einem unbefangenen Lächeln wieder zu, und Conn schämte sich ein bißchen. Trotz all seiner Marotten, was die Kleidung betraf, mochte Conn ihn lieber als jeden anderen von Alastairs Freunden. Alastair pflegte Conn erbarmungslos mit seinem bäuerlichen Geschmack aufzuziehen, auch nachdem Conn seinen ländlichen Anzug abgelegt hatte und ebenso gutgeschnittene Kleidung trug wie Alastair. Doch Conn war nicht zu überreden, seine Finger mit den modischen Ringen zu schmücken oder juwelenbesetzte und kunstvoll geschlungene Halstücher zu tragen. Seltsamerweise war Gavin der einzige aus dem Kreis von Alastairs Freunden, der Conn wegen seiner Verachtung der Mode nicht foppte. Jetzt ergriff er Conns Hand und sagte herzlich: »Guten Abend, Vetter; ich freue mich, daß du bei uns sein kannst. Floria, hat meine Mutter Lady Erminie benachrichtigt, daß die Königin heute abend herkommen wird?«

»Ja, das hat sie«, antwortete Floria, »aber ich fürchte, die Königin wird nichts davon haben. Sie ist zu schwerhörig, um viel Genuß an der Musik zu finden, und zu lahm, um zu tanzen.«

»Oh, das macht weiter nichts«, erklärte Gavin fröhlich. »Sie wird mit den anderen alten Damen Karten spielen und alle jungen Mädchen küssen, und sofern genug Süßigkeiten da sind – und Lady Erminies Koch ist mit Recht berühmt –, wird es ihr an nichts fehlen.« Zögernd betastete er sein Haar. »Ich fürchte, der Regen hat meine Kapuze durchdrungen, und mein Haar ist naß. Wie sieht es aus, Freunde?«

»Wie eine Kugel aus Federn, die bei einem Wettbewerb im Bogenschießen als Ziel aufgestellt ist«, neckte Conn ihn. »Wenn das Schießen losgeht, solltest du dich besser in einem Schrank verstecken, sonst wird man auf dich anlegen.« Gavin, nicht im mindesten beleidigt, grinste breit.

»Perfekt! Genau diesen Eindruck soll die Frisur erwekken, Vetter.« Er ging in den Hauptraum und beugte sich über Erminies Hand. »Meine Lady.«

»Ich freue mich, daß du kommen konntest, Gavin.« Erminie lächelte den Kinderfreund ihres Sohnes mit echter Zuneigung an. »Werden wir dich heute abend singen hören?«

»Oh, sicher«, versprach Gavin. »Aber ich hoffe, auch Alastair wird uns etwas vortragen.«

Ein wenig später nahm Gavin, umgeben von seinen Freunden, an der großen Harfe Platz und spielte. Dann winkte er Alastair zu sich, und nach einer kurzen geflüsterten Beratung sang Alastair ein melodisches Liebeslied. Er sah Floria dabei an.

»Ist das eins deiner Lieder, Gavin?« erkundigte sich Floria.

»Nein, dieses nicht. Das ist ein Volkslied aus Asturien. Aber du lagst mit der Frage gar nicht so falsch; ich habe viele Lieder in dem alten Stil dieses Landes geschrieben«, antwortete Gavin. »Und Alastair singt sie besser als ich. Singst du auch, Conn?«

»Nur ein paar Lieder aus den Bergen«, sagte Conn.

»Oh, sing doch; ich liebe die alten Melodien«, drängte Gavin, aber Conn weigerte sich lächelnd.

Später, als man zu tanzen begann, weigerte er sich ebenfalls. »Ich kann nur die Bauerntänze, du würdest dich meiner schämen, Bruder, und ich würde dir vor deinen feinen Freunden Schande machen.«

»Floria wird es dir nie verzeihen, wenn du nicht mit ihr tanzt«, versuchte Alastair ihn zu überreden. Doch dem Brauch entsprechend führte er Floria zu dem ersten Paartanz auf die Tanzfläche. Gavin stand neben Conn und sah den beiden nach.

»Ich wollte nicht nur höflich sein, als ich dich zu singen bat«, sagte Gavin. »Ich werde der Volkslieder aus den Bergen niemals müde; der größte Teil meiner Musik ist in diesem Stil geschrieben. Wenn du in dieser Gesellschaft nicht singen möchtest – und das kann ich dir nicht verübeln, denn abgesehen von Alastair ist hier nicht einer, der wirklich etwas von Musik versteht –, könntest du mich vielleicht einmal bei mir zu Hause besuchen und dort für mich singen. Möglicherweise kennst du Lieder, die mir unbekannt sind.«

»Ich will darüber nachdenken«, erklärte Conn vorsichtig. Er mochte Gavin, aber wenn seine Stimme auch ebenso klar wie die seines Bruders war, hatte er sich doch nie als Sänger produziert.

In diesem Augenblick gab es Tumult auf der Straße, und es wurde an die Tür geklopft. Erminies Haushofmeister öffnete sie und trat überrascht zurück. Dann erholte er sich von seinem Schrecken und verkündete: »Seine Gnaden Aidan Hastur von Elhalyn und Ihre Gnaden Königin Antonella.«

Der Tanz wurde unterbrochen, und aller Augen wandten sich der Tür zu. Das königliche Paar legte die Mäntel ab. Conn erkannte sofort den Mann, mit dem er – oder war es sein Bruder gewesen? – in seiner Vision gesprochen hatte. Königin Antonella war klein und dick und hinkte, denn eines ihrer Beine war kürzer als das andere. König Aidan war ebenfalls von kleiner Statur, weißhaarig und ganz unscheinbar. Trotzdem herrschte respektvolles Schweigen, während Erminie vortrat und sich verbeugte.

»Meine Lady, seid willkommen. Mein Lord, das ist eine unerwartete Ehre.«

»Bitte, keine Umstände«, wehrte der Hastur-König leutselig ab. »Ich komme heute abend lediglich als Freund. Die Geschichte über Euren Sohn ist oft wiederholt worden; ich habe so viele Gerüchte gehört, daß ich herausfinden möchte, was *wirklich* geschehen ist.« Er lachte schallend und nahm ihnen allen die Verlegenheit.

Alastair kam mit Floria am Arm näher, und Aidan winkte ihn zu sich. »Nun, junger Mann, habt Ihr über die Angelegenheit, von der wir sprachen, nachgedacht?«

»Das habe ich, Euer Gnaden.«

»Dann kommt und laßt uns miteinander reden«, sagte der König, »und Euren Bruder hätte ich auch gern dabei.«

»Gewiß«, antwortete Alastair, »aber ich bin der Herzog, und die Entscheidung liegt allein bei mir, *vai dom.*«

»Ja, natürlich«, stimmte Aidan friedfertig zu, »aber Euer Bruder hat schließlich in jenem Land gelebt und kann uns genau berichten, was dort vor sich geht.«

Erminie gab den Musikern ein Zeichen, wieder zu spielen, und führte die Königin hinein.

»Wollt Ihr, Euer Gnaden, eine Erfrischung zu Euch

nehmen, während die Männer reden?« fragte sie höflich und bot Königin Antonella den Arm. Die alte Königin sah zu Alastair und Conn hinüber. »Wie zwei Schoten an einem Federschotenbaum, nicht wahr? Glückliche Erminie, die Ihr nicht nur einen schönen Sohn, sondern gleich zwei habt.« Es klang beinahe sehnsüchtig. Sie blieb stehen, lächelte Gavin an, stellte sich auf die Zehenspitzen und küßte ihn zärtlich auf die Wange.

»Wie groß du geworden bist«, sagte sie, und Erminie mußte lächeln, denn so klein Gavin war, neben der kleinen Königin wirkte er wie ein Mann von respektabler Größe. Die Königin wandte sich König Aidan zu. »Ist er nicht prächtig herangewachsen? Er hat ganz die Augen der lieben Marcia, nicht wahr?«

»Ich wünschte, meine Mutter wäre noch am Leben und könnte Euch das sagen hören, Verwandte.« Gavin beugte sich voller Verehrung über die Hand der alten Königin. »Und wird Lady Floria nun, wenn meine Verwandten mit Seiner Gnaden sprechen, mir die Ehre erweisen, mit mir zu tanzen?«

Erminie gab Floria ein Zeichen, mit Gavin zu tanzen, und führte Königin Antonella in den anderen Raum. Ihre Söhne begaben sich mit dem König in einen kleinen Salon neben dem Saal, in dem getanzt wurde.

Sobald sie am Feuer saßen, schenkte Alastair Wein ein. Der König nahm sein Glas entgegen und hob es schweigend. Nach einer Weile sagte er: »Nun, sollen wir auf den Wiederaufbau von Hammerfell trinken? Glaubt Ihr, geloben zu können, daß Ihr mein getreuer Vasall in den Bergen sein wollt, Alastair?«

»Ich denke schon«, antwortete Alastair. »Heißt das, Ihr wollt mir Männer und Waffen zur Verfügung stellen, Sire?«

»Ganz so einfach ist das nicht«, sagte Aidan. »Würde ich eine Armee schicken, ohne provoziert zu sein, wäre ich ein Aggressor. Doch wenn es dort einen Aufstand geben sollte, kann ich die Ordnung wiederherstellen. Euer Vater – der alte Herzog von Hammerfell – hatte Soldaten. Was ist aus ihnen geworden, als er starb?«

Darauf antwortete Conn ihm. »Die meisten Männer, die meinem Vater dienten, kehrten nach seinem Tod auf ihre eigene Scholle zurück. Führerlos konnten sie den Krieg gegen Storn nicht fortsetzen. Aber ein paar sind in der Nähe und in unserem Dienst geblieben, zum Beispiel diejenigen, die sich uns anschließen, wenn wir Storns Männer überfallen und sie daran zu hindern versuchen, die Häuser meiner Pächter niederzubrennen.«

»*Deiner* Pächter?« fragte Alastair leise. Offenbar hatte Conn ihn nicht gehört, aber König Aidan hob den Blick und sah die Zwillinge scharf an. Conn als Telepath spürte, daß der König sich fragte, ob ihre Rivalität Probleme schaffen werde. Aidan sprach seine Sorgen jedoch nicht aus. »Wie viele Männer sind dort, Conn?«

»Vielleicht drei Dutzend«, gab Conn Auskunft, »und einige von ihnen mögen zu meines Vaters Leibgarde, zu seinem Haushalt gehört haben.«

»Und könnt Ihr schätzen, wie viele Männer sich verborgen halten, aber bereit wären, zum Vorschein zu kommen, wenn es von neuem gilt, gegen Storn zu ziehen?«

Darüber mußte Conn erst nachdenken.

»Ich bin mir wirklich nicht sicher«, meinte er schließlich. »Weniger als zweihundert werden es nicht sein, vielleicht sogar dreihundert, aber mehr sind es, glaube ich, nicht. Mit den Männern aus meines Vaters Haushalt –« wie ein unheimliches Echo hörte er in seinem Kopf Alastairs *meines Vaters*, und es beunruhigte ihn; fast von Stunde zu Stunde wurde er sich seines *laran* bewußter »– könnten es alles in allem dreihundertfünfzig sein.« Nach einer kurzen Pause fügte er hinzu: »Ich sollte vielleicht zurückkehren und sie zusammenrufen, dann wüßten wir sicher, mit wie vielen wir rechnen können.«

»Eine gute Idee«, pflichtete König Aidan ihm bei,

»denn mit weniger als dreihundert könnt Ihr nicht gut gegen Storn, der ebenfalls Männer und Waffen hat, ziehen.«

Daraufhin erklärte Alastair: »Wenn einer geht, Bruder, werde ich es sein. Schließlich ist es *mein* Land – und es sind *meine* Pächter!« *Für wen hält er sich?* dachte er. *Glaubt er, meinen Platz usurpieren zu können, nachdem ich jahrelang gewartet habe?*

Conn spürte den Ärger seines Bruders, als seien die Worte laut ausgesprochen worden. Und plötzlich wurde er selbst von heftigem Zorn gepackt, den jedoch Alastair, wie Conn wußte, nicht mitbekam. *Sicher, es stimmt, was er sagt. Er ist von Geburt an der Herzog. Aber für ihn ist das nur ein Titel. Ich habe mit diesen Männern gelebt, ich habe ihre Armut und ihre Leiden geteilt . . . An mich wenden sie sich, wenn sie Hilfe oder einen Anführer brauchen. Macht allein die Geburt den Herzog von Hammerfell? Zählen die Jahre, die ich meinem Volk gedient habe, überhaupt nicht?*

Obwohl er von diesen Gedanken überrannt worden war und wußte, daß Alastair sie nicht lesen konnte, flehte er den alten König im Geist impulsiv um eine Antwort an. Dabei war ihm klar, daß der Hastur-Lord ihm keine geben konnte – wenigstens nicht sofort. Aidan betrachtete ihn voller Mitgefühl. Conn ging es durch den Sinn: *Ich habe gelobt, meinem Bruder treu zu dienen. Das hatte ich völlig vergessen.*

Der König sagte nachdenklich: »Vielleicht hat Euer Bruder recht, Alastair. Die Männer kennen ihn, er hat unter ihnen gelebt . . .«

»Ein Grund mehr, daß sie jetzt den richtigen Herzog kennenlernen sollten!« rief Alastair, und Aidan seufzte.

»Das werden wir überdenken müssen«, wich er aus. »Im Augenblick – Alastair von Hammerfell, wollt Ihr mein treuer Vasall in den Ländern jenseits des Kadarin sein?«

Spontan kniete Alastair vor ihm nieder und berührte die Hand, die Aidan ausstreckte, mit seinen Lippen.

»Ich schwöre es, mein Lord.« Ihn überkam ein Gefühl der Loyalität und Zuneigung für seinen König, der sein Verwandter war und ihm Hilfe bei der Wiedergewinnung seines Landes versprochen hatte. Conn sah dem regungslos zu, aber Aidan hob den Kopf, und ihre Blicke trafen sich. Aidans Gedanken lagen so klar vor Conn, daß er kaum glauben konnte, sie nicht mit eigenen Ohren gehört zu haben.

*Auf Leben und Tod bin ich Euer Mann, mein Lord.*

*Ich weiß es. Wir brauchen kein Gelübde auszusprechen, du und ich.*

Conn wußte nicht, warum diese Liebe und Treue plötzlich so deutlich zwischen ihnen geworden war. Vor diesem Abend hatte er den König noch nie in der Realität gesehen, und doch war ihm, als kenne er ihn schon sein ganzes Leben und noch länger, als habe er ihm gedient seit Anbeginn der Zeit und als bestehe zwischen ihm und Aidan Hastur ein Band, stärker als das zwischen ihm und seinem Bruder. Alastair richtete sich auf, und für einen Augenblick kniete Conn vor dem König nieder. Aidan sprach kein Wort, aber erneut trafen sich kurz ihre Blicke, und mehr war nicht notwendig. Conn spürte in Aidan eine schmerzhafte Verwirrung und erkannte, wie sehr der König bedauerte, daß es ihm unmöglich war, etwas an einer ihm jetzt ungerecht erscheinenden Tatsache zu ändern. Der andere Zwilling war nun einmal als erster geboren.

»So sei es, Sire«, sagte Conn laut. »Ich bin in meine Pflicht hineingeboren worden wie Ihr in die Eure.«

»Ich glaube, ihr solltet besser zum Tanz zurückkehren, meine lieben Jungen. Selbst hier mag es Menschen geben, die nicht zu erfahren brauchen, was in dieser Nacht gesagt und versprochen worden ist. Aber verliert keine Zeit, in die Berge zu reiten und euren Clan zusammenzurufen.« Sorgfältig vermied Aidan, einen der beiden anzusehen, als er »euren Clan« sagte. Wie es auch ausgehen mochte, dachte er mit einem Gefühl, das der Verzweiflung sehr nahe kam, sie würden das unter sich regeln müssen, und er konnte redlicherweise weder für den einen noch für den anderen Partei ergreifen.

Der König erhob sich und winkte beiden, ebenfalls aufzustehen. Sie gingen wieder in den Saal, wobei Aidan ein Stückchen zurückblieb. *Die Gäste sollen nicht alle mitbekommen, daß diese Konferenz stattgefunden hat.*

Conn, der wußte, daß sein Zwilling nicht genug *laran* besaß, um den Gedanken des Königs zu folgen, wiederholte dies mit leiser Stimme. Alastair nickte und lächelte. »Oh, natürlich habt Ihr recht.«

Floria kam ihnen entgegen.

»Jetzt *mußt* du mit mir tanzen, das ist dir doch klar!« sagte sie temperamentvoll und zog Alastair in den Kreis. Conn, der sich nicht gut ausschließen konnte, machte voller Verlegenheit ebenfalls mit. Plötzlich fiel ihm ein, wie er beim Erntefest mit Lilla getanzt hatte und wie anders dies war. Dem folgte die Erinnerung an Markos, der ihn weggeholt hatte, und er errötete.

Eine Figur war beendet, sie blieben stehen, und Conn sah sich Floria gegenüber. Sie war erhitzt vom Tanzen und von den in ihr tobenden Gefühlen. Unter normalen Umständen hätte sie auf die Terrasse hinaustreten können, um sich ein bißchen abzukühlen, aber der Regen prasselte zu stark auf den gepflasterten Hof nieder. Die alte Hündin Juwel saß brav an der Tür. Floria ging zu ihr und streichelte sie, um einen Augenblick Zeit zu gewinnen, in dem ihr Herz sich beruhigen konnte. Dann sah sie, daß Conn in den Regen hinausgetreten war. Er wirkte beunruhigt. Seine Augen suchten die ihren und erfüllten sie mit einem seltsamen, tiefgehenden Kummer, der fast wie körperlicher Schmerz war.

*Ich habe nicht das Recht, ihn zu trösten, nicht das geringste Recht, ihn auf diese Weise zu berühren.*

Trotzdem erwiderte sie seinen Blick – was in Thendara für ein junges Mädchen an sich schon unschicklich war.

*Verdammt sei die Schicklichkeit. Er ist mein Schwager!*

Er kam zu ihr, und er sah abgespannt und erschöpft aus.

»Was ist, mein Bruder?« fragte sie ihn.

»Ich muß fort«, antwortete Conn. »Dem Geheiß des Königs folgend, muß ich nach Hammerfell zurückkehren, um alle wehrfähigen Männer, die ich dort habe, zusammenzurufen.«

»*Nein!*« Conn hatte nicht gemerkt, daß Alastair neben ihn getreten war. »Wenn einer geht, wenn der König wollte, daß einer gehen soll, bin ich das, Bruder. Ich bin Hammerfell, es sind *meine* Männer, nicht deine. Hast du das immer noch nicht begriffen?«

»Doch, Alastair.« Conn versuchte sich zu beherrschen. »Aber was du nicht begreifst ...« Er seufzte. »Ich schwöre, es liegt nicht in meiner Absicht, dich von deinem Platz zu verdrängen, mein Bruder. Aber –« er suchte nach Worten, die Alastair verstehen würde » – ich nenne sie meine Männer, weil ich mein ganzes Leben unter ihnen verbracht habe. Sie akzeptieren mich, sie kennen mich – sie haben nicht einmal eine Ahnung, daß du existierst.«

»Dann sollten sie es besser bald erfahren«, erwiderte Alastair. »Schließlich ...«

»Du kennst nicht einmal den Weg nach Hammerfell!« unterbrach ihn Conn. »Zumindest müßte ich mitkommen und ihn dir zeigen ...«

»Bei dem Wetter?« fiel Floria ein und wies nach draußen, wo es in Strömen regnete und ein starker Wind herrschte.

»Ich werde schon nicht schmelzen, schließlich bin ich nicht aus Zucker. Ich habe mein ganzes Leben in den Hellers verbracht, und ich fürchte mich nicht vor dem Wetter, Floria«, sagte Conn.

»Auf ein paar Stunden kann es doch nicht ankommen«, protestierte das Mädchen. »Ist es denn so dringend, daß einer von euch in einem Sturm und mitten in der Nacht aufbrechen muß? Soll denn unsere Verlobung nicht stattfinden, Alastair?«

»Das wenigstens soll geschehen«, gestand ihr Alastair erleichtert zu. »Ich will sehen, wo meine Mutter und dein Vater stecken. Sie sollen die letzte Entscheidung darüber treffen.« Er ging davon und ließ Floria und Conn allein zurück. Die beiden sahen sich verängstigt und beunruhigt an.

Alastair bahnte sich einen Weg durch die festlich gekleideten Gäste und sprach mit Gavin Delleray, und die Menge verstummte. Erminie und Conn stellten sich neben Alastair. Aller Augen richteten sich auf Floria. Ihr Vater nahm ihren Arm, und sie gesellten sich den Hammerfells zu. Dann ergriff Alastair mit seiner klingenden, ausgebildeten Stimme das Wort.

»Meine lieben Freunde, ich möchte das Fest nicht stören, aber ich habe erfahren, daß meine Anwesenheit auf Hammerfell dringend erforderlich ist. Wollt ihr mir verzeihen, wenn wir auf der Stelle zu dem kommen, was der Anlaß unserer heutigen Zusammenkunft ist? Mutter . . .«

Erminie ergriff Florias Hand und wandte sich mit leichtem Stirnrunzeln an Alastair.

»Ich habe nichts von einem Boten bemerkt, mein Sohn«, stellte sie mit gedämpfter Stimme fest.

»Es war auch keiner da«, flüsterte Alastair zurück. »Ich werde es dir später erklären – oder Conn wird es tun. Aber ich wollte nicht aufbrechen, ohne daß die Verlobung vollzogen und Florias Gelübde gesprochen worden ist.«

Conn machte einen irgendwie erleichterten Eindruck. Er stellte sich neben seinen Bruder. Königin Antonella hinkte nach vorn. Von ihrem dicken kleinen Finger zog sie einen mit Grünsteinen besetzten Ring.

»Ein Geschenk für die Braut.« Sie steckte Floria den Ring an – er war ihr nur ein bißchen zu weit – und stellte sich auf die Zehenspitzen, um die rosigen Wangen des

Mädchens zu küssen. »Mögest du sehr glücklich werden, liebes Kind.«

»Ich danke Euch, Euer Gnaden«, sagte Floria leise. »Es ist ein wunderschöner Ring, und ich werde ihn als Euer Geschenk in Ehren halten.«

Antonella lächelte, und auf einmal huschte ein gequälter Ausdruck über ihr Gesicht. Ihr entfuhr ein »Oh!«, und ihre Hand faßte an die Spitzen ihres Halsausschnitts. Dann taumelte sie und brach in die Knie. Conn bückte sich schnell, um sie aufzuheben, aber sie war ein totes Gewicht in seinen Armen, und er mußte sie zu Boden gleiten lassen.

Sofort war Erminie bei ihr, und König Aidan beugte sich über sie. Die Königin öffnete die Augen und stöhnte. Ihr Gesicht war ganz schief. Sie stammelte etwas. Erminie hielt den kleinen, dicken Körper im Arm und sprach tröstend auf die Königin ein.

»Ein Schlaganfall«, flüsterte Erminie dem König zu. »Sie ist nicht mehr jung, und es hätte seit Jahren jederzeit geschehen können.«

»Ja, ich habe es befürchtet.« Der König kniete neben der Kranken nieder.

»Es ist alles gut, meine Liebe, ich bin bei dir. Wir werden dich sofort nach Hause bringen.«

Antonella schloß die Augen. Sie schien zu schlafen. Gavin Delleray erbot sich: »Ich werde eine Sänfte rufen.«

»Eine Tragbahre«, berichtigte Aidan ihn. »Ich glaube nicht, daß sie sitzen kann.«

»Wie Euer Gnaden wünschen.«

Er lief in den Regen hinaus, kehrte schnell zurück und winkte den Dienern, den Bahrenträgern die Türen zu öffnen. Als geschehe das alles eine Million Meilen entfernt, registrierte Conn, daß der Regen Gavins Kleidung und Frisur ruiniert hatte, doch er schien das gar nicht zu bemerken. Die Bahrenträger bückten sich und schoben König Aidan sacht beiseite.

»Mit Eurer Erlaubnis, *vai dom*, wir können sie heben, das ist unsere Arbeit, und wir sind darin besser als Ihr. Paß auf da – wickle ihr die Decke um die Beine. Wohin sollen wir sie bringen, mein Lord?« Sie hatten den König nicht erkannt, und das war wahrscheinlich nur gut so, dachte Conn. Aidan gab ruhig seine Anweisungen und ging mit ihnen hinaus. Er schritt neben der Bahre her wie irgendein älterer Mann, der sich Sorgen um seine plötzlich vom Schlag getroffene Frau macht. Conn lief dem König nach und fragte: »Darf ich Eure Sänfte rufen, Sir? Ihr werdet ganz naß und könnt Euch den Tod holen.« Dann verstummte er verlegen. Es stand ihm nicht zu, so mit dem König zu reden.

Aidan richtete den leeren Blick auf ihn. »Nein, lieber Junge, ich will bei Antonella bleiben. Sie könnte Angst kriegen, wenn sie nach mir riefe und keine vertraute Stimme antworten würde. Aber ich danke dir. Jetzt sieh zu, daß du selbst ins Trockene kommst, Junge.«

Der Regen hatte ein bißchen nachgelassen, doch Conn war schon bis auf die Haut naß. Er eilte wieder ins Haus. Der Vorbau war überfüllt von Erminies Gästen, die sich verabschiedeten. Der Zusammenbruch der Königin hatte dem Fest ein Ende bereitet.

Nur wenige waren im Saal zurückgeblieben. Alastair und Floria standen immer noch Seite an Seite vor dem Kamin. Floria blickte wie betäubt auf Antonellas Ring an ihrem Finger. Ganz benommen kehrte Erminie von der Verabschiedung ihrer Gäste zurück. Gavin, noch schlimmer durchweicht als Conn, rieb sich das Haar mit einem Tuch, das ein Diener ihm gebracht hatte. Edric Elhalyn und Florias Bruder Gwynn machten besorgte Gesichter. Auch Valentin Hastur war noch da, weil er sehen wollte, was er für Erminie bei dieser plötzlichen Katastrophe tun konnte.

»Ein böses Omen für deine Verlobung«, sagte Gavin zu Alastair. »Soll die Zeremonie fortgesetzt werden?«

»Wir haben keine Zeugen mehr außer unseren Dienern«, gab Erminie zu bedenken, »und ich hielte es außerdem für ein noch böseres Omen, sollten die Gelübde über den vom Schlag getroffenen Körper der Königin hinweg gesprochen werden.«

»Damit hast du leider recht«, stimmte Edric ihr zu. »Mußte das auch gerade in dem Augenblick passieren, als sie dir ein Hochzeitsgeschenk gab, Floria!«

»Ich bin nicht abergläubisch«, erklärte das Mädchen. »Ich finde, wir sollten weitermachen – die Königin würde es uns sicher nicht übelnehmen. Auch wenn das ihre letzte freundliche Geste gewesen sein sollte . . .«

»Das mögen die Götter verhüten!« riefen Erminie und Edric fast wie aus einem Mund.

Conn dachte an die gütige kleine alte Frau, die er erst so kurz kannte, und an den König, den er lieben gelernt hatte und der ihn in all seinem Kummer »lieber Junge« genannt und aus dem Regen ins Haus geschickt hatte.

»Meiner Meinung nach würde eine Verlobung in diesem Augenblick wenig Respekt zeigen.« Edric sah seine Tochter bedauernd an. »Aber um so fröhlicher wollen wir bei der Hochzeit sein, die –« er wandte sich Erminie zu »– wann stattfinden soll? Zu Mittwinter?«

»Zu diesem kommenden Mittwinter«, antwortete Erminie, »wenn ihr damit einverstanden seid, Alastair – Floria?« Beide nickten. »Also dann, Mittwinter.«

Alastair gab Floria einen Kuß von der Art, wie ihn ein Mann in der Gegenwart anderer mit seiner versprochenen Frau tauschen darf. »Möge der Tag bald kommen, an dem wir für immer eins sind.« Gavin gratulierte ihnen beiden.

»Mir kommt es vor, als sei es ewig lange her, daß Alastair und ich dich durch den Garten gejagt haben«, sagte er, »dabei sind es in Wirklichkeit nur ein paar Jahre. Du hast dich sehr zu deinem Vorteil entwickelt, Floria; dein Schmuck steht dir besser als ein gestreiftes Schürzchen.

Lady«, er verbeugte sich vor Erminie, »ich bin durch und durch naß. Gebt Ihr mir die Erlaubnis zu gehen?«

Das riß Erminie aus ihren Gedanken. »Sei nicht dumm, Gavin; du bist doch wie ein Sohn in diesem Haus. Geh nach oben, Conn oder Alastair werden dir trockene Sachen zum Anziehen geben, und dann wollen wir alle in der Küche etwas Warmes, Suppe oder Tee, zu uns nehmen.«

»Ja«, sagte Alastair, »und ich muß vor Tagesanbruch nach Hammerfell aufbrechen.«

»Mutter«, flehte Conn, »sag ihm, daß das eine Torheit ist! Er kennt die Berge nicht, er kennt nicht einmal den Weg nach Hammerfell.«

»Je eher ich ihn kennenlernen werde, desto besser«, sagte Alastair entschlossen.

Conn mußte zugeben, daß das stimmte, aber er fühlte sich gezwungen, weiter Einspruch zu erheben.

»Die Männer kennen dich nicht und werden dir nicht gehorchen. Sie sind an mich gewöhnt.«

»Dann müssen auch sie dazulernen. Komm, Bruder, das ist meine Aufgabe, und es ist an der Zeit, daß ich sie erfülle. Daß ich nicht eher damit angefangen habe, war vielleicht falsch, aber besser jetzt als nie. Und ich möchte, daß du hierbleibst und dich um unsere Mutter kümmerst. Sie hat dich gerade erst wiederbekommen, und sie sollte dich nicht so schnell von neuem verlieren.«

Conn erkannte, daß jedes weitere Wort von ihm den Eindruck erwecken würde, er weigere sich, das Recht auf eine Stellung aufzugeben, die tatsächlich seinem Bruder zukam – oder daß es ihm widerstrebe, sich um seine Mutter zu kümmern und die Pflicht zu erfüllen, die sein Bruder und Lord ihm auferlegt hatte.

»Mir wäre es lieber, ihr könntet beide bleiben, aber ich weiß, daß einer von euch gehen muß, und ich denke, Alastair hat recht. Es ist höchste Zeit, daß er die Pflichten übernimmt, die er seinem Volk gegenüber hat. Mit Markos an der Seite ist es überhaupt keine Frage, daß die

Männer ihm gehorchen werden, sobald sie erfahren haben, wer er ist«, sagte Erminie.

»Du hast sicher recht«, stimmte Conn ihr zu. »Am besten nimmst du meine Stute«, wandte er sich an Alastair. »Sie stammt aus den Bergen; dein edles Tiefland-Pferd könnte auf den steilen Pfaden stolpern und in der ersten Nacht vor Kälte sterben. Das meine mag nicht so schön sein, aber es trägt dich, wohin du willst.«

»Was! Dieses struppige Scheusal? Es ist nicht besser als ein Esel«, wehrte Alastair leichtfertig ab. »Auf so einem Gaul lass' ich mich nicht sehen.«

»Du wirst in den Bergen feststellen, Bruder, daß weder ein Mann noch ein Pferd nach seinem Fell beurteilt wird.« Conn hatte diesen niemals endenden Streit mit seinem Bruder sterbenssatt. »Die Stute ist struppig, weil sie jedes Wetter aushalten muß, und die Dornenzweige an den Bergpfaden werden deine feinen Kleider in Fetzen reißen. Ich glaube doch, ich sollte lieber als dein Führer mitreiten.«

»Auf keinen Fall!« rief Alastair. Conn konnte seine Gedanken deutlich lesen: *Markos hält immer noch Conn für seinen Herzog und Herrn. Wenn Conn dabei ist, werde ich niemals seine uneingeschränkte Ergebenheit gewinnen.*

Leise sagte Conn: »Du tust unserem Vasallen und Pflegevater unrecht, Alastair. Sobald er die Wahrheit erfährt – und die Tätowierung sieht, die er selbst als das Zeichen des rechtmäßigen Herzogs auf deiner Schulter angebracht hat–, wird seine Ergebenheit völlig dir gehören.«

Alastair umarmte ihn impulsiv. »Wenn die ganze Welt so ehrenhaft wäre wie du, mein Bruder, würde sie mir weniger Angst einjagen. Aber ich kann mich nicht hinter deiner Kraft und deiner Ehre verstecken. Ich muß meinem Volk selbst gegenübertreten. Laß mir darin meinen Willen, Bruder.«

»Wenn du das Gefühl hast, du müßtest es tun«, erwiderte Conn, »mögen die Götter verhüten, daß ich dich daran hindere. Willst du mein Gebirgspferd jetzt haben?«

»Ich bin dir mehr als dankbar für das Angebot«, erklärte Alastair mit echter Herzlichkeit, »aber ich fürchte, es kann nicht so schnell laufen, wie ich reiten muß.«

Bei diesen Worten kam Gavin Delleray in den Raum zurück. Er trug einen von Conns alten Mänteln, der an ihm hing wie ein bauschiges Zelt. Sein Haar war notdürftig trockengerieben und stand ihm auf dem ganzen Kopf in verfilzten Strähnen zu Berge. Ein größerer Gegensatz zu der perfekten geckenhaften Erscheinung, als die er sich zuvor präsentiert hatte, wäre kaum möglich gewesen. Er sagte: »Ich würde dir ja gern anbieten, selbst den Führer zu machen und dich zu begleiten, mein Freund, wenn ich den Weg besser kennen würde als du. Aber wenn meine Dienste dir – hier oder in den Hellers – von irgendeinem Nutzen sind, Alastair ...«

Conn stellte sich den kleinen, geschniegelten Gavin im Gebirge vor und mußte lachen. »Wenn er mich, seinen Zwillingsbruder, nicht als Führer dabeihaben will, kann er nicht gut von deinem Angebot Gebrauch machen und dich mitnehmen«, erklärte er beinahe vorwurfsvoll. Doch dann dachte er: *Gavin stellt für ihn aber keine Bedrohung seiner Autorität in Hammerfell dar.*

Alastair lächelte und legte Conn und Gavin je eine Hand auf die Schulter. »Meine Meinung ist, daß ich allein gehen muß; ich darf keinen Schutz beanspruchen. Aber ich danke euch beiden aufrichtig für euer Angebot.« Dann bat er Erminie: »Mutter, ich brauche das schnellste Pferd aus unseren Ställen. Eigentlich würde ich ein Zauberroß aus den Märchen benötigen, so wie die, von denen du mir erzähltest, als ich ein Kind war. Du bist der Magie kundig, Mutter. Kannst du es jetzt für mich herbeirufen, damit es mich schnell nach Hammerfell bringt?«

»Alle Magie, die ich beherrsche, steht dir zur Verfügung, mein Sohn.« Erminie streckte Edric Elhalyn die Hand entgegen. »Natürlich kannst du jedes Pferd aus meinem Stall haben. Ich bin jedoch der Meinung, daß das im Gebirge aufgewachsene Pferd deines Bruders das beste für dich ist. Und für mich ist es leichter, die Leistungsfähigkeit eines Tiers zu steigern, das von vornherein für die ihm zugedachte Aufgabe geeignet ist – vielleicht kann ich dir dein Zauberroß tatsächlich beschaffen ...«

Conn nickte, und Alastair stieg die Treppe zu dem Zimmer hinauf, das ihm gehört hatte, als er ein kleines Kind gewesen war. Dort standen noch immer einige seiner alten Spielsachen, ein paar kunstvoll geschnitzte Holzsoldaten, ein ausgestopftes Wesen aus Wolle, formloser als eine Puppe oder ein Hund, mit dem er geschlafen hatte, bis er sieben geworden war, und, in eine Ecke unter dem Fenster geschoben, sein Schaukelpferd.

Er dachte daran, wie er als ganz kleiner Junge viele Meilen darauf geritten war, sich an dem bemalten hölzernen Hals festklammernd. Noch jetzt war zu sehen, wo seine schweißnassen Händchen die Farbe abgenutzt hatten. Er betrachtete die Holzsoldaten und lachte bei der Vorstellung, seine Mutter könne sie zum Leben erwecken und als Armee hinter ihm hersenden. Er zweifelte nicht daran, daß sie es tun würde, wenn sie dazu fähig wäre.

Wie oft war er auf das alte Schaukelpferd geklettert und nordwärts galoppiert, um, wie er erklärt hatte, den Weg nach Hammerfell zu suchen. Einmal hätte er das Haus mit einer Kohlenpfanne aus der Kinderstube beinahe in Brand gesteckt, und danach war ihm streng verboten worden, etwas anderes als Toast auf dem dafür bestimmten Gitter zu rösten. Aber bestraft worden war er nicht, weil seine unter vielen Tränen vorgebrachte Entschuldigung so gelautet hatte: »Ich habe versucht, Haftfeuer zu machen und das Haus des alten Lord Storn ebenso niederzubrennen, wie er unseres niedergebrannt hat.«

Schnell legte er seinen feinen Festtagsanzug ab, zog einfachere Sachen an und warf sich einen alten Mantel über die Schultern. Dann wandte er seiner Kindheit für immer den Rücken und ging wieder nach unten.

Dort sah es jetzt zu seiner Überraschung ganz anders aus. Die Reste der Erfrischungen waren weggeräumt, und seine Mutter hatte ihr Festgewand mit der Arbeitskleidung einer Technikerin, einer einfachen langärmligen Tunika in blassem Grün, vertauscht.

»Ich wünschte, ich könnte mehr Magie heraufbeschwören, die dich begleiten und dich auf deinem Weg schützen würde, mein Sohn. Aber wenigstens kann ich dir nicht nur ein Zauberroß, sondern auch eine besondere Wächterin geben – Juwel soll mit dir gehen.« Sie folgten ihm in den Stallhof. Der Regen hatte inzwischen bis auf gelegentliche Schauer aufgehört. Alastair roch die Frische des Windes. Durch Wolkenfetzen sah man ab und zu den einen oder anderen der Monde.

Erminie wies auf die alte Juwel, setzte sich, nahm ihren Sternenstein und sah der Hündin lange in die Augen. Alastair hatte das seltsame Gefühl, sie sprächen über ihn.

Schließlich sagte Erminie: »Zuerst dachte ich daran – ich kann ihr menschliche Gestalt geben, wenn du möchtest, das ist ein recht einfacher Zauber, zumindest mit dem Sternenstein. Aber sie wäre für eine Kriegerin zu alt, und ich meine, in ihrer natürlichen Form ist sie dir als Führerin von größerem Nutzen. Übrigens wäre die menschliche Gestalt nur ein Schein. Juwel bliebe trotzdem ein Hund – sie könnte nicht mit dir sprechen, aber sie würde ihr scharfes Gehör und ihren Geruchssinn verlieren. Als Hund kann sie jeden beißen, der dich bedroht. Täte sie das jedoch als Mensch, würde es . . .« Erminie zögerte und lachte. »Es würde wahrscheinlich Aufsehen erregen.«

»Das glaube ich auch.« Alastair bückte sich und umarmte den alten Hund. »Kennt sie den Weg nach Hammerfell?«

»Du vergißt, mein Sohn, daß sie dort geboren ist. Sie

wird dich zuverlässiger führen, als jeder Mensch es könnte. Und sie wird dich auch warnen, wenn du mir versprichst, auf sie zu hören.«

»Ich bin überzeugt, daß sie mir zumindest treuer als jeder andere Führer sein wird.« Im stillen fragte sich Alastair, wie diese alte Hündin ihn warnen und wie er, wenn sie es tat, sie verstehen sollte.

Erminie streichelte Juwel den Kopf und sagte leise: »Du liebst ihn ebensosehr wie ich. Kümmere dich an meiner Stelle um ihn.«

Juwel sah so intensiv in Erminies Augen, daß Alastairs Skepsis plötzlich verging. Es war ihm klar, daß seine Mutter und der Hund deutlicher miteinander kommunizierten als mit Worten. Und wenn die Zeit kam, würde Juwel auch mit ihm kommunizieren.

Er freute sich darüber, daß der Hund, der länger, als er sich erinnern konnte, Teil seines Lebens gewesen war, ihn begleiten würde. »Soll sie hinter mir auf dem Sattel sitzen?«

Alle anwesenden Telepathen – und sogar Alastair, der im Grunde keiner war – hörten zu ihrer Überraschung etwas, das beinahe eine Stimme war.

*Dort, wo er reiten kann, kann ich hinter ihm herlaufen.*

»Nun, wenn du das fertigbringst, altes Mädchen, kann die Reise losgehen«, sagte Alastair erstaunt und stieg in den Sattel von Conns kräftiger kleiner Gebirgsstute, die jetzt auf subtile Weise *anders* war. Er sah Juwel in die Augen und hatte den flüchtigen Eindruck, als spreche er mit dem Schatten einer Kriegerin aus der Schwesternschaft vom Schwert, wie er sie gelegentlich in der Stadt gesehen hatte, mit einem Schatten, der über Juwel schwebte. Kannte die Magie seiner Mutter keine Grenzen? Wie dem auch sein mochte, er mußte den Zauber als real ansehen. Alastair richtete sich im Sattel auf und verbeugte sich vor seiner Mutter.

»Die Götter mögen dich behüten, Mutter.«

»Wann wirst du wiederkommen, mein Sohn?«

»Wenn meine Männer – und mein Schicksal es wollen.« In langsamem Schritt ging das Pferd zur Stalltür. Dann, draußen, grub Alastair ihm die Fersen in die Flanken. Zottig mochte es sein, aber es war ein kräftiges und williges Tier. Er fühlte es unter seiner Hand erschauern, beinahe, als verstehe es, welche Aufgabe vor ihnen lag.

Er ritt über den kleinen Hof. Nur Conn, der im Vorraum gewartet hatte, besaß die Geistesgegenwart, das große, mit Eisenspitzen besetzte Tor aufzureißen. Andernfalls wäre das Pferd, jetzt mit Kräften begabt, die weit über die eines natürlichen Wesens hinausgingen, darüber hinweggesprungen.

Es galoppierte bereits, und der Hund blieb ihm mit magisch jugendlichen Sprüngen auf den Fersen. Das Geräusch der Hufschläge verklang schnell. Erminie stand im offenen Tor, und die Tränen liefen ihr über das Gesicht.

»Verdammt, ich wünschte, er hätte mich mitgenommen. Was wird Markos sagen?« fragte sie sich halblaut.

Und Valentin Hastur bemerkte verstimmt: »Du hast einen hartnäckigen Sohn großgezogen, Erminie.«

»Warum sprichst du nicht aus, was du wirklich denkst«, gab sie temperamentvoll zurück, »und nennst ihn dickköpfig und durch und durch verzogen? Aber wenn Juwel ihn führt und Markos ihm hilft, wird er seine Sache gut machen, davon bin ich überzeugt.«

»Auf jeden Fall ist er fort«, sagte Edric, »und die Götter werden ihn schützen oder auch nicht, wie es sein Schicksal verlangt.«

Sie kehrten ins Haus zurück. Aber als die Verwandten gingen, blieb Conn im Hof stehen, den Blick unruhig auf die Straße gerichtet, die sein Bruder genommen hatte. Sie führte nordwärts, auf die fernen Gipfel von Hammerfell zu.

# X

Alastair umklammerte den Hals von Conns Pferd. Er konnte immer noch kaum an die Mission glauben, die ihn von allem, was er je gekannt hatte, wegführte. Der schnelle Galopp unter ihm war wie ein beruhigendes Schaukeln, und er dachte an die Kinderzeit, als er ebenso am Hals seines kleinen Schaukelpferds gehangen und sich in Trance geschaukelt hatte. Oft war er sogar auf dem Pferderücken eingeschlafen. Das könnte ihm jetzt auch passieren, dachte er, aber wenn er dann wieder aufwachte, stellte er vielleicht fest, daß alles nur ein bizarrer Traum gewesen war.

So schnell ritt er, daß er, ehe er sich dessen bewußt wurde, die Tore von Thendara erreichte. Aus dem Wachhäuschen rief ihn eine Stimme an: »Wer reitet da im Dunkeln zu dieser gottverlassenen Stunde, wenn die Stadttore geschlossen und ehrliche Bürger in ihren vier Wänden und im Bett sind?«

»Ein ebenso ehrlicher Bürger, wie du es bist«, antwortete Alastair. »Ich bin der Herzog von Hammerfell und nach Norden auf einer Mission unterwegs, die nicht auf das Tageslicht warten kann.«

»Und?«

»Und deshalb öffne das Tor, Mann, dazu bist du doch da, oder?«

»Zu dieser Stunde? Ob Herzog oder nicht, dieses Tor wird vor Tagesanbruch nicht geöffnet – nicht einmal, wenn Ihr der König selbst wäret.«

»Laß mich mit deinem Sergeanten sprechen, Soldat.«

»Wenn ich den Sergeanten aufwecke, wird er Euch nur das gleiche sagen, Lord Hammerfell, und dann wird er böse auf uns beide sein.«

»Ich fürchte mich nicht vor seinem Zorn, ich vermute

jedoch, du tust es«, gab Alastair zurück. »Es ist schade, daß – Juwel, komm herauf, und setz dich hinter mich.«

Er spürte, daß der alte Hund hochkletterte und sich dicht an seinen Rücken schmiegte. »Halt dich fest«, sagte er leise. »Ich meine, halte Balance, altes Mädchen.«

Hatte er vergessen, wie hoch das Stadttor war – fünfzehn, zwanzig Fuß? In seinem traumartigen, verzauberten Zustand kam ihm überhaupt nicht in den Sinn, an den Kräften des Pferdes zu zweifeln. Er spürte, wie das Pferd sich auf den Sprung vorbereitete, und gleich darauf war die Welt unter ihm entschwunden, und sie stiegen und stiegen. Es schienen Stunden zu sein, die sie fielen, und dann setzte die Stute so weich auf, als habe sie nur einen Baumstamm übersprungen. Juwel glitt aus dem Sattel und rannte wieder lautlos auf dem unebenen Pflaster hinterher.

Alastair erkannte, daß er sich schon weit außerhalb der Stadt befand, ohne eine sehr deutliche Vorstellung davon zu haben, wie er so schnell dorthin gekommen war. Er raste weiter in die Dunkelheit, sicher, daß sein Pferd durch die Magie seiner Mutter nicht stolpern würde.

Kurz vor Morgengrauen passierte er Hali, hörte die Hufe seines Pferdes auf den Steinen von Neskaya klappern, und gerade als im Osten die große rote Sonne wie ein bluterfülltes Auge hochstieg, sah er den Kadarin-Fluß wie geschmolzenes Metall vor sich schimmern. Zu seiner Überraschung stürzte sich das Gebirgspferd wie ein Wassergeschöpf in die Wogen, kletterte mit Schwung das jenseitige Ufer hinauf und setzte den schnellen Lauf ohne merkliche Pause fort.

Zurückblickend sah Alastair, daß Juwel aus dem Wasser kam und in langen, geschmeidigen Sprüngen dem Pferd folgte. Er war in einer einzigen Nacht so weit gekommen, daß er den Kadarin, der zwei Tagesreisen nördlich der Stadt floß, überquert hatte.

Jetzt hatten sie das Land, das er kannte, verlassen; er

war noch nie so weit in die Berge vorgedrungen. Einen Augenblick lang wünschte er, sein Bruder könne ihn führen, aber Juwel war zu seiner Führerin ernannt worden. Juwel! Wann war sie das letztemal gefüttert worden? »Tut mir leid, altes Mädchen«, entschuldigte sich Alastair, »eine Minute lang hatte ich dich vergessen.« Er hielt das Pferd auf einer Waldlichtung an und stieg ab. Seine Knie zitterten. In einer Satteltasche – er erinnerte sich nicht, sie gepackt zu haben – fand er kaltes Fleisch, Brot und eine Flasche Wein. Er teilte das Fleisch mit Juwel und trank etwas von dem Wein. Auch davon bot er Juwel an, aber sie schnaubte, lief davon, löschte ihren Durst an einer Quelle, kam dann zurück und rollte sich neben ihm zusammen, den Kopf auf seinem Schoß. Alastair wäre am liebsten gleich weitergeritten, doch im Gegensatz zu seinem Pferd und seinem Hund, die nicht einmal außer Atem waren, zitterte er noch immer vor Erschöpfung. Jeder Muskel bebte, als sei er nicht nur die wenigen Stunden zwischen Mitternacht und Morgen geritten, sondern die zwei Tage und zwei Nächte, die er normalerweise bis zu diesem Punkt gebraucht hätte. Juwel und das Pferd mochten dank der Magie nicht ermüden, doch das traf nicht auf ihn zu.

Er hatte keine Decken, und er fror. So wickelte er sich in seinen Mantel ein und rief Juwel zu sich, damit sie sich neben ihn legte und ihn wärmte. Sie schüttelte sich, kratzte sich kurz und rollte sich dann in seinen Armen zusammen. Die welken Blätter knisterten unter seinem Körper und strömten Feuchtigkeit aus, aber Alastair war zu müde, sich daran zu stören. Gerade als er dachte, er sei zu aufgedreht, um schlafen zu können, übermannte ihn die Erschöpfung. Er schlief, bis das schräg durch die Bäume einfallende Licht ihn weckte. Dann aß er noch ein bißchen von dem Fleisch und Brot, trank den restlichen Wein und sagte zu Juwel: »Jetzt bist du an der Reihe, uns zu führen, altes Mädchen. Von hier an werde ich dir folgen.«

Es war wie ein Traum. Obwohl er eigentlich nicht wußte, wohin der Ritt ging, schien jeder Schritt vorherbestimmt zu sein. Welchen Pfad er auch wählte, er würde an seinem Ziel ankommen. Normalerweise wäre es gefährlich gewesen, so planlos vorzugehen, auch hier handelte es sich um echte Magie, und nichts, was er tat, konnte den Ausgang dieser phantastischen Reise ändern. Deshalb hielt er sich zurück und überließ dem Hund die Führung.

Schon bald nach ihrem Aufbruch begann es stark zu regnen. Alastair war gezwungen abzusteigen, und als er bei schlechter Sicht weiterstolperte, hätte er sich beinahe in einem großen Netz verfangen, das von den Wipfeln der dichten, überhängenden Bäume herunterbaumelte. Juwel beschnüffelte den Köder, den abgehäuteten Kadaver eines Rabbithorns, das seiner Hörner und Zähne beraubt war. Aber was sollte es anlocken? Dann begann Juwel zu bellen, in kleinen Kreisen herumzulaufen und zu winseln. Alastair hob den Kopf und erblickte ein äußerst merkwürdiges Wesen. Es sah aus wie ein kleiner Mann, nicht größer als vier Fuß, Gesicht und Körper von dichtem dunklem Haar bewachsen, knorrig und dickbäuchig. Es sprach eine alte Form der Bergsprache.

»Wer bist du? Und was ist das?« fragte es, Juwel anstarrend. »Du hast meine Falle zerrissen. Welche Wiedergutmachung bietest du an?«

Alastair betrachtete das kleine Wesen. Stand da ein Kobold aus dem Märchen vor ihm? Offenbar nahm das Männchen den strömenden Regen kaum wahr, beobachtete Juwel jedoch mit Argwohn und wich zurück, als sie an seinen nackten Füßen schnüffelte.

Alastair war sprachlos, aber schließlich war er aufgewachsen mit Geschichten über seltsame Kreaturen, nicht alle von ihnen menschlich, die in einem Land jenseits des Kadarin lebten. Sie hatten wahrlich keine Zeit verloren, sich mit ihm bekannt zu machen!

»Du bist einer von dem Großen Volk«, sagte das kleine Geschöpf, »vielleicht bist du harmlos. Aber was ist *das?*«

Er zeigte mit einem sehr argwöhnischen Blick auf Juwel.

Alastair sagte: »Ich bin Alastair, Herzog von Hammerfell, und das ist meine Hündin Juwel.«

»*Hündin* ist mir unbekannt«, erklärte der kleine Mann. »Ist sie – was für eine Art von Wesen ist sie? Warum sagt sie nichts?«

»Weil sie nicht kann; es liegt nicht in ihrer Natur.«

Alastair versprach sich nicht viel davon, wenn er ihm den Begriff *Haustier* erklärte. Doch etwas mußte der kleine Mann begriffen haben, denn er meinte: »Oh, ich verstehe. Sie ist wie meine zahme Grille, und sie denkt, eine Gefahr bedroht ihren Herrn. Sage ihr, wenn du kannst, es droht keinem von euch Gefahr.«

»Alles in Ordnung, altes Mädchen«, sagte Alastair, obwohl er sich dessen gar nicht so gewiß war. Juwel winselte ein bißchen, fügte sich jedoch. Alastair raffte seinen ganzen Mut zusammen und fragte: »Und wer bist *du?*«

Der kleine Mann antwortete: »Ich bin Adastor-Leskin aus dem Nest von Shiroh. Was ist *das?*« Mit unverhohlener Neugier zeigte er auf das Pferd. Alastair war sich nicht sicher, ob der Kleine vorhatte, ihn auszurauben, aber er erklärte, so gut er konnte, was ein Pferd ist, und der Kleine war entzückt.

»Wie viele merkwürdige Dinge ich heute sehe! Mein ganzer Clan wird mich beneiden! Doch da ist immer noch die Sache mit der Falle zwischen uns. Du hast sie zerrissen. Wie willst du das wiedergutmachen?«

Alastair war entschlossen, dem Weg zu folgen, den dieses wunderliche Abenteuer ihn führen würde.

»Ich kann deine Falle nicht flicken«, sagte er. »Ich habe die notwendigen Werkzeuge nicht und verstehe nichts von der Kunst ihrer Herstellung.«

»Das verlange ich gar nicht«, erwiderte der Kleine. »Du

tust, was ich von einem Reisenden meiner eigenen Art, der unabsichtlich eingedrungen ist, verlangen würde. Du gibst mir dein bestes Rätsel.«

»Sollen wir im Regen stehen und uns Rätsel erzählen?«

»O ja, ich habe gehört, daß deiner Art schon die Kälte und Nässe eines Sommerregens unangenehm ist. Dann komm und finde Schutz im Nest meines Stammes.«

Während er das sagte, stellte er die Füße auf die niedrigste einer Reihe von Leisten, die an den unteren Ästen eines großen Baumes befestigt waren.

»Kannst du diesem Weg folgen?« fragte er.

Alastair zögerte. Sein Vorhaben duldete keinen Aufschub, und doch wäre es unhöflich und ungeschickt gewesen, diesem Mann und seinem Stamm keine Wiedergutmachung zu leisten. Er kletterte nach oben, wobei ihm weder die Baumleiter unter seinen Füßen noch der Anblick des immer weiter zurückweichenden Waldbodens sonderlich gefiel. Aber er wollte sich seine Angst dem kleinen Wesen gegenüber nicht anmerken lassen. Es kletterte, als sei es dazu geboren worden – und wahrscheinlich war es das auch, überlegte Alastair.

Es ging, verglichen mit einem Haus, mehrere Stockwerke hinauf, und dann traten sie von der Leiter auf einen ziemlich breiten, mit dicken Planken belegten, guterhaltenen Weg, der durch das Geäst des Baumes führte. Schließlich gelangten sie durch eine Öffnung in einen recht großen dunklen Raum, der nur mit einigen niedrigen Kissen aus lose gewebtem Stoff ausgestattet war. Der kleine Mann ließ sich auf einem dieser Kissen nieder und winkte Alastair zu einem zweiten. Es fühlte sich weich an und raschelte, wenn er sich bewegte. Sicher enthielt es Heu, denn es verströmte einen süßen Geruch. Adastor beugte sich vor, ergriff einen langen, gehärteten Stock und schürte ein Feuer. Es spendete gerade genug Licht, daß Alastair sich in dem Raum umsehen konnte.

»Und jetzt«, befahl der Kleine, »ein paar Rätsel! Wenn

wir nachts beim Rätselspielen um das Feuer sitzen, möchte ich ein neues für meine Leute haben!«

Alastair fiel absolut nichts ein. »Was für eine Art von Rätsel möchtest du denn hören?« fragte er. »Ich weiß doch nicht, welche Rätsel sich für euer Spiel eignen.«

Die großen Augen des Männchens – es mußten wirklich sehr seltsame Augen sein, wenn sie in diesem Raum viel erkennen konnten – leuchteten im Dunkeln.

»Warum«, fragte es, »fliegen die Vögel nach Süden?«

Alastair überlegte. »Wenn du eine andere Information als den auf der Hand liegenden Grund, nämlich, daß sie besseres Wetter aufsuchen, verlangst, kann ich nur sagen, sie tun es aus Gründen, die allein ihre eigene Art versteht. Welche Antwort würdest du geben?«

Adastor kicherte unmißverständlich. »Weil es für sie zu weit zum Laufen ist.«

»Oh«, stöhnte Alastair, »*die* Art von Rätseln. Nun ja.« Er dachte angestrengt nach, fand aber nur ein einziges aus seiner Kinderzeit: »Warum überquert das Eiskaninchen den Weg?«

»Um auf die andere Seite zu kommen?« riet der Kleine. Alastair schüttelte den Kopf, und Adastor machte ein langes Gesicht. »*Falsch?*« Er seufzte. »Ich hätte mir denken können, daß es so einfach nicht ist. Außerdem bin ich unhöflich gewesen – du bist mein Gast, darf ich dir eine Erfrischung anbieten?«

»Ich danke dir«, sagte Alastair, obwohl er sich der Befürchtung nicht erwehren konnte, man werde ihm rohes Rabbithorn reichen. Ob er es der Höflichkeit wegen hinunterbringen würde, war er sich gar nicht sicher. Schließlich benutzte der kleine Mann das als Köder für seine Falle.

Aber was er ihm brachte, nachdem er am anderen Ende des Raumes herumgestöbert hatte, war ein wunderschön aus verschiedenfarbenen Binsen geflochtener Teller, auf dem mehrere Sorten Beeren erstaunlich geschmackvoll angeordnet waren. Alastair nahm den Teller und dankte Adastor mit aufrichtigem Vergnügen. Der Kleine bat: »Sag mir jetzt die Lösung deines Rätsels. Da deine Leute größer sind als meine, sind eure Gehirne sicher auch größer als unsere, und euer Denken ist scharfsinniger. Warum überquert das Eiskaninchen denn nun den Weg?«

»Weil der Weg zu lang ist, um ihn zu umrunden«, lautete die dumme Antwort Alastairs.

Er war nicht darauf vorbereitet gewesen, daß Adastor buchstäblich zusammenbrechen würde. Der Kleine hatte zuvor gekichert, mußte also Sinn für Humor haben, und Alastair hatte gemeint, sein Rätsel werde gut bei ihm ankommen. Aber Adastor fiel um, offensichtlich von dem kindischen alten Witz überwältigt.

»Zu lang, um ihn zu umrunden!« wieherte er und wand sich. »Zu lang, um – oh, das ist sehr gut, wirklich sehr gut! Sag mir noch eins!«

»Ich habe keine Zeit mehr«, erklärte Alastair vollkommen der Wahrheit entsprechend. »Ich muß weiter. Das mit deiner Falle tut mir leid, aber ich habe mein Versprechen erfüllt und muß mich jetzt um meine eigenen Angelegenheiten kümmern.«

»Die Falle hat nichts zu bedeuten«, versicherte ihm der kleine Mann. »Adastor und das ganze Nest von Shiroh sind dir dankbar, denn du hast uns um ein Rätsel und zwei neue Begriffe bereichert. Ich werde dich zu *Hündin* und *Pferd* zurückgeleiten, und während du deinen Weg fortsetzt, werde ich über die neuen Begriffe meditieren. Komm.«

Der Rückweg, den Adastor geschickt wie ein Affe meisterte, war für Alastair ausgesprochen schwierig. Langsam und vorsichtig und mit nicht geringer Furcht stieg er nach unten, während Adastor dicht hinter ihm und offensichtlich ganz in seinem Element in Abständen kichernd wiederholte: »Zu lang, um ihn zu umrunden!«

Mit großer Erleichterung setzte Alastair die Füße auf

den Boden. Juwel begrüßte ihn aufgeregt. Das Pferd hatte sich als gutes Bergpony nicht entfernt. Alastair drehte sich um und verabschiedete sich von dem kleinen Mann.

»Es tut mir leid, daß ich deine Falle zerrissen habe«, sagte er. »Glaub mir, es war keine Absicht.«

»Das geht in Ordnung. Während ich sie flicke, werde ich über mein neues Rätsel meditieren«, antwortete der kleine Mann beinahe mit Würde. »Ich wünschte, deine Freundin *Hündin* könnte reden – *ihre* Rätsel würden zweifelsohne noch hörenswerter sein. Ich biete dir Lebewohl, mein großer Freund. Du bist mit deinen Rätseln im Nest meiner Leute immer willkommen«, sagte er und verschwand. Es war, als verschmelze er mit den Bäumen.

Alastair ließ sich von Juwel ablecken und fragte sich, ob dieses Abenteuer ein bizarrer Traum gewesen sei.

»Na, altes Mädchen, jetzt sollten wir uns wohl wieder auf den Weg machen. Wenn uns schon jemand – oder etwas – begegnen mußte, hätte es dann nicht etwas sein können, das imstande gewesen wäre, uns nach Hammerfell zu führen? Ich vermute, das bleibt jetzt dir überlassen.«

Juwel beschnupperte den Boden, hob beinahe herausfordernd den Kopf und sah zu ihm zurück.

»Ja, altes Mädchen, bring uns auf dem kürzesten Weg, den du kennst, nach Hammerfell«, sagte er und kam sich dabei ziemlich dumm vor. Dann schwang er sich in den Sattel. Juwel beschnupperte erneut den Boden, drehte sich wieder nach ihm um und stieß ein fragendes Bellen aus.

»Es hat keinen Zweck, mich zu fragen, altes Mädchen. Ich habe nicht die leiseste Ahnung, welchen Weg wir nehmen sollen«, sagte Alastair. »Du wirst uns nach Hammerfell bringen müssen. Mutter meinte, du könntest mich führen, und mir bleibt nichts anderes übrig, als dir zu vertrauen.« Juwel senkte die Nase und rannte den Weg entlang. Alastair schnalzte dem Pferd zu, und es trabte mühelos hinter ihr her.

Bald wurde der Weg sehr steil und stieg beinahe senkrecht an einem Bachbett entlang, das sich von oben her eingegraben hatte. Man konnte diesen Geißenpfad kaum noch einen Weg nennen. Trotzdem folgten das Gebirgspferd und der alte Hund ihm schnell. Alastair sah in unglaublich tiefe, nebelgefüllte Täler und auf die Wipfel weit unten stehender Bäume nieder. Von den Häusern kleiner Dörfer stiegen hin und wieder Rauchsäulen auf.

Während des restlichen Tages begegnete Alastair keinem einzigen Reiter. Die Sonne erreichte ihren höchsten Stand und begann zu sinken. Er hatte keine Ahnung, wo er jetzt war, und ließ sich vom Zauber dahintragen. In der frühen Abenddämmerung hielt er an, um das letzte Brot zu essen und das Fleisch mit Juwel zu teilen, die ihre Portion hungrig verschlang.

Alastair war so müde von dem schnellen, harten Ritt, daß er vom Pferd zu fallen fürchtete, wenn er ihn fortsetzte. Wieder fand er ein weiches Nest aus hohem Gras und legte sich dort nieder, Juwel in den Armen. Mitten in der Nacht wachte er auf, und Juwel war fort, aber von irgendwoher kam ein leiser Jagdlaut und die Geräusche kleiner Tiere im Wald. Nach einiger Zeit kehrte sie zurück, leckte sich die Lefzen und rollte sich wieder zu seinen Füßen zusammen. Er hörte sie etwas kauen und fragte sich, was sie zu fressen gefunden haben mochte. Dann kam er zu dem Schluß, daß er es lieber doch nicht wissen wollte. Er streichelte ihr rauhes Fell und schlief wieder ein.

Alastair erwachte im frühen Morgenlicht. Er wusch sich das Gesicht in einer kalten Bergquelle und schwang sich wieder in den Sattel. Bildete er es sich nur ein, oder bewegte sich das Pferd jetzt langsamer? Jedes normale Tier wäre nach einem so anstrengenden Ritt völlig erschöpft oder tot gewesen.

Der Weg wurde jetzt, wenn das überhaupt möglich war, noch schlechter, und manchmal mußte Juwel ihn durch

Dickichte voller Dornenzweige suchen. Das Pferd zwängte sich unverletzt hindurch. An einigen Stellen gab es überhaupt keinen Weg mehr. Alastair wurde von den Dornen zerkratzt, obwohl er seinen Mantel anhatte, und er wünschte, die für diese Berge zweckmäßige Kleidung, die Conn ihm angeboten hatte, zu tragen. Furcht und Zweifel nagten an ihm. Er hatte keine Möglichkeit, festzustellen, wohin sie gingen, ob sie auf dem richtigen oder dem falschen Weg waren. Und wenn sie nach Hammerfell kamen – vorausgesetzt, sie erreichten es jemals –, würde er überhaupt merken, daß er dort war? Und was dann? Wie sollte er Markos finden? Wie sollte er ihn erkennen, wenn er ihn fand? Konnte er sich auf mehr als die Magie verlassen, die ihn bis hierher gebracht hatte? Und wieder wurde es dunkel; bald würde es ihnen unmöglich sein, noch etwas zu sehen.

Alastair hielt nach einem geeigneten Platz Ausschau, an dem er die dritte Nacht im Wald verbringen konnte, als sie plötzlich auf eine Straße stießen, die beinahe parallel zu dem von ihnen verfolgten Kurs lief. Es war nicht die erste Straße, die sie kreuzten, aber bisher hatte Juwel immer eine andere Richtung genommen. Jetzt rannte sie wie toll diese Straße entlang. Das Pferd konnte kaum Schritt halten mit ihr.

Es dauerte nicht lange, und die Straße begann wieder zu steigen. Alastair blickte zu den Gipfeln empor. Auf dem Grat, der sich vor dem Himmel abhob, ragte eine geschwärzte Ruine in die Höhe wie die abgebrochenen Zähne eines alten Schädels. Juwel winselte leise und lief ein Stückchen auf die Ruine zu. Dann kehrte sie wimmernd zu Alastair zurück, und plötzlich verstand er. Er hatte Juwel befohlen, ihn nach Hammerfell zu bringen – aber Hammerfell war nicht mehr da, wenigstens nicht das Hammerfell, das die alte Hündin gekannt hatte.

Alastair stieg vom Pferd und schritt unsicher zwischen den Pfosten hindurch, die allein von dem niedergebrannten Tor noch übrig waren. Eine in unerwarteter Schärfe aufblitzende Erinnerung zeigte ihm die Burg Hammerfell, wie sie sich einstmals vor dem Himmel abgezeichnet hatte, grau und ungebrochen, und seine Mutter und sein Vater standen auf einem grünen Rasen voller Blumen, und die alte Juwel, damals erst ein tolpatschiger Welpe, wuselte um die Füße seiner Mutter.

Nun, davon war nichts mehr vorhanden. Alastair betrachtete die Überreste der Feste seiner Ahnen und fühlte sich plötzlich leer und krank. Er hatte den ganzen Weg mit magischer Kraft zurückgelegt – für das hier? Sein Verstand sagte ihm, daß er mit seiner Suche fortfahren und Markos irgendwo aufspüren mußte – unauffindbar konnte der Mann ja nicht sein! Aber vom Gefühl her kam er sich ebenso zerschmettert vor wie die Ruinen rings um ihn, wie ein aufgeschlitzter Sack mit Sägemehl, aus dem der Inhalt hinausrinnt. Er stand in den Ruinen seines Vaterhauses und konnte nichts anderes denken als: *Ich hätte Conn gehen lassen sollen, er wüßte jetzt, was zu tun ist.*

Alastair versuchte seine Gedanken zu ordnen und sich zusammenzureißen – er hatte keinen Grund, überrascht zu sein, er hatte lange Zeit gewußt, daß die Burg in Trümmern lag. *Tatsächlich ist meine früheste Erinnerung der Brand von Hammerfell.*

Er konnte nicht hier stehenbleiben und sich selbst bemitleiden; er mußte Markos finden und endlich mit der Arbeit beginnen, deretwegen er im Auftrag von König Aidan hergekommen war. Er mußte feststellen, welche Armee darauf wartete, daß der Herzog von Hammerfell kam, um sein Land und seine Burg zurückzuerobern. *Obwohl*, dachte er bitter, *kaum noch so viel von der Burg übrig ist, daß eine Zurückeroberung sich lohnen würde.*

In Thendara gab es ein altes Sprichwort: *Die längste Reise beginnt mit einem einzigen Schritt.* Und ein Gutes hatte es, dachte er kläglich, wenn man dermaßen ernüchtert wurde: Alles, was er tat, würde ein Schritt in die richtige Richtung sein, denn so, wie es jetzt um Hammerfell stand, konnten sich die Dinge nur verbessern.

Er griff nach den Zügeln seines Pferdes und stieg auf. Unten im Tal konnte er ein paar Rauchsäulen sehen, die auf ein Dorf schließen ließen, und dort würde er sicher jemanden finden – im Schatten der abgebrannten Burg waren es wahrscheinlich Hammerfell-Pächter, die Hammerfell Treue schuldeten oder einmal geschuldet hatten.

Der Weg bergab kam ihm steiler vor als der bergauf. Er mußte das Pferd zu einem langsamen Schritt anhalten, und am Rand des Dorfes – eine Ansammlung von Häuschen, die aus dem hiesigen rötlichen Stein erbaut waren – blieb er stehen und sah sich nach dem Zeichen einer Schenke oder vielleicht gar eines Gasthofes um. Ein Gebäude, ein bißchen größer als die anderen, hatte ein Schild mit drei Blättern und einer Krone. Er lenkte sein Pferd dorthin und band es an die Querstange. Conns Pferd, welcher Zauber es auch so schnell hierhergebracht haben mochte, würde sicher nicht davonlaufen, aber man mußte die Leute ja nicht darauf aufmerksam machen, daß es mehr als ein normales Pferd war.

In dem Gebäude war ein kleiner Schankraum mit dem üblichen Schankraumgeruch. Zu dieser Tageszeit war er leer bis auf ein paar sehr alte Männer, die in der Kaminecke dösten, und eine stämmige Frau mit Haube und Schürze hinter der Theke.

»Mein Lord«, sagte sie und hob die Augen so keck, daß Alastair das Gefühl hatte, sie kenne ihn. Ja, natürlich, sie kannte ja sicher Conn.

»Kann ich zu dieser Stunde etwas zu essen bekommen? Und Futter für meinen Hund . . .«

»Es ist eine gebratene Hammelkeule da, nicht allzu zart – es war ein altes Tier –, aber es wird schon gehen, und etwas Hundekuchen habe ich auch.« Sie machte einen verwirrten Eindruck. »Wein?«

»Für mich, nicht für den Hund.«

»Klar«, sagte sie, »aber ich habe einmal einen Mann gekannt, der hatte seinem Hund beigebracht, Wein zu trinken, und er lief herum und schloß Wetten darauf ab. Doch ich werde ihm eine Schüssel Bier geben, wenn Ihr möchtet, das ist gut für Hunde. Jedenfalls behaupten das die Hundezüchter, vor allem, wenn es eine Hündin ist, die Welpen säugt.«

»Sie hat keine Welpen«, erwiderte Alastair, »aber gebt ihr Hundekuchen und eine Schüssel Bier. Mir wird der Braten, oder was Ihr sonst habt, schon schmecken.« Raffinierte Speisen konnte er an einem Ort wie diesem schließlich nicht erwarten. Er nahm seinen Teller und setzte sich in eine Ecke. Der Wein war nicht sehr gut; als Juwels Schüssel mit dem Bier kam, rief er der Frau zu, sie solle ihm auch Bier bringen. Es war ein gutes, nahrhaftes Landbier, sehr sättigend und wärmend. Er trank davon, aß hungrig das zähe Fleisch und teilte die knusprige Haut und die Knochen mit dem Hund. Während er noch aß, hörte er draußen vor der Tür Geräusche, und eine Gruppe von Frauen, in rote Jacken gekleidet, jede mit einem großen goldenen Reif im Ohr, kam herein.

»Ho, Dorcas!« rief eine von ihnen. »Wir brauchen Brot und Bier für sechs.«

Sie waren alle bewaffnet, und Alastair sah vor dem Gebäude eine Sänfte von der Art stehen, wie sie auch in Thendara anzutreffen war. Die dichten Vorhänge dienten offenbar dem Zweck, eine wohlerzogene und wohlbehütete Dame zu verbergen.

Eine der Sänftenträgerinnen sah Alastair und hob die Hand zum Gruß, aber die Frau hinter der Theke sagte mit leiser Stimme, allerdings nicht so leise, daß Alastair es nicht verstanden hätte: »Nein, das dachte ich auch, als er hereinkam, aber er spricht wie ein Tiefländer.« Sie stellte sechs Teller mit Brot und sechs Bierkrüge auf die Theke. »Möchte denn Lady Lenisa nichts? Der Wein ist recht gut, auch wenn er nicht gut genug für –« sie wies mit dem Ellbogen auf Alastair »– ihn ist.«

Alastair öffnete den Mund, um zu protestieren. Er war es nicht gewohnt, daß jemand seinen Geschmack kritisierte, vor allem nicht eine Frau, die sich keine Mühe gab, ihre Meinung über ihn zu verbergen. Dann schloß er ihn jedoch wieder. Wenn er nichts als ein unbeachteter Außenseiter war, gab niemand etwas um seinen Geschmack, und er war bereits bemerkt worden.

Draußen vor der Tür öffneten sich die Vorhänge der Sänfte, und ein hübsches Mädchen, vielleicht vierzehn Jahre alt, prächtig in lila Tiefland-Seide gekleidet, stieg aus der Sänfte und kam in den Schankraum. Sie hielt nach der Frau Ausschau, die offensichtlich die Anführerin der Eskorte war.

»Kleine Lady«, sagte diese vorwurfsvoll, »Ihr dürft hier nicht eintreten. Ich habe Wein für Euch bestellt . . .«

»Ich hätte lieber eine Schüssel Porridge«, erwiderte das Mädchen rebellisch. »Ich bin ganz steif vom Sitzen, und ich sehne mich nach frischer Luft.«

»Porridge sollt Ihr haben, so schnell Dorcas ihn kochen kann«, versprach die Schwertfrau, »nicht wahr, Dorcas? Aber Euer Großvater wird einen Anfall bekommen, wenn jemand Euch hier auf Hammerfell-Land sieht.«

»Aye, und ob!« bekräftigte die Frau neben ihr. »Lord Storn wäre es schon nicht recht, daß wir diese Route genommen haben, aber die Straße ist besser . . .«

»Oh, *Hammerfell!*« rief das Mädchen gereizt aus. »Mein ganzes Leben lang habe ich gehört, es gebe keine Hammerfells mehr . . .«

»Aye, das hat auch Euer Großvater bis vor etwa einem Mond geglaubt«, sagte die Schwertfrau, »bis der junge Herzog Euren Vater tötete. Also kehrt wie ein braves Mädchen in Eure Sänfte zurück, bevor jemand Euch sieht und es weitererzählt und Ihr in dem Grab neben ihm endet.«

Das Mädchen kam und umarmte die Schwertfrau schmeichelnd. »Liebe Dame Jarmilla«, flüsterte sie, »laßt mich nicht in der Sänfte ersticken, sondern mit Euch reiten. Ich fürchte mich weder vor alten noch vor jungen Hammerfells, und da ich meinen Vater nicht mehr gesehen habe, seit ich drei Jahre alt war, könnt Ihr wirklich nicht von mir verlangen, daß ich um ihn trauere.«

»Was ist das für eine Art zu reden!« schalt die Dame Jarmilla. »Euer Großvater würde ...«

»Ich habe es satt, mir anzuhören, was mein Großvater tun würde; so muß er ja zu Anfällen neigen«, sagte das Mädchen. »Wenn Ihr glaubt, ich fürchte mich vor Hammerfells ...« Lenisa sah Juwel unter dem Tisch liegen und brach mitten im Satz ab.

»Oh, wie süß!« Sie kniete neben ihr nieder und hielt der Hündin die Hand zum Beschnuppern hin. »Was bist du für ein feines altes Mädchen.«

Juwel ließ sich gnädig von ihr an der langen Halskrause, die von hellerer Kupferfarbe war als das übrige Fell, kraulen. Lenisa hob den Blick zu Alastair und sah ihm gerade in die Augen.

»Wie heißt sie?« fragte sie.

»Juwel«, antwortete Alastair ehrlich, bevor ihm der Gedanke kam, dieses Mädchen, offenbar eine Enkelin von Lord Storn, könne durchaus gehört haben, daß ein solcher Hund Eigentum der Herzogin von Hammerfell sei – aber andererseits war es unwahrscheinlich, daß man sich an den Namen eines Welpen erinnerte, den man seit siebzehn Jahren für tot hielt. Außerdem hatte Alastair nicht die Absicht, seine Identität noch lange geheimzuhalten.

Das Mädchen war eine Storn, und das hieß, daß es seine Todfeindin war. Trotzdem war es nichts weiter als ein hübsches Mädchen, das die hellen langen Haare zurückgebunden trug und ihn mit den blauen Augen so offen und ehrlich ansah, wie es in Thendara noch kein Mädchen getan hatte.

Er hatte Geschichten darüber gehört, wie frech sich die Mädchen aus den Bergen benahmen. Doch die blauen Augen wirkten unschuldig und aufrichtig. Sie streichelte den Hund zärtlich.

»Lady Lenisa ...« begann er, aber in diesem Augenblick hörte er Hufschläge draußen auf der Straße, und dann wurde ein Pferd an der Querstange festgebunden. Juwel spitzte die Ohren, stieß das kurze, scharfe Bellen aus, das Wiedererkennen bedeutete, und sprang dem hochgewachsenen alten Mann entgegen, der gerade eintrat. Er sah sich im Schankraum um, entdeckte Alastair, runzelte leicht die Stirn über die Ansammlung von Schwertfrauen und gab Alastair ein Zeichen, zu bleiben, wo er war.

Die Anführerin der Schwertfrauen, die von Lenisa als »Dame Jarmilla« angeredet worden war, trat zu Lenisa und zupfte sie am Kragen. »Ihr steht *sofort* auf!« befahl sie mit strenger Stimme. »Was ist das für ein Benehmen, in Anwesenheit von Fremden auf dem Fußboden zu sitzen ...«

»Oh, Juwel weiß nicht, was ein Fremder ist – nicht wahr, Mädchen?« Lenisa hatte die Hände noch ausgestreckt, um den Hund von den Füßen des Neuankömmlings zurückzuhalten. Dame Jarmilla zog sie mit Gewalt in die Höhe und stieß sie durch die Tür hinaus. Lenisas Proteste, sie habe ihren Porridge noch nicht bekommen und sie wolle auf keinen Fall in der Sänfte weiterbefördert werden, beachtete sie nicht. Die alte Schwertfrau schob Lenisa in die Sänfte, zog mit einem Ruck die Vorhänge zu, und die Klagen des Mädchens verstummten abrupt.

Alastair sah Lenisa immer noch nach. Wie reizend sie war! Wie frisch und unschuldig! Der Mann, der gerade erst den Schankraum betreten hatte, beugte sich ebenso begeistert wie ungläubig über Juwel, die mit offensichtlicher Freude seine Füße beschnupperte und mit kurzen Kläfflauten um Aufmerksamkeit bat. Der Mann lächelte

Alastair zu. »So ein Pech, daß dieses Storn-Mädchen sich ausgerechnet heute einfallen läßt, hier mit ihren Damen zu frühstücken.«

»Wessen Tochter ist sie?«

»Sie ist Lady Lenisa, Ruperts Tochter, die Großnichte des Alten, aber sie nennt ihn Großvater«, erklärte der Neuankömmling. »Der Hund erinnert sich an mich, aber du wohl nicht, Junge? Obwohl ich genau weiß, wer du bist. Es gibt nur einen einzigen Mann auf der Welt, dessen Gesicht mir so vertraut und doch so neu sein kann – mein Junge. Wir haben dich für tot gehalten.«

»Du mußt Markos sein«, erwiderte Alastair. »Mein Bruder schickt mich. Wir müssen miteinander reden.« Er merkte, daß Dorcas, die Frau hinter der Theke, sie anstarrte, und fügte hinzu: »Aber unter vier Augen. Wo?«

»In meinem Haus. Komm mit«, sagte Markos. Alastair hielt sich nur so lange auf, um Geld auf die Theke zu legen. Er band sein Pferd los und führte es die Dorfstraße entlang zu einem kleinen Haus fast am Ende.

»Binde das Pferd hinter dem Haus an«, sagte Markos. »Es ist Conns Stute, wie ich sehe. Das halbe Herzogtum würde sie erkennen, und dann hätte sich in wenigen Stunden die Neuigkeit verbreitet, daß ein Fremder angekommen ist. Das können wir nicht brauchen. Pech, daß das Storn-Mädchen dich gesehen hat, aber wie ich hörte, ist es ein verwöhntes, eigensinniges kleines Ding und interessiert sich für nichts außer für sich selbst.«

»Das möchte ich nicht sagen«, protestierte Alastair. »Ich fand ...« Er verstummte. Er hatte Lenisa nur für ein paar Minuten gesehen und wußte nichts über sie. In jedem Fall war sie die Enkelin seines geschworenen Feindes und Teil der Blutrache, die seine Familie vernichtet hatte. Es stand ihm nicht zu, auf diese Weise über sie nachzudenken.

Markos ging ihm voraus ins Haus. Das Innere war bemerkenswert sauber, kahl bis auf eine Feuerstelle, über der ein paar Töpfe hingen, zwei primitive Stühle und über Schragen gelegte Bretter, die als Tisch dienten. Das hintere Ende des Tisches war mit einem weißen Tuch bedeckt, und auf diesem Tuch standen zwei silberne Kelche mit dem Hammerfell-Wappen. Markos folgte Alastairs Blick und erklärte kurz: »Aye, ich fand sie ein paar Tage nach dem Brand in der Asche, behielt sie zum Andenken an meinen Lord und meine Lady ... Meine *Lady* – dann muß sie ja auch noch am Leben sein! Ich traue meinen Augen kaum – Alastair, bist du es wirklich?«

Alastair löste die Verschnürung seines Hemdes, zog den Stoff zur Seite und enthüllte die Tätowierung, die der alte Mann vor langen Jahren selbst angebracht hatte. Markos verbeugte sich.

»Mein Herzog«, sagte er ehrfürchtig. »Und nun erzähl mir, was geschehen ist. Wie hat Conn euch gefunden? Hast du mit König Aidan gesprochen?«

Alastair nickte und berichtete Markos über das Wiedersehen mit seinem Bruder und seine Audienz beim König.

# XI

Nach Alastairs Abreise saß Conn so trübselig in dem Stadthaus herum, daß Erminie sich Sorgen machte. Sie hätte ihren Sohn gern mit all der Liebe überschüttet, die sie ihm in diesen verlorenen Jahren nicht hatte schenken können, aber er war viel zu erwachsen für häufige Zärtlichkeiten. Jetzt, da Alastair fort und sie mit Conn allein war, wurde ihr zutiefst bewußt, daß er im wesentlichen ein Fremder für sie war. So ungefähr alles, was sie tun konnte, war, daß sie ihn nach seinen Lieblingsgerichten fragte und ihrer Haushälterin Anweisung gab, sie auf den Tisch zu bringen. Es gefiel ihr, daß Conn einen guten Teil seiner Zeit damit verbrachte, die kleine Kupfer auszubilden, und daß er dabei offenkundig eine sichere Hand hatte. Sie mußte in diesem Zusammenhang an seinen Vater denken. Rascard hatte immer behauptet, nur wenig *laran* zu besitzen, doch Erminie fragte sich, ob sein Geschick im Umgang mit Pferden und Hunden nicht eine Art von *laran* gewesen war, die ihr nicht recht bekannt war.

»Du solltest dich im Turm testen lassen, mein lieber Sohn«, sagte sie eines Morgens zu ihm. »Dein Bruder hat wenig *laran*, und deshalb hast du als sein Zwilling wahrscheinlich mehr als deinen Anteil abbekommen. Jedenfalls war ich davon überzeugt, als du noch ein Kind warst.«

Conn wußte nur wenig über *laran* und hatte niemals einen Sternenstein benutzt. Doch als Erminie ihm einen brachte, gelang es ihm so schnell, ihn auf sich einzustimmen, daß es seine Mutter entzückte. Es war, als sei er jeden Tag seines Lebens mit einem Sternenstein umgegangen.

»Vielleicht wirst du deine wahre Aufgabe und Bestimmung im Turm finden, Conn, wenn dein Bruder Herzog von Hammerfell ist«, wagte sie sich vor. »Es kann ja nicht dein Ziel sein, als sein Gefolgsmann zu leben, was wenig mehr ist als ein Haushofmeister oder *coridom*. Damit würdest du kaum angemessenen Gebrauch von deinen Talenten machen.« Bei diesen Worten verfinsterte sich Conns Stirn, und Erminie wünschte fast, nichts gesagt zu haben. Schließlich war er, ebenso wie Alastair, in dem Glauben aufgewachsen, der einzige Überlebende und rechtmäßige Herzog von Hammerfell zu sein. Wenn er jetzt von Neid oder Groll erfüllt war, konnte man es ihm nicht verdenken.

Aber zu ihrer großen Erleichterung war alles, was er sagte: »Mag geschehen, was will, ich möchte bei meinen Leuten bleiben. Markos hat mich gelehrt, daß ich für sie verantwortlich bin. Selbst wenn ich nicht ihr Herzog bin, sie kennen mich, und sie vertrauen mir. Sie mögen mich nennen, wie es ihnen gefällt. *Coridom* ist auf seine Art ein ebenso ehrenwerter Titel wie Herzog.«

»Trotzdem«, beharrte Erminie auf ihrer Meinung, »du hast so viel *laran,* daß du ausgebildet werden mußt. Ein unausgebildeter Telepath stellt eine Bedrohung für sich selbst und alle Menschen seiner Umgebung dar.«

Conn wußte, daß seine Mutter die Wahrheit sprach. »Markos meinte das auch, als ich heranwuchs«, sagte er. »Aber Alastair? Hat er überhaupt kein *laran?*«

»Nicht genug, daß es der Mühe wert wäre, ihn auszubilden«, antwortete Erminie. »Allerdings denke ich manchmal, sein Geschick im Umgang mit Pferden und Hunden könne durchaus eine Variation der alten MacAran-Gabe sein. Es waren MacArans in der Familie deiner Großmutter väterlicherseits.«

Erminie trat an ein Schränkchen, entnahm ihm eine Schriftrolle und zeigte sie Conn. Zu seinem Erstaunen sah Conn eine Aufzeichnung seiner Ahnen über mindestens acht oder zehn Generationen. Er studierte sie mit großem Interesse und meinte dann lachend: »Ich dachte immer, Zuchtstammbücher wie das da würden nur für Pferde geführt! Ist hier auch festgehalten, wie viele Leute meines Vaters der Blutrache mit Storn zum Opfer gefallen sind?«

»Ja.« Traurig zeigte sie ihm die Symbole, die denjenigen Vorfahren beigefügt waren, welche durch die alte Fehde einen gewaltsamen Tod gefunden hatten.

Schließlich sagte Conn: »Diese Blutrache ist mein Lebensinhalt gewesen, seit ich alt genug war, mir die Hosen selbst zuzuknöpfen. Aber bis heute habe ich nicht gewußt, wieviel diese Schurken von Storn mir schulden; ich hatte nur an einen Vater und zwei ältere Brüder gedacht. Jetzt sehe ich, wie viele meiner Sippe durch Storn-Hände umgekommen sind . . .« Er brach ab und starrte ins Leere.

»Es gibt bessere Dinge im Leben als die Rache, mein Sohn«, mahnte Erminie.

»Tatsächlich?« Es war, als blicke er durch sie hindurch. Für einen Moment war das Gesicht ihres Sohnes, das ihr immer vertrauter geworden war, wieder das eines völlig Fremden, und sie fragte sich, ob sie diesen vielschichtigen, ruhigen Mann, der ihr Jüngster war, jemals kennen oder verstehen würde.

Sie ließ sich nicht anmerken, daß ein Schauer sie durchfuhr, und redete munter weiter: »Was dein *laran* betrifft, so reichen meine eigenen Fähigkeiten im Testen, um zu erkennen, daß du eine ungewöhnlich große Begabung im Umgang mit einer Matrix hast, und die Grundbegriffe in dieser Technologie kann man nur in einem Turm richtig lernen. Glücklicherweise habe ich in den meisten Türmen Freunde; dein Vetter Edric Elhalyn ist Bewahrer hier im Thendara-Turm, und mein Verwandter Valentin war früher einmal Techniker. Jeder von beiden kann dich vieles lehren, aber eine Zeitlang solltest du innerhalb der Mauern eines Turmes leben, wo du vor den Gefahren deiner zutage tretenden Kräfte geschützt sein wirst. Ich will sofort mit Valentin reden. Nur gut, daß wir nicht warten müssen, bis die Überwacher ihre Reisen antreten, um alle Kinder der Domänen zu testen. Ich kann dafür sorgen, daß du sofort aufgenommen wirst. Ohne Ausbildung wird dein volles Talent noch ungeboren sein, und du bist alt für eine solche Entwicklung.«

Conn war ein bißchen verwirrt von der Geschwindigkeit, mit der sich alles abgespielt hatte, aber er war dem Gedanken durchaus nicht abgeneigt, und außerdem war er (wie jeder Uneingeweihte) neugierig darauf, was in einem Turm vor sich ging. Es erfüllte ihn mit Freude und Dankbarkeit, zu den Auserwählten zu gehören, die sich qualifizieren konnten und dann Gelegenheit bekamen, es herauszufinden.

Erminie teilte ihm auch mit, daß man von ihm, sobald er zur Ausbildung angenommen worden war, verlangen würde, unter den Turm-Mitgliedern zu leben.

»Aber du weißt doch alles darüber, Mutter. Warum könnt ihr, du und Floria, mich nicht unterrichten?«

»Das ist nicht der Brauch«, antwortete Erminie. »Eine Frau unterrichtet ihren erwachsenen Sohn nicht, ein Mann nicht seine erwachsene Tochter. Man tut das einfach nicht.«

»Warum nicht?«

»Ich weiß es nicht. Das kann bis auf die Sitten der Vorzeit zurückgehen«, sagte Erminie. »Doch was auch der Grund sein mag, man *tut* es nicht. Ich werde deine Ausbildung unseren Verwandten und später einem Turm überlassen. Floria kann dich jedoch ein paar Dinge lehren, wenn sie möchte. Ist es dir recht, wenn ich sie frage?« Erminie spürte ohne Worte, daß Conn zu schüchtern war, um eine Frau um einen solchen Gefallen zu bitten. »Vielleicht kommt sie heute abend, und wenn nicht, sehe ich sie oder ihren Vater ja jeden Tag oder jeden zweiten. Ich werde Gelegenheit finden, sie darum zu bitten.«

Später an diesem Tag, als Conn und Erminie die kleine Hündin an der Übungsleine durch die Straßen führten, meinte Conn: »Ich wüßte gern, ob mein Bruder in Hammerfell angekommen ist.«

»Das möchte ich doch annehmen«, erwiderte Erminie, »obwohl mir der jetzige Zustand der Straßen nicht bekannt ist. Du kannst es ja mit deinem *laran* herausfinden.«

Conn dachte darüber nach. Er hatte die Erlebnisse seines Bruders viele Male geteilt, aber niemals absichtlich. Er wußte nicht recht, ob er wissentlich in die Gedanken seines Bruders eindringen wollte; an diese Vorstellung hatte er sich noch nicht gewöhnt. Immerhin, wenn seine Mutter es vorschlug und Alastair dazu erzogen war, es als selbstverständlich anzusehen – er wollte es in Erwägung ziehen. Vorerst wandte er seine Aufmerksamkeit Kupfer zu und ließ sie die Standardübungen wie »Bei Fuß«, »Sitz« und »Platz« machen. Es hatte ihm immer Freude bereitet, mit Tieren zu arbeiten, und Kupfer war nicht der erste junge Hund, den er ausbildete. Jetzt, da man ihn auf den Gedanken gebracht hatte, schien es ihm durchaus möglich, daß sein Geschick im Umgang mit dem kleinen Hund eine Spielart dessen war, was Erminie *laran* nannte. Darauf war er noch gar nicht gekommen, er hatte es einfach für eine erworbene Geschicklichkeit gehalten, ähnlich der Kunst des Reitens oder Fechtens. Gab es denn gar nichts, was ihm allein gehörte? Stammte alles, was er wußte oder konnte, aus seinem Erbgut, war es ein Geschenk der geheimnisvollen Comyn, die diese Fähigkeiten in seine Linie hineingezüchtet hatten, wie er Pferde zum Rennen oder Hunde auf Gutartigkeit hin züchten würde? Er fühlte sich sehr klein und war geneigt, den Comyn zu grollen.

Conn und der Hund gingen ein Stückchen vor Erminie her. Es war eine abgelegene Straße, in der wenige Leute unterwegs waren und sie viel Platz hatten, um Kupfer ihre Übungen machen zu lassen. Die kleine Hündin war gelehrig und leicht zu unterrichten. Gehorsam tat sie, was man von ihr verlangte, und viel Streicheln, viele freundliche Worte und ein paar leckere Stückchen getrocknetes Fleisch aus der Küche beflügelten ihren Eifer. Conn beschloß die Lektion, indem er Kupfer an der Leine schnell laufen ließ. Der Sprint half ihm, Klarheit in seine verworrenen Gefühle zu bringen. Sie kamen in eine ruhige Straße, in der sich eins der größeren Stadthäuser in der letzten Phase des Baus befand. Conn zog Kupfer zurück und wartete, bis Erminie bei ihnen war.

Sie sahen dort mehrere Menschen in Roben. Der Bewahrer in Rot, zwei Techniker in Grün und ein Mechaniker in Blau standen im Kreis um eine Frau, die Conn bereits als Überwacherin identifizieren konnte. Ein paar Zuschauer hatten sich eingefunden, zumeist Kinder oder müßige Tagelöhner. Ein Stadtgardist in seinem grünen Mantel war auch dabei, aber Conn war sich nicht sicher, ob er in amtlicher Eigenschaft anwesend war oder ob auch er einfach das Recht eines freien Bürgers in Anspruch nahm, alles zu begaffen, was sich auf der Straße an Interessantem abspielte.

Kupfer unterbrach den Vorgang, indem sie hinstürmte und mit freudigem Bellen eine alte Freundin begrüßte. Conn erkannte in der weißgekleideten Überwacherin Floria, und wie jedesmal, wenn er die Verlobte seines Bruders erblickte, überwältigte ihn seine Liebe zu ihr. Floria streichelte die junge Hündin kurz und ermahnte sie dann: »Braves Mädchen, leg dich, ich kann jetzt nicht mit dir spielen!«

»Sir«, sagte der Gardist scharf, »bringt den Hund von hier weg, hier wird gearbeitet!« Dann bemerkte er Erminie und setzte in respektvollem Ton hinzu: »Ist das Euer Hund, *domna?* Tut mir leid, aber Ihr müßt dafür sorgen, daß er sich ruhig verhält, oder ihn wegbringen.«

»Ist schon gut«, fiel Floria ein. »Ich kenne die Kleine, sie wird mich nicht stören, nicht von da drüben.«

Erminie schimpfte mit Kupfer, die sich zwischen ihren Füßen niederließ und da so still lag wie ein Gipsmodell von einem Hund. Der Bewahrer, eine schmächtige verschleierte Gestalt – Conn war sich nicht sicher, ob Mann oder Frau, aber Frauen in diesem Amt waren, wie er wußte, sehr selten, so daß der Bewahrer wahrscheinlich ein Mann von sehr femininem Äußeren oder *emmasca* war – wartete geduldig ab, bis die Störung beseitigt war. Dann holte er den Kreis mit einer kurzen Kopfbewegung wieder zusammen. Conn sah – und spürte – die Stränge, die sie vereinten, die unsichtbaren Bande, die diese Telepathen zu einem Kreis verwoben, künstlich verstärkt von den Matrix-Kristallen.

Und obwohl er nie zuvor etwas Ähnliches gesehen oder gespürt hatte, kam ihm nicht der geringste Zweifel an dem, was geschah. Ohne zu wissen, wie er das machte, oder sich auch nur klar darüber zu sein, daß er es machte, berührte er Florias Geist. Zwar konzentrierte sie sich völlig auf ihre Aufgabe, aber mit einem winzigen Bruchteil ihres Bewußtseins erkannte und begrüßte sie Conn, wie sie ihm vielleicht in einem Raum, wo sie ein Musikinstrument spielte, gewinkt und durch ein Zeichen zu verstehen gegeben hätte, sich hinzusetzen und still zuzuhören.

Er nahm wiederum mit einem Fragment seines eigenen Bewußtseins wahr, daß auch seine Mutter dort war, ebenso wie er darauf beschränkt, von der Seitenlinie aus zuzusehen. Sogar die kleine Kupfer schien irgendwie Teil dieser engen Intimität zu sein. Conn fühlte sich behaglich, willkommen, akzeptiert – niemals hatte er sich halb so willkommen oder akzeptiert gefühlt, obwohl keiner der Leute ihm die geringste Aufmerksamkeit zollte. Nach ihrer äußeren Haltung zu schließen, nahm keiner von ihnen zur Kenntnis, daß er da war.

Als der Bewahrer alle auf eine Weise, die Conn noch nicht voll verstehen konnte, vereinigt hatte, lenkte er ihre Gedanken auf einen Haufen Baumaterial am Straßenrand. Dann sammelte er ihre Kräfte. Ab jetzt begriff Conn überhaupt nicht mehr, was sich abspielte. Er nahm nichts mehr wahr als ein blaues Gleißen, als sei sein Sternenstein ein Kristall vor – oder in – seinen Augen. Der große Haufen Baumaterial erhob sich in die Luft. Obwohl es nur lose aufeinandergeschichtete Dachpfannen waren, rutschten sie nicht auseinander, sondern hielten fest, als seien sie zusammengeklebt. Sie stiegen höher und höher, und Conn spürte, daß der Bewahrer sie lenkte, so daß der große Haufen innerhalb weniger Sekunden auf dem flachen Teil des Dachs balancierte, wo die Arbeiter sich ohne jede Hast daranmachten, ihn auseinanderzuziehen, die Dachpfannen auszulegen und festzunageln. Ebenso trennten sich die Bestandteile des Telepathenkreises. Floria fragte den Bewahrer mit leiser Stimme: »Noch etwas?«

»Nein«, antwortete der Bewahrer. »Erst wenn das Pflaster im Burghof gelegt werden muß. Das war die letzte Arbeit, und wir hätten sie schon gestern nacht getan, wenn es nicht geregnet hätte. In ein paar Tagen müssen wir das Glas im Wintergarten einsetzen, aber das eilt alles nicht, wenn erst einmal das Dach fertig ist. Ich habe mit Martin Delleray gesprochen; das Pflastern muß warten, bis ein Gärtner da war und die Anpflanzungen festgelegt hat. Martin wird uns rechtzeitig Bescheid geben.«

»Dieser Teil der Stadt wächst schnell. Wir werden im nächsten Frühjahr, wenn der Schnee schmilzt, weitere Straßen bauen müssen.«

Einer der Techniker murrte: »Ich mag keine Bauarbeiten, und in der Stadt heißt es, wir nähmen ehrlichen Zimmerleuten und Maurern die Arbeit weg.«

»So ist das nicht«, widersprach der Bewahrer, »wenn wir in einem halben Tag schaffen, wozu sonst alle Arten von schweren Maschinen notwendig wären, und wie sollen die in diesen Teil der Stadt gebracht werden? Ihr könnt mir glauben, die Leute würden noch viel mehr schimpfen, wenn wir die Arbeit nicht täten.«

»Wahrscheinlicher ist, daß uns jemand unser Honorar mißgönnt«, meinte der andere Techniker. »Es wird hier kaum noch ein Pflaster von Hand gelegt oder eine Glasscheibe eingesetzt. Das Heben von Material mit Seilen und Flaschenzügen verschwendet nicht nur Energie, es gefährdet auch die Vorübergehenden.«

Das war eine Facette des *laran*, an die Conn niemals gedacht hatte. *Ob es möglich ist, Hammerfell auf diese Weise wiederaufzubauen?* Er hatte es sich immer so vorgestellt, daß eine Mannschaft von Bauarbeitern zahllose Jahre brauchen würde, um die Burg aus den Ruinen neu erstehen zu lassen. Mit *laran*-Arbeitern wie diesen mochte sich Hammerfell in kürzerer Zeit wieder erheben, als er es für möglich gehalten hatte. Während er darüber nachdachte, sah Floria in ihre Richtung und lächelte ihm und seiner Mutter zu. Sie winkte Kupfer, die nun zu ihr rannte, an Floria hochsprang und ihr die Hände leckte.

»Was für ein braver, ruhiger Hund du bist«, lobte Floria und liebkoste sie. »Erminie, Ihr habt sie ebensogut erzogen wie Juwel, bald wird sie so perfekt sein, daß sie während der Arbeit im Kreis zu unseren Füßen liegen kann! Guter Hund, guter Hund«, wiederholte sie, streichelte und tätschelte Kupfer, die ihr erneut liebevoll die Hände leckte.

»Kupfer wird von Conn ausgebildet«, sagte Erminie, »und ich habe ihn hergebracht, damit er bei der öffentlichen Arbeit eines Matrix-Kreises zusehen konnte. So, wie er aufgewachsen ist, weiß er wenig über *laran*. Aber er ist bereit, sich ausbilden zu lassen – und danach einen Platz in einem Kreis einzunehmen, zumindest für einige Zeit.«

Der Bewahrer hob ein blasses Gesicht, das von großen, leuchtenden Augen beherrscht wurde. Mit fragendem Blick wandte er sich Conn zu. »Ich habe dich berührt, als wir innerhalb des Kreises waren. Bist du sicher, daß du noch gar keine Ausbildung gehabt hast? Ich dachte, du hättest vielleicht in den Bergen mit den Leuten von Tramontana gearbeitet.«

»Ich habe noch keine Ausbildung gehabt. Bevor ich nach Thendara kam, habe ich noch nie einen Sternenstein in den Händen gehalten«, erklärte Conn.

»Manchmal werden aus Leuten mit angeborenem Talent die besten Matrix-Arbeiter«, sagte der Bewahrer und streckte Conn eine knochige Hand entgegen. »Ich werde dich gern bei uns willkommen heißen. Ich bin Renata von Thendara.«

Conn wußte, daß dieser Titel Bewahrern vorbehalten war, und es war ein Schock für ihn, eine Frau – obwohl, so vermutete er, die Bewahrerin eigentlich keine Frau, sondern eine *emmasca* war – unter ihnen zu finden.

Erminie sagte mit entschuldigendem Lachen: »Ja, bei Alastair, meinem älteren Sohn, habe ich versagt; er hatte nicht das Potential. Deshalb finde ich, daß ich bei diesem um so mehr Erfolg verdiene.«

»Zweifellos«, erwiderte Renata freundlich. »Ich weiß jetzt schon, daß er uns nach der Ausbildung Ehre machen wird. Da er nicht in deinem Kreis arbeiten kann, Erminie, werde ich ihn gern in meinen aufnehmen.«

Es überraschte Conn, daß seine Mutter vor Freude errötete. »Danke, Renata, das ist freundlich von dir.«

Floria, die immer noch neben Conn stand, sagte leise: »Dann willst du zu uns in den Turm kommen? Es wird mir ein Vergnügen sein, dir bei der Ausbildung zu helfen, Schwager.«

»Ich versichere dir, das Vergnügen wird ganz auf meiner Seite sein.« Conn wandte sich ab, weil er spürte, daß ihm das Blut heiß ins Gesicht stieg.

Die Mitglieder des Kreises bogen in eine Straße ein, die sie zum Turm zurückbringen würde, und Erminie, Conn und Floria folgten ihnen. Floria sagte zu Conn: »Es war eine ereignisreiche Zeit . . .«

»Das war es wirklich«, stimmte Conn ihr zu. Sein Leben hatte sich in ein paar Dutzend Tagen so radikal verändert, wie er es niemals für möglich gehalten hätte.

Obwohl Alastairs Name nicht erwähnt wurde, spukte er in beider Gedanken, und sie verstummten. Es war, als sei er anwesend und stehe zwischen ihnen. Conns Stimmung verdüsterte sich, und Floria zog sich in sich zurück. Die kleine Gruppe von Matrix-Arbeitern war ihnen ein paar Schritte voraus.

»Was Alastair wohl gerade tut?« brach Floria dann das Schweigen.

»Seit er auf meinem Pferd davongeritten ist?« fragte Conn und lachte gezwungen. »Du bist Telepathin; kannst du ihn nicht erreichen?«

Floria senkte die Augen. »Nicht richtig, nur für einen flüchtigen Moment, mehr nicht. Vielleicht, wenn wir Liebende wären ... aber selbst dann wäre es über eine solche Entfernung nicht einfach. Du bist sein Zwilling ... das ist das stärkste Band.«

»Wenn du es wünschst, werde ich ihn suchen«, versprach Conn. »Allerdings habe ich ihn bisher noch nie bewußt gesucht.« Er legte eine Hand auf den Sternenstein, den seine Mutter ihm gegeben hatte und den er in einem seidenen Beutelchen an einem Band um den Hals trug. Auch ohne diese Hilfe hatte er früher so oft Blicke auf Alastair erhascht, daß er nicht zweifelte, ihn jetzt sehen zu können.

Als es kam, glich es in nichts den traumartigen Bildern, die er so viele Male empfangen hatte. Wirkte der Sternenstein als Verstärker? Conn wußte es nicht, aber rings um ihn waren die vertrauten hohen Bäume, der Geruch nach Harz, der seufzende Wind und der Himmel, wie es sein ganzes Leben lang vor Thendara gewesen war. Dazu kam noch ein Geruch, der jeden Mann aus den Bergen mit Angst und Schrecken erfüllte: *Feuer!* Irgendwo in der Nähe seines Zwillingsbruders und innerhalb von Alastairs Wahrnehmungsbereich tobte Feuer in den Hellers.

Da stand Conn auf der ruhigen Straße von Thendara, und sein Herz hämmerte so, daß er spürte, wie das Blut durch seine Adern raste. Was brannte? Und wo? Das Feuer war nicht hier, obwohl ihm der Geruch nach brennenden Nadelbäumen Schwindel und Übelkeit verursachte.

Erminie drehte sich um und erkannte sofort, was Conn und Floria vorhatten. Unter normalen Umständen hätte sie nicht weiter darauf geachtet und die jungen Leute tun lassen, was sie wollten. Aber Conns blasses Gesicht wirkte zu verängstigt. Schnell kehrte Erminie zu dem Paar zurück. Die beiden waren inzwischen an einer Stelle angelangt, von der aus sie den Turm in geringer Entfernung aufragen sahen.

Erminie legte die Hand ganz leicht auf Conns Handgelenk, damit der Schock, mit dem sie ihn aus der Trance riß, so gering wie möglich war. Sie sagte ruhig: »Innerhalb des Turmes wird es einfacher sein zu vollenden, was du angefangen hast – und weniger gefährlich für euch beide, Conn.«

Conn war es gar nicht in den Sinn gekommen, daß etwas, das er so oft getan hatte, und noch dazu, bevor er einen Sternenstein besaß, in irgendeiner Weise für ihn oder für Alastair gefährlich sein könne. Aber die Fremdheit, dieser neue Eindruck von Dringlichkeit und Bedrohung, entwaffnete ihn. Er erklärte fügsam, für einen Becher Wein wäre er dankbar, und trat mit den beiden Frauen ein.

Der Wein wurde gebracht und eingegossen, aber als Conn einen Schluck nahm, verstärkte sich das Gefühl, höchste Eile sei geboten, auf geradezu schreckliche Weise. Er wünschte, all diese Leute würden weggehen und ihn mit der Suche nach seinem Bruder fortfahren lassen.

Er beteiligte sich nicht an dem oberflächlichen Geplauder und den Scherzen, die beim Trinken hin und her gingen; er goß den Wein hinunter, wie er ihm in die Hand gedrückt wurde, fast ohne ihn zu schmecken. Es kam ihm nicht zu Bewußtsein, daß Renata sie alle wieder mittels der Matrix vereinte; er als Neuling verfügte noch nicht über die distanzierte Haltung, die den Matrix-Arbeiter vor einer gefährlichen emotionalen Verstrickung in den

Vorgang schützt. Er war bereits zu stark emotional verstrickt, es ging um seinen Bruder, sein Land, seine Leute ...

Die Bewahrerin Renata, die dieses Wechselspiel von Belastungen besser verstand als irgendein anderer Mensch, beobachtete ihn mit losgelöster Traurigkeit, unternahm jedoch nichts, um seine naive Annäherungsmethode zu ändern. Wenn er erst besser ausgebildet war, würde er ausgeglichener und weniger leidenschaftlich arbeiten, aber dafür würde Conn etwas von seiner jugendlichen Intensität opfern müssen.

Floria winkte Conn. »Verbinde dich mit mir; ich bin sicher, gemeinsam können wir ihn finden.«

Behutsam wurde die zerbrochene Verbindung neu geschmiedet. Zu seiner Überraschung war das erste, was Conn sah, das Gesicht seines Pflegevaters Markos, und durch dessen Augen sah er auf Alastair. Der Geruch nach Rauch und Feuer war physisch weit entfernt, und doch beherrschte er irgendwie alle ihre Gedanken, wie er die ganze Landschaft überzog. Conn erkannte, daß Alastair zornig war.

»Was erzählst du mir da? Nach all diesen Jahren der Blutrache soll ich darum kämpfen, das Eigentum des Mannes zu retten, der meinen Vater und so viele meiner Vorfahren getötet hat? Warum? Ist es nicht besser für uns, wenn alles abbrennt? Verdammt soll er sein!«

Markos starrte ihn an. »Ich schäme mich für dich«, sagte er scharf. »Welche Erziehung hast du denn genossen, daß du so reden kannst?« Auch Conn schämte sich für seinen Zwillingsbruder. Eine solche Unwissenheit war bei einem Mann aus den Bergen unvorstellbar. Der Feuerfrieden war das oberste Prinzip in dem bewaldeten Land. Alles andere, ob Pflichten gegenüber der Sippe oder eine Blutrache, trat in den Hellers während der Jahreszeit der Waldbrände in den Hintergrund.

Dann fiel Conn ein: *Woher sollte Alastair das wissen?*

Markos reagierte, wie Conn reagiert hätte, und irgendwie fühlte sich Conn verantwortlich für alles, was er seinem Zwillingsbruder zu erklären versäumt hatte.

»Morgen können deine eigenen Berghänge brennen, und dann mußt du dich darauf verlassen können, daß Storn – oder jeder andere, der gerade da ist – hilft, sie zu retten. Was du wissen solltest.« In versöhnlicherem Ton fügte Markos hinzu: »Du bist müde, und du hast einen langen Ritt hinter dir. Wenn du ein bißchen geschlafen und etwas gegessen hast, ist es noch früh genug.«

Er führte Alastair durch eine Tür in einen primitiv möblierten Raum. Conn kannte ihn gut; er hatte dort seit seinem vierzehnten Lebensjahr mit Markos gewohnt.

An dieser Stelle fiel Conn aus dem Rapport. Eine blaue Flamme, die aus dem Matrix-Juwel hochzuschlagen schien, löschte die Gesichter Markos' und Alastairs aus. Conn erhob sich und sagte laut: »Es ist nicht recht, ihm ohne sein Wissen nachzuspionieren; er ist bei Markos in Sicherheit.«

Er sah die Sorge in Erminies Augen. »Dein Sohn ist in Sicherheit, Mutter. Nein«, setzte er hinzu, als sie ihre Gedanken nach ihm ausschickte, »ich verstehe – er ist auf deinem Schoß groß geworden, nicht ich. Es ist nur natürlich, daß du um ihn bangst.«

»Das finde ich sehr traurig«, sagte Erminie. »Mein größter Wunsch war es in all diesen Jahren, euch beide in meiner Obhut zu haben.« Conn umarmte sie.

»Oh, jetzt erst ist mir bewußt, was ich entbehren mußte, und ich frage mich, ob mein Bruder es wirklich zu würdigen weiß. Aber wenn es im Norden Schwierigkeiten gibt, sollte ich dort sein – Markos wird mich brauchen! Alastair . . .« Er brach ab. Er konnte seiner Mutter nicht sagen, daß er ihren Lieblingssohn für ungeeignet hielt, seinen Platz in Hammerfell einzunehmen. Aber seine Hand berührte beinahe unwillkürlich den Griff des Schwertes seines Vaters, und er wußte, daß zumindest Floria immer noch seine Gedanken las. Er wollte diesen Rapport unterbrechen und begegnete ihren Augen. Sofort senkte sie den Blick, aber der Schock eines heftigen Gefühls war in diesem Raum voller Telepathen fast zu greifen.

*Ihr Götter,* dachte er, *was soll ich tun? Sie ist die Frau meiner Träume. Ich habe sie geliebt, noch ehe ich sie gesehen hatte, und jetzt, da ich sie gefunden habe, ist sie mit meinem Bruder schon so gut wie verheiratet. Von allen Frauen dieser Welt ist sie die einzige, die mir verboten ist.*

Er war nicht fähig, sie anzusehen, und als er den Blick wieder hob, bemerkte er, daß die Bewahrerin ihn musterte. Die *emmasca*, sowohl durch ihr hohes Amt als auch durch ihre Geschlechtslosigkeit isoliert und frei von diesem schmerzhaftesten aller menschlichen Probleme, betrachtete ihn mit traurigen Augen.

# XII

Die Arbeit am Brandort veranlaßte Alastair, seine Vorstellung von der Hölle zu revidieren. Im Augenblick war der Gedanke, sich in einer von Zandrus gefrorenen oberen Höllen zu befinden, richtig verlockend. Schweiß tränkte sein Haar und seine Kleider, die Haut auf seinem Gesicht fühlte sich an, als werde sie langsam geröstet, und sein Mund und seine Kehle waren trocken und brannten. Obwohl er kein solcher Dandy war, wie manche Leute denken mochten, war er sein ganzes Leben lang dazu angehalten worden, auf seine äußere Erscheinung als ein Symbol seiner Stellung und seines Titels zu achten. Jetzt war seine Kleidung völlig verdorben. Selbst wenn der Schaden, den fliegende Funken angerichtet hatten, durch sorgfältiges Stopfen repariert werden sollte, würde er immer noch so schäbig aussehen wie der alte Mann, der zu seiner Rechten arbeitete.

*Die Bauern hier sind aber zäh! Er ist sicher alt genug, um mein Großvater zu sein, doch er ist immer noch frisch, während ich mich am liebsten zusammenrollen und sterben würde. Aber natürlich sind Bauern nicht so empfindlich wie ich.*

Juwel lag am Ende der Reihe schuftender Männer. Alastair spürte, welches Übermaß an Treue es erforderte, daß sie blieb. Sie dachte ungeachtet ihrer Angst nicht daran, die Augen von ihm abzuwenden oder außer Hörweite zu gehen. Er hätte die alte Hündin von der Brandstelle weg an einen Ort bringen sollen, wo ihr diese Qual erspart geblieben wäre.

Eine schlanke Gestalt in einem alten karierten Kleid und einem breitrandigen fliederfarbenen Sonnenhut trat zu dem alten Mann und reichte ihm einen Wassereimer. Er gab ihr seine Schaufel zum Halten, spülte sich den

Mund aus und trank schnell. Dann tauschte sie die Schaufel wieder gegen den Eimer ein und ging weiter zu Alastair. Sie machte große Augen, als sie ihn erkannte. Offenbar hatte eine Frau ihrer Eskorte ihr erzählt, wer er war.

Sie hielt die Stimme gedämpft. »Ich bin erstaunt, Euch hier zu finden, mein Lord Hammerfell.«

Das konnte sie wohl sagen, dachte Alastair. Irgendwie staunte er selbst darüber, daß er hier war.

»*Damisela* ...« er machte eine höfliche Verbeugung. »Was tut Ihr hier bloß? Von allen Orten in den Domänen ist dies der ungeeignetste für eine Dame.«

»Ihr glaubt wohl, eine Dame wird nicht verbrennen, wenn das Feuer außer Kontrolle gerät? Man merkt sofort, daß Ihr ein dummer Tiefländer seid!« fuhr sie zornig auf. »*Jeder* hier rückt zur Brandbekämpfung aus – Männer und Frauen, Bürger und Adlige!«

»Ich habe nicht bemerkt, daß der alte Lord Storn seinen kostbaren Hals riskiert«, brummte Alastair.

»Das liegt daran, daß Ihr Euch nicht die Mühe gemacht habt, in die richtige Richtung zu sehen – er steht weniger als ein Dutzend Fuß von Euch entfernt!« Lenisa wies mit ausgestrecktem Arm auf einen alten Mann.

Alastair riß vor Staunen den Mund auf. Dieser alte Mann sollte Lord Storn sein? Dieser gebeugte Greis, war er wirklich der Schwarze Mann aus Alastairs Kinderzeit? Er sah ja aus, als könne ein heftiger Windstoß ihn wegblasen! Er war nicht im geringsten furchterregend!

Lenisas Geste hatte Storns Aufmerksamkeit erregt. Er warf seine Schaufel hin und kam mit grimmigem Gesicht zu ihnen herüber.

»Belästigt dieser idiotisch gekleidete junge Geck dich, Mädchen?«

Lenisa schüttelte hastig den Kopf. »Nein, Großvater.«

»Dann gib ihm Wasser, und mach mit deiner Arbeit weiter. Halte uns nicht auf! Du weißt, wie wichtig es ist, daß jeder regelmäßig Wasser bekommt. Willst du, daß die Männer weiter unten in der Reihe zusammenbrechen?«

»Nein, Sir, natürlich nicht«, sagte sie demütig, blickte Alastair kurz an und ging mit ihrem Eimer weiter. Alastair sah ihr nach, bis sein Nachbar ihn anstieß. Da nahm er seine Arbeit wieder auf und verbreiterte mit der Hacke die Schneise in dem von Blättern bedeckten Waldboden.

Storns Enkelin. Diese Frau und er waren für immer getrennt, und gerade deswegen hatte sie den Reiz des Verbotenen. Er tadelte sich, denn er war ein zur Ehe versprochener Mann ... zur Ehe mit Floria, die in Thendara auf ihn wartete. Er durfte nicht nach anderen Frauen sehen – vor allem nicht nach einer Frau, mit deren Familie seine Familie seit vier Generationen in Blutrache lebte! Er versuchte Lenisa energisch aus seinen Gedanken zu verbannen, nur an Floria in Thendara zu denken; er malte sich aus, wie es ihr und seiner Mutter in seiner Abwesenheit erging, er überlegte sogar, wie es sein mochte, Telepath zu sein und mit abwesenden Lieben ohne weiteres im Geist kommunizieren zu können.

Der Gedanke war ihm nicht angenehm. Er war sich gar nicht sicher, ob ihm so etwas gefallen würde. Wenn er im Augenblick mit Floria in Verbindung stände, könnte sie dann sehen, wie er mit dem Storn-Mädchen flirtete, und würde sie ihn für treulos halten? Würde sie seine Gedanken lesen, und würden die Bilder von Lenisa ihr Kummer bereiten? Alastair ertappte sich dabei, daß er versuchte, es Floria zu erklären, und brach erschrocken ab, denn Conn, sein Zwillingsbruder, stand in mentaler Verbindung mit ihm. Er würde es nie fertigbringen, Conn zu belügen oder ihm einzureden, er habe die besten Absichten dabei gehabt ...

Wie war das wohl, wenn man so lebte, wenn die geheimsten Gedanken und Wünsche vor einer beliebigen Zahl von Personen offen dalagen?

Es ängstigte ihn. Er war Conns Geist geöffnet gewesen;

sein Bruder kannte ihn vielleicht besser als er sich selbst, und das war furchterregend. Aber noch entsetzlicher war die Erkenntnis, daß seinem Bruder auch das Schlechteste, zu dem er fähig war, nicht verborgen blieb.

Alastair versuchte Florias Bild vor seinem geistigen Auge heraufzubeschwören, doch es gelang ihm nicht. Er sah nur Lenisas kokettes Lächeln.

Mit aller Kraft riß er seine Gedanken davon los und wandte seine ganze Aufmerksamkeit seiner Arbeit an der Feuerschneise zu. Aus dem Augenwinkel bemerkte er, daß Lord Storn, dieser Greis, mit den jüngeren Männern Schritt hielt und mehr als seinen Anteil an der harten Arbeit tat. Als Lenisa auf ihrer Runde mit dem Eimer wieder bei ihnen war – diesmal, so stellte Alastair dankbar fest, dampfte der Inhalt und würde wohl ein Kräutertee sein –, blieb sie neben ihrem Großvater stehen. Alastair konnte gerade noch mitbekommen, was sie sagte.

»Das ist töricht, Großvater. Du hast in deinem Alter nicht mehr die Kraft für diese Arbeit.«

»Lächerlich, Mädchen! Ich habe diese Arbeit mein ganzes Leben lang getan, und ich werde nicht ausgerechnet jetzt damit aufhören! Kümmere du dich um deine eigenen Pflichten, und bilde dir ja nicht ein, du könntest mir Befehle geben.«

Vor seinem finsteren Blick wären die meisten Mädchen in der Erde versunken, aber Lenisa redete weiter auf ihn ein. »Was soll es denn nützen, wenn du in der Hitze zusammenbrichst und weggetragen werden mußt? Glaubst du, das wäre ein gutes Beispiel für deine Leute?«

»Und was soll ich deiner Meinung nach tun?« schimpfte er. »Ich habe in jedem Sommer meinen Platz in der Reihe eingenommen, als Junge und als Mann, siebzig Jahre lang.«

»Findest du nicht, daß du dann schon genug für ein

ganzes Leben getan hast, Großvater? Kein Mensch würde geringer von dir denken, wenn du ins Lager zurückgehen und dort leichtere Aufgaben übernehmen würdest.«

»Ich werde von keinem etwas verlangen, das ich nicht selbst tun kann, Enkelin. Mach du deine Arbeit, und laß mich meine tun.«

Gegen seinen Willen empfand Alastair Bewunderung für den hartnäckigen alten Mann. Als Lenisa kam und ihm den Eimer hinhielt, hob er ihn an die Lippen und trank durstig. Wie er vermutet hatte, war es diesmal ein warmer Kräutertee mit starkem Fruchtgeschmack, der den Durst hervorragend löschte und seiner ausgedörrten Kehle guttat.

Er gab ihr den Eimer zurück und dankte ihr.

»Arbeitet Euer Großvater bei einer Brandbekämpfung immer mit seinen Männern zusammen?«

»Das tut er, solange ich mich erinnern kann, und wie unsere Leute erzählen, hat er es davor auch getan«, antwortete sie. »Aber jetzt ist er wirklich zu alt dafür. Wenn ich ihn nur überreden könnte, ins Lager zurückzukehren! Sein Herz ist nicht ganz in Ordnung.«

»Das mag schon stimmen, aber ich bewundere seine Einstellung, die es ihm nicht erlaubt, die Arbeit niederzulegen«, erklärte Alastair aufrichtig, und Lenisa lächelte.

»Dann haltet Ihr meinen armen alten Großvater nicht für einen Menschenfresser, Lord Hammerfell?« sagte sie schalkhaft.

Alastair machte ihr ein Zeichen, leiser zu sprechen. Der Feuerfrieden mochte in den Bergen Gesetz sein, und die Adligen wie Lord Storn hielten ihn vielleicht auch, aber er traute all diesen Fremden nicht. Wenn sie erfuhren, wer er war, schlugen sie ihn womöglich tot.

»Es würde dem Herzen Eures Großvaters gar nicht guttun zu erfahren, daß sein ältester Feind hier ist!«

Stolz gab sie zurück: »Denkt Ihr, mein Großvater würde den Feuerfrieden, unser ältestes Gesetz, brechen?«

»Seit ich ihn gesehen habe, glaube ich es nicht mehr. Ihr wißt doch sicher, daß Gerüchte sogar aus Sankt Valentin vom Schnee ein Ungeheuer machen könnten«, scherzte Alastair. Aber bei sich dachte er, daß er Lord Storn so oder so keine Chance geben werde. »Und es ist über Lord Storn eine ganze Menge gesagt worden.«

»Wovon das meiste Gutes war, wie ich sicher annehme«, entgegnete das Mädchen. »Habt Ihr genug zu trinken gehabt? Ich muß weiter, sonst schimpft er wieder mit mir.«

Widerstrebend ließ er den Eimer los und nahm erneut seine Hacke. Er war nicht an manuelle Arbeit gewöhnt; der Rücken tat ihm weh, und in jedem einzelnen Arm- und Beinmuskel tobte ein Krampf. Seine Hände waren zwar mit dicken Lederhandschuhen geschützt, aber allmählich fühlten sie sich dennoch an, als werde ihm bei lebendigem Leib die Haut abgezogen, und er fragte sich, ob er roh oder gekocht gegessen werden würde. Wahrscheinlich hing das davon ab, wie nahe sie dem Feuer kamen. Er warf einen Blick zum Himmel und der erbarmungslos brennenden Sonne empor. Wenn sich nur ein paar Wolken bilden würden! Das Hemd klebte ihm an dem schmerzenden Rücken. Es war erst kurz nach Mittag, und ihm war, als werde es niemals Zeit zum Abendbrot werden.

Wenn das Mädchen ihm eine leichtere Arbeit im Lager angeboten hätte, dann hätte er mit beiden Händen zugegriffen. Sehnsüchtig sah er Lenisas fliederfarbenem Sonnenhut nach, der sich entlang der endlosen Reihe von Männern immer weiter entfernte.

Ja, es waren viele Männer. Wurde wirklich jeder einzelne starke Rücken gebraucht? Natürlich konnte es hier unter diesen Gebirglern eine Art von Stolz oder ein Beweis der Männlichkeit sein, was sie alle an der Arbeit hielt, sogar Lord Storn, den man in jeder vernünftigen Gesellschaft längst als zu alt dafür eingestuft hätte. In Thendara hätte man auch zwischen Adligen und Bürgerlichen unterschieden. Aber Alastair wußte von seinem Bruder Conn, daß es in den Hellers wenige Unterscheidungen dieser Art gab. Also, sollte man *ihm* die Wahl lassen, würde er sich bestimmt nicht gezwungen sehen, seine Männlichkeit zu beweisen! Er stützte sich auf seine Hacke, richtete seinen schmerzenden Rücken auf und seufzte. Warum, zum Teufel, war er überhaupt hergekommen?

Von oben ertönte ein merkwürdiges Brummen, ein unerwartetes Geräusch, und abgerissene Jubelrufe waren von der Reihe der Männer her zu hören. Ein kleines Flugzeug erschien zwischen den Bäumen; es manövrierte vorsichtig, um dem wirbelnden Rauch auszuweichen. Alastair hatte wohl gehört, daß es hier in den Bergen Segelflugzeuge gab, die, von einer Matrix angetrieben, Chemikalien zur Brandbekämpfung transportierten, aber eine Flugmaschine, die schwerer als Luft war, hatte er mit eigenen Augen noch nie gesehen. Als sie wieder außer Sicht war, sagte der Mann neben Alastair leise: »*Leroni* vom Turm; sie kommen, um uns zu helfen.«

»Bringen sie Chemikalien zur Brandbekämpfung?«

»Ja. Sehr anständig von ihnen – wenn wir nur sicher sein könnten, daß sie den verdammten Waldbrand nicht selbst mit ihrem Haftfeuer oder so einer Teufelei gelegt haben!«

»Wahrscheinlicher ist, daß er durch Blitzschlag entstanden ist«, meinte Alastair. Der Mann blickte ihn skeptisch an.

»Ja, sicher. Aber warum gibt es heute mehr Brände als zur Zeit meines Großvaters, könnt Ihr mir das verraten?«

Alastair hatte nicht die leiseste Ahnung, und so sagte er: »Da ich zur Zeit Eures Großvaters noch nicht gelebt habe, weiß ich nicht, ob es heute tatsächlich mehr Brände gibt, und ich glaube, Ihr wißt es auch nicht.« Dann arbeitete er weiter.

Das hier war kein Ort für den Herzog von Hammerfell.

Er hatte den ihm zustehenden Platz einnehmen wollen, und nun wühlte er im Dreck! Conn hätte gern an seiner Stelle kommen können, wenn er das gewußt hätte!

*Was soll's?* dachte Alastair. Er sah grimmig zum Himmel und stellte sich vor, es bildeten sich dicke Wolken. Kühlende Wolken, grau und feucht, die die sengende Sonne verdeckten und Regen brachten – herrlichen Regen! Tatsächlich war im Süden ein flockiges Wölkchen zu erkennen. Alastair malte sich aus, es wachse, werde dunkler, rücke näher ...

Und es wuchs und breitete sich aus, es wurde dunkler und schwerer, und ihm folgte eine kühle Brise. Voller Verwunderung und Entzücken dachte Alastair: *Habe ich das fertiggebracht?* Er experimentierte kurz, bis er sicher war, daß er recht hatte. Irgendwie kontrollierten seine Gedanken die Wolke und bauten sie höher und höher auf, bis ihre phantastischen Burgen und Gipfel mehr als die Hälfte des Himmels bedeckten!

War dies ein neues *laran,* und hatte man nur nicht daran gedacht, ihn daraufhin zu testen? Das ließ sich nicht sagen. Die Wolke hatte ihm Kühlung gebracht. Pflichtschuldig machte er sich wieder mit seiner Hacke an die Arbeit, doch dann fuhr es ihm durch den Sinn: *Ob ich Regen machen könnte? Könnte ich dieses Feuer auslöschen und uns allen eine Menge Arbeit ersparen?* Das Problem war, daß er zwar bewirken konnte, daß die Wolke immer höher und dunkler wurde, aber nicht recht wußte, was eine Wolke zum Abregnen brachte. Er hätte seiner Mutter aufmerksamer zuhören sollen, als sie versuchte, ihm etwas über die einfacheren Anwendungsmöglichkeiten von *laran* beizubringen. *Wie schade, daß ich nicht so in Conns Kopf hineinsehen kann wie er anscheinend in den meinen, um etwas über diese Kunst von ihm zu lernen.*

So viel Zeit war mit seinem Versuch, Wolken zu beeinflussen, vergangen, daß die Mädchen und Jungen, die als Wasserträger arbeiteten, ihre Runden von neuem machten. Alastair sah Lenisa unter ihnen, diesmal in beträchtlicher Entfernung. Hatte man sie zu einer anderen Reihe versetzt? Ihm kam zu Bewußtsein, daß er eifersüchtig auf den Mann war, der Wasser aus ihren Händen empfangen würde . . . eifersüchtiger als auf Conn, der in Thendara bei Floria war. *Natürlich weiß mein Bruder Conn so wenig vom Stadtleben, daß er eine Frau, die einem anderen gehört, nicht einmal ansehen, geschweige denn verführen würde.*

Für einen kurzen Augenblick schämte Alastair sich seiner Überheblichkeit. *Conns ehrenhafte Einstellung ist kein Grund, auf ihn herabzusehen. Aber sollen die Moralvorstellungen dieses Jungen vom Lande etwa auch für mich gelten?*

Der Himmel war nun so dunkel von Wolken, daß ein feuchter Wind sich erhob. Alastair hatte mit nacktem Oberkörper gearbeitet; jetzt erschauerte er und griff nach dem Hemd, das er sich um die Taille gebunden hatte. Es war naß vom Schweiß – nein, das waren Regentropfen, dick und weich und bisher noch in großen Abständen fallend . . . aber er stellte sich vor, wie sie schneller und schneller fielen . . .

Wieder ertönten Jubelrufe von den Reihen der Männer. Es begann so heftig zu regnen, daß sich Dampfwolken am Rand des brennenden Waldes erhoben. Alastair legte seine Hacke hin und sah erleichtert und befriedigt zum Himmel hinauf.

»Achtung!« brüllte jemand. Alastair drehte sich erschrocken um und sah, daß ein durchgebrannter Baum sich neigte und zu stürzen begann, und zu seinem Entsetzen schleppte Lenisa wenige Meter davon entfernt ihren Wassereimer. Noch ehe er wußte, was er tat, rannte Alastair durch die Feuerschneise. Er packte das Mädchen und riß es aus dem Bereich des fallenden Baumes . . . Aber nicht schnell genug. Der Baum krachte mit einem Lärm zu Boden, als sei das Ende der Welt gekommen, und riß eine

Menge kleinerer Bäume und Unterholz mit sich. Lenisa und Alastair wurden darunter begraben. Er warf sich mit dem Mädchen in seinen Armen so weit wie möglich zur Seite und spürte ihren Körper unter sich, als die Welt über seinem Kopf zusammenbrach. Das letzte, was er hörte, war Juwels verzweifeltes Heulen.

# XIII

Conn hatte das Feuer von weitem beobachtet und keine besondere Lust verspürt, sich Alastair aufzudrängen. Früher oder später mußte Alastair seinen eigenen Weg finden, mit Markos und den Leuten von Hammerfell zurechtzukommen. Wenn die Männer sahen, daß er unter ihnen seine Pflicht tat, einschließlich der Brandbekämpfung, eine Arbeit, die Conn seit seinem neunten Lebensjahr regelmäßig verrichtet hatte, würden sie ihn um so eher anerkennen.

Aber Lebensgefahr durchbricht alle Barrieren. Alastairs Panik, als er den Baum stürzen sah und Lenisa aus dem Weg riß, brach in Conns Geist ein, als stehe er selbst an dieser Stelle. Die erstickende Glut des lodernden Waldes und das Krachen des fallenden Riesen, ja, sogar Juwels verzweifeltes Heulen wurden von ihm empfunden, als geschehe das alles in dem Zimmer seiner Mutter. Er sprang auf, ohne gleich zu erkennen, daß das Hämmern seines Herzens und das durch seine Glieder schießende Adrenalin nicht wirklich etwas mit seinem eigenen Körper und seinem Gehirn zu tun hatten.

Allein der Gefahr war er sich bewußt, und erst als mehrere panikerfüllte Sekunden vergangen waren, wurde ihm klar, daß er im Dämmerlicht des Abends allein war und nur die Geräusche der Straßen Thendaras draußen hörte, das Bellen eines Hundes, das entfernte Rumpeln eines Wagens. Plötzlich war Alastair fort – tot oder besinnungslos –, und damit war die grauenhafte Situation aus Conns Bewußtsein ausgelöscht.

Conn wischte sich den Schweiß vom Gesicht. Was war seinem Bruder zugestoßen?

So streng Conn ihn bisweilen beurteilt hatte, Alastair hatte sich durch seinen Heldenmut in Lebensgefahr gebracht – oder hatte es ihn das Leben gekostet? Vorsichtig suchte Conn nach dem unterbrochenen Rapport mit Alastair und fand Schmerz und Dunkelheit . . . wenigstens bedeutete der Schmerz, daß Alastair noch lebte. Er mochte schwer verletzt sein, aber er lebte.

Auf dem Fußboden winselte die kleine Kupfer unruhig. Vielleicht, dachte Conn, hatte auch sie etwas von ihrem abwesenden Herrn aufgefangen – oder Conns eigenes Erschrecken und Entsetzen.

»Ist ja gut, Mädchen.« Er streichelte den seidigen Kopf der jungen Hündin. »Ist ja gut. Ganz ruhig.« Kupfers große dunkle Augen sahen flehend zu ihm auf, und er dachte: *Ja, ich muß zu ihm, so oder so, Markos wird mich dort brauchen.*

Er war daran gewöhnt, eigene Entscheidungen zu fällen. So stopfte er Kleidung in eine Satteltasche und wollte gerade in die Küche gehen, um sich für die Reise mit Lebensmitteln zu versorgen, als ihm einfiel, daß er als Gast im Haus seiner Mutter lebte. Er brauchte sie zwar nicht gerade um Erlaubnis zu bitten, aber er sollte sie doch zumindest über seine Pläne informieren.

Er ließ die Satteltasche halb gepackt stehen und machte sich auf die Suche nach Erminie. Doch als er durch den Flur ging, öffnete sich die Eingangstür des Hauses, und Gavin Delleray kam herein, anzusehen wie ein Vogel mit prächtigem Gefieder. Das Leder seiner Stiefel war hochrot gefärbt, damit es zu den Spitzen seiner Locken und den Bändern in seinen Hemdmanschetten paßte. Er sah Conn und bemerkte sofort, daß etwas nicht stimmte. »Guten Morgen, lieber Freund, was ist los? Gibt es Neuigkeiten von Alastair?«

Conn war nicht in der Stimmung, Zeit mit Höflichkeiten zu verschwenden, und antwortete kurz: »In den Bergen tobt ein Waldbrand, und Alastair ist verletzt – vielleicht tot.« Der Ausdruck eines jungen Dandys verschwand von Gavins Gesicht wie eine Maske. Er sagte schnell: »Du solltest sofort mit deiner Mutter darüber sprechen. Sie wird feststellen können, ob er noch lebt.«

Daran hatte Conn nicht gedacht; er war erst zu kurze Zeit unter Menschen mit *laran*. Seine Stimme zitterte. »Kommst du mit? Ich würde es nicht ertragen, mit ihr allein zu sein, wenn ich sie dazu gebracht hätte, nach Alastair zu forschen, und er tot wäre.«

»Natürlich«, sagte Gavin.

Gemeinsam machten sie sich auf die Suche nach Erminie und fanden sie in ihrem Nähzimmer. Sie blickte hoch und lächelte ihrem Sohn zu, aber als er darauf nicht reagierte, kamen ihr böse Vorahnungen.

»Conn, was ist los? Und du, Gavin, was tust du hier? Du weißt, du bist mir immer willkommen, aber dich zu dieser Stunde hier zu sehen . . .«

»Ich wollte mich eigentlich nur erkundigen, ob es etwas Neues von Alastair gibt«, sagte Gavin, »doch dann traf ich Conn in diesem Zustand an . . .«

»Ich muß sofort nach Hammerfell, Mutter. Alastair ist bei der Brandbekämpfung verletzt – ich fürchte, lebensgefährlich verletzt worden . . .«

Ihr Gesicht wurde weiß.

»Verletzt? Woher weißt du das?«

»Ich habe schon früher mit ihm in Kontakt gestanden. Heftige Emotionen – Furcht oder Schmerz – stellen ihn her.« Conn erklärte, was Erminie längst wußte, ebenso schnell, wie sie die Frage stellte. »Ich habe gesehen, wie er von einem umstürzenden brennenden Baum getroffen wurde.«

»Gnädige Avarra«, flüsterte Erminie. Sie zog ihren Sternenstein hervor, beugte sich über ihn und hob kurz darauf erleichtert den Kopf. »Nein, ich glaube nicht, daß er tot ist. Schwer verletzt schon, sogar bewußtlos, aber nicht tot. Er ist außerhalb meiner Reichweite. Am besten bitte ich Edric oder Renata zu kommen. Sie können die Leute im Turm von Tramontana erreichen, und diese werden wissen, was in den Bergen vor sich geht. Alle Bewahrer stehen miteinander in Verbindung.«

»Schickt auch nach Floria, Verwandte«, riet Gavin. »Sie wird wissen wollen, was ihrem versprochenen Gatten zugestoßen ist.

»Ja, natürlich.« Erminie widmete sich wieder ihrem Sternenstein. Dann verkündete sie: »Sie werden kommen.«

»Diese Verzögerung gefällt mir nicht. Ich denke, ich breche lieber sofort auf«, sagte Conn.

Erminie schüttelte energisch den Kopf. »Solche Hast wäre nicht gut. Wenn du gehen mußt, solltest du besser genau Bescheid wissen, was sich dort abspielt. Andernfalls könntest du in eine von Storn aufgestellte Falle laufen – wie es dein Bruder Alaric lange vor deiner Geburt getan hat.«

»Wenn so etwas zu befürchten ist«, ergriff Gavin jetzt das Wort, »soll er den gefährlichen Ritt nicht allein unternehmen. Ich schwöre, daß ich auf Leben und Tod an seiner Seite sein werde.«

Erminie, so bewegt, daß sie keine Wort fand, umarmte Gavin und gleichzeitig Conn. So standen sie, bis Kupfer den Kopf hob und bellte. Im Flur waren Schritte zu hören. Floria und Renata in ihrer roten Robe traten ein; Edric Elhalyn folgte ein kleines Stück hinter ihnen.

»Du hast mich gerufen, Verwandte, und ich bin sofort gekommen.« Er eilte auf Erminie zu.

Renata sagte mit der heiseren, geschlechtslosen Stimme der *emmasca*: »Erzähl uns, was geschehen ist, meine Liebe.«

Conn berichtete rasch. Edric runzelte die Stirn und meinte: »Davon sollte König Aidan sofort Kenntnis erhalten.«

Renata wehrte ab: »Auf keinen Fall! Seine Gnaden hat zur Zeit genug eigene Probleme und kann nicht auch noch mit denen von Hammerfell belastet werden.«

»Dann ist Antonella tot?« fragte Gavin. »Ich hatte gehört, sie sei auf dem Weg der Besserung.«

»Bis gestern abend hat das auch gestimmt«, berichtete Floria. »In der Nacht holte man mich, um sie zu überwachen; es war ein weiteres Blutgefäß in ihrem Gehirn geplatzt. Sie wird nicht sterben, aber sie kann nicht sprechen, und ihre ganze rechte Seite ist gelähmt.«

»Ach, die Arme«, sagte Renata bedauernd. »Sie ist zu jedem gut gewesen, und Aidan wird sie schwer vermissen. Natürlich muß er bei ihr bleiben, solange seine Gegenwart ihr noch ein bißchen Trost spendet.«

»Ich sollte auch bei ihr sein.« Floria hatte ein schlechtes Gewissen. »Vielleicht können Fürsorge und ständige Überwachung einen zweiten Schlaganfall – der höchstwahrscheinlich ihren Tod bedeuten würde – verhindern.«

»Dann ist es *meine* Pflicht, zu ihr zu gehen«, sagte Renata. »Ich denke, jetzt ist dein Platz hier, Floria, bei der Mutter deines versprochenen Gatten –« aber sie sah dabei Conn an »– und dein Vater wird damit bestimmt einverstanden sein. Erminie braucht dich, und ich werde bei Ihrer Gnaden bleiben. Ich bin Überwacherin gewesen, bevor ich Bewahrerin wurde.«

»Und dein Wissen ist unermeßlich größer als meins«, setzte Floria erleichtert und dankbar hinzu.

Auch Conn fühlte sich zwischen seinem Bruder, der sich in Gefahr befand, und dem König, den er zu lieben begonnen hatte, hin- und hergerissen. Seine Stimme klang gereizt. »Dann teilt uns im Namen aller Götter sofort mit, was meinem Bruder zugestoßen ist.«

Er sah Floria an, und sie erwiderte seinen Blick.

*Ich wünsche meinem Bruder nichts Böses, das schwöre ich. Aber wenn er nicht länger zwischen uns steht . . .*

Und ihr antwortender Gedanke: *Vielleicht habe ich Alastair nur geliebt, weil ich dich durch ihn gesehen habe . . .*

Sie konnten ihre Gefühle nicht länger ignorieren, das

war Conn klar. Aber zuerst mußten sie sich um Alastair kümmern.

Noch bevor Renata den Sternenstein hervorgeholt und enthüllt hatte, öffnete sich die Haustür, und Valentin Hastur kam herein. »Ah, Renata, ich hatte gehofft, dich hier zu finden. Du wirst gebraucht; geh sofort zu Seiner Gnaden. Ich werde Lady Erminie und ihren Söhnen zur Seite stehen – schließlich sollen sie meine Stiefsöhne werden.«

Renata nickte und eilte hinaus. Erminie errötete, dann blickte sie Valentin kurz an und lächelte.

*Ich bin so froh, daß du hier bist, Verwandter. Du kommst immer, wenn ich in höchster Not bin.*

Conn dachte: *Ich freue mich für sie. Sie wurde mit meinem Vater verheiratet, fast noch bevor sie ihre Puppen weggeräumt hatte, und all diese Jahre hat sie allein gelebt und nur an das Wohlergehen meines Bruders gedacht. Es ist Zeit, daß jemand als erstes daran denkt, sie glücklich zu machen.*

Der Sternenstein leuchtete in Edrics Hand auf. Schnell zog er sie in den Kreis. Conn spürte sofort die Präsenz eines anderen Kreises und wußte, ohne daß es ihm gesagt worden war, daß es die versammelten Arbeiter des fernen Turmes in Tramontana waren.

*Willkommen, Verwandte. Das Feuer ist unter Kontrolle, und wir haben jetzt Zeit, euch zu begrüßen.* In Conns Geist entstand das Bild eines verbrannten Waldes. Ein Dorf war völlig unbewohnbar geworden – es stand auf Storns Land, nicht auf seinem eigenen. Für die Heimatlosen wurden Unterkünfte aufgestellt, man verteilte Essen und Kleidung.

*Was ist mit meinem Sohn?* Erminie formulierte die Frage, und ihre Gedanken machten sich auf die Suche nach ihm. Conn schloß sich ihr sofort an.

*Er erholt sich in Storns Burg – dort aufgenommen nach dem Gesetz der Gastfreundschaft, das der Lord heilig hält,* teilte der ferne Bewahrer Erminie mit. *Ihm wird nichts*

*Böses geschehen, und seine Wunden sind nicht tödlich, das versichern wir dir.*

»Wenn Alastair verletzt ist, wird mich Markos – und mein Volk – brauchen«, sagte Conn. »Mutter, erlaube mir aufzubrechen. Ich habe fast alles gepackt, du mußt mir nur noch ein gutes, kräftiges Pferd geben. Mein altes Pony hat ja Alastair. Ich will mich sofort auf den Weg machen.«

»Nimm alles, was du brauchst«, antwortete Erminie. »Jedes Pferd im Stall steht dir zur Verfügung. Ich werde dir folgen, denn allein reitest du schneller.«

»*Wir* werden dir folgen«, erklärte Floria entschlossen. »Ich komme mit.«

»Ich werde mit Conn reiten«, sagte Gavin.

Conn wandte sich Gavin und seiner Mutter zu. »Warum sollte einer von euch die weite Reise unternehmen? Mutter, bleib du hier, wo du in Sicherheit bist, und du, Gavin, mußt dich ihrer annehmen. Ich weiß, du hast den besten Willen, mein Freund, aber du kennst die Bergstraßen nicht, und einer allein reitet immer schneller als zwei.«

»Alastair ist verletzt und braucht mich«, stellte Erminie fest. »Und du wirst genug mit den Angelegenheiten des Königs zu tun haben, wenn du die Armee aufstellst, von der er gesprochen hat. Ich kenne den Weg nach Hammerfell ebensogut wie du. Aber es ist richtig, daß du dich sofort auf den Weg machst.«

»Dann mußt du meine Mutter und Floria begleiten, Gavin. Einen besseren Dienst könntest du mir gar nicht leisten, mein Freund«, beschwor Conn ihn und ergriff Gavins Hände.

Floria sagte mit leiser Stimme: »Ich finde, ich sollte mit *dir* reiten, Conn. Das ist eine Angelegenheit zwischen dir und mir – und Alastair.«

»Du hast recht«, stimmte er zu, »aber das Risiko ist zu groß. Bleib bei meiner Mutter. Sie wird dich brauchen.«

Erminie folgte Conn auf sein Zimmer, wo er die Satteltasche fertigpackte. Dann holte er Brot und kaltes Fleisch aus der Küche und sattelte ein gutes Pferd. Sie stand am Tor und sah ihm nach, als er davonritt.

Kupfer rannte hinter ihm her und zog Erminie, die sie an der Leine hatte, mit sich. Erminie versuchte Kupfer zurückzuhalten. Dann gab sie ihrem Willen nach, ließ die Leine los und flüsterte: »Paß gut auf ihn auf, Mädchen.« Nun ritt ihr zweiter Sohn dem Gebirge entgegen, das bereits ihren ersten verschlungen hatte. Erminie ging ins Haus, schickte eine Botschaft in den Turm, daß sie vorerst ihrer Arbeit fernbleiben müsse, gab dem Hauspersonal Anweisungen für die Zeit ihrer Abwesenheit und bereitete sich darauf vor, im ersten Morgengrauen aufzubrechen. Die Zeit war gekommen, zu dem Erbe zurückzukehren, das sie vor zwanzig Jahren verlassen hatte.

Sie schlief schlecht, und als sie am Morgen erwachte, entdeckte sie, daß Floria bereits die Reisetaschen packte.

»Ich wollte Euch nicht wecken«, sagte sie, »aber wir sollten unsere Reise so früh wie möglich antreten.«

Erminie protestierte: »Es wäre nicht richtig, meine Liebe, wenn wir beide gleichzeitig im Turm fehlten.«

»Unsinn«, winkte Floria ab. »Im Augenblick und vor allem zu dieser Jahreszeit gibt es wenig zu tun. Es ist eine zweite Überwacherin da, die meinen Platz im Kreis einnehmen kann, sollte der Kreis sich überhaupt die Mühe machen, sich zu versammeln, und zwei junge Lehrlinge können in den Relais arbeiten, wenn es notwendig ist. Hierzubleiben, wenn ich anderswo gebraucht werde, wäre nichts als Feigheit – ich würde meine Arbeit im Turm als Vorwand nehmen.« Sie zögerte. »Doch wenn Ihr meine Gesellschaft nicht wünscht ...«

»Ich hätte dich gern dabei«, fiel Erminie ihr ins Wort. »Lange Reisen allein sind nicht nach meinem Geschmack. Nur ...«

»Alastair ist fort, und er ist mein versprochener Gatte«, sagte Floria. »Und Conn ist fort ...« Sie brach ab, unfähig, die richtige Formulierung zu finden. Erminie wußte jedoch, was sie meinte, und gab ihr ein Zeichen, zu schweigen.

»Sogar die Hunde sind fort.« Erminie versuchte, einen Scherz daraus zu machen. »Warum sollten wir allein hierbleiben? Aber ich weiß nicht – bist du jemals so weit geritten?«

»Nein«, gestand Floria. »Trotzdem bin ich eine gute Reiterin; ich werde Euch nicht aufhalten. Und Gavin hat versprochen, uns zu begleiten.«

»Wenn ihr erlaubt . . .« Gavin Delleray kam ins Zimmer. Bei seinem Anblick mußte Erminie lachen.

»Du darfst mich gern begleiten, mein lieber Junge, aber nicht in dieser Aufmachung! Geh und hol dir haltbare, vernünftige Reitkleidung aus Conns Zimmer.«

»Wie Ihr wünscht«, antwortete Gavin lässig, »obwohl ich gestehen muß, daß ich gehofft hatte, die neueste Mode in die Berge zu bringen, wo niemand auch nur das geringste über den richtigen Zuschnitt eines Mantels weiß.« Er ging und kehrte schnell in Lederjacke, Reithose und einem Paar von Conns Stiefeln zurück.

»Ich hoffe nur, keiner meiner Freunde vom Hof sieht mich in dieser Grenzreiter-Aufmachung«, murrte er. »Ich würde bis an mein Lebensende darunter zu leiden haben.«

»Es ist eine lange Reise, und sie ist nicht einfach für jemanden, der nicht in den Bergen geboren ist«, warnte Erminie. Aber Floria und Gavin ließen sich nicht entmutigen, und so ging sie ihnen zu den Ställen voraus. Floria hatte ihr bestes Pferd mitgebracht. Die Frauen zogen Reitröcke und schwere Mäntel an, denn obwohl es in den Straßen der Stadt warm war, wußte Erminie, daß es in dem höhergelegenen Land im Norden bitterkalt sein würde. Dann ritten sie dem nördlichen Stadttor zu.

Am ersten Tag der Reise war es mild und sonnig. Sie schliefen in einem ruhigen Gasthof und aßen gekochte Speisen, um das getrocknete Reisebrot und die anderen

Vorräte zu schonen. Die Frauen waren froh über Gavins Gesellschaft. Er bestand darauf, ihnen vorzusingen, ehe sie zu Bett gingen, als sei er ein einfacher Musikant. Der nächste Morgen war kalt und grau, und sie waren noch keine Stunde geritten, als es heftig zu regnen begann.

Schweigend ging es immer weiter nordwärts. Die beiden Frauen hingen ihren Gedanken nach. Floria dachte voller Kummer an ihren versprochenen Gatten, der verletzt oder tot in Storns Burg lag, und sehnte sich schuldbewußt nach Conn. Erminie durchlebte wehmütig von neuem die Ereignisse ihrer Ehe, die lange in ihrem Gedächtnis geschlummert hatten. Plötzlich ertappte sie sich dabei, daß sie die junge Frau um ihre leidenschaftliche Liebe beneidete. Eine solche Liebe hatte sie, die so jung mit einem älteren Mann verheiratet worden war, nie kennengelernt, so gut er auch zu ihr gewesen war. Sie hatte sie nie richtig vermißt, bis sie jetzt erfuhr – traurigerweise nur aus zweiter Hand –, was junge Liebe bedeuten kann. Sie hatte Valentin gern, doch sie sagte sich, eine zweite Ehe mochte in ihrem Alter wohl Gesellschaft und sogar Glück bringen – aber kaum diese Art von Liebe.

Gavin ritt mit ihnen und wußte nicht recht, warum er darauf bestanden hatte, das Abenteuer zu teilen. Alastair war ein Verwandter und ein alter Freund, und er hatte sich schnell auch mit Conn angefreundet. Doch war das Grund genug, sich unaufgefordert in eine solche Gefahr zu stürzen? Er redete sich zu, die Geschichte der Zwillingserben von Hammerfell werde vielleicht Stoff für eine Ballade geben, und kam zu dem Schluß, es müsse einfach das Wirken des Schicksals sein. Er hatte nie an das Schicksal geglaubt, aber anders konnte er sich nicht erklären, warum er den Drang empfand, an dieser verzweifelten Mission teilzunehmen.

Sie durchquerten den Gebirgspaß und kamen höher hinauf. Der Regen wurde schwerer und kälter. Am späten Nachmittag des dritten Tages mischte sich Schnee hinein.

Der Wind trieb ihnen Eisnadeln ins Gesicht, und für die Pferde war es ein mühsames Gehen auf dem vereisten Untergrund.

Bei dem schlüpfrigen Boden und den verwirrenden schmalen Pfaden gelang es Erminie kaum, den Weg zu finden, den sie ein einziges Mal – und das in entgegengesetzter Richtung – zurückgelegt hatte. Noch vor dem Abend stiegen Befürchtungen in ihr auf, daß sie sich verirrt hatten. Sie versuchte eine telepathische Verbindung mit Conn herzustellen, um zu erfahren, welchen Weg er genommen hatte und welche von den verschiedenen Abzweigungen die richtige war. Aber Conn reagierte nicht auf ihre Berührung, und sie mußte sich in der Überwelt auf die Suche nach einem Reisenden machen, der dieselbe Richtung verfolgte und sich hier auskannte. Genaugenommen widersprach das dem Ethos eines ausgebildeten Telepathen, doch Erminie fiel keine andere Möglichkeit ein, zu verhindern, daß sie selbst, Gavin und Floria sich in dem ihnen fremden Wald völlig verirrten.

Schließlich gelangten sie in ein kleines Gebirgsdorf. Dort gab es, wie sie feststellen mußten, kein Gasthaus, aber einer der Dorfbewohner erklärte sich zu einem ungeheuerlichen Preis bereit, sie bei sich übernachten zu lassen und ihnen ein Abendessen zu geben. Auch bot er ihnen einen Führer an, der sie am Morgen zum nächsten Dorf bringen könne. Da ihnen keine andere Wahl blieb, stimmte Erminie zu, obwohl sie beunruhigt war. Die halbe Nacht lag sie wach, während Floria neben ihr schlief, und fürchtete sich davor, die »gastfreundlichen« Dorfbewohner könnten Diebe sein und sie angreifen und ausrauben oder noch Schlimmeres tun. Doch schließlich übermannte sie der Schlaf. Im ersten Morgengrauen wachte sie auf. Ihre Person und all ihre Besitztümer waren unangetastet geblieben, und sie schämte sich ihres Verdachts nicht wenig. Hatten nicht sowohl ihr Mann als auch ihr Sohn ihr ganzes Leben unter den Leuten aus dem Gebirge verbracht? Natürlich gab es Schurken unter ihnen – zum Beispiel Lord Storn –, aber die meisten waren bestimmt anständige, ehrenwerte Menschen.

Weiter ging der ermüdende Ritt. Der Führer aus dem Dorf brachte sie bis an einen Ort, von dem aus es nur noch ein oder zwei Tage bis Hammerfell und Burg Storn waren, und gab ihnen noch Erläuterungen mit auf den Weg.

In der Abenddämmerung des fünften Tages kamen sie an eine Gabelung mit einer Baumgruppe, die Erminie als Landmarke erkannte. Die Abzweigung links führte bergauf nach Hammerfell, die rechts zu der Burg auf Stornhöhe, die man gerade noch über einem Berggipfel sehen konnte. Erminie zögerte unschlüssig. Sollte sie zu ihrem eigenen Heim in Hammerfell reiten (das sie zuletzt in Trümmern gesehen hatte) und sich nach Verbündeten umschauen oder sich direkt nach Storn begeben und verlangen, daß man sie ihren verletzten Sohn pflegen lasse?

Sie vertraute ihre Zweifel Floria an, die meinte: »Conn hat doch erzählt, daß er mit Markos zusammengelebt hat, Lady Erminie. Ich finde, Ihr tätet besser daran, dort Unterkunft zu suchen.«

»Aber wenn Alastair in Storns Händen ist«, wandte Erminie ein. »Vielleicht ist er da nicht sicher . . .«

»Hat man uns nicht immer wieder beteuert, der Feuerfrieden sei den Bergbewohnern heilig?« erinnerte Floria sie. »Alastair ist während des Brandes auf Storn-Land verletzt worden; Storn kann gar nicht anders, als ehrenhaft für ihn zu sorgen.«

»Ich habe keine Veranlassung, der Ehre von Lord Storn zu vertrauen«, sagte Erminie.

»Um so mehr habt Ihr Grund, Euch ihm nicht unangekündigt auszuliefern«, argumentierte Floria. Lady Erminie sah es ein, und sie nahmen die Abzweigung nach Hammerfell. Nach einem kurzen Stück hörten sie, daß ihnen Reiter entgegenkamen. Ohne die geringste Ahnung, wer sie waren, lenkten sie ihre Pferde vom Weg hinunter in dichtes Gebüsch. Dann hörte Erminie ein ihr vertrautes Bellen und eine menschliche Stimme, die sie wiedererkannte, obwohl sie sie ein halbes Menschenleben lang nicht mehr vernommen hatte.

»Meine Herzogin?«

»Ist es möglich, daß du es bist, Markos, mein alter Freund?«

»Ja, und ich auch, Mutter!« rief Conn. Mit einem hörbaren Seufzer der Erleichterung ritt Erminie auf die Straße zurück und fiel Markos fast ohnmächtig in die Arme. Nachdem er sich vergewissert hatte, daß seine Mutter gut aufgehoben war, begrüßte Conn mit einer freundschaftlichen Umarmung Gavin, und dann umarmte er zögernd auch Floria.

»Ihr hättet wirklich nicht kommen sollen«, schalt er. »In Thendara wäret ihr sicherer gewesen! Jetzt ist Alastair in der Gewalt Storns und schwer verletzt . . .«

Erminie atmete die scharfe Bergluft ein, und in ihr stieg die Erinnerung an ihren alten Spielkameraden Alaric auf, der in Storns Burg gefangen gewesen und dort gestorben war.

»Wie schlimm steht es um ihn? Hat Storn irgendwelche Drohungen geäußert?«

»Bisher nicht«, antwortete Markos, »aber ich bin sicher, daß sie noch kommen werden. Meine Lady, ich bin überglücklich, daß Ihr am Leben seid und es Euch gutgeht. In all diesen Jahren habe ich Euch für tot gehalten.«

»Und ich dich, alter Freund.« Erminie drückte dem Gefolgsmann ihres Gatten herzlich die Hand. Dann beugte sie sich impulsiv vor und küßte ihn auf die Wange. »Ich schulde dir viel Dankbarkeit, daß du die ganze Zeit für meinen Sohn gesorgt hast, Markos.«

»Die Dankbarkeit ist auf meiner Seite, Lady. Er ist mir der Sohn gewesen, den ich nie hatte«, sagte Markos. »Doch nun müssen wir weiter. Es ist spät, und der Abendregen wird sich bald in Schnee verwandeln. Ich wünschte, ich könnte Euch Hammerfell wiederaufgebaut zeigen, aber dieser Tag liegt leider noch fern. Würden wir vor Storns Augen mit den Arbeiten beginnen, wüßte er sofort, daß noch Hammerfells in diesen Bergen leben. Jetzt aber ist ein Schneesturm im Anzug, und ich habe ein Haus, das meiner Lady zur Verfügung steht, und Leute, die für Euch und die junge *leronis* sorgen werden.«

»Was ist mit dem Feuer, was ist mit Alastair?«

»Das Feuer wird wohl gelöscht sein«, erwiderte Conn langsam. »Es hat viel geregnet, und ich habe eine Flugmaschine gesehen, die vielleicht Hilfe gebracht hat. In Tramontana sind *leroni*, Mutter, und ich glaube, eines von Storns Vorhaben war, sich bei ihnen in Gunst zu setzen, als sei er selbst Comyn.«

Erminie schloß die Augen, konzentrierte sich auf ihren Sternenstein und griff mit ihren Sinnen so weit hinaus, wie sie konnte. Wortlos bat sie Floria, sie abzuschirmen, und suchte die ganze Umgebung ab.

»Ja, das Feuer ist aus«, verkündete sie schließlich. »Der Boden ist naß und dampft. Eine kleine Patrouille wacht darüber, daß es nicht wieder auflodert. Die Männer im Brandbekämpfungslager schlafen und werden sicher am Morgen nach Hause zurückkehren. Aber ich finde keine Spur von Alastair.«

»Er ist doch nicht im Lager«, berichtete Conn. »Wie ihr wißt, kam er vor einer Weile wieder zu Bewußtsein – ich spürte seine Schmerzen. Er ist schwer verletzt, aber in unmittelbarer Lebensgefahr schwebt er nicht. Er ist ja noch auf Stornhöhe.«

Das befriedigte weder Floria noch Erminie, doch Conn meinte: »Was können wir anderes tun, als Lord Storn vertrauen, Mutter? Wir können nicht zur Burg reiten und verlangen, daß er Alastair sofort herausgibt. Das würde Storns Ehre in der Tat verletzen, und wie sollen wir wissen, ob Alastairs Zustand das erlaubt?«

Damit mußte Erminie sich zufriedengeben.

»Nun gut«, stimmte sie schließlich zu. »Markos sagte, wir könnten alle für diese Nacht in seinem Haus unterkommen? Dann bring uns hin.«

# XIV

Als Alastair das erstemal erwachte, glaubte er, in der Hölle zu sein, wie er sie sich in Alpträumen vorgestellt hatte. Sein ganzer Körper war ein einziger brennender Schmerz. Doch nachdem er sich ein paar Minuten hilflos hin und her bewegt hatte, wurde ihm bewußt, daß man ihn in Verbände gewickelt hatte, die mit seltsam riechenden Salben getränkt waren. Er öffnete die Augen und sah in Lenisas besorgtes Gesicht.

Langsam kehrte die Erinnerung zurück: Der brennende Baum, sein Versuch, Lenisa aus dem Weg zu reißen ... ihr Gesicht war rot und erhitzt, ein Arm dick verbunden, ihr Haar an den Schläfen versengt.

Sie sah, daß sein Blick auf der versengten Stelle ruhte, und sagte gereizt: »Ja, das ist häßlich, aber die *leronis* meint, es wird bald nachwachsen. Außerdem sei Absengen gut für das Haar – manchmal sengt ein Friseur die Enden der Haare ab, damit sie schneller wachsen ...«

»Das interessiert mich nicht«, unterbrach Alastair sie. »Sag mir nur, daß du nicht ernstlich verletzt bist.«

»Nein, ernstlich nicht. Ich habe eine Brandwunde am Arm, die mich vielleicht zehn Tage lang daran hindern wird, Brot zu kneten oder Torten zu backen. Wenn du also eine Grünbeerentorte haben willst, mußt du warten, bis mein Arm geheilt ist.«

Sie sah ihn an und kicherte, und er empfand für sie eine unendliche Zärtlichkeit.

»Dann würdest du mir eines Tages eine Torte backen?«

»Ja, sicher. Du hast sie dir ja verdient, und du hast nicht an dem Festschmaus teilgenommen, den wir unseren Leuten geben, wenn ein Feuer gelöscht worden ist. Ich habe dir aber kalte Fleischspeisen und Kuchen aufgehoben, falls du Hunger hast.«

Alastair dachte darüber nach. Er hatte sehr großen Durst, aber überhaupt keinen Hunger. »Ich glaube nicht, daß ich etwas essen könnte. Dagegen würde ich am liebsten ein ganzes Regenfaß mit kaltem Wasser austrinken!«

»Das kommt von deinen Verbrennungen, doch heiße Getränke sind für dich jetzt besser als kaltes Wasser«, sagte Lenisa und hielt ihm einen Becher an die Lippen. Es war der gleiche scharf schmeckende Kräutertee darin, den sie bei der Brandbekämpfung ausgeteilt hatte. Er löschte Alastairs Durst sehr gut, und gleich nachdem er ihn getrunken hatte, wurde er so müde, daß er sich fragte, ob sie irgendein Schlafmittel hineingetan habe.

»Du brauchst Ruhe. Es hat lange gedauert, bis man den brennenden Baum von dir heruntergehoben hatte. Glücklicherweise lagst du nur unter einem einzigen Ast. Zuletzt kamen die *leroni* und bewegten ihn mit ihren Sternensteinen, und sie waren verzweifelt. Anfangs hielten wir dich für tot, und Großvater war außer sich, weil ich nicht aufhören wollte zu weinen und sie deshalb meine Brandwunden nicht verbinden konnten . . .« Plötzlich errötete sie und wandte sich ab. »Ich ermüde dich mit meinem Gerede. Du mußt jetzt schlafen. Später komme ich wieder und bringe dir Essen.«

So ermahnt, war er kurz darauf am Einschlafen, ein merkwürdiges Bild vor Augen: Das Mädchen weinte um *seine* Verletzungen! Ob sie schon Zeit gefunden hatte, ihren Großvater aufzuklären, wer ihr Gast war? Wußte Lord Storn, daß er seinen ältesten Feind unter seinem Dach beherbergte? Alastair war nämlich überzeugt, sich innerhalb der Mauern von Stornhöhe zu befinden. Nun, er war hilflos und konnte nichts anderes tun, als auf den Feuerfrieden zu vertrauen. Mit diesem Gedanken schlief er ein.

Als er wieder erwachte – er glaubte nicht, daß es sehr viel später war –, kam Lenisa mit einer Dienerin, die ein Tablett trug, zurück. Die Frau half, Alastair im Bett aufzurichten, und stopfte ihm Kissen in den Rücken. Lenisa setzte sich neben das Bett und fütterte ihn löffelweise mit Stew und Pudding. Als er mehrere Mundvoll gegessen hatte (zu seiner Überraschung stellte er fest, daß er nur wenig hinunterbekam, obwohl er sich doch halbverhungert gefühlt hatte), deckte sie ihn wieder sorgfältig zu. Da sah er über ihre Schulter und erblickte das gefurchte Gesicht Lord Storns.

»Ich bin Euch zu Dank verpflichtet, junger Hammerfell, Ihr habt das Leben meiner Großnichte gerettet«, sagte er förmlich. »Sie ist mir teurer als ein Dutzend Töchter, mein einziger noch lebender Nachkomme . . .« Er unterbrach sich, und sein Ton wurde persönlicher. »Und glaubt mir, ich bin weit davon entfernt, undankbar zu sein. Auch wenn es viele Gründe zum Streit zwischen uns gegeben hat, können wir jetzt, da Ihr, wenn auch nicht aus eigener Wahl, mein Gast seid, darüber sprechen, wie die Differenzen beizulegen wären.«

Er hielt inne, und Alastair, der in Thendara einen Großteil seiner Zeit mit der Übung im höfischen Protokoll verbracht hatte, erkannte die Pause als Aufforderung, nun seinerseits etwas Verbindliches zu sagen.

»Ich bin Euch dankbar für Eure großzügige Gastfreundschaft, mein Lord, und ich habe immer sagen gehört, kein Zwist sei so groß, daß er nicht bereinigt werden könne, selbst wenn sich Götter und nicht Menschen stritten. Da wir aber nur Menschen sind, ist sicher, daß alles, was zwischen uns steht, mit gutem Willen und gegenseitigem Vertrauen aus dem Weg geräumt werden kann.«

Lord Storns Gesicht erhellte sich vor Erleichterung bei Alastairs geschliffener kleiner Rede. Der alte Mann hatte die grobe Arbeitskleidung, die er bei der Brandbekämpfung getragen hatte, abgelegt, und sein Haar war gekämmt. Es war grau, aber es wölbte sich so glatt und glänzend über der hohen Stirn, daß Alastair der Verdacht kam, es sei eine Perücke. Der Lord trug Ringe an den Fingern und ein prächtiges Gewand aus himmelblauem Brokat. Er wirkte imposant, ja königlich.

»Dann will ich darauf trinken, Herzog Hammerfell. Ich gebe Euch meine feierliche Versicherung, Ihr habt nichts von mir zu befürchten, wenn Ihr Eurerseits bereit seid, allen Groll der Vergangenheit angehören zu lassen. Auch wenn Ihr bei Eurem letzten Zusammenstoß mit meinen Männern meinen Neffen getötet und mich mit dem Tod bedroht habt . . .« Lord Storns Stimme hatte eine gefährliche Schärfe angenommen.

Alastair, darauf bedacht, seine brüchige Sicherheit zu schützen, hob die Hand, um ihn zu unterbrechen.

»Mit allem Respekt, Sir, ich habe Euer Land heute zum erstenmal betreten. Der Mann, der Euch und Eure Männer bedrohte, war nicht ich, sondern mein jüngerer Bruder – mein Zwilling. Er wuchs bei einem alten Gefolgsmann meines Vaters auf, der von der irrigen Annahme ausging, meine Mutter und ich seien bei dem Brand von Hammerfell ums Leben gekommen und mein Bruder Conn sei der letzte überlebende Hammerfell. Mein jüngerer Bruder ist impulsiv, und leider muß ich sagen, daß es ihm an adligem Benehmen und guter Erziehung fehlt. Wenn er Euch gegenüber nicht mit dem schuldigen Respekt aufgetreten ist, kann ich Euch nur um Verzeihung für ihn bitten und versuchen, es wiedergutzumachen. Ich sehe keinen Grund, Sir, warum diese schreckliche und unvernünftige Blutrache auch in der nächsten Generation fortgesetzt werden sollte.« Alastair hoffte von Herzen, daß seine Ansprache seinen alten Feind versöhnlich stimme.

Lord Storn lächelte breit.

»Tatsächlich? Dann war es Euer Bruder, der in mein Land einfiel und meinen Neffen tötete? Und er hielt sich für den rechtmäßigen Herzog von Hammerfell? Wo ist er jetzt?«

»Soweit ich weiß, Sir, bei meiner Mutter in Thendara,

wo ich die siebzehn Jahre seit dem Brand von Hammerfell gelebt habe. Erst vor nicht einmal vierzig Tagen begegneten wir uns wieder. Und ich kam in den Norden, um mich der Leute hier auf dem Land meiner Vorfahren anzunehmen.«

»Allein?«

»Ja, allein, ausgenommen . . .« plötzlich fiel es ihm ein. »Mein Hund! Ich erinnere mich, daß ich die alte Juwel bellen hörte, als der Baum auf mich fiel. Hoffentlich ist sie nicht verletzt worden.«

»Das arme alte Ding hat es kaum zugelassen, daß wir Euch berührten, als wir Eure Verbrennungen behandeln wollten«, berichtete Lord Storn. »Sie ist in Sicherheit, ja. Wir hätten sie in meinen eigenen Zwinger gesteckt, aber meine Enkelin erkannte sie und brachte sie her.«

»Ich habe sie in der Schenke gesehen, und du weißt doch, daß wir uns angefreundet hatten«, warf Lenisa lächelnd ein.

»Meine Mutter würde es mir nie verzeihen, wenn Juwel etwas zustieße«, sagte Alastair.

Lord Storn ging zur Tür und öffnete sie. Lenisa sagte: »Dame Jarmilla, bitte holt Lord Hammerfells Hund her.« Zu Alastair gewandt, fügte sie hinzu: »Du siehst, Juwel ist in guten Händen – in denen meiner eigenen Gouvernante.«

Die Schwertfrau, die Alastair in der Schenke gesehen hatte, kam und hielt Juwel am Halsband fest. Aber als Alastair sich mühsam im Bett hochsetzte, riß sie sich von der Frau los, sprang aufs Bett und leckte ihm das Gesicht ab.

»Nicht doch, laß das, sei ein braves Mädchen!« Juwels Liebesbeweise verursachten Alstair beträchtliche Schmerzen. Er schob ihren Kopf zurück. »Ist ja gut, altes Mädchen, es ist nichts passiert. Wirklich, mir geht es gut. Und jetzt weg mit dir.« Er sah zu Lord Storn hoch. »Ich hoffe, sie hat niemanden von Eurem Haushalt gebissen, Sir.«

Juwel sprang vom Bett, legte sich neben dem Kopfende auf den Boden, die Augen auf Alastairs Gesicht gerichtet, und rührte sich nicht mehr.

»Nein«, antwortete Lord Storn, »obwohl ich glaube, daß sie, wäre Lenisa nicht dagewesen, jeden angegriffen hätte, der Euch nahe kam. Wir mußten sie in den Turm bringen, sonst hätte sie mit ihrem Bellen die ganze Umgebung aufgestört. Außerdem wollte sie nichts fressen; sie hat seit Eurem Unfall keinen Bissen zu sich genommen.«

»Sie hat das Essen und das Bier, das allen in der Halle gereicht wurde, als wir von der Brandbekämpfung zurückkamen, nicht angerührt«, berichtete Lenisa. »Vielleicht machte auch sie sich zu große Sorgen um dich.«

»Nein«, widersprach Alastair. »Meine Mutter und ich haben ihr beigebracht, Futter aus keiner anderen Hand als der unseren anzunehmen.«

»Ich weiß nicht, ob das eine gute Idee ist«, meinte die Schwertfrau Jarmilla. »Wenn Ihr beide ums Leben kommen würdet, müßte das arme Ding verhungern.«

»Nun, bisher habe ich sie nie aus dem Blick verloren«, erwiderte Alastair. »Und man geht doch nicht davon aus, getötet oder verletzt zu werden.«

»Das ist richtig«, sagte Lord Storn lächelnd, »aber es gibt ein altes Sprichwort: ›Nichts ist sicher, außer dem Tod und dem Schnee des nächsten Winters.‹ Es bleibt einem nicht immer die Zeit, Verfügungen zugunsten der Nachkommen – oder der Hunde – zu treffen, bevor man getötet wird, heutzutage weniger denn je.«

»Das ist wohl wahr.« Alastair fiel plötzlich ein, daß er sich in der Gewalt desselben Lord Storn befand, der seinen Vater getötet und ihm das Dach über dem Kopf angezündet hatte, als er noch keine zwei Jahre alt war. Nun, nach dem, was er immer gehört hatte, war ein Gast in den Bergen heilig – aber war nicht sein älterer Bruder innerhalb dieser Mauern gestorben? War Mangel an Fürsorge schuld an seinem Tod? Alastair konnte sich nicht erinnern, und in seinem augenblicklichen Zustand blieb ihm nichts anderes übrig, als Lord Storn – und Lenisa – zu vertrauen.

»Ich wäre Euch dankbar, *mestra*, wenn Ihr ihr in Eurem Zwinger etwas zu fressen geben würdet«, wandte er sich an die Schwertfrau, streichelte Juwel und sagte mit Nachdruck zu ihr: »Es ist in Ordnung, Mädchen, geh mit ihr, *Freund*.« Dann nahm er Dame Jarmillas Hand und hielt sie Juwel unter die Nase. »Du kannst mit ihr gehen, Mädchen, und dein Abendbrot essen, verstanden?«

Juwel blickte zu ihm auf, als hätte sie ihn verstanden, und trottete an Dame Jarmillas Seite davon.

»Dann ist sie nicht wie der Hammerfell-Hund der Legende darauf dressiert, jeden Menschen vom Geschlecht der Storns niederzureißen?« fragte Lenisa lächelnd.

Alastair hatte nie von einem solchen Hund gehört und hätte gern gewußt, ob die Geschichte auf Wahrheit beruht. »Ganz und gar nicht«, beteuerte er, »obwohl ich überzeugt bin, daß sie mich oder meine Mutter – ich glaube, sogar meinen Bruder – bis zum äußersten verteidigen würde.«

»Von einem Hund, der das nicht täte, würde ich nicht viel halten«, sagte Lenisa.

»Schluß jetzt mit dem müßigen Geplauder, *chiya*«, befahl Lord Storn. »Ich habe Hammerfell etwas zu sagen. – Junger Mann, ich würde es begrüßen, wenn Ihr ernsthaft darüber nachdenken würdet, was dem Wohl Eurer Pächter ebenso wie dem Wohl der meinen dient.«

»Ich bin immer bereit zuzuhören«, erwiderte Alastair höflich. Lord Storns ganze Persönlichkeit erweckte in ihm den Wunsch, alles Unrecht, das er sein Leben lang hatte rächen wollen, zu vergessen. Es kam ihm widersinnig vor, daß er eine Armee gegen diesen couragierten alten Mann hatte aufstellen wollen. Vielleicht ließ sich der Krieg durch Diplomatie und Verständnis vermeiden. *Lenisa* war gewiß nicht seine Feindin. Er konnte zumindest ohne Vorurteil zuhören.

»Der Boden hier ist ausgelaugt, mit Ackerbau läßt sich kein Lebensunterhalt mehr verdienen«, erklärte Lord Storn. »Ich habe versucht, meinen Pächtern bei der Umsiedlung zu helfen, aber sie sind stur wie Zandrus Teufel. Vielleicht können wir sie gemeinsam umerziehen. Die neue Sache ist die Schafzucht – weg mit den Leuten, her mit den Schafen. Die Leute müssen einsehen, daß das für alle besser ist, und es liegt in Eurem Interesse ebenso wie in meinem. Denkt darüber nach, bevor Ihr antwortet. Wir wollen morgen darüber sprechen.« Er stand auf. »Hört Ihr, wie es regnet? Ich wünschte, ich könnte zu Hause bleiben wie Ihr, gemütlich im warmen Bett und dabei eine freundliche junge Hand, die mich zudeckt und mir Glühwein als Schlaftrunk bringt. Aber ich muß hinaus, muß die Grenzen abschreiten, nachsehen, ob auch keiner meiner lieben Nachbarn das Feuer dazu benutzt hat, die Grenzsteine zu versetzen – o ja, das geschieht trotz des Feuerfriedens –, mich vergewissern, daß die Chemikalien sicher verwahrt und die Wächter wieder auf ihre Posten zurückgekehrt sind.«

»Ich werde aufbleiben und dir Gewürzwein als Schlaftrunk bringen, wenn du wieder da bist, Großvater«, erbot sich Lenisa.

»Nein, Mädchen, sieh zu, daß du zu deinem Schönheitsschlaf kommst; du wirst ihn brauchen.« Er küßte sie rauh auf die Stirn. »Sorg für unseren Gast, und geh zeitig zu Bett. Morgen, junger Hammerfell, werden wir miteinander reden, Ihr und ich. Schlaft gut.«

Und mit einem freundlichen Nicken verließ er das Zimmer.

# XV

Ardrin von Storn verließ seine Burg und blieb einen Augenblick zögernd stehen. Sollte er einen seiner Friedensleute rufen und mit ihm die Grenzen abschreiten? Nein, dazu bestand kein Grund; er hatte diese Grenzen seit seinem zwölften Lebensjahr Tag für Tag kontrolliert, und es widerstrebte ihm, einen seiner Männer in die regnerische Nacht hinauszujagen.

Bis jetzt war der Regen noch weich und leicht, beinahe angenehm kühl nach der Hitze und Anstrengung des Tages. Lord Storns Kleidung war dick und undurchdringlich für die Nässe. Er schritt forsch aus und überprüfte jede Grenze beinahe automatisch. Seit jeher erfüllte ihn das Gefühl, eins mit diesem Land zu sein. Von jedem Morgen wußte er, was er hervorbringen konnte und was früher dort angepflanzt oder sonst getan worden war.

Bedauernd dachte er: *Auf diesem Feld hatte mein Großvater Apfelbäume stehen. Jetzt ist es für nichts anderes mehr gut als für Schafe. Dieses Land taugt für nichts anderes mehr. Die Wollindustrie in Thendara wächst von Tag zu Tag; der Ackerbau hat nie einen von uns reich gemacht, aber die Schafzucht könnte es tatsächlich fertigbringen.*

Es war traurig, daß er Leute wegschicken mußte, die viele Jahre lang Storn-Pächter waren. Aber er konnte sie auch nicht hierbehalten und auf dem ausgelaugten Boden verhungern lassen. Hier ging es um eine bittere Notwendigkeit. Für sie alle war es besser so.

Ein paar Männer würde er als Schafhirten brauchen, wollte jedoch darauf achten, daß sie seine eigenen loyalen Leute waren.

*Es ist zum Besten aller,* redete er sich zu. *Wir dürfen uns nicht ans Gestern klammern, und sie können guten Boden im Tiefland oder sonstwo finden oder in den Städten arbei-*

*ten. Die Fabriken in den Städten schreien nach tüchtigen Arbeitern und finden keine. Auch für ihre Söhne und Ehefrauen gibt es dort Arbeit als Dienstboten in den Stadthäusern. Das ist besser, als wenn sie sich an ihre abgewirtschafteten Höfe klammern.*

Derart in Gedanken, war ihm nicht aufgefallen, daß der Regen härter und schneller fiel. Nun erst merkte er, daß sich nasser Schnee hineinmischte. Er rutschte aus und verlor das Gleichgewicht, aber es gelang ihm, wieder auf die Füße zu kommen. Der Schnee war jetzt kalt und schwer, und er steckte die Hände in die tiefen Taschen seines Mantels. Dann ging er weiter, sah nach, welchen Schaden das Feuer angerichtet hatte, und speicherte die Eindrücke in seinem Gedächtnis.

Er war ein beträchtliches Stück marschiert und wünschte langsam, er hätte Lenisa erlaubt, mit dem Glühwein auf ihn zu warten, denn der Schnee durchdrang allmählich sogar seinen dicken Mantel.

Plötzlich glaubte er dort ein Licht zu sehen, wo nach den Worten der alten Ballade »kein Licht hätte dürfen sein«. Falls seine Milchtiere es sich nicht angewöhnt hatten, auf ihren Weiden Licht zu machen, dachte er belustigt. Seine erste Regung war eher Neugier als Beunruhigung. Er ging näher heran. War das Feuer wieder aufgeflammt, vielleicht nur ein Funke, der aber in der Nacht weithin sichtbar war?

Das Licht flackerte, und kurz darauf war er sich nicht mehr ganz sicher, ob er es überhaupt gesehen hatte. Vielleicht hatte sich Sternenlicht in einem herumliegenden Stückchen Metall gespiegelt. Ihm fiel ein Erlebnis aus seiner Jugend ein: Er hatte in der Nacht ein Licht bemerkt und Alarm gegeben, und dann stellte sich heraus, daß die Gürtelschnalle und das Taschenmesser eines Hirten, die an einem Zaun hingen, den Mondschein reflektiert hatten.

Seit jenem längst vergangenen Tag hatte er immer gezögert, bevor er Schlußfolgerungen zog, und das stand im Widerspruch zu der alten Gewohnheit, bei einem Zeichen von Feuer oder einem Eindringling sofort Alarm zu schlagen, erst Hilfe herbeizurufen und dann der Sache auf den Grund zu gehen. Feuer, Nachtläufer oder Räuber – das alles taugte nicht für eine Politik des ruhigen Abwartens.

Vorsichtig lenkte er die Schritte von der Straße in die Richtung des Lichts. Jetzt sah er es wieder. Es flackerte schwach, und als er näher kam, löste sich das Flackern in eine Widerspiegelung auf Glas auf.

Aber im Namen aller eisigen Höllen Zandrus, *was* wurde da widergespiegelt? Bei einem solchen Regen waren weder ein Mond noch die Sterne zu sehen. Nur wenige seiner Pächter waren wohlhabend genug, daß sie sich Glasfenster leisten konnten. Lord Storn ging vorsichtig bis ans Haus und sah, daß es zwar einen völlig verlassenen Eindruck machte, aber irgendwo im Innern trotzdem ein Feuer brannte – ein Verstoß gegen den strengen Befehl, Feuerstellen nicht ohne Aufsicht zu lassen. Lord Storn stieg die Holzstufen, die erschreckend quietschten, zu der hölzernen Veranda hinauf und schob sich durch die Tür. Die Wärme war angenehm, aber Gesetz war Gesetz, und Gefahr war Gefahr. Er würde das Feuer zudecken und diesen Leuten eine Geldstrafe und eine Predigt vom Feuerwart ersparen. Seine Kleider begannen zu dampfen. Er ging auf die Feuerstelle zu und fuhr plötzlich zurück. Voller Entsetzen starrte er auf seine Hände, die, als er die Arme ausstreckte, gegen hängende, schwankende Gestalten gestoßen waren.

*Hatten sie sich alle erhängt? Aber warum?* Er trat zurück und bereitete sich auf das vor, was er beim Schein des Feuers zu sehen fürchtete. Er hatte vor Schreck die Luft angehalten und atmete jetzt erleichtert aus. Leere Mäntel und Jacken, die an einem hohen Dachbalken zum Trocknen aufgehängt waren, das war alles.

Er bedeckte das Feuer mit Sand aus einem Eimer neben dem Kamin und wünschte, der Bauer würde kommen, damit er ihm eine Strafpredigt darüber halten konnte, daß man Feuer nicht ohne Aufsicht läßt. Wo waren die Leute überhaupt, was trieben sie nachts draußen – sicher nichts Gutes. Nun, vielleicht kamen sie bald, und er konnte ihnen von seinem Schrecken erzählen, der, wenn man ihn teilte, sogar lustig sein mochte.

Doch als nach einer Weile immer noch niemand erschienen war, ging er wieder in die Kälte hinaus, um weiter die Grenzen abzuschreiten. Das Wetter war noch schlimmer geworden, eine dichte Mischung aus Regen und Schnee kam herunter. Schließlich überlegte Lord Storn, ob es nicht das Vernünftigste sei, in das Haus zurückzukehren und die Nacht am Feuer seiner Pächter zu verbringen. Die Grenzen und die Brandschäden konnte er am Morgen weiter überprüfen. Warum nur hatte er sich in den Kopf gesetzt, die Schäden im Dunkeln und bei einem solchen Unwetter festzustellen? Hatte er vor dem jungen Hammerfell angeben wollen? Aber nein, als er ging, war der Regen noch leicht gewesen, und er hatte das Bedürfnis nach frischer, kühler Luft und nach Einsamkeit verspürt.

Das Heulen des Windes hörte sich jetzt unheilverkündend an und mahnte ihn, der sich ein Leben lang in der Wetterkunde geübt hatte, ein Obdach zu suchen. Stolz war schön und gut, aber Wahnsinn war etwas anderes.

Am besten ging er zum nächsten Hof. Dort wohnte ein Mann namens Geredd, der schon seit zwanzig oder dreißig Jahren Pächter war. Auch sein Land sollte umgewandelt werden, und Geredd hatte die Kündigung erhalten, aber soviel Lord Storn wußte, wohnte er immer noch da. Er stampfte weiter, stolperte an einer Stelle in einen Graben und kam mit gefrierendem Schlamm bedeckt wieder heraus. Seine Stiefel waren durchweicht, weil er in Wasser getreten war, das über die Schäfte ging. Dann sah er die Lampe in Geredds Fenster schimmern, und kein Anblick war ihm seit langem so willkommen gewesen. Mit einem lauten »Hallo!« versuchte er Aufmerksamkeit zu erregen, und gleich darauf schlug er gegen die Tür.

Ein junger Mann, der über einem Auge eine schwarze Klappe trug, was ihm ein grimmiges und wildes Aussehen verlieh – Storn erinnerte sich nicht, ihn je zuvor gesehen zu haben –, schob die Tür auf.

»Was willst du?« fragte er argwöhnisch. »Und zu dieser gottverlassenen Stunde, wenn alle ehrlichen Leute im Bett sind?«

»Ich hab' mit Geredd zu reden«, antwortete Storn. »Soviel ich weiß, ist dies sein Haus. Und wer bist du?«

»Opa!« brüllte der Mann. »Hier will dich jemand sprechen!«

Geredd, gebückt, klein und rund und in zerknittertes altes Selbstgewebtes gekleidet, kam an die Tür. Sein Blick verriet Mißtrauen, doch als er Storn sah, verschwand es.

»Mein Lord!« rief er aus. »Ihr erweist mir Gnade. Kommt aus der Kälte herein!«

Wenige Minuten später saß Storn auf einer gepolsterten Bank am Kamin. Seine durchweichte Oberbekleidung und seine Stiefel dampften vor dem Feuer.

»Es tut mir leid, daß ich keinen richtigen Wein für Euch habe, Sir. Könntet Ihr Euch mit dem Gedanken an heißen Apfelwein anfreunden?«

»Mit Vergnügen«, sagte Lord Storn. Diese Freundlichkeit verblüffte ihn, nachdem seine Verwalter den Pachtvertrag für diesen Hof gekündigt hatten. Doch vermutlich saß die Clan-Loyalität bei diesen Leuten tief. Schließlich waren sie zum größten Teil seine entfernten Verwandten, und die Ehrerbietung vor dem Clan-Führer und Lord war von alters her überliefert. Der heiße Apfelwein wurde gebracht, und er trank ihn dankbar.

»Der mürrische Bursche mit dem einen Auge – ist das dein Enkel?« Er dachte daran, daß er Geredd »Opa« gerufen hatte.

»Er ist der Stiefsohn meiner älteren Tochter. Ihr zweiter Mann brachte ihn mit in die Ehe, er ist nicht mit mir verwandt; sein Vater ist vor vier Jahren gestorben. Ich lasse den Jungen bei mir wohnen, weil er sonst keinen Ort hat, wohin er gehen könnte. Die Leute seines Vaters sind alle nach Süden gezogen, um in Neskaya Arbeit im Wollhandel zu suchen. Er aber sagt, er habe keine Lust, ein landloser oder wurzelloser Mann zu werden, und bleibe deshalb hier. Ängstlich fügte Geredd hinzu: »Er redet ungehobelt, aber Ihr wißt ja, wie junge Männer sind – sie reden, doch sie tun nichts.«

»Ich würde gern einmal mit diesen unzufriedenen jungen Leuten sprechen und herausfinden, was in ihren Köpfen vor sich geht.« Storn sah sich in dem alten Raum mit den hohen Dachbalken um, aus dem der mißmutige, zerlumpte junge Mann verschwunden war. Der alte Geredd seufzte.

»Fortwährend hockt er mit seinen Freunden zusammen. Ihr wißt, Sir, wie das mit den jungen Leuten ist. Immer glauben sie, sie könnten die Welt verändern«, sagte er und wechselte dann das Thema. »Ihr dürft nicht daran denken, bei diesem Wetter nach Hause zu gehen. Ihr sollt mein Bett haben, und die Frau und ich schlafen vor dem Feuer. Meine jüngere Tochter ist auch hier, ihr und ihrer Familie ist gekündigt worden; sie haben vier kleine Kinder unter fünf Jahren, und Mhari hat vor noch nicht zehn Tagen Zwillinge geboren, deshalb behalte ich sie alle hier – was soll ich sonst tun?«

Storn versuchte zu protestieren, aber Geredd gab nicht nach. »Das macht überhaupt keine Mühe, Sir, wir schlafen bei kaltem Wetter sowieso hier in der Küche. Die Frau richtet schon das Bett für Euch mit frischen Laken und den besten Decken.« Damit führte er Lord Storn in das Schlafkämmerchen. Es wurde fast völlig von einem riesigen Bett ausgefüllt, auf dem ein Federbett, eine Steppdecke und eine Anzahl alter und geflickter, aber sehr sauberer Kissen lagen. Geredds ältliche Frau kam, half Lord Storn aus seinem feuchten Unterzeug und in ein ebenfalls an vielen Stellen geflicktes und verblichenes, aber sauberes Nachthemd. Seine Perücke hing über dem Bettpfosten, und seine Sachen, die sich in verschiedenen Stadien das Trocknens befanden, wurden im Zimmer verteilt. Die alte Frau zog ihm die Decken über die Schultern, wünschte ihm ehrerbietig eine gute Nacht und ging. Endlich wurde es Storn warm, und das Zittern hörte auf. Er legte sich zurecht und hörte zu, wie die Graupeln gegen die Fenster prasselten. Bald schlief er ein; es war ein langer Tag gewesen.

# XVI

Markos' Haus war nicht groß, aber Erminie fand es im spärlichen Fackellicht gemütlich und heimelig. Die Nacht war sternenlos und der Himmel voll von grauen Regenwolken, die in ihrem eigenen geheimnisvollen Licht dahinsegelten. Jenseits der niedrigen Steinmauer erhob sich die Ruine von Hammerfell in einem Zustand romantischen Verfalls, wie Alastairs Freunde aus der Stadt es wohl genannt hätten. Gavin hatte den Ausdruck bereits dreimal benutzt, was Markos verärgert hatte, und schließlich hatte Floria ihn mit einem Rippenstoß und einem mahnenden Blick zum Schweigen gebracht.

Das Haus war wetterfest, doch nicht geräumig. In dem niedrigen Zimmer standen zwei schmale Betten. Auf einem von ihnen saß Erminie jetzt und hielt die immer noch feuchten Füße ans Feuer.

Außerdem war noch ein kleiner Tisch mit zwei stabilen Holzstühlen da. Sonst nichts. Markos hatte ein altes besticktes Leinentuch über den Tisch gelegt und zwei angelaufene Silberkelche daraufgestellt. Er brachte den Frauen Essen und Wein. »Ich wünschte, das hier wäre eine richtige Halle, Lady«, entschuldigte er sich. Erminie schüttelte den Kopf.

»›Wer sein Bestes gibt, steht an Höflichkeit einem König gleich, sei sein Bestes auch nur die Hälfte eines Strohhaufens‹«, zitierte sie. »Das hier ist gewiß besser als jeder Strohhaufen.«

Gavin hatte sich auf dem Teppich zu Erminies Füßen zusammengerollt, dicht vor dem knisternden Feuer, das wohltuende Wärme spendete. Auf dem zweiten Bett, das auf der anderen Seite des Feuers stand, saß Floria, einen warmen Samtmantel über dem dünnen weißen Stoff ihrer Turm-Robe. Sie hatte sie ebenso wie Erminie angezogen, weil ihre Reitkleider bis auf die Unterwäsche naß geworden waren. Kupfer lag auf ihrem Schoß. Conn saß auf einem der Holzstühle, Markos stand neben dem anderen. In dem engen Raum hinter dem Tisch und den Stühlen drängten sich vier oder fünf Männer zusammen, ein halbes Dutzend weiterer hatte sich in den kleinen inneren Raum gequetscht und versuchte, die Köpfe durch die Tür zu stecken und zumindest auf diese Weise an dem, was vor sich ging, teilzuhaben. Erminie wußte, daß dies die Männer waren, die Conn bei seinem ersten Überfall auf Storn-Leute begleitet hatten und Zeugen gewesen waren, als er als rechtmäßiger Erbe von Hammerfell anerkannt wurde. Bei ihrer Ankunft hatte Markos um ihre Aufmerksamkeit gebeten und Erminie vorgestellt, und da hatten ihre Jubelrufe die niedrigen Dachbalken vibrieren lassen. Erminie war bei diesem Empfang warm ums Herz geworden, obwohl sie sehr gut wußte, daß er eigentlich nicht ihr galt. Doch sie war überzeugt, daß Conn es verdient hatte, und es sprach für ihren Sohn, wenn sie, die zwanzig Jahre lang ohne rechtmäßigen Lord gewesen waren, noch heute der Familie von Hammerfell die Treue hielten.

*Und in Thendara habe ich niemals an sie gedacht. Ich schäme mich. Nun, ich werde mir Mühe geben, es wiedergutzumachen. Mit König Aidans Hilfe . . .* Hier brach sie ab und fragte sich, was sie nach all diesen Jahren tatsächlich würde tun können.

Dann fiel es ihr wieder ein, und sie seufzte. Conn war gar nicht der rechtmäßige Herzog dieser Männer. Die Ehre blieb ihrem älteren Sohn vorbehalten, obwohl Conn immer noch seines Vaters Schwert trug. Der Empfang, der seinem Bruder gebührt hätte, ließ die Leute nur um so länger in dem Glauben, sie sollten Conn folgen, und wenn ihre Treue Conn persönlich und nicht dem Haus Hammerfell galt, mochte das zu Problemen führen. Erminie machte sich um ihre beiden Söhne gleichermaßen Sorgen, um den einen, den sie ihr Leben lang geliebt, und um den anderen, den sie betrauert hatte. Ihr Herz schmerzte bei dem Gedanken an sie.

Solch schwermütige Gefühle paßten nicht zu diesem Augenblick. Doch als sie aufsah, bemerkte sie Conns gefurchte Stirn, und sie fragte sich, ob er ihren Gedanken gefolgt sei und sich ebenfalls Sorgen mache. Sie hob ihren Becher und sagte ruhig: »Welche Freude, dich wieder an deinem richtigen Platz zu sehen, mein lieber Sohn. Ich trinke auf den Tag, an dem das Haus deines Vaters neu erstanden und seine Große Halle für dich und deinen Bruder wiederaufgebaut sein wird.«

Kupfer wedelte auf Florias Schoß mit dem Schwanz, als wolle sie das gleiche Gefühl ausdrücken. Erminie hätte gern gewußt, wo die alte Juwel jetzt war.

Auch Conn hob seinen Becher und sah seiner Mutter in die Augen. »Mein ganzes Leben lang, Mutter, seit ich erfuhr, wer ich bin, und schon zu der Zeit, als ich dich noch für tot hielt, habe ich davon geträumt, dich hier zu sehen. Dieser Abend ist wirklich ein freudiger, trotz des Unwetters draußen. Mögen die Götter geben, daß es nur der erste von vielen ist.« Er trank und setzte den Becher ab. »Zu schade, daß Alastair nicht hier ist und daran teilnehmen kann. Von Rechts wegen wäre es sein Fest, aber wir werden es bald nachholen. Und inzwischen – Markos, meinst du nicht, wir sollten Jerians Sohn kommen lassen? Er ist ein Künstler auf der *rryl*, und die vier kleinen Töchter des alten Mannes könnten für uns tanzen ... Markos? Wo ist er geblieben?« Er sah sich nach ihm um.

»Bemühe den Jungen nicht, mein Lieber«, sagte Erminie. »Ich brauche keine Unterhaltung; ich bin froh, in meinem eigenen Land zu sein, und das genügt mir vollauf. Nur tut es mir leid, daß wir dem armen alten Markos solche Unbequemlichkeit schaffen; sein Haus ist kaum groß genug, um so viele unterzubringen. Floria und ich haben fünf Tage einer anstrengenden Reise hinter uns und sehnen uns nur noch nach einem guten Federbett. Wenn wir

Musik haben möchten, ist Gavin da, der uns vorsingen kann.« Sie schenkte Gavin ein freundliches Lächeln. »Aber sieh mal, der Mann da will anscheinend etwas von dir . . .« Unsicher wies Erminie auf einen großen, stämmigen Mann, der Conn aus der dunklen Ecke des Raumes, wo sie auch Markos entdeckte, zuwinkte.

Conn stand auf. »Dann will ich ihn fragen, was er möchte.«

Mit dem Becher in der Hand ging er zu ihm. Erminie folgte ihm mit den Augen, sah ihn auf den Mann zutreten, ihm eine Weile aufmerksam lauschen und dann so heftig zurückspringen, daß er den Inhalt des Bechers verschüttete. Sein Gesicht verfinsterte sich, er machte eine zornige Geste, drehte sich um und rief: »Männer von Hammerfell!«

Bei dem Ruf blickten sofort alle zu ihm. Die im Raum anwesenden Männer schauten ihn erwartungsvoll an, und die anderen, die sich um die Tür drängten, schoben sich herein und quetschten sich an die Feuerstelle und zwischen die schmalen Betten, auf denen die Frauen saßen.

»Sie sind auf dem Marsch, die Leute von Storn! Sollte man nicht denken, bei diesem furchtbaren Wetter blieben sie in ihren vier Wänden? Aber sogar dazu fehlt es ihnen an Anstand. Storns Schlägertrupps sind bei Regen und Schnee unterwegs und vertreiben alte Menschen, die Besseres von ihrem Lord verdient hätten, aus ihren Häusern! Los, Männer, machen wir dem ein Ende!«

Er wandte sich zur Tür und setzte sich an die Spitze der Männer, die unter begeisterten Rufen ihre Mäntel anzogen und ihm folgten. Nach ein paar Minuten kam Markos zu den Frauen und sagte: »Meine Ladies, mein Lord bittet euch demütig um Verzeihung, aber er wird gebraucht. Er bittet euch, zu Bett zu gehen; morgen früh wird er euch seine Aufwartung machen.«

»Ich habe gehört, was er gesagt hat, Markos«, bemerkte Erminie. Markos' Augen strahlten vor Stolz.

»Seht, wie sie ihm folgen! Sie würden für ihren jungen Herzog sterben.«

Erminie fand, daß Markos die Situation sehr richtig beurteilte, abgesehen davon, daß Conn *nicht* ihr junger Herzog war ... aber jetzt war nicht der richtige Zeitpunkt, darüber zu sprechen, inwieweit dies Alastairs Rechte beeinträchtigen mochte.

»Wir wollen hoffen, daß sie nicht für ihn sterben *müssen*, jedenfalls nicht heute«, sagte sie. Alle Männer waren fort, mit Ausnahme von Markos, dem alten Diener und Gavin, der so gegen den Kamin gedrückt worden war, daß er sich nicht bewegen konnte. Jetzt stand er auf und wäre den anderen gefolgt, hätte Markos nicht mit dem Kopf geschüttelt.

»Nein, mein Lord, mein Herr will, daß Ihr hierbleibt und die Frauen beschützt. Stellt Euch vor, was passieren würde, wenn die Leute von Storn wüßten, daß sich die Herzogin hier verbirgt. Zumindest würden sie uns das Dach über dem Kopf anzünden.«

»Wie sie es schon einmal getan haben«, sagte Erminie. Es überraschte sie gar nicht, daß Conn mit den Männern, die er sein ganzes Leben lang kannte, auf der Stelle davongeritten war und vergessen hatte, daß Gavin existierte. Sie fühlte sich hier ganz sicher und war dem alten Mann dankbar, daß er mit seinen Worten Gavins Gesicht gerettet hatte.

In dem kleinen Raum war es sehr ruhig geworden. Nur das Feuer knisterte, und der Regen platschte auf das Kopfsteinpflaster der Dorfstraße. Erminie leerte ihren Weinbecher. Es war kein sehr guter Wein, aber sie machte sich sowieso nicht viel daraus. Sie sorgte sich um Conn, der bei diesem Wetter losgeritten war, und um die Männer, die ihm blindlings folgten und ihn für ihren rechtmäßigen Anführer hielten.

»Und das ist er auch!« Floria war den unausgesprochenen Gedanken Erminies gefolgt. »Er hat sich ihre Loyalität und Liebe verdient, und er wird sie immer besitzen, ganz gleich, was Alastair sich aus eigener Kraft erringt.«

Erminie sah die Weisheit in Florias Worten, aber ihre Unruhe wurde dadurch nicht geringer.

»Auch ich liebe sie beide«, sagte Floria, »und ich sorge mich um beide. Conn macht sich Alastairs wegen noch mehr Gedanken, als Ihr es tut. Was meint Ihr wohl, warum er in solcher Hast fortgeritten ist?« Erminie versuchte gar nicht erst, darauf etwas zu erwidern; deshalb beantwortete Floria ihre eigene Frage. »Bis dies alles mit Alastair geregelt ist, widerstrebt es ihm, mit mir im selben Raum zu sein. Er liebt seinen Bruder und will ihn nicht betrügen.«

Endlich war es offen ausgesprochen, und Erminie war froh darüber. Sie und Floria hatten das Thema fast von dem Augenblick an, als Conn in Thendara aufgetaucht war, sorgfältig vermieden. Und seit dem Abend, an dem die geplante Verlobung nicht stattfinden konnte, hatte es permanent zwischen ihnen gestanden.

»Willst *du* ihn denn betrügen?«

»Nein, natürlich nicht. Ich bin mit ihm aufgewachsen, ich habe ihn immer gern gehabt. Deshalb war ich auch glücklich bei dem Gedanken, daß er mein Mann wird. Ich weiß, er mag mich und würde gut zu mir sein. Aber dann kam Conn nach Thendara, und jetzt ist alles anders geworden.«

Erminie wußte nicht, was sie sagen sollte. Sie, der diese Art von Liebe und Erfüllung versagt geblieben war, fand keine Worte, und sie fühlte sich hilflos vor der jungen Frau.

»Ich wünschte, ich könnte sie beide heiraten.« Floria war den Tränen nahe. »Ich ertrage es nicht, Alastair weh zu tun, aber ohne Conn wird mein Leben leer und bedeutungslos sein.«

Gavin sagte mit seinem schalkhaften, gutmütigen Lächeln: »Wie ich gehört habe, wäre das hier in den Bergen vor hundert Jahren tatsächlich möglich gewesen.«

Floria errötete. »Das waren barbarische Zeiten. Sogar

hier in den Bergen ist das heute nicht mehr erlaubt.« Oh, wie konnte sie denn wählen zwischen ihrem alten Spielgefährten, den sie so lange als Bruder geliebt hatte, und seinem Zwilling, der ihm so ähnlich – und so völlig unähnlich war? Nicht nur, daß Conn mit ihr die Gabe des *laran* teilte und eine seelische Verbindung mit ihr herstellen konnte, zu der Alastair gar nicht fähig war – es war mehr als das. Floria hatte nicht gewußt, was Leidenschaft, was Begehren ist, bis Conn so unerwartet in ihr Leben und ihr Herz eindrang. Sie schämte sich, es zuzugeben, doch jetzt war ihr, als sei Conn wirklich und lebendig, Alastair dagegen nur ein mattes Spiegelbild.

»So oder so«, fuhr sie fort und bemühte sich um einen leichteren Ton, »werdet Ihr mich als Tochter bekommen. Ist es für *Euch* von Bedeutung, welchen von beiden ich heirate?«

»Nur, wenn du Herzogin von Hammerfell werden möchtest«, sagte Erminie leise.

Zum erstenmal faßte Floria es in Worte. »Ich möchte lieber Conn haben als Herzogin von Hammerfell sein.«

Und nun war Conn in das Unwetter hinausgeritten. Sie wünschte, sie hätte mit ihm reiten können, aber von Frauen verlangt man, daß sie zu Hause bleiben und auf ihre Männer warten . . . Vielleicht ist es anstrengender, zu warten und sich Sorgen zu machen, als selbst zu handeln.

Floria sagte sich, daß es nichts nützte, wenn sie sich Conns wegen aufregte. Es war seine Aufgabe, dahin zu gehen, wo seine Leute ihn brauchten. Sie lächelte Gavin zu. »Sing uns ein Lied, mein Freund, bevor wir uns schlafen legen. Hier sind wir bestimmt sicher, und ich sehe, daß Lady Erminie müde ist.« Schließlich hatte Conn seine Mutter in ihrer Obhut zurückgelassen. Da sie ihn kannte, zweifelte sie nicht daran, daß er dies als eine ehrenvolle Aufgabe betrachtete.

Der Regen hatte aufgehört, an dem klaren Himmel funkelten die Sterne, und es war bitter kalt. Conn ritt, umgeben von seinen Männern, um ein Unrecht zu verhüten, das er nicht einmal verstand. König Aidan hatte als selbstverständlich vorausgesetzt, daß der Lord all dieser Leute das Recht besaß, über ihr Geschick zu bestimmen.

Vielleicht war es nicht richtig, daß dieses ganze Land Lord Storn gehörte. Vielleicht lag der Fehler im System. Sollte der Boden nicht Eigentum der Kleinbauern sein, die ihn bebauten? Dann könnten sie selbst entscheiden, wie er am besten zu nutzen wäre. Aber solange dieses System das Gesetz war, wer war er, daß er über das Gewissen von Lord Storn wachte und ihm sagte, wie er mit seinem Besitz zu schalten und zu walten habe?

Nie zuvor waren Zweifel in ihm aufgestiegen. Er hatte gläubig hingenommen, daß das, was Markos *Unrecht* nannte, auch Unrecht war. Jetzt stellte er alles in Frage. Er wußte nicht, was recht war, aber in ihm wuchs die Überzeugung, das Land solle den Bauern übereignet werden.

Es mußte ihm durch die geheimnisvolle Verbindung mit dem Geist seines Bruders zugeflossen sein, daß Alastair seine Meinung nicht teilte. Alastair betrachtete es als göttliche Fügung, daß er die Macht über all diese Menschen besaß, die als seine Untertanen geboren waren. In diesem Punkt würde er sich mit Alastair vielleicht nie einig werden, dachte Conn. Aber bis zu diesem Abend hatte er es als richtig angesehen, daß er sich Alastair unterordnete, nur weil sein Bruder durch einen dummen Zufall um zwanzig Minuten älter war als er.

Welchen Unterschied machte denn das? Wenn er nun geeigneter zum Herrschen war als Alastair . . .

Hier brach er ab. Er war ehrlich entsetzt über die verräterische Richtung, die seine Gedanken nahmen. Seit er Alastairs versprochene Frau mit Begehren angesehen hatte, zweifelte er an allem – dem Gesetz, dem Anstand, den Grundlagen der universellen Ordnung, auf die er sich zeitlebens verlassen hatte.

Er zwang sich, nicht mehr an all das zu denken und sich nur noch auf die Hufschläge der Pferde auf den vereisten Steinen der Straße zu konzentrieren. Ein Aufschrei von Markos riß ihn aus seiner Träumerei.

»Wir kommen zu spät! Seht, Storns Schlägertrupps haben schon Feuer gelegt, das Dorf brennt!«

»Weiter!« befahl Conn. »Ein paar Dorfbewohner mögen noch da sein, und wenn sie in einer Nacht wie dieser ins Freie gejagt werden, brauchen sie unsere Hilfe um so mehr.«

Noch bevor sie etwas sahen, vernahmen sie es: Männer, die ihrer Kleidung nach zu Storns Haushalt gehörten, stießen und schoben auf der Straße eine gemischte Gruppe aus Männern, Frauen und Kindern, alle nur halb angezogen. Eine junge Frau in einem Nachtgewand hatte zwei Säuglinge auf den Armen, an andere Frauen klammerten sich barfüßige Kinder, ein alter Mann lief schimpfend und tobend herum.

»Ich schwöre, ich habe von meinem Lord nach vierzig Jahren etwas Besseres verdient!« Eine ältere Frau mit grauem Haar, offensichtlich seine Frau, versuchte, ihn zu beruhigen.

»Nun, das wird alles geregelt, wenn es Tag wird ...«

»Aber mein Lord versprach mir ...«

Conns Blick fiel auf einen anderen kleinen alten Mann in einem geflickten Nachthemd und Stiefeln über bloßen Füßen. Er schüttelte die Fäuste und brüllte unzusammenhängend. Conn hörte genauer hin; einer der Männer versuchte, aus dem Alten einen verständlichen Bericht über das Geschehen herauszuholen.

»Sie kamen, als wir schliefen, und jagten uns in den Regen hinaus und zündeten das Haus an. Ich sagte ihnen – ich verlangte – ich *befahl* ihnen, das sein zu lassen, ich sagte ihnen, wer ich bin, aber sie wollten nicht zuhören ...«

Das Gesicht des kleinen alten Mannes war rot wie ein

Apfel. Conn fürchtete, er werde gleich einen Schlaganfall bekommen.

»Und wer bist du, alter Großvater?« fragte einer von Markos' Männern respektvoll.

»*Ardrin von Storn!*« brüllte er.

Einer von Storns Soldaten konnte sein Grinsen nicht unterdrücken. »O ja, und ich bin der Bewahrer des Arilinn-Turmes, aber heute abend können wir das Protokoll vergessen, und ihr dürft mich einfach ›Euer Gnaden‹ nennen.«

»Verdammt!« schrie der alte Mann. »Ich sage euch doch, daß ich Ardrin, Lord Storn bin. Ich suchte dort Zuflucht . . .«

»Ach, halt die Klappe, Alter, meine Geduld ist bald zu Ende! Meinst du, ich würde meinen eigenen Lord nicht kennen?« fragte der Soldat.

Conn betrachtete das Gesicht des alten Mannes. Ihm wäre es unter normalen Umständen nie eingefallen, seinen Worten zu glauben – aber ein Telepath merkt es, wenn er die Wahrheit hört, und Conn hörte sie jetzt. Der alte Mann war *wirklich* Lord Storn. Welch eine Ironie des Schicksals, daß Storn von seinen eigenen Soldaten in den Regen hinausgejagt und das Haus, in dem er geschlafen hatte, auf seinen eigenen Befehl hin angesteckt wurde! Conn verübelte es dem Soldaten durchaus nicht. Wer würde glauben, daß dieser zerlumpte Alte in seinem verblichenen Flanellnachthemd der mächtigste Mann zwischen hier und Aldaran war?

Conn ging zu ihm, verbeugte sich leicht und sagte ruhig: »Lord Storn, wie ich sehe, habt Ihr endlich auch einmal unter Euren eigenen Anweisungen zu leiden!« Zu dem Soldaten gewandt, fügte er hinzu: »Ohne feine Kleider und Perücken schaut ein alter Mann wie der andere aus.«

Der Soldat sah genauer hin. »Zandrus Höllen!« fluchte er. »Sir, das wußte ich nicht, ich habe nur Eure Befehle befolgt – Geredds Familie sollte hinausgesetzt werden . . .«

Storn schnaubte und war kurz davor zu explodieren. »*Meine Befehle?*« fragte er gepreßt. »Lauteten meine Befehle, Geredds Familie mitten in der Nacht hinauszusetzen – bei diesem Unwetter?«

»Nun«, gab der Soldat verlegen zurück, »ich dachte, das könnte es uns ersparen, die übrigen auf diese Weise zu verjagen. Wollte ein Exempel statuieren . . .«

»Du dachtest?« Storn sah bedeutungsvoll zu den zitternden, weinenden Kindern hin. »Ich muß sagen, mir kommen *dabei* schwere Zweifel an deiner Fähigkeit zu denken.«

Nun griff Conn ein. »Das ist doch jetzt nicht wichtig. Diese Kinder müssen ins Trockene.« Storn wollte etwas sagen, aber Conn wandte sich ab und ging zu der Frau mit den Babys auf den Armen.

Lord Storn fuhr den Soldaten grob an: »Ein anderes Mal hörst du zu, wenn dir jemand etwas sagt, Mann! Kehr in die Unterkunft zurück, du hast für eine Nacht genug Ärger angerichtet.«

Der Soldat öffnete den Mund, sah Lord Storns wütendes Gesicht, salutierte schweigend, gab seinen Männern einen scharfen Befehl und zog mit ihnen ab. Währenddessen sprach Conn mit der Frau.

»Zwillinge«, sagte er. »Meine eigene Mutter mußte dasselbe wie Ihr erleben – und hatte es ebenfalls Lord Storn zu verdanken, wenn ich mich nicht irre –, als mein Bruder und ich nicht viel älter als ein Jahr waren. Habt Ihr einen Ort, an den Ihr gehen könnt?«

Sie antwortete schüchtern: »Meine Schwester ist mit einem Mann verheiratet, der in den Wollmühlen von Neskaya arbeitet. Die beiden können uns zumindest für die erste Zeit bei sich aufnehmen.«

»Gut, dann werdet Ihr dorthin gebracht. Markos –« er winkte dem alten Mann » – setz diese Frau und die Babys auf mein Pferd, und laß einen deiner Männer – besser zwei – die kleineren Kinder tragen. Führt sie nach Hammerfell, und bringt sie bei einem unserer Pächter unter. Wenn es hell geworden ist, besorge dir einen Bauernwagen und lasse sie nach Neskaya fahren oder wohin sie sonst wollen. Einer unserer Männer kann das besorgen und mit dem Wagen und dem Esel zurückkommen.«

»Und Euer Pferd, Sir?«

»Tu, was ich dir sage, ich komme auch ohne Pferd zurecht, schließlich habe ich zwei gesunde Beine.« Conn fragte die Frau: »Und wenn Ihr dort seid?«

»Mein Mann ist Schafscherer, Sir; er hat immer Arbeit. Aber vor ein paar Wochen, kurz bevor die Babys kamen, wurden wir vertrieben ...«

Ein rauhbeinig wirkender junger Mann mit vom Wind zerzaustem rotblondem Haar und dunklen Augen trat neben die Frau und sagte zu Conn: »Ich habe immer gearbeitet, mein ganzes Leben lang, aber wenn sechs kleine Münder zu füttern sind, kann man nicht durchs Land ziehen. Da braucht man ein Heim, Sir. Und dann vertrieben zu werden ... Ich habe nichts getan, um das zu verdienen, Sir, wirklich nicht. Und ich würde vor den alten Lord hintreten und ihn fragen, was ich verbrochen habe, daß man mich so behandelt.«

Conn wies mit dem Kopf zur Seite. »Da steht er. Frag ihn.« Der junge Mann senkte mit finsterer Miene den Kopf, aber schließlich wandte er sich Lord Storn zu. »Sir, warum? Was haben wir verbrochen, daß Ihr uns auf diese Weise auf die Straße jagt? Es ist jetzt schon das zweitemal.«

Storn hielt sich sehr aufrecht. Conn sah, daß er sich große Mühe gab, würdevoll zu sein. Es war wirklich schwer, das mitten auf der Straße in einem geflickten Nachthemd, das kaum die mageren alten Hinterbacken bedeckte, fertigzubringen. Er hatte irgendwo eine Pferdedecke aufgetrieben, hielt sie um seine Schultern fest und zitterte.

»Warum, Mann – wie ist dein Name? Geredd hat ihn

mir nicht genannt, er sagte nur, du seist mit seiner älteren Tochter verheiratet.«

Der Mann berührte seine struppige Stirnlocke.

»Ewen, mein Lord.«

»Also, Ewen, dieser ganze Boden ist ausgelaugt. Er taugt nicht mehr für den Ackerbau oder die Milchwirtschaft, er ist nur noch für Schafe gut genug. Aber Schafe brauchen Platz – viele Morgen. Du bist doch Schafscherer, für dich wird es Arbeit in Hülle und Fülle geben, aber wir müssen all diese kleinen Höfe loswerden und große Flächen erhalten, siehst du das nicht ein? Das ist doch nur vernünftig – nur ein Dummkopf würde versuchen, hier in den Bergen dreißig kleine Höfe auf diesem ausgelaugten Boden zu betreiben. Es tut mir um euch alle wirklich leid, aber was kann ich machen? Wenn ich verhungere, weil ihr alle nicht mehr euren Lebensunterhalt verdienen könnt, geht es keinem von euch dadurch besser.«

»Aber ich verhungere nicht, und ich habe meine Pacht immer vollständig und auf den Tag pünktlich gezahlt«, erklärte Ewen. »Ich lebe nicht vom Ackerbau. Warum werde ich vertrieben?«

Erneut stieg Storn das Blut zu Kopf. Zornig antwortete er: »Ja, dir mag es ungerecht vorkommen. Aber mein Verwalter sagt mir, ich darf keine Ausnahmen machen. Wenn ich einen Kleinbauern bleiben lasse, ganz gleich, wie ehrenwert er ist – und zweifellos bist du einer der ehrenwertesten –, dann wird jeder von ihnen so reden, als habe er ein besonderes *Recht* zu bleiben, und einige sind mit der Pacht zehn Jahre im Rückstand, ja, sogar fünfzehn und zwanzig Jahre – seit der Zeit, als die großen Dürreperioden begannen. Ich bin kein Tyrann – ich habe einem jeden hier in mindestens einem schlechten Jahr die Pacht erlassen. Aber genug ist genug, irgendwann muß ein Ende gemacht werden. Mein Land taugt nicht mehr für den Ackerbau, und ich will keine

Bauern mehr auf ihm haben. Es ist damit kein Gewinn zu machen – und es nützt euch Leuten nichts, wenn ich zugrunde gehe.«

Diese unausweichliche Logik und Klarheit beeindruckten Conn. Auf dem Hammerfell-Land hatte man dieselbe schwierige Situation. Würde es wirklich helfen, wenn man es jedem kleinen Pächter überließ, irgendwie am Leben zu bleiben oder unterzugehen? Gab Storn vielleicht nur der unangenehmen Notwendigkeit nach? Conn nahm sich vor, darüber einmal ausführlich mit Alastair zu reden – und vielleicht auch mit Lord Storn selbst. Schließlich leitete Storn seinen Besitz hier in den Bergen schon seit Jahrzehnten.

Aber es müßte ein Weg gefunden werden, in Härtefällen zu helfen, und wenn das Land für den Ackerbau ungeeignet und völlig Eigentum eines einzigen Mannes war, sollte er sich mit seinen Verwaltern und den Pächtern zusammensetzen und zu einem gemeinsamen Entschluß kommen, wie es am besten zu nutzen sei, statt allein für alle zu entscheiden, wie es Storn so bedenkenlos tat.

Genug. Er war *nicht* der Herzog von Hammerfell, auch wenn er dazu erzogen worden war. Er mußte sich mit Alastair beraten, und der Brauch verlangte, daß Alastair die Entscheidung traf. *Ja, selbst dann, wenn es die falsche ist*, sprach die innere Stimme, die Ehre und Gesetz bedeutete. Doch Markos hatte ihn dazu erzogen, sich immer wieder vor Augen zu halten: *Ich bin verantwortlich für alle diese Menschen*, und so nahm er sich vor, daß er, sollte Alastair kein Verständnis für sie aufbringen, versuchen würde, seinen Bruder von dem, was recht war, zu überzeugen.

Storn starrte ihn an. Dann sagte er gehässig: »Ich vermute, Ihr seid Hammerfells Bruder, der andere Zwilling. Ihr seid also der Mann, der meine Soldaten den ganzen Sommer über verfolgt und meine Anweisungen sabotiert hat.«

Conn antwortete: »Heute nacht, Sir, hatten wir keine

Gelegenheit, Eure Anweisungen zu sabotieren. Ist es ein Verbrechen, einer Frau und sechs kleinen Kindern bei strömendem Regen ein Dach über dem Kopf zu gewähren?«

Der alte Mann hatte den Anstand, bei diesen Worten zu erröten, aber er fuhr fort: »Eure Männer haben die Anarchie unterstützt – meine Pächter zum Aufstand und zur Rebellion aufgehetzt.«

»Nichts dergleichen haben sie getan«, verwahrte sich Conn dagegen. »Ich bin diesen Sommer über in Thendara gewesen – und in meinem ganzen Leben ist es mir nicht in den Sinn gekommen, irgendwen zum Aufstand oder zur Rebellion aufzuhetzen.«

»Und vermutlich habt Ihr auch meinen Neffen nicht getötet?« fragte der alte Mann gereizt.

Conn erschrak. In der Hitze dieses Streitgesprächs hatte er die Blutrache selbst völlig vergessen. Und so antwortete er: »Es stimmt, wir haben Dom Rupert im Kampf getötet. Aber er war bewaffnet und griff mich und meine Männer auf einem Boden an, der seit Jahrhunderten zu Hammerfell gehört. Ich empfinde deswegen keine Schuld. Man kann mir eine Blutrache, die begonnen hat, als Ihr und ich noch gar nicht geboren waren, nicht zum Vorwurf machen. Ich habe diese Feindschaft geerbt – und ich habe es Euch zu danken, daß sie mein einziges Erbe war, Sir.«

Storn musterte ihn grimmig. ›Daran mag etwas Wahres sein. Allerdings habe ich jahrelang geglaubt, die Fehde sei dadurch beigelegt worden, daß niemand mehr am Leben sei, der sie fortführen könne.«

»Das stimmt eben nicht«, erwiderte Conn. »Ich bin hier, um Euch, Lord Storn, zu sagen, daß, wenn Ihr den Kampf wünscht, mein Bruder und ich . . .« Er verstummte. Ihm war eingefallen, daß sich Alastair in diesem Augenblick unter Storns Dach befand. In der plötzlich eingetretenen Stille dachte auch Storn daran und sagte schnell: »Ihr braucht keine Angst um Euren Bruder zu haben. Er ist mein Gast unter dem Feuerfrieden, und er hat meiner Großnichte, meiner einzigen noch existierenden Verwandten, das Leben gerettet. Ich halte ihn für einen vernünftigen Menschen, und ich werde ihm das, was er für mich getan hat, sicher nicht mit Bösem vergelten.« Nach kurzem Nachdenken fügte er hinzu: »Schließlich, junger Hammerfell, hat diese Blutrache lange genug gedauert – es sind nur noch wenige von uns übrig.«

»Ich verlange keine Gnade von Euch«, erklärte Conn heftig.

Storn zog die Augenbrauen zusammen. »Niemand wird Euch der Feigheit beschuldigen, junger Mann. Es gibt jedoch genug Ärger an unseren Grenzen, da sollten wir keine Feinde innerhalb unserer Tore haben. Die Aldarans und die Hasturs stehen immer bereit, unsere Domänen an sich zu reißen, während wir miteinander streiten . . .«

Das rief in Conn den Gedanken an König Aidan wach, den er – er wußte selbst nicht, warum – zu lieben begonnen hatte. Storn jedoch sprach von ihm, als sei er der schlimmere Feind von ihnen beiden. Er sagte steif: »Ich kann nicht für Hammerfell sprechen, Lord Storn. Es ist nicht meine Sache zu entscheiden, ob die Feindschaft zwischen unseren Häusern ehrenhaft fortgesetzt oder ehrenhaft beendet werden soll. Die Frage kann nur der Herzog von Hammerfell beantworten, mein Lord. Wenn Ihr der Blutrache ein Ende bereiten wollt . . .«

»Das müssen wir erst sehen«, warf Storn ein.

»Wenn die Blutrache ein Ende finden soll«, verbesserte Conn sich, »muß mein Bruder es sagen, nicht ich.«

Storn betrachtete ihn finster. »Mir scheint, Ihr und Euer Bruder seid wie der Mann, der mit seiner linken Hand nicht absprach, was er mit der rechten tat, und sich selbst entzweiriß, als er versuchte, sein Gespann in zwei verschiedene Richtungen zu lenken. Ihr und Euer Bruder,

Ihr solltet unter Euch ausmachen, was Ihr wollt, und dann bin ich bereit, darüber zu verhandeln, ob Krieg zwischen uns herrschen soll.«

»Ich kann mich nicht gut mit meinem Bruder beraten, solange Ihr ihn auf Eurer Burg festhaltet, Sir.«

»Wie ich bereits erwähnte, ist er mein Gast, nicht mein Gefangener. Es steht ihm frei zu gehen, wann er will, aber ich wäre ein trauriger Gastgeber, verließe er mein Haus, bevor seine Verbrennungen geheilt sind. Wenn Ihr ihn besuchen und Euch davon überzeugen wollt, daß alles in Ordnung ist, gelobe ich Euch, daß weder ich noch einer meiner Männer noch ein Verbündeter Euch in Wort oder Tat nahetreten wird ... und Ihr werdet feststellen, daß mein Wort so gut wie das Wort eines Hastur ist.«

Storn hatte recht, es war an der Zeit, mit Alastair zu reden. Conn ging es gegen den Strich, einem Storn zu vertrauen, und doch – wäre einmal der eine bereit gewesen, dem anderen zu vertrauen, hätte der Zwist längst beigelegt werden können. Er war beeindruckt von der Offenheit des Lords und von den Erklärungen, die er ihm für sein Handeln gegeben hatte. Sollte er sich jetzt auf seine eigenen Gefühle verlassen oder sich an eine alte Feindschaft klammern, die aus einer Zeit stammte, lange bevor einer von ihnen geboren worden war, und mit der er nichts zu tun hatte?

»Ich werde Euer freies Geleit akzeptieren«, sagte er, »und ich werde mit meinem Bruder sprechen.«

Storn winkte einem seiner Männer.

»Bring den jungen Hammerfell nach Storn, und sorge dafür, daß ihm nichts zustößt. Er soll gehen können, wann immer er will. Darauf habe ich mein Ehrenwort gegeben.«

Conn verbeugte sich vor dem alten Mann, drehte sich um, hielt Ausschau nach seinem Pferd und erinnerte sich, daß er Markos angewiesen hatte, die junge Frau mit den Babys auf ihm wegzubringen. Nun, er war jung und stark, und der Regen hatte aufgehört. Festen Schrittes ging er

Richtung Stornhöhe, und erst als er außer Sicht war, stieg in ihm die Frage auf, wo der alte Lord Storn übernachten würde.

# XVII

Alastair und Lenisa wußten wenig zu sagen, nachdem Lenisas Großvater gegangen war, vielleicht, weil nicht viel gesagt werden konnte, solange alles, was zwischen ihnen stand, so blieb, wie es war: Alastair war einer anderen Frau versprochen, und Lenisa war die Großnichte seines ältesten Feindes.

Er hätte ihr gern von Floria erzählt, wußte jedoch nicht, wie. Es war doch anmaßend, wenn er voraussetzte, sie würde sich für seine versprochene Frau interessieren, und noch anmaßender, wenn er davon ausging, sie werde sich durch diese Beziehung gekränkt fühlen.

Tatsache war, daß er ihr alles über sich selbst erzählen wollte, aber gerade nachdrücklich daran erinnert worden war, daß sie eine Storn war und keine Frau, an der er in allen Ehren persönliches Interesse ausdrücken durfte, selbst wenn er noch nicht einer anderen versprochen gewesen wäre. So saßen sie nur stumm beieinander und betrachteten sich kummervoll. Um das peinliche Schweigen zu beenden, sagte sie schließlich, er müsse jetzt wegen seiner Brandwunden schlafen.

»Ich habe im Moment keine Schmerzen«, erwiderte Alastair.

»Das freut mich zu hören, aber dein Zustand ist immer noch nicht so, daß du in das Unwetter hinausgehen oder ausreiten könntest«, warnte Lenisa ihn. »Ich finde, du solltest schlafen.«

»Aber ich bin kein bißchen müde«, entgegnete Alastair in klagendem Ton.

»Das tut mir leid, aber du weißt, daß du trotzdem schlafen mußt. Soll ich Dame Jarmilla um ein Schlafmittel für dich bitten?« fragte sie, als sei sie froh, wenn sie etwas zu tun bekäme.

»Nein, mach dir nicht die Mühe«, wehrte Alastair schnell ab, hauptsächlich, weil er nicht wollte, daß sie ging, denn er fürchtete, sie würde nicht wiederkommen.

Die ganze Zeit über hatte die alte Hündin regungslos auf dem Fußboden gelegen und nur hin und wieder die Ohren gespitzt, wenn Alastair sprach. Jetzt begann sie zu winseln und unruhig im Zimmer herumzulaufen. Lenisa sah sie neugierig an, und Alastair runzelte die Stirn.

»Leg dich, Juwel. Ruhig, Mädchen, benimm dich! Was ist denn nur los mit dem Tier? Juwel, Platz!« befahl er scharf, aber Juwel gehorchte nicht.

»Ob sie hinaus muß? Soll ich sie hinausführen, oder soll ich Dame Jarmilla rufen?« Lenisa wandte sich zum Gehen. Juwel sprang ein paarmal an der Tür hoch, dann blieb sie mit flehendem Winseln davor stehen. Als habe die alte Hündin sie gerufen, trat Dame Jarmilla ein.

»Junge Herrin«, begann sie, dann fragte sie: »Was fehlt denn Eurem Hund, Sir?«

Juwels Winseln wurde laut und hartnäckig. Dame Jarmilla versuchte sich durch das Geheul verständlich zu machen. »Draußen ist ein Mann, der darauf besteht, den Herzog von Hammerfell zu sprechen – seinem Gesicht nach zu urteilen, muß er nahe mit Euch verwandt sein, Sir.«

»Sicher ist es mein Bruder Conn«, sagte Alastair. »Deshalb ist Juwel so unruhig! Sie wittert Conn und hatte nicht erwartet, ihn hier zu sehen. Ich übrigens auch nicht; ich dachte, er sei in Thendara.« Er zögerte. »Darf ich Euch bitten, ihn zu empfangen, *damisela?*«

»Bringt ihn herein«, sagte Lenisa zu Dame Jarmilla, die mißbilligend die Nase rümpfte, aber ging. Juwel raste hinter ihr her. Gleich war der Hund wieder da, tanzte und sprang um Conn herum, der naß und schmutzig aussah, denn der Regen hatte wieder begonnen und sich dann auch noch in Graupeln verwandelt. In Conns Haar hatten sich Eiszapfen gebildet.

Lenisa betrachtete ihn mit kindlichem Gekicher. »Das ist bestimmt das erste Mal in der Geschichte von Stornhöhe, daß wir nicht nur einen, sondern gleich *zwei* Herzöge von Hammerfell unter unserem Dach haben. Nun, ich nehme an, ihr könnt euch auseinanderhalten, auch wenn es sonst niemandem gelingt. Welcher von euch ist der, dem ich in der Schenke in Niederhammer begegnet bin und der schuld ist, daß ich meinen Porridge mit Honig nicht bekommen habe?«

»Das war ich.« Es ärgerte Alastair ein bißchen, daß sie fragen mußte. »Das hättest du übrigens aus dem Benehmen des Hundes schließen können.«

»Wirklich? Sieh doch nur, wie das arme Mädchen deinen Bruder begrüßt. Man könnte meinen, sie sei ganz begeistert, ihren richtigen Herrn wiederzuhaben«, sagte Lenisa, und als sie Alastairs düstere Miene bemerkte, fügte sie hinzu: »Du darfst mir nicht vorwerfen, daß ich euch nicht unterscheiden kann, wenn offenbar nicht mal euer eigener Hund, der euch beide viel besser kennt als ich, es vermag.«

Das war so richtig, daß Alastair sich schuldig fühlte, weil er sich darüber geärgert hatte, und die Folge war, daß er nun auf Juwel zornig wurde, denn er fand, sie habe ihn verraten. »Leg dich, Juwel!« befahl er scharf. »Benimm dich.«

»Du hast keinen Grund, böse auf den Hund zu sein«, sagte Conn grob. »Juwel hat nichts getan, dessen sie sich schämen müßte. Aber nun zu dir. Dies ist bestimmt der letzte Ort, Bruder, an dem ich erwartet hätte, dich zu finden. Du läßt es dir unter Storns Dach gutgehen, während derselbe Storn unsere Leute aus ihren Häusern in den Regen jagt.«

Alastair erwiderte finster: »Ich habe darauf vertraut, daß du dich in Thendara um unsere Mutter kümmerst. Du hast sie also allein und ohne Schutz zurückgelassen?«

»Unsere Mutter hat viele, die den Wunsch hegen, sie zu

beschützen«, entgegnete Conn. »Aber sie ist heil und gesund hier, und Floria und Gavin sind bei ihr. Hast du geglaubt, wir würden alle in Thendara bleiben und nichts tun, obwohl wir wußten, daß du verletzt worden bist und dich in der Gewalt von Storn befindest?«

»Nun ja, das habe ich geglaubt«, gestand Alastair. »Schließlich bin ich hier nicht in Gefahr; Lord Storn ist äußerst höflich und gastfreundlich gewesen.«

»Das sehe ich«, bemerkte Conn trocken mit einem Seitenblick zu Lenisa. »Ist seine Enkelin in der Gastfreundschaft inbegriffen?«

Alastair sah ihn böse an. Conn konnte in seinen Gedanken lesen, daß er mehr um Lenisas als um seinetwillen beleidigt war. Die Frage erhebe sich nicht, erklärte Alastair von oben herab. Die *damisela* sei seine Gastgeberin und habe freundlicherweise seine Wunden versorgt. Von etwas anderem sei nicht die Rede gewesen.

»Ich weiß nicht, welches Betragen gegenüber Frauen bei euch in den Bergen üblich ist«, sagte Alastair vorwurfsvoll, »aber in Thendara würde man so nicht einmal über die Tochter – oder die Großnichte – seines schlimmsten Feindes sprechen.«

»Immerhin finde ich dich zu dieser gottverlassenen nächtlichen Stunde allein mit ihr. Bist du so schwer verletzt, Bruder, daß du die ganze Nacht eine Wächterin nötig hast?«

»In Thendara braucht ein Mann nicht an der Schwelle des Todes zu stehen, bevor man ihm zutraut, sich in Anwesenheit einer Dame anständig zu benehmen«, gab Alastair zurück, und Conn las auch die ungesprochenen Worte: *Dieser mein Bruder wird immer ein Bauer bleiben und von Takt und Galanterie nicht mehr wissen als sein eigener Hund.*

»Trotzdem muß ich mit dir sprechen, Bruder. Können wir also auf die Anwesenheit der *damisela* verzichten?« fragte Conn.

»Was ich zu sagen habe, kann getrost in ihrer Anwesenheit oder in der Anwesenheit der Götter persönlich gesagt werden, denn es ist nichts als die reine Wahrheit«, erklärte Alastair. »Bitte, geh nicht, Lenisa.«

*Ich möchte sie nicht aus den Augen lassen.* Bis zu dieser Sekunde hatte Alastair sich das selbst nicht klar eingestanden, jetzt wußte er es. Conn, der den Gedanken hörte, fuhr ihn an: »Und Floria, was ist mit ihr? Sie wartet auf dich bei unserer Mutter, während du mit deiner ausschweifenden Phantasie nicht einmal vor Storns Sippschaft haltmachst.«

»Das wirfst du mir vor?« entgegnete Alastair heftig. »Du, der du die Augen nicht von meiner versprochenen Frau lassen kannst?«

*Ich dachte, Alastair habe kein laran. Wieso kann er meine Gedanken lesen? Oder ist es so offensichtlich?* fragte sich Conn mit schlechtem Gewissen.

Dann sagte er freundlich: »Bruder, ich möchte nicht mit dir streiten, vor allem nicht unter diesem Dach. Ich habe mit Lord Storn gesprochen, und da du hier bist, könnte ich mir vorstellen, daß du es auch getan hast . . .«

Alastairs Zorn wurde dadurch nicht etwa beschwichtigt, sondern flammte erst recht auf.

*Also trotz seines Geredes, er erkenne mich als Herzog und Herrn an, nimmt er sich heraus, hinter meinem Rücken Regelungen mit Lord Storn zu treffen, ohne sich auch nur mit mir zu beraten! Er bildet sich ein, Hammerfell und die Männer von Hammerfell ständen immer noch unter seinem Befehl!*

Conn dagegen dachte: *Glaubt denn dieser Geck und Taugenichts, der zwanzig Jahre in der Stadt, weit weg von Hammerfell, gelebt hat, er brauche nur hereinzuspazieren und könne alles durch Diplomatie beilegen, ohne Rücksicht auf die Geschichte der langen Fehde zwischen Hammerfell und Storn zu nehmen? Wie kann man so etwas ehrenvoll nennen?* Bei all dem, was er auf dem Herzen hatte, wünschte er, sein Bruder könne seine Gedanken lesen. Statt dessen mußte er es mühsam in Worte fassen, und Conn wußte, sein Geschick im Umgang mit Worten war gering, während Alastair, der Großstädter, sich darauf verstand, um den springenden Punkt herumzureden.

*Und er ist verliebt in dieses Mädchen – Storns Großnichte! Ob sie es weiß? Ob sie laran hat?*

Endlich sagte er langsam: »Ich glaube, Alastair, es ist deine Sache, die Nachricht auszusenden, daß alle Männer, die noch in der Pflicht stehen, für Hammerfell zu kämpfen, sich versammeln. Danach wird König Aidan . . .«

Lenisa unterbrach ihn. »Dann muß es zum Krieg kommen? Als du und mein Großonkel so vernünftig miteinander spracht, habe ich gehofft, es könne ein Weg gefunden werden, diese lange Feindschaft zu beenden.«

Alastair sah Lenisa an und wich Conns Blick aus. »Ist es Euer Wunsch, Domna Lenisa, daß wir Frieden schließen?«

Conn, der sich redlich Mühe gegeben hatte, vernünftig zu sein, wurde jetzt so wütend, daß er sich nicht mehr beherrschen konnte.

»Genau das ist der Grund, warum ich wollte, daß die junge Dame uns verläßt! Es gibt viele wichtige Dinge zu besprechen, die nicht von Frauen geregelt werden können!« explodierte er.

»Deine ländliche Erziehung«, sagte Alastair, »verführt dich zur Unhöflichkeit. In den zivilisierten Teilen der Welt gilt es als selbstverständlich, daß wichtige Entscheidungen von Männern und Frauen gemeinsam getroffen werden, denn schließlich geht es beide gleichermaßen an. Würdest du unsere Mutter, die Turm-Arbeiterin ist, von einer wichtigen Entscheidung wie dieser ausschließen wollen? Oder hältst du Lenisa nur für zu jung, um an einer solchen Beratung teilzunehmen?«

»Sie ist eine *Storn*«, erwiderte Conn zornig.

Lenisa beugte sich vor. »Diese Entscheidung betrifft

mich aus folgenden Gründen: Ich repräsentiere die Hälfte dieser alten Fehde, ich habe sie ebenso geerbt wie Ihr, ich habe durch sie ebenso wie Ihr meinen Vater verloren – obwohl ich ihn, die Götter wissen es, kaum gekannt habe. Wie könnt Ihr da sagen, es gehe mich nichts an? Wie könnt Ihr verlangen, daß ich still in der Ecke sitze und andere entscheiden lasse, was getan werden soll?«

Conn erwiderte sachlich: »*Damisela*, ich hege keine Feindschaft gegen Euch. Niemand könnte Euch aus einem anderen Grund als Eures Namens wegen seine Feindin nennen. Ihr habt weder gekämpft noch getötet, Ihr seid ein Opfer dieser Blutrache, nicht einer ihrer Gründe.«

»Ihr sprecht, als sei ich ein Kind oder geistesschwach!« sagte Lenisa aufbrausend. »Wenn ich nicht zum Schwert greife und an der Seite meines Großvaters kämpfe, heißt das noch lange nicht, daß ich nichts über diese alte Fehde weiß.«

»Jetzt habe ich Euch erzürnt, und das wollte ich nicht«, erklärte Conn. »Ich habe bloß versucht . . .«

»Versucht, mich zu einem Nichts zu machen, weil nur Männer das Recht haben, in solchen Dingen das Wort zu ergreifen«, unterbrach ihn Lenisa. »Euer Bruder räumt wenigstens ein, daß ich ein legitimes Interesse an Fragen habe, die meinen Clan und meine Familie betreffen! Er hält mich für ein menschliches Wesen und billigt mir das Recht zu, eigene Gedanken zu hegen und frei heraus über das zu sprechen, was mich betrifft, statt es meinem Gatten ins Ohr zu flüstern, damit *er* für mich auftrete!«

Conn versuchte voller Unbehagen, einen Scherz daraus zu machen. »Ich wußte nicht, daß Ihr Euch der Schwesternschaft vom Schwert verpflichtet habt . . .«

»Das habe ich nicht«, unterbrach sie ihn erneut, »aber ich bin der Meinung, daß mir das Recht zu sprechen zusteht, denn diese Fehde betrifft mich ebenso wie meinen Großvater, vielleicht noch stärker, weil er ein alter Mann ist, und was auch entschieden werden mag, es wird sein Leben höchstens noch für ein paar weitere Jahre beeinflussen. Für mich dagegen und die Kinder, die ich vielleicht einmal haben werde, wird es auf lange Zeit gelten.«

Nach einer Weile sagte Conn ernst: »Ihr habt recht. Verzeiht mir, Domna Lenisa. Ihr seid also der Überzeugung, mein Bruder und ich sollten mit Euch verhandeln statt mit Eurem Großvater?«

»Das habe ich nicht gesagt; Ihr macht Euch lustig über mich. Ich habe nur gesagt, daß es mich ebenso betrifft wie meinen Großvater und daß ich deshalb eine Stimme dabei haben muß.«

»Nun, dann sprecht es aus, was Ihr auf dem Herzen habt«, forderte Conn sie auf. »Was ist Eure Meinung über diese Blutrache? Möchtet Ihr sie weitere hundert Jahre fortsetzen, weil unsere Vorfahren sich gehaßt und getötet haben?«

Lenisa sah die Wand an und hatte die Zähne so fest zusammengebissen, als versuche sie, nicht zu weinen. Endlich erklärte sie: »Ich möchte Alastair lieber nicht als meinen Feind betrachten. Und Euch auch nicht. Ich empfinde keine Feindschaft für Euch, und mein Großvater tut es ebenfalls nicht mehr. Er hat mit Eurem Bruder wie mit einem Freund gesprochen. Und was wollt *Ihr*, Hammerfell?«

*Sentimentaler Quatsch*, dachte Conn. *Dahinter steckt nichts weiter als die Verliebtheit eines romantischen Mädchens, das zum erstenmal einen hübschen jungen Mann kennenlernt*. Doch ihre Offenheit imponierte ihm.

Alastair ergriff Lenisas Hand und sagte sanft: »Auch ich möchte nicht dein Gegner sein, Lenisa. Vielleicht können wir einen Weg finden, Freunde zu werden.« Plötzlich hob er den Kopf und sah seinen Bruder feindselig an. »Und jetzt kannst du mich ruhig einen Verräter an Hammerfell nennen, wenn du willst . . .«

»Ich habe nicht die Absicht«, erklärte Conn. »Vielleicht

hat diese alte Fehde ihren Zweck erfüllt. Etwas, das Lord Storn sagte, hat auf mich wirklich Eindruck gemacht. Er sagte, es gebe draußen so viele Feinde, daß die Leute aus dem Gebirge nicht untereinander streiten sollten. Er sagte, die Hasturs und Aldarans nähmen uns von beiden Seiten in die Zange und hofften, unsere Königreiche unter ihre Herrschaft zu bekommen – und vielleicht sollten wir uns alle gegen sie vereinen. Mir würde es allerdings schwerfallen, in König Aidan einen Feind zu sehen.«

»Ja, er hat uns seine Hilfe bei der Zurückeroberung Hammerfells versprochen«, sagte Alastair.

Lenisa stand auf und ging im Zimmer hin und her. Juwel folgte ihr auf den Fersen.

»So, das hat er versprochen? Und mit welchem Recht macht er ein solches Angebot? Mit welchem Recht mischt er sich in diese Angelegenheit ein?« Es war deutlich zu sehen, daß Lenisa vor Zorn kaum sprechen konnte. »Ich will nicht, daß aus diesem Land ein weiteres Lehen unter Hastur-Herrschaft wird. Anscheinend sind die Hasturs entschlossen, ihr Reich von Temora bis zum Wall um die Welt auszudehnen.«

»Ihr kennt König Aidan nicht«, gab Conn zu bedenken. »Ich habe nicht den Eindruck, daß es sich bei ihm um persönlichen Ehrgeiz handelt, er möchte nur Frieden und Ordnung im Land haben. Er verabscheut diese kleinen Kriege und das Blutvergießen und den Aufruhr und das Durcheinander, das ihnen folgt.«

»Und wenn wir alle Untertanen der Hasturs geworden sind, was wird dann aus Männern wie meinem Großvater werden?« fragte Lenisa.

»Die einzige Möglichkeit, das zu erfahren«, meinte Alastair, »wäre, sie beide zu fragen, wenn sie sich von Angesicht zu Angesicht gegenüberständen.«

»Das könnte doch arrangiert werden. Es wird sogar früher oder später von selbst geschehen, wenn König Aidan hierherkommt«, überlegte Conn laut. »Aber wir haben gelobt, eine Armee zum Kampf gegen Storn aufzustellen, damit der König einen legitimen Grund hat, eine Rebellion der Aldarans mit Waffengewalt niederzuschlagen.« Als er merkte, wieviel er von König Aidans Plänen enthüllte, empfand er es plötzlich als Treuebruch.

»Warum muß Aidans Armee hierherkommen, wenn wir den Streit unter uns beilegen und Kraft in der Einheit finden können?« fragte Alastair. »Eine Bedrohung durch Aldaran betrifft doch nur uns und keine Tiefland-Lords, nicht einmal die Hasturs.«

»Ich gebe zu, daß ich das nicht alles verstehe, aber ich habe gehört«, berichtete Lenisa, »es sei ein Vertrag abgeschlossen worden, nach dem dieses ganze Land unter der Oberherrschaft der Hasturs steht und wir ohne ihre Zustimmung keine Abmachungen miteinander treffen dürfen. Als Geremy, der erste dieses Namens, in Asturias regierte . . .«

»Dann sieht es so aus, als sei das Vernünftigste, was wir tun können, zu versuchen, Aidan *ohne* seine Armee herzubringen«, warf Alastair ein.

»Genau das ist die Frage!« rief Lenisa. »Wie überreden wir Aidan, daß er in Frieden zu uns kommt?« Sie setzte sich aufs Fußende von Alastairs Bett. »Wenn der König darauf aus ist, Krieg in den Bergen zu führen . . .«

»Ich glaube nicht, daß er den Krieg *will.* Mein Eindruck war, daß er ihn für eine traurige Notwendigkeit hielt und fürchtete, ihn nicht vermeiden zu können«, berichtete Conn ihr.

»Aber wenn wir ihn ersuchen, ohne seine Armee zu kommen«, wandte Alastair ein, »könnte das bei ihm auch den Verdacht erwecken, daß wir ihn unbewaffnet herlocken wollen, weil wir einen verräterischen Zweck verfolgen . . .«

»Blödsinn!« fuhr Lenisa dazwischen. »Sagt ihm, er kann so viele Leibwächter oder Ehrengarden mitbringen, wie er will, nur keine Armee, die Unruhe schafft, indem die Soldaten über die erntereifen Felder reiten und bei armen Dorfbewohnern, die selbst kaum genug zu essen haben, einquartiert werden.«

»Einen Augenblick!« bremste Conn sie. »Ich habe mit König Aidan gesprochen, und ich glaube, daß er uns oder zumindest unserer Sache wohlgesonnen ist. Aber wir haben nicht die Macht, den König zu veranlassen, daß er kommt oder bleibt. Er hat uns Bewaffnete angeboten, ich weiß jedoch nicht, ob er im Sinn gehabt hat, selbst zu erscheinen.«

»Dann muß er dazu überredet werden«, sagte Lenisa. »Habt ihr nicht jemanden – vielleicht eure Mutter, die all diese Jahre in Thendara gelebt hat –, den der König oder ein Mitglied der königlichen Familie anhört?«

Alastair überlegte. »Valentin Hastur, der Vetter des Königs, versucht seit Jahren, meine Mutter dazu zu bewegen, ihn zu heiraten – aber ich möchte Mutter nicht bitten, auf *diese* Weise Einfluß zu nehmen. Und selbst wenn ich sie bitten würde, glaube ich nicht, daß sie es täte.« Nach einer kurzen Pause fuhr er fort: »Einer meiner engsten Freunde ist der Pflegesohn der Königin, der Sohn ihrer Lieblingscousine. Aber er ist in Thendara.«

»Wenn du Gavin damit meinst, so hat er darauf bestanden, uns zu begleiten, und er befindet sich im Augenblick in Markos' Haus und kümmert sich um Mutter und Floria«, informierte Conn ihn. »Ihm schenkt der König oder zumindest die Königin ganz bestimmt Gehör.« Traurig fügte Conn hinzu: »Leider ist die Königin nicht in der Verfassung, irgendwem zu helfen. Als wir Thendara verließen, war sie sehr krank und in Lebensgefahr.«

Auf diese schlechte Nachricht hin verstummten sie, und in der Stille war draußen im Flur ein Tumult zu hören. Einen Augenblick später betrat Dame Jarmilla das Schlafzimmer.

»Herrin, der Lord hat befohlen, daß Ihr früh zu Bett gehen solltet. Wie viele Leute werden heute abend noch kommen und Euren Gast zu sprechen verlangen?«

»Erwartet habe ich keinen.« Lenisa sah sie mit ihren schönen blauen Augen unschuldig an. »Aber wenn es keine Bande bewaffneter Söldner ist, laßt sie ein, wer sie auch sein mögen.«

Murrend ging Dame Jarmilla zur Tür und riß sie auf.

Herein kam Gavin Delleray, naß bis auf die Haut. Das kunstvoll gelockte und gefärbte Haar hing ihm tropfend auf den Kragen.

»Alastair, mein lieber Freund! Mir ist etwas höchst Seltsames passiert! Ich erwachte in Markos' Haus aus tiefem, festem Schlaf. Ich hatte geträumt, ich sei in König Aidans Thronsaal, und er habe von mir verlangt, dich sofort – hörst du, *sofort*, bei diesem Regen – aufzusuchen und zu erkunden, wie es dir hier geht.« Er bat mit einem Blick um Entschuldigung und verbeugte sich vor Lenisa und Dame Jarmilla. »Auf meine Ehre, *mestra*, Ich will niemandem unter diesem Dach etwas antun, und auch sonst niemandem. Ich bin Sänger, kein Soldat.«

*So ist das also*, dachte Conn erschrocken. *Ich wunderte mich, daß Gavin unbedingt mitkommen wollte, aber natürlich wollte König Aidan Augen und Ohren auf dieser Reise dabeihaben. Gavin selbst hatte es nicht begriffen, ich dagegen hätte es mir denken können ...*

Alastair und Lenisa waren offenbar zu demselben Schluß gelangt. Sie begannen gleichzeitig zu sprechen. Gavin hob bittend die Hand.

»Ich flehe euch an, laßt mir Zeit, mich erst ein bißchen am Feuer zu trocknen, bevor ihr mich in eure Intrigen verwickelt.«

Lenisa war begeistert.

»Ein Engel hat Euch zu uns geschickt. Oder seid Ihr selbst ein Engel, der uns in unserer Not zu Hilfe kommt?«

Dame Jarmilla rümpfte die Nase.

»Die *cristoforos* sagen, Engel könne man an seltsamen

Orten finden. Aber sicher ist dies das einzige Mal in der ganzen Menschengeschichte, daß irgendein Gott Sinn für Humor beweist, indem er einen Engel als Boten schickt, der sich die Haare purpurrot färbt.«

Gavin machte große Augen. »Was soll ich sein? Ein Engel? Herr des Lichts, ihr müßt einen Boten verzweifelt nötig brauchen! Worum geht es hier eigentlich?«

Alastair setzte sich hoch, griff nach einer zusammengefalteten Decke, die am Fußende seines Bettes lag, und warf sie seinem Freund zu. »Mein lieber Freund, setz dich ans Feuer und trockne deine Sachen. Und könnte die verehrte Dame Jarmilla überredet werden, ihm irgendein heißes Getränk zu bringen? Wenn du das Lungenfieber bekommst, wirst du keinem von uns etwas nützen.« Dame Jarmilla nahm den Kessel, der über dem Feuer hing, und machte sich an einem Gebräu, das dampfte und köstlich roch, zu schaffen. »Nie in meinem Leben habe ich so bedauert«, fuhr Alastair fort, »daß ich kein *laran* habe. Aber es mag genug sein, einen Freund zu haben, der nicht nur *laran* besitzt, sondern auch noch des Königs besondere Gunst genießt. Wenn du uns helfen willst, Gavin, können wir vielleicht verhindern, daß in diesen Bergen ein Krieg ausbricht.« Er lachte. »Wenn alles vorüber ist, kannst du ja eine Ballade daraus machen.«

# XVIII

Sie blieben noch sehr lange wach, denn sie diskutierten die halbe Nacht darüber, wie Gavin sich mit König Aidan in Verbindung setzen und ihn überreden solle, in Frieden zu kommen, nur mit seiner Leibwache und Ehrengarde, um die generationenlange Blutrache zwischen Storn und Hammerfell zu beenden.

»Doch das könnte auch das letzte sein, was der Hastur-König will«, gab Lenisa zu bedenken. »Denn wenn Frieden in den Hellers herrscht, hat er keinen Vorwand mehr, sein Königreich auf diesen Teil der Welt auszudehnen.«

»Dazu kann ich nur sagen, daß du König Aidan nicht kennst«, erwiderte Conn. »Ich glaube, andernfalls würdest du ihm ebenso vertrauen, wie ich es tue.«

»Das mag sein.« So schnell gab Lenisa ihre Bedenken nicht auf. »Aber wenn Aidan ein mächtiger *laranzu* und fähig ist, die Gedanken der Menschen aus der Ferne zu lesen, könnte er mich vielleicht dahin bringen, daß ich mir gegen meinen Willen wünsche, seine Untertanin zu sein.«

Darauf antwortete Alastair, denn Conn hatte an dergleichen niemals gedacht: »So genau kenne ich die geistigen Kräfte des Königs nicht, aber meine Mutter ist eine *leronis*, solange ich denken kann, und wenn sie imstande wäre, einen Menschen gegen seinen Willen zum Gehorsam zu zwingen, wäre ich ein weniger schlimmer Junge gewesen. Sie hat mir von frühester Jugend an eingeprägt, daß es das erste Gesetz des *laran* sei, diese Gabe niemals zu benutzen, um Geist oder Willen eines Menschen zu etwas zu bringen. Wenn Floria hier wäre, könnte sie euch den Überwacher-Eid zitieren, den jede *leronis* als erstes ablegen muß: *Niemals in den Geist eines Menschen ohne dessen Zustimmung einzudringen, außer um zu helfen oder zu heilen.*«

»Das habe ich während meiner Schulzeit auch gehört«, bestätigte Lenisa. »Aber wer weiß, was ein Hastur – einer der Zauberer-Könige – unter ›Helfen‹ oder ›Heilen‹ oder ›Eingreifen zum Besten des anderen‹ versteht?«

Alastair sah sie an, und Conn kam es vor, als strahle die ganze Seele seines Bruders aus seinen Augen.

*Er ist töricht und oberflächlich, wenn er Floria für die hier aufgeben will,* dachte Conn. *Und eine Blutrache, bei der die Ehre unserer Vorfahren auf dem Spiel steht, für die Annehmlichkeiten eines feigen Friedens. Für einen Hammerfell ist Krieg ein ehrenvolles Unternehmen. Und was soll dieser hochgelobte Frieden mit Storn uns einbringen? Bisher ist noch kein Wort darüber gefallen, daß Storn uns unser Land zurückgeben oder unsere Burg wiederaufbauen will. Die Ehre verlangt, daß wir diesen alten Streit zumindest so lange fortsetzen, bis wir unseren Vater gerächt haben.* Doch obwohl der Gedanke an Rache sein ganzes Leben erfüllt hatte, war er verwirrt, und Lenisa sah ihn mit trauriger Skepsis an, als lese sie seine Gedanken.

Conn versuchte Lenisa durch die Augen seines Bruders zu sehen, aber sie schien ihm wenig mehr zu sein als irgendeins der einfachen Bauernmädchen, mit denen er als Kind gespielt und bei den Ernte- und Mittsommerfesten getanzt hatte. Hübsch, ja, man konnte sie hübsch nennen mit ihrem ovalen Gesicht, den rosigen Wangen, dem glänzenden Haar, das in Zöpfe geflochten und zu Schaukeln aufgesteckt war. Sie trug ein einfaches, in Blau und Dunkelgrün kariertes Kleid.

Im Geist verglich er sie mit Floria, die hochgewachsen und elegant war, eindrucksvolle Züge, tiefliegende Augen und eine melodische Stimme besaß. Sie war eine ausgebildete *leronis*; man konnte leicht annehmen, daß sie nie mit eigenen Händen für einen Gast einen Tee aufgoß oder Gewürzwein bereitete ... aber das war ein Irrtum. Floria hatte mitgeholfen, die kleine Kupfer auszubilden, und hatte sich nicht gescheut zuzufassen. Floria war ebensowenig eine nutzlose feine Dame wie Lenisa und besaß Fähigkeiten eigener Art. Aber Floria war außerdem noch edel und gebildet, eine *leronis* durch und durch, während Lenisa nur ein hübsches und unerfahrenes Mädchen vom Lande war. Nun, es war bei Floria leicht, falsche Schlüsse zu ziehen, und so mochte auch Lenisa Qualitäten haben, die nicht offen zutage lagen. Wenn er sie erst besser kannte, würde er sie ihrem wahren Wert entsprechend einschätzen lernen.

In dieser Nacht schlief Conn im Zimmer seines Bruders auf dem Fußboden. Es war bestimmt das erste Mal, wie Lenisa schon bemerkt hatte – oder war es die Schwertfrau Dame Jarmilla gewesen? –, daß Storn nicht nur einen, sondern gleich zwei Hammerfells beherbergte. Er träumte von König Aidan und empfand sich als treulos. Die Aufgabe, es Aidan klarzumachen, daß die versprochene Armee des Königs nicht benötigt wurde, hatte er auf Gavin abgeschoben. Aber was war jetzt mit der Bedrohung durch Aldaran? Abgesehen davon, konnte er das Gefühl nicht loswerden – lag das an seiner ländlichen Erziehung? –, daß Alastair und Gavin irgendwie gegen ihn verbündet seien. Er traute diesen Stadtmenschen nicht so recht. Und als er einschlief, trieb seine Wahrnehmung durch geschlossene Türen dorthin, wo Lenisa schlief. Auf einem Feldbett im Flur lag Dame Jarmilla und bewachte ihr Zimmer, damit kein unerlaubtes Kommen und Gehen stattfinde.

Früh am nächsten Morgen weckte ihn Alastair. Es schneite.

»Du mußt mein Pferd nehmen, Bruder«, sagte Alastair beunruhigt. »Es steht in Storns Stall. Reite zu Markos' Haus zurück, denn unsere Mutter sollte von dem, was wir planen, unterrichtet werden. Und ich weiß nicht, wann es mir möglich sein wird, die Burg auf schickliche Weise zu verlassen.«

»Und wegen Lenisa willst du sie auch gar nicht verlassen«, bemerkte Conn.

»Du bist der letzte, der ein Recht hat, mir das vorzuwerfen«, antwortete Alastair nicht ohne Zorn, »denn so fällt dir Floria in die Arme. Glaubst du, ich weiß nicht, daß du sie seit dem ersten Augenblick eurer Begegnung begehrst?«

»Kannst du mir das verübeln? Und warum auch nicht, da es ja offensichtlich ist, daß du sie nicht so liebst, wie du solltest!«

»Das ist ungerecht!« sagte Alastair. »Ich liebe sie. Wir haben uns kennengelernt, als wir beide sieben Jahre alt waren. Bis ich hierherkam, dachte ich, es könne für mich kein glücklicheres Geschick geben, als Floria zu heiraten ...«

»Warum hast du dann deine Meinung geändert? Hältst du es jetzt für besser, das Storn-Mädchen zu heiraten – aus politischen Gründen?«

»Man könnte fast glauben, du wolltest diese Fehde nicht beenden«, beschuldigte Alastair ihn, jetzt wirklich zornig geworden.

»Ich hätte nichts gegen eine *ehrenvolle* Beendigung«, erklärte Conn. »Storn müßte uns unser Land und unsere Burg zurückgeben und uns garantieren, daß unseren Leuten nichts Böses widerfahren wird. Du magst nicht viel Interesse für sie haben, und wahrscheinlich hast du dazu auch keinen Grund, denn du kennst sie nicht. Aber ich habe mein ganzes Leben unter ihnen verbracht, und meine Ehre verpflichtet mich, für sie zu sorgen. Bildest du dir ein, du tust das, indem du einfach eine der Storn-Frauen heiratest?«

»*Die* Storn-Frau!« sagte Alastair aufbrausend. »Sie und Lord Storn sind als einzige von der Sippe noch übrig. Wenn Storn tot und Lenisa mit einem Hammerfell verheiratet ist, endet die Blutrache auf natürliche Weise, weil keiner mehr lebt, der sie fortführen könnte.«

»Du planst also, deinen Gastgeber zu ermorden?« fragte Conn sarkastisch. »Ich weiß nicht, was in der Stadt der Brauch ist, aber hier betrachtet man ein solches Benehmen mit Stirnrunzeln.«

»Das will ich natürlich nicht«, erwiderte Alastair heftig. In diesem Moment richtete Gavin sich in seinem Schlafsack am Feuer auf und stöhnte.

»Was habt ihr beiden denn schon wieder zu streiten?« Er fuhr sich mit den Fingern durchs Haar, das nach allen Richtungen vom Kopf abstand. »Wie spät ist es überhaupt? Es ist doch kaum Tag!«

»Conn beschuldigt mich, den Mord an Lord Storn zu planen«, antwortete Alastair. »Ziemlich frech von meinem *kleinen* Bruder.«

»Du bist doch mehr als bereit, deine Verlobung mit Floria zu vergessen«, höhnte Conn. »Wie kannst du da von mir erwarten, daß ich die feinen Unterschiede bei deiner Definition von Ehre verstehe?«

Alastair nahm den Köder jedoch nicht an, sondern überlegte eine Weile und meinte dann nachdenklich: »Tatsache ist, daß ich *nicht* mit Floria verlobt bin. Es tut mir leid, daß Königin Antonella so krank ist, aber wegen ihres Schlaganfalls hat die Verlobung nicht stattgefunden.«

Conn fragte ebenso nachdenklich: »Und wie viele von den Gästen, die an dem Abend da waren, wußten, mit wem von uns Floria verlobt werden sollte?«

Gavin schaute die beiden belustigt an, als wisse er etwas, das sie nicht wußten. »Und es ist ein so wundervoll traditionelles Ende einer Blutrache, daß die beiden Familien durch eine Heirat vereinigt werden! Ich gehe davon aus, Alastair, daß du tatsächlich Lady Storn – das heißt, die *damisela* Lenisa – heiraten möchtest?« Alastair nickte, und Gavin fuhr fort: »Und wenn Conn den Wunsch hat, Floria zu heiraten, wird eure Mutter nichts dagegen haben, da sie Floria auch dann zur Tochter bekommt. Ihr braucht also nur noch Lord Edric zu überreden . . .«

»Und Floria«, unterbrach ihn Conn, »es sei denn, du siehst in ihr eine Handelsware, die nach Lust und Laune ihres Vaters verschachert werden kann.«

»Ja, natürlich auch Floria«, stimmte Gavin zu. »Ihr solltet beide mit Floria reden, aber ich bin überzeugt, sie wird einverstanden sein, ihren Beitrag zur Beendigung dieser schrecklichen Blutrache zu leisten. Denn wenn sie Alastair heiratete und die Blutrache ginge weiter, würden ihre Kinder womöglich Opfer dieser Fehde. Doch wird Storn seine Zustimmung geben?«

Alastair zuckte die Schultern. »Wir werden ihn einfach fragen.« Da öffnete sich die Zimmertür.

»Mich was fragen?« Lord Storn stand im Eingang. Keiner sprach, und doch mußte er die Antwort gehört haben.

*Hat er denn laran?* wunderte sich Conn.

»Natürlich, Junge«, sagte Storn. »Die Storns haben immer *laran* gehabt. Die Hammerfells nicht?« Er wartete die Antwort nicht ab. »Du willst also meine Großnichte heiraten, wie?« wandte er sich an Alastair. »Zuerst einmal erzählst du mir von deiner Verlobten, von der, die im Dorf bei deiner Mutter ist.«

»Domna Floria«, sagte Alastair langsam. »Also, seht Ihr, Sir, unsere Familien sind befreundet, und ich kenne sie seit unserer Kindheit. Als nun vorgeschlagen wurde, wir sollten heiraten, schätzte ich mich glücklich. Sie ist ein reizendes Mädchen. Dann lernte ich Lenisa kennen, und jetzt – jetzt liebe ich Lenisa.«

»Tatsächlich?« Lord Storn überlegte. »Das ist alles schön und gut für die ersten paar Monate, junger Mann. Aber was wird euch danach zusammenhalten? Ich gebe nicht viel auf all diesen Unsinn über Liebe und Romantik. Das habe ich nie getan, und das werde ich nie tun. Eine passende Heirat, die von den Eltern arrangiert wird, hat eine bessere Erfolgschance. Auf diese Weise gibt sich keiner unrealistischen Erwartungen hin.« Sein Gesicht wurde ernst. »Fest steht allerdings, daß Lenisa heiraten muß – es sei denn, ich wolle mein Blut ganz aussterben lassen, und das will ich *nicht.* Aldaran von Scathfell will sie für seinen Bruder, aber ich weiß nicht recht ... Ich werde darüber nachdenken, Junge, ja, das werde ich.«

Er sah zu Gavin hinüber, der immer noch auf seinem Schlafsack neben dem Feuer saß. »Ich glaube nicht, daß ich Euch schon kennengelernt habe.« Gavin sprang hastig auf, und Alastair übernahm die Vorstellung. »Ihr seid also der Vetter des Hastur-Königs?«

»Nur durch Heirat, Sir«, antwortete Gavin respektvoll.

»Und Ihr erbietet Euch, ihn dazu zu bringen, hierherzukommen, um mit uns allen zu reden?«

»Wenn Ihr einverstanden seid, Sir«, sagte Gavin. »Ich möchte König Aidan aber nicht einer Gefahr aussetzen.«

»Gefahren gibt es hier in den Bergen immer«, schnaubte Storn. »Wenn keine Fehde tobt und keine Räuber unterwegs sind, versuchen die Aldarans, ihr Gebiet zu erweitern. Aber ich gebe Euch mein Wort, daß der König durch mich nicht in Gefahr sein wird. Ich will mich gern mit ihm besprechen, wenn er es wünscht.« Er blickte finster zum Schlafsack. »Kann mein Haushalt unseren Gästen nichts Besseres zur Verfügung stellen?« Dann ging er zur Tür und brüllte: »Lenisa!« Dem Echo seiner Stimme im Flur folgten schnelle Schritte.

»Ja, Großvater?« fragte Lenisa.

Er wies anklagend mit dem Finger auf den Schlafsack. »Mehr kannst du für einen Gast nicht tun? Laß ein Zimmer für Dom Gavin herrichten und eins für Lady Hammerfell und ihr Mündel.«

»Mutter und Floria kommen her?« stieß Conn hervor.

»Wenn ihr beide unter meinem Dach weilt, sollen sie dann nicht auch hier wohnen?« fragte Storn. »Du betrachtest Bauernhütten doch wohl nicht als den richtigen Ort für deine Mutter und deine versprochene Frau – oder Alastairs versprochene Frau – oder wessen versprochene Frau auch immer sie ist! Und ich glaube kaum, daß sich

Burg Hammerfell in dem Zustand befindet, sie zu beherbergen. Ich selbst habe sie hierher eingeladen.«

Alastair sah Conn schweigend an. »Wirklich, Sir, wir sind Euch sehr dankbar für Eure Gastlichkeit.«

Conn hoffte, daß Lord Storn nicht hörte, was Alastair in Gedanken hinzufügte: *Vor allem, weil Ihr die Ursache seid, daß wir sie nötig haben.*

Wenn er es hörte, ließ er es sich jedoch nicht anmerken. Er sagte nur: »Es sieht ganz so aus, als müßten wir über eine Menge sprechen, und da können wir es ebensogut in aller Bequemlichkeit tun. Ich persönlich bin es vorerst leid, draußen im Schnee zu sein. Komm, Mädchen«, sagte er zu Lenisa. »Wir sollten uns vorbereiten, unsere Gäste zu empfangen.«

»Ist das Abschreiten der Grenzen dermaßen anstrengend?« erkundigte sich Alastair, und Conn fiel ein, daß sein Bruder ja nichts von der jüngsten Brandstiftung wußte. Als Lord Storn das Zimmer verlassen hatte, erzählte er ihm davon und dachte: *Vielleicht wird es für Alastair das beste sein, wenn er Lenisa heiratet. Wenigstens kennt sie die Sitten in den Hellers und kann ihn dazu bringen, sich danach zu richten.*

»Glaubst du denn wirklich, unsere Mutter und Floria werden hier sicher sein?« fragte Conn, als er seinen Bericht beendet hatte.

»Mach dir keine Sorgen um Floria«, sagte Alastair unbekümmert. »Sie ist von dieser Blutrache nicht betroffen.«

»Auch Domna Erminie wird hier nichts Böses widerfahren«, erklärte Gavin. »König Aidan weiß, daß wir hier sind, und würde eingreifen, wenn uns etwas zustieße. Ich glaube, wir brauchen nicht beunruhigt zu sein.«

Das brachte beide Zwillinge zum Schweigen. Einen mächtigeren Beschützer als den Hastur-König gab es nicht.

Conn kehrte in das Dorf vor den Toren der Ruine von Hammerfell zurück und verbrachte den Vormittag damit, seinem Pferd Bewegung zu verschaffen. Am Nachmittag begleitete er Erminie und Floria nach Stornhöhe. Mit Erleichterung stellte er fest, daß Erminie auf den ersten Blick Sympathie für Lenisa empfand. Es hätte die Dinge gewaltig kompliziert, wenn seine Mutter das Mädchen aus irgendeinem Grund nicht gemocht hätte. Er wagte es kaum, mit Floria zu sprechen oder sie auch nur anzusehen. Die Vorstellung, daß er tatsächlich das Recht haben sollte, sie zu heiraten, war fast mehr, als er verkraften konnte.

Das Gespräch nach dem Abendessen war in der Tat ein Muster an Harmonie. *Lenisa muß lange Gespräche mit Lord Storn geführt haben*, dachte Conn amüsiert. *Er scheint jetzt viel eher bereit, sie mit Alastair zu verheiraten, als noch heute morgen.* Und Floria hatte offensichtlich etwas gemerkt, denn sie saß beim Essen neben Conn und nahm ihm gegenüber eine recht besitzergreifende Haltung ein. Conn stellte ohne Verwunderung fest, daß ihm das gefiel, obwohl er gern gewußt hätte, ob er Gavin diese Veränderung zu verdanken hatte. Was hatte Gavin ihr über die Unterhaltung am Morgen erzählt?

Zumindest diese Frage wurde schnell beantwortet. Als sie mit ihrem Gewürzwein im Nebenraum Platz nahmen, ging Floria das Thema direkt an, indem sie sagte: »Alastair, wie ich hörte, möchtest du mich nicht heiraten?«

Alastair schluckte und blickte verlegen drein. *Bei all ihrer eleganten Tiefland-Etikette können sie einem nicht einmal in Thendara beibringen, wie man seiner Verlobten auf höfliche und würdige Weise den Laufpaß gibt*, dachte Conn mit einiger Belustigung.

»Ich habe die größte Achtung vor dir, liebe Cousine, und werde sie immer haben«, begann Alastair, »aber . . .«

»Ist ja gut, Alastair«, sagte Floria freundlich. »Ich bin bereit, dich aus der Verlobung zu entlassen, die schließlich nie offiziell stattgefunden hat. Es sollte nur jedem klar werden, daß es das ist, was wir *beide* wollen.«

»Beide?« fragte Alastair freudig. »Soll ich dich dann zur Schwester bekommen?« Alle sahen Conn an.

»Ja!« sagte Conn voller Begeisterung. »Wenn die Dame es wünscht, würde nichts mich glücklicher machen.«

Floria ergriff mit strahlendem Lächeln seine Hand. »Auch mich würde nichts glücklicher machen.«

»Und vermutlich erwartet ihr jetzt meine Zustimmung, daß meine Großnichte Herzogin von Hammerfell wird«, brummte Storn, der offenbar ein bißchen Mühe mit der Aussprache hatte.

»Ich würde es gewiß vorziehen, sie mit Eurer Zustimmung zu heiraten, Sir«, erklärte Alastair höflich.

»Und sonst ohne sie? Willst du damit sagen, daß du sie heiraten wirst, ob ich zustimme oder nicht?« Storn drehte sich zu Erminie um und funkelte sie an. »Einen feinen Sohn habt Ihr erzogen, meine Lady! Was haltet Ihr von alldem?«

Erminie blickte kurz auf ihre Hände, die gefaltet in ihrem Schoß lagen. Dann hob sie den Kopf und sah Storn gerade in die Augen. »Mein Lord«, sagte sie liebenswürdig, »ich denke, diese Blutrache währt schon über zu viele Generationen, und alle die, die damit begonnen haben, sind tot. Ich habe sowohl den Freund meiner Kinderzeit als auch meinen Gatten an sie verloren, und viele Jahre lang glaubte ich, auch einer meiner kleinen Söhne sei ihr Opfer. Ihr habt mit Ausnahme von Lenisa Eure ganze Familie verloren. Hat es nicht schon genug Tote gegeben – auf Eurer Seite und auf meiner? Welche Beleidigung auch der Ursprung gewesen sein mag, zwischen uns ist mittlerweile so viel Blut vergossen worden, daß es sämtliche Hundert Königreiche reinwaschen könnte! Wenn mein Sohn Eure Großnichte heiraten möchte, freue ich mich über die Chance, diese alte Fehde für immer zu begraben. Ich schwöre, Lenisa soll mir wie eine Tochter sein. Ich gebe ihnen meinen Segen. Und ich flehe Euch an, ebenso zu handeln, mein Lord.«

»Andernfalls«, erklärte Lord Storn mit vorgetäuschter Bitterkeit, »bleibt für mich nur die Rolle des Menschenfressers in dem Stück. Ich werde mich weigern und euch gehen lassen, ihr werdet einen Aufstand gegen mich anzetteln, dann wird der Hastur-König mit seinen Soldaten kommen, und in unseren Ländern wird es Feuer und Zerstörung geben – und schließlich, wenn ich sterbe, wirst du das Mädchen doch nehmen, immer vorausgesetzt, daß ihr beide die Kämpfe überlebt.«

»So ausgedrückt, Sir«, meldete sich Gavin zu Wort, »scheint es keine annehmbare Alternative zu sein. Aber müßt Ihr es so ausdrücken? Könnt Ihr darin nicht eine Gelegenheit sehen, der Held zu sein, der all diese Kämpfe beendet?«

Lord Storn machte ein finsteres Gesicht. »Eine annehmbare Alternative ist auch das nicht. Mein Vater würde sich im Grab umdrehen. Allerdings hat er sein Leben nicht mir zur Freude geführt, und deshalb sehe ich keinen Grund, warum ich mein Leben ihm zur Freude führen sollte. Ich persönlich halte nichts von einer Liebesheirat, aber Ihr sprecht für Euren Sohn, Lady, und irgendwem muß ich meine Großnichte ja geben. – Na gut, Mädchen«, wandte er sich an Lenisa, »wenn du ihn heiraten willst, will ich mich dir nicht in den Weg stellen. Es ist besser, aus Storn und Hammerfell ein einziges Königreich zu machen, als beide an Aldaran zu verlieren. Also, willst du ihn?« Er sah sie mit grimmigem Blick an. »Und nicht nur, weil du es für romantisch oder ähnlichen Unsinn hältst? Gut, dann heirate ihn.«

»Oh, ich danke dir, Großvater!« rief sie und umarmte ihn.

Alastair erhob sich und streckte die Hand aus. »Ich danke Euch, Sir.« Er schluckte schwer. »Ich kann Euch nicht sagen, wie dankbar ich Euch bin. Dürfen wir unseren ersten Sohn nach Euch nennen?« Alastair errötete heftig, bewahrte aber die Haltung.

»Ardrin von Hammerfell? Mein Urgroßvater würde einen Handstand in seinem Grab machen, aber – nun ja, wenn ihr es gern möchtet.« Storn gab sich Mühe, nicht allzu erfreut auszusehen. Er drückte kurz Alastairs Hand. »Behandle sie immer gut, junger Mann. Auch wenn die erste Verliebtheit vorüber ist, denke stets daran, daß sie deine Frau ist – und, wenn die Götter es wollen, die Mutter deiner Kinder.«

»Das verspreche ich Euch, mein Lord – Großonkel«, gelobte Alastair feierlich. Es war offensichtlich, daß Alastair nicht glaubte, Lenisa gegenüber jemals anders als jetzt empfinden zu können. Bei dem »Großonkel« blickte Erminie ihn entrüstet an, aber wenigstens war Lord Storn nun bei der ganzen Geschichte ein bißchen wohler zumute.

»Das wäre geregelt«, stellte er fest. »Ihr benachrichtigt wohl besser Euren König. Sagt ihm, ich biete ihm Gastfreundschaft – aber ich habe in der Mannschaftsunterkunft nur Platz für etwa dreißig seiner Gardisten, und ich kann von meinen Leuten, die in dieser Zeit schon genug Sorgen haben, nicht verlangen, daß sie fremde Tiefländer bei sich einquartieren lassen. Vergeßt nicht, ihm das mitzuteilen, junger Mann«, ermahnte er Gavin.

Gavin nickte, rutschte tiefer in seinen Sessel und schloß die Augen.

»Braucht er seine Matrix nicht?« flüsterte Lord Storn.

»Nicht, um mit dem Hastur-Lord zu sprechen«, hauchte Erminie.

Alastair grübelte über das unbekannte *laran* der Hasturs nach. Alle anderen nahmen es als selbstverständlich hin. Sie saßen schweigend da und warteten darauf, daß Gavin die Augen wieder öffnete. Nach etwa zehn Minuten tat er es und streckte die Hand nach seinem Weinglas aus. Floria schob ihm den Teller mit Keksen hin. Er nahm einen und aß ihn, bevor er sprach.

»Er wird innerhalb von zehn Tagen hier sein«, berichtete Gavin. »Königin Antonella geht es viel besser als erwartet, und er glaubt, sie allein lassen zu können. Da er alle seine Verpflichtungen abgesagt hat, um bei ihr sein zu können, solange sie krank war, rechnet auch nirgendwo jemand mit seinem Kommen. Deshalb kann er mit zwanzig seiner Gardisten heimlich die Stadt verlassen und auf geradem Weg hierherkommen.«

»Sehr gut«, sagte Storn. »Lenisa, du sorgst dafür, daß alles für den Besuch Seiner Gnaden bereit ist.«

»Ich werde dir helfen, wenn du erlaubst.« Floria sah Lenisa mit schüchternem Lächeln an.

Lenisa zögerte einen Augenblick, dann erwiderte sie das Lächeln. »Das wäre sehr lieb von dir. Ich habe ja keine Ahnung, was ein Hastur-König an Protokoll verlangt – Schwester.«

Floria erkannte, daß Lenisa voller Angst war, der *laranzu* aus Thendara werde auf sie als ein unbeholfenes Mädchen vom Lande herabsehen.

»Oh, darüber brauchst du dir keine Sorgen zu machen, meine Liebe.« Sie umarmte Lenisa spontan. »König Aidan ist der freundlichste aller Männer. Nach einer halben Stunde wird es dir vorkommen, als sei er dein Lieblingsonkel und du habest ihn dein Leben lang gekannt. Nicht wahr, Gavin?«

# XIX

Jetzt war die Fehde beendet, König Aidans Besuch stand in Aussicht, und Conn verspürte dennoch ein seltsames Unbehagen. Vielleicht war er mißtrauischer Natur, aber er fand, es sei alles zu einfach gegangen, es sei zu schön, um wahr zu sein. Daß ihm gesagt worden war, er dürfe Floria heiraten, war wie ein süßer Traum. Und auch ein paar Tage später, als er durch die Berge ritt und nachsah, wie es seinen – nein, Alastairs – Pächtern ging, dachte er, alles, was geschehen war, seit er den Ritt nach Thendara angetreten hatte, sei wie ein Traum – etwas, an das er nicht ganz glauben konnte.

Er vertraute seine Ängste Gavin an, und der lachte. »Ich weiß, was du meinst. Wenn dies eine Ballade wäre, müßte es vor einem befriedigenden Ende noch eine weitere Komplikation geben, vorzugsweise eine mit einer großen Schlacht.«

»Das wünsche ich mir gewiß nicht«, erwiderte Conn. »Übrigens, wie steht es mit König Aidan und seiner Königin?«

Gavin, der jeden Abend bei dem König nachgefragt hatte, berichtete: »Der Lady geht es unter Renatas Obhut den Umständen entsprechend gut. Zwar erholt sie sich nur langsam, und es ist unwahrscheinlich, daß sie jemals wieder ganz gesund wird, aber eine ernsthafte Behinderung wird nicht zurückbleiben. Was den König betrifft, so hat er gestern abend spät den Kadarin überquert und sollte heute abend das Vorgebirge erreichen.«

»Du mußt ein mächtiger *laranzu* sein«, sagte Conn, »daß du ihn über eine so große Entfernung erreichst.«

»Das bin ich eigentlich nicht«, wehrte Gavin ab. »Ich habe nur wenig *laran*, die Verbindung wird zum größten Teil durch die Kräfte des Königs aufrechterhalten. Wer tatsächlich ein mächtiger *laranzu* ist, das bist du. Wahrscheinlich könntest du sogar von hier aus nachsehen, wie es im Land steht und was die Pächter machen, und es dir ersparen, viele Stunden bei schlechtem Wetter im Sattel zu sitzen.«

»Ich reite gern«, stellte Conn ruhig fest, »und was schlechtes Wetter ist, hast du bis jetzt noch gar nicht mitbekommen.« Trotzdem dachte er über Gavins Worte nach. »Du glaubst wirklich, ich könnte von hier aus viel sehen?«

»Versuch es«, meinte Gavin.

Conn lehnte sich in die Kissen zurück, holte seinen Sternenstein hervor und konzentrierte sich darauf. Plötzlich war ihm, als steige er in die Höhe und fliege zum Fenster. Er sah zurück, und da saß er noch immer im Sessel. Ein weiterer Schritt vorwärts, und er schwebte durch das Fenster auf die Erde hinunter. Schon wollte er den Weg einschlagen, der von der Burg ins Tal führte, als ihm die alten Geschichten über *leroni* einfielen, die in großen Segelflugzeugen auf den Bergwinden flogen. Er hatte kein Segelflugzeug, aber er war im Augenblick frei von seinem Körper, und vielleicht ...

Offenbar genügte es, wenn er es sich vorstellte. Er flog über den Bäumen dahin. Sollte er die Richtung nach Hammerfell einschlagen? Nein, er war gestern und vorgestern dort geritten – und er hatte immer schon wissen wollen, was auf der anderen Seite von Storns Grenzen lag.

Ein Flug von mehreren Minuten brachte ihn an eine Stelle über einer großen steinernen Burg. *Scathfell*, dachte er, und ihm kamen Storns Bemerkungen über Aldaran in den Sinn. Auf den Flügeln des Gedankens bewegte er sich über Hecken und Felder, die voll waren von Herden wolliger Schafe. Vor dem Hauptgebäude der Burg versammelten sich viele Männer. *Es ist doch kein Erntefest und kein Gesindemarkt*, dachte Conn. *Ob sie Schafe zusammentreiben und scheren wollen?* Unmerklich kam er näher, und da sah er, daß keiner der Männer eine Schere bei sich hatte, die meisten dagegen mit Schwertern und Piken bewaffnet waren. Ein halbes Dutzend Männer in einer Kleidung, die nach der Aldaran-Livree aussah und das Aldaran-Wappen, den doppelköpfigen Adler, zeigte, teilte die Versammelten in Gruppen ein, die beunruhigend nach einer Armee aussahen ...

Warum stellte Scathfell eine Armee auf? Es herrschte kein Streit in den Bergen, ausgenommen die private Fehde zwischen Storn und Hammerfell, und in die hatte sich Aldaran bisher nie eingemischt. Aber trotzdem hob er Truppen aus. Beim besten Willen fiel Conn im Augenblick kein Grund dafür ein.

*Ich sollte lieber umkehren und jemanden mit einem Segelflugzeug schicken, um weitere Informationen über das, was hier in den Bergen vor sich geht, zu sammeln.* Langsam begriff er, daß mehr dazu gehörte, Hammerfell zu regieren, als mit den Pächtern zu verhandeln und die Entscheidung zwischen Ackerbau und Schafzucht zu fällen.

*Vielleicht sollte ich ein langes Gespräch mit Lord Storn führen und mehr darüber herausfinden, wie ein solch großer Besitz zu verwalten ist. Doch natürlich ist das eher Alastairs Sache. Mutter erwartet, daß ich mit ihr – und Floria – nach Thendara zurückkehre und mich im dortigen Turm ausbilden lasse. Aber soll ich denn für den Rest meines Lebens ein laranzu sein?* fragte er sich. Ihm kam das nicht wie eine Arbeit vor, die ihn für immer befriedigen könnte, und doch wußte er in seinem Herzen, wenn er hierblieb, schwächte er Alastairs Autorität bei den Männern, die gewohnt waren, ihn, Conn, als ihren Herzog zu betrachten. Trotzdem hielt er es für falsch, seine Leute im Stich zu lassen. Sollte er untätig zusehen, wenn Alastair die Politik Storns übernahm und zugunsten der Schafe Pächter vertrieb, die sich dann Arbeit in Thendara oder sonstwo suchen mußten?

Er war dazu erzogen worden, die Verantwortung für diese Leute zu tragen! Hatte Alastair auch nur die *leiseste*

Ahnung, was es bedeutete, Herzog von Hammerfell zu sein? Wußte denn seine Mutter etwas darüber? Sie hatte als junges Mädchen in die Linie eingeheiratet. Er konnte ihr keinen Vorwurf daraus machen, aber wahrscheinlich wußte sie so gut wie gar nichts. Kurze Zeit ließ sich Conn, mit dem Dilemma, in dem er sich befand, beschäftigt, dahintreiben. Aber Scathfell stellte Truppen auf, und er mußte etwas tun – er mußte nach Stornhöhe und zu Gavin zurückkehren.

Als er an Gavin dachte, fand sich Conn plötzlich in seinem Körper, neben ihm sitzend, wieder. Sein Freund erkannte sofort, in welcher Stimmung er zurückgekehrt war, und fragte: »Was ist passiert?«

»Ich bin mir nicht sicher, ob tatsächlich etwas *passiert*«, antwortete Conn, »aber ich verstehe es nicht ...« Er beschrieb, was er auf Aldaran gesehen hatte.

»Das muß Lady Erminie erfahren«, erklärte Gavin ernst.

Conn wußte nicht, was Erminie in dieser Sache tun konnte, doch Gavin hatte das so bestimmt gesagt, daß er keinen Widerspruch erhob. Auf Gavins Bitte hin kam Erminie in den Raum, holte ihren eigenen Sternenstein hervor und sah selbst nach. Als sie die Augen wieder öffnete, stand Furcht in ihnen geschrieben. »Das ist ja entsetzlich! Scathfell zieht mit Bewaffneten gegen König Aidans Leute. Es sind mindestens dreihundert Mann.«

»Gegen Aidan? Der König bringt doch nur eine Ehrengarde von höchstens zwanzig Mann.«

»Er wird glauben, wir hätten ihn in eine Falle gelockt«, sagte Conn schnell. »Jemand muß sofort losreiten und ihn warnen!«

»Aber niemand könnte ihn noch rechtzeitig erreichen.« Erminie wollte verzweifeln. »Es sei denn ...«

»Nun, ich kann es ja *versuchen*«, erbot sich Gavin ohne große Hoffnung, »allerdings ist es schon schwierig genug bei Nacht, wenn alles ruhig ist ...«

»Dreihundert Mann«, wiederholte Conn bestürzt. »König Aidan könnte so vielen mit seiner Ehrengarde nicht standhalten, selbst wenn wir die Bären und Kaninchen bewaffnen würden.«

Das war nur ein altes Sprichwort, aber zu seiner Überraschung lächelte Erminie.

»Genau das werden wir tun«, sagte sie.

# XX

Beide jungen Männer starrten Erminie an, als habe sie den Verstand verloren.

Dann sagte Gavin: »Ihr scherzt natürlich?« Es klang unsicher.

»Mit solchen Dingen scherze ich nie«, antwortete Erminie. »Hast du gescherzt, als du mir sagtest, Aidan habe nur eine Ehrengarde bei sich?«

Sie sprach unverkennbar hoffnungsvoll. Zum erstenmal gewann Conn einen Einblick in die weiten Möglichkeiten der *laran*-Kräfte. Er spürte, als betreffe es ihn selbst, daß seine Mutter ungern alle ihre Kenntnisse anwandte, und mit dem Wissen kam eine Art von Mitgefühl für sie in ihm auf. Seine Phantasie reichte nicht aus, sich eine Schlacht mit einer Armee von Tieren vorzustellen, aber er begriff plötzlich, wie ganz anders die Leute danach seine Mutter als Frau, die über so gewaltige Kräfte verfügte, betrachten würden.

Obwohl Erminie viele Jahre lang als *leronis* im Turm von Thendara gearbeitet hatte, war sie nur eine von vielen, und in den Augen der Leute hatte ihre *laran*-Gabe kaum mehr zu bedeuten als ihr Geschick im Handarbeiten. In Thendara war sie erstens Erminie und zweitens eine *leronis*. Hier in den Bergen, wo *leroni* rar waren, würde ein so dramatisches Unternehmen sie herausheben und für immer ihren Nachbarn entfremden. Man würde ihr nie erlauben, es zu vergessen.

Sie sah zu Conn auf. »Du mußt mir helfen. Ihr alle müßt mir helfen. Das ist eine komplizierte Sache, und wir sind so wenige mit *laran:* ich, ihr beiden, Floria, Lord Storn ... Conn, weißt du, ob sonst noch jemand hier in der Nähe *laran* hat?«

Conn schüttelte den Kopf, während Gavin protestierte:

»Aber, Lady, ich habe so wenig *laran* – ich habe nie eine Ausbildung genossen –, ich tauge zu so gut wie gar nichts!«

»Das bißchen, das du hast, brauchen wir«, stellte Erminie mit Nachdruck fest. »Doch im Augenblick kannst du die Botengänge übernehmen. Suche Storn, Floria, Lenisa und ihre Gouvernante, die Schwertfrau. Bring sie alle her – und bitte schnell.«

Gavin rannte aus dem Zimmer, und Erminie wandte sich Conn zu. »Wir brauchen Markos, und du stehst ihm am nächsten. *Rufe ihn.*«

Conn wollte sich aus seinem Sessel erheben, doch Erminie winkte ihm ungeduldig, sitzen zu bleiben. »Nein, soviel Zeit haben wir nicht, daß du losreiten und ihn suchen könntest. Konzentrier dich auf ihn – ruf ihn auf diese Weise! *Denk* an ihn, übermittle ihm das Gefühl, daß etwas Schreckliches geschieht und wir ihn sofort brauchen. Auf dem Weg hierher kann er schon anfangen, die Männer zusammenzurufen; wir werden sie alle benötigen.«

Conn konzentrierte sich so angestrengt, daß sich seine Stirn in Falten legte. *Markos, komm zu mir, ich brauche dich.*

Er war richtig überrascht, als Markos erschien, und das um so mehr, da sein Pflegevater offenbar gar nichts Besonderes dabei fand. Gavin kehrte mit Lenisa und Dame Jarmilla zurück, und bei ihnen war Alastair.

»Alastair! Ich freue mich, daß du aufstehen konntest«, sagte Conn.

Dame Jarmilla bemerkte ärgerlich: »Er sollte aber nicht aufstehen, er ist immer noch so schwach wie ein Kätzchen.«

Erminie erklärte schnell, was sie vorhatte: Sie wollte alle wilden Tiere, die sie finden konnte, so umwandeln, daß sie einer Armee glichen. »Es würde kein Sprichwort darüber geben, wenn das nicht einmal jemandem gelungen wäre«, sagte sie.

»Von diesem *laran* habe ich noch nie gehört«, gestand Gavin.

»In früheren Zeiten war es bekannter als heute«, erklärte Erminie. »Vom Gestaltwandeln handeln viele Legenden, aber ich habe es noch nie gemacht. In meiner Familie hat es Männer und Frauen gegeben, die sich, wie es heißt, willentlich verwandeln konnten – in einen Wolf oder Falken oder ich weiß nicht was. Doch für Menschen ist das gefährlich. Wenn sie die Gestalt zu lange beibehalten, übernehmen sie Eigenschaften des betreffenden Tiers. Ein Teil davon ist natürlich nichts als Illusion; die Tiere werden nicht so menschlich sein, wie sie aussehen. Sie werden nicht fähig sein, andere Waffen zu tragen als solche, die ihnen die Natur verliehen hat. Und im Fall eines Kaninchens ist das nicht viel. Trotzdem können sie uns nützlich sein.«

»Ich weiß überhaupt nichts darüber«, sagte Conn, »aber wir werden für alles dankbar sein, was du tun kannst, um uns zu helfen. Wie willst du die Tiere zu fassen bekommen?«

»Ich kann sie zu mir rufen«, antwortete Erminie. »Ich glaube, das bringst du auch fertig. Willst du es versuchen?«

Aber Conn war in seinem Innersten zu erschüttert, als daß er irgend etwas dieser Art hätte versuchen wollen. Dankbar überließ er die Aufgabe einer *leronis*, die erfahrener war als er.

»Bringt sie jetzt zu mir, und ich will tun, was ich tun muß«, sagte Erminie, und offenbar verstand Storn sie. Er nahm seinen Sternenstein, und als Conn wenig später aus dem Fenster sah, füllte sich die Lichtung um das Gebäude schnell mit den wilden Tieren des Waldes.

Da waren Kaninchen und Rabbithorns, Igel und Eichhörnchen, und da waren zwei oder drei kleinere Tiere, die nicht einmal der im Wald aufgewachsene Conn kannte. Aber er erblickte auch Bären.

Erminie musterte sie alle, tief in Gedanken versunken. Nach einer Weile stand sie auf, ging hinaus und trat zwischen die Tiere. Die anderen folgten ihr. »Wenn ich sie verwandle, verschafft uns das nur die Illusion der Armee, die wir brauchen«, erklärte sie ihnen. »Die Kaninchen werden immer noch Kaninchen sein und weglaufen statt zu kämpfen, wenn sie bedroht werden.«

Aber was war mit den *Bären?* dachte Conn. Er und Floria standen noch in engem Rapport, und sie sagte leise: »Ich hoffe, wenn die von Scathfell die Illusion einer großen Armee sehen, werden sie sich zurückziehen, ohne daß es zum Kampf kommt. Mir graust vor der Aufgabe, einen Bären in menschlicher Gestalt zu kontrollieren!«

Davor grauste es Conn auch. »Ganz gleich, in welcher Gestalt!« stimmte er ihr zu. Inzwischen hatte sich Erminie dem nächsten der Tiere genähert. Sie besprengte es mit etwas Wasser und sagte mit leiser Stimme: »Verlasse die Gestalt, die du trägst, und nimmt die Gestalt eines Menschen an.«

Das Tier stöhnte protestierend, streckte sich – und da stand ein kleiner Mann, in Braun und Grau gekleidet. Er hatte vorstehende Zähne und war im wesentlichen – wie Erminie gesagt hatte – immer noch ein Kaninchen. Doch zumindest äußerlich sah er wie ein Mensch aus. Nun wußte Conn, was sie wirklich gemeint hatte, als sie versprach, die Bären und Kaninchen gegen Scathfell zu bewaffnen.

Erminie hatte ihre Arbeit beendet, und es war, als stehe eine Armee vor ihnen – nur war es bloß eine Armee aus Tieren, das war Conn klar. Auch Alastair begriff es und meinte: »Sie können nicht richtig für mich kämpfen, auch nicht in menschlicher Gestalt . . .«

»Wir wollen hoffen, daß sie nicht zu kämpfen brauchen«, erwiderte Erminie. »Ich kann dir jedoch eine Leibwächterin geben, die dich tatsächlich mit ihrem Leben verteidigen wird.« Sie rief Juwel zu sich. Die alte Hündin kam, und wie Erminie es in Thendara getan hatte, sah sie ihr lange in die Augen. Dann besprengte sie auch die Hündin mit Wasser und sagte: »Verlasse die Gestalt, die du trägst, und nimm die Form an, die deine Seele sucht.«

»Das ist ja eine Frau!« rief Dame Jarmilla aus.

»Ja«, sagte Erminie, »sie ist wie Ihr – eine Kriegerin.« Sie wandte sich an Alastair. »Sie wird für dich kämpfen, solange Leben in ihrem Körper ist. Es ist ihre Natur, dich zu verteidigen.«

Alastair betrachtete die rothaarige Frau, die da stand, wo die Hündin gewesen war. Sie trug derbe Lederkleidung und ein Schwert an der Seite.

»*Das* ist der – das ist *Juwel?*«

»Das ist die Gestalt, die Juwel angenommen hat, um dich zu beschützen«, antwortete seine Mutter. »Das ist die wahre Gestalt ihrer Seele, oder zumindest ist sie der Vorstellung ähnlich, die sie von sich selbst hat.« Und Alastair ging es durch den Kopf, daß Juwel ihn beschützt hatte, solange er zurückdenken konnte. Tatsächlich war die alte Hündin eine seiner frühesten Erinnerungen.

»Aber wenn sie nicht kämpfen wird . . .«

»Ich habe nicht gesagt, daß *sie* nicht kämpfen wird«, berichtigte Erminie ihn. »Es ist ihre Natur, dich zu verteidigen. Ich sagte, wir wollen hoffen, daß es für die anderen Tiere nicht notwendig werden wird zu kämpfen. Sie werden wie eine Armee *aussehen,* und wahrscheinlich ist das alles, was wir brauchen.«

Juwel hockte sich zu Alastairs Füßen nieder. Er erwartete jeden Augenblick, daß sie ihm die Hände leckte, und fragte sich, was er dann tun solle. Sie war immer noch ein Hund, aber sie sah nicht wie ein Hund, sondern wie eine Kriegerin aus. Nur ihre Augen waren noch dieselben: groß, braun und voller Hingebung.

# XXI

Alastair wartete im Unterholz darauf, daß Scathfells Armee in Sicht kam. Seine eigene Truppe – die kläglich geringe Zahl echter Menschen und die »Armee«, die seine Mutter aufgestellt hatte, indem sie den Bären und Kaninchen menschliche Gestalt verlieh – wartete mit ihm. Wenn Scathfell oder seine militärischen Ratgeber diese große Armee erblickten, würden sie kehrtmachen und fliehen – jedenfalls hoffte Alastair das.

Aber wenn Scathfell mit Hilfe seines *laran* erkannte, wie sie es angestellt hatten, was dann? Es war unmöglich, mit einer solchen Art von Armee einen militärischen Sieg zu erringen; hatte er es durchschaut, konnten sie nur weglaufen. Eine Armee, die zum größten Teil aus Kaninchen bestand, würde im Weglaufen sehr gut sein, dachte Alastair mit trockenem Humor.

Juwel schlief zu seinen Füßen. Da es nichts anderes zu tun gab, als zu warten, hatte sie sich auf dem Boden zusammengerollt und war eingeschlafen. Das erinnerte ihn mehr als alles andere daran, daß sie im wesentlichen immer noch sein alter Hund war, ganz gleich, welche Gestalt sie haben mochte.

Etwas verstand er nicht ganz. Seine Mutter hatte gesagt, Juwel werde ihn verteidigen. Wie konnte diese seltsamste aller Kriegerinnen ihn besser verteidigen als ein guter Hund? So sehr er sie liebte, Alastair würde der erste sein, der zugab, daß sie als Mensch nach nichts Besonderem aussah.

Bevor er Thendara verließ, hatte seine Mutter davon gesprochen, Juwels Gestalt zu verändern, doch dann hatte sie gemeint, als Hund könne sie ihn wirksamer beschützen.

Jetzt fand Erminie, er würde von Juwel in menschlicher Form besser beschützt werden – was erwartete sie?

Ihm blieb nicht viel Zeit, darüber zu grübeln, denn plötzlich vernahm er ein fernes Grollen. Ein solches Geräusch hatte er noch nie gehört, und dennoch brauchte man ihm nicht erst zu sagen, was es war. Es war unverkennbar Scathfells Armee beim Anmarsch. Alastair konnte auch die Klänge von Fanfaren und Trommeln hören. Aidan hatte nichts dergleichen, nur seine Ehrengarde – er kam allein und schutzlos, wie Gavin gesagt hatte. Die Ungerechtigkeit brachte Alastairs Blut zum Sieden.

Zu seinen Füßen regte und streckte sich Juwel. Alastair sagte gepreßt: »Ich glaube, es ist Zeit, altes Mädchen«, und sie gab einen kleinen aufgeregten Laut von sich, weder ein Knurren noch ein Winseln, sondern von beidem etwas. Alastair empfand ebenso Erregung wie Angst. Seine erste Schlacht. *Würde er fallen? Würde er in Panik geraten? Würde er am Leben bleiben und Lenisa wiedersehen?* Fast beneidete er Conn, der wenigstens etwas Erfahrung in diesen Dingen hatte.

Dann flog ein Pfeil zischend auf ihn zu, und er dachte nicht mehr über seine erste Schlacht nach, sondern war mittendrin.

Erminie hatte ihm gesagt, was sie tun würde; es war in den Bergen ein alter Trick. Jenseits des Dickichts, in dem er sich versteckte, hörte er die wenigen anderen Menschen und die riesigen Mengen von Bären, Kaninchen und Igeln in menschlicher Gestalt im Unterholz herumstampfen. Sie machten großen Lärm, so daß man hätte denken können, dort verberge sich eine ganze Armee. Das einzig fraglos menschliche Geräusch – es sorgte dafür, daß auch alles andere nach menschlichen Geräuschen und nicht nach wilden Tieren klang – war das Gejammer des Dudelsacks, den der alte Markos spielte, und das ferne Echo erweckte den Eindruck, es seien viele. Alastair hatte gar nicht gewußt, wie schwer es zu unterscheiden ist, ob da ein Dudelsack erklingt oder ein Dutzend, wenn einen die Musik durch Hügel und Unterholz erreicht.

Er hörte, daß Scathfell den Befehl zum Rückzug gab. Aldaran, oder wer auch immer die Truppen befehligte, hatte nicht erwartet, auf ein halbes Dutzend Regimenter zu stoßen, und nach dem Lärm zu schließen, war das die Streitmacht, die in der Deckung auf ihn wartete. Alastair hatte von etwas Ähnlichem schon mal gehört – da gab es eine alte Geschichte, wie elf Männer und ein Pfeifer zwei Regimenter in die Flucht geschlagen hatten –, aber noch nie war das in diesem Maßstab versucht worden. Was Scathfells Soldaten sehen konnten, war eine große Masse von Männern, die gleich hinter den Bäumen durcheinanderwogten. Früher oder später würde Scathfell sich fragen, warum sie nicht vorrückten, und so ließen, noch bevor er auf diesen Gedanken kam, die wenigen Männer, die sie dabeihatten, ein knappes halbes Dutzend Männer und ein paar Frauen, einen Hagel von Pfeilen und Armbrustbolzen aus der Deckung fliegen. Sie schienen weit mehr zu sein, als sie in Wirklichkeit waren. Indem sie die Offensive ergriffen, mochte es ihnen gelingen, den Feind zu vertreiben, bevor Scathfell und seine Armee merkten, was los war.

Alastair blickte sich nach allen Richtungen um. Juwel hockte zu seinen Füßen. Conn, der den wenigen loyalen Männern bekannt war, führte den Befehl über sie, und das war auch ganz in Ordnung so – sie sollten den »jungen Herzog« haben, unter dem sie früher schon gekämpft hatten. Gavin war, wie Alastair wußte, zu Pferd unterwegs, um König Aidans Gesellschaft abzufangen und dafür zu sorgen, daß sie nicht ahnungslos in den Kampf hineinstolperten.

*Und ich bin zurückgeblieben, um die Bären und Kaninchen zu kommandieren*, dachte Alastair mit einiger Bitterkeit. Wie die Sache auch ausgehen mag, seine erste Schlacht würde ihm keinen Ruhm eintragen. Ein Befehlshaber, der sich im Gebüsch herumdrückt und eine Horde verwandelter Tiere unter sich hat, stellt keine besonders heroische Figur dar. Wenn er, abgesehen von dem Herumwimmeln und Lärmmachen, irgend etwas anderes tat, würde er Scathfell nur mit der Nase auf den Trick stoßen, und die Folgen wären verheerend.

Also hetzte Alastair mit Juwels Hilfe seine Truppen im Unterholz herum. Offensichtlich war von Juwels Hundenatur noch genug vorhanden, daß es ihr Spaß machte, Kaninchen zu jagen, welche Gestalt sie auch gerade hatten. Doch sie achtete darauf, daß sie sich nie weit von Alastair entfernte.

Die Situation war, wenn auch heikel, im Augenblick stabil. Und dann schlug ihr Glück um.

Es war, wie Alastair später von jedermann versichert bekam, unvermeidbar gewesen, daß Juwel irgendwann einmal ein Kaninchen einem Soldaten Scathfells vor die Füße jagte. Prompt stieß der Mann sein Schwert in das, was er für einen Menschen hielt. Doch im Tod nahm das Kaninchen wieder seine natürliche Gestalt an. Das Gebrüll des Mannes: »Zauberei! Das ist ein Trick!« alarmierte seine Kameraden, und bevor Alastair um Hilfe rufen konnte, drang eine beträchtliche Zahl von ihnen ins Unterholz ein, alle drauf aus, einen Haufen Kaninchen abzuschlachten.

Die Kaninchen gerieten natürlich in Panik und liefen überall herum. Die Igel und Eichhörnchen ergriffen ebenfalls die Flucht. Die Bären aber verhielten sich völlig anders. Im Handumdrehen rannten die Soldaten, die Kaninchen verfolgten, gegen Bären an. Und während sowohl die Kaninchen als auch die Bären unbewaffnete Menschen zu sein schienen, war das nur äußerlich. Die Kaninchen waren immer noch furchtsam und unfähig, sich zu verteidigen, aber die Bären waren das genaue Gegenteil. Ein Zusammenstoß mit einem Bären, auch mit einem in menschlicher Gestalt, war eine schreckliche und lebensgefährliche Erfahrung. Die Bären besaßen immer noch ihre Klauen und fanden es gar nicht lustig, angerempelt zu werden. Viele Soldaten starben, zerfleischt von den Klauen und Zähnen der erbosten Bären, und ihre Todesschreie verrieten den anderen, daß in diesem Dickicht doch kein leichter Sieg zu erringen war.

Scathfells Männer zogen sich zum Hauptteil der Armee zurück, der, wie Alastair bemerkte, inzwischen etwas kleiner geworden war. *Gut,* dachte er grimmig, *Conn und seine Männer müssen in der Verwirrung einigen Schaden angerichtet haben. Ich hoffe nur, daß es Gavin gelungen ist, König Aidan rechtzeitig abzufangen.* Dann begannen Scathfells Bogenschützen, aufs Geratewohl in das Dikkicht zu schießen, in dem Alastair und seine »Männer« sich verbargen. Diese Taktik hatte unerwartete Folgen. Wurde ein Kaninchen getroffen, starb es für gewöhnlich, aber die Bären waren viel zäher. Sie blieben nicht nur auf den Beinen, sondern versuchten, auf den Weg hinauszustürmen und noch ein paar Soldaten zu zerreißen, bevor sie fielen. Scathfell mußte jedoch zu dem Schluß gekommen sein, daß dies noch seine beste Chance war. Die Pfeile kamen weiterhin geflogen.

Alastair geriet sehr in Versuchung, Deckung hinter dem nächsten Felsblock zu nehmen und abzuwarten, bis alles vorüber war. Aber er ermahnte sich streng, daß er der Herzog von Hammerfell war, und der Herzog von Hammerfell versteckte sich nicht während der Schlacht hinter einem Felsbrocken. Hatte er nicht bereits Hunderte von Malen für Hammerfell gekämpft? Auch wenn er es nur in seinem Kinderzimmer gespielt hatte, so wußte er doch, daß ein Herzog seinen Männern ein heldenhaftes Beispiel geben mußte. Trotz seiner Angst jagte er seine Truppen weiter herum und versuchte, so viel Lärm zu machen, daß Scathfell glauben mußte, seine Pfeile hätten nur wenig Wirkung.

Plötzlich flog vom Weg her ein Pfeil auf Alastair zu, und bevor er wußte, was geschah, warf sich Juwel vor ihn. Wäre sie in ihrer Hundegestalt gewesen, hätte der Pfeil, über ihren Kopf hinwegfliegend, Alastair getroffen. So bohrte er sich in Juwels Kehle.

Alastair schlang die Arme um die tote Juwel, fiel schluchzend auf die Knie, drückte den Körper der alten Hündin an sich, der den für ihn bestimmten Pfeil aufgefangen hatte. Die Zauberei, mittels der das bewirkt worden war, kümmerte ihn nicht mehr, er wußte nur, daß der schmerzlichste Verlust in dieser Schlacht für ihn der Hund war, der ihn tapferer verteidigt hatte als jeder Krieger. Juwels Mörder stand wie gelähmt vor ihm; im nächsten Augenblick hatte Alastair sein Schwert herausgerissen, und ehe er wußte, was er tat, lag der Mann tot auf der Erde.

Dann war Gavin da und wollte die Hundeleiche hochheben.

»Laß das«, bat Alastair, »ich will sie selbst tragen.« In seinem Herzen wußte er, daß dies genau der Tod war, den sein mutiger Hund sich gewünscht hätte.

Er nahm Juwels Leiche in die Arme, und er konnte sich des Gedankens nicht erwehren, daß Erminie es vorher gewußt hatte – wenn schon Juwel selbst es nicht gewußt hatte.

# XXII

Danach geschah nicht mehr viel. Ein paar Minuten später baten Scathfells Truppen um Waffenstillstandsverhandlungen. Alastair hatte sich wieder gefaßt. Er klopfte den Staub von seinen Kleidern, schritt mit einer Parlamentärsflagge auf die Lichtung und bemühte sich, so eindrucksvoll wie möglich auszusehen. Nach einer Weile trat ein großer, stämmiger Bergbewohner mit feuerfarbenem Haar und dem Doppeladler-Wappen von Aldaran auf dem Waffenrock zu ihm und erklärte barsch: »Ich bin Colin Aldaran von Scathfell. Ihr seid, wie ich annehme, Hammerfell.«

»Ja, wahrscheinlich nicht derjenige, den Ihr erwartet habt«, gab Alastair scharf zurück. Aldaran grinste höhnisch.

»Spart die Geschichte für die Zeit auf, wenn wir irgendwo um ein Feuer sitzen«, sagte er rauh. »Ich habe gerade genug gehört, um sicher zu sein, daß ich sie doch nicht verstehen würde. Im Augenblick will ich nur wissen, warum Ihr Euch mit den Tiefland-Leuten und dem Hastur-König gegen mich verbündet habt.«

Darüber mußte Alastair erst nachdenken. »Wenn Ihr mir erklären wollt, warum Ihr und Eure Männer in voller Kampfstärke gegen König Aidan und seine Ehrengarde marschiert seid, während der König als Privatperson unterwegs war, um eine alte Fehde zwischen Hammerfell und Storn beizulegen ...«

»Eine sehr wahrscheinliche Geschichte«, spottete Scathfell. »Erwartet Ihr im Ernst, daß ich das glaube? Sogar hier in den Bergen wissen wir, daß die Hastur-Lords über uns alle herrschen wollen.«

Alastair blieb in seiner Verwirrung stumm. Wollte König Aidan tatsächlich in den Hellers regieren? Er war fest davon überzeugt gewesen, der König habe im Tiefland gerade genug zu tun und sei nur dem Wunsch gefolgt, unnötiges Blutvergießen zu verhindern.

Colin von Scathfell richtete den Blick auf Conn, der sich ihnen näherte, und sagte: »Beide noch am Leben? Ich hatte gehört, die Zwillinge von Hammerfell seien vor vielen Jahren getötet worden. Jetzt weiß ich, daß es eine lange Geschichte werden wird – ich brenne darauf, sie irgendwann zu hören.«

»Ihr *werdet* sie hören, und zwar als Ballade!« Gavin trat zu ihnen. Traurig betrachtete er die Leiche der alten Hündin, die Alastair am Rande der Lichtung niedergelegt hatte. »Und sie wird auch darin vorkommen – die Hündin, die als Kriegerin kämpfte, um ihren Herrn zu verteidigen. Aber ich finde, Aidan sollte an diesen Verhandlungen teilnehmen, und Storn ebenfalls.« Er wies auf die beiden Männer, die, begleitet von Erminie, Floria, Lenisa und Dame Jarmilla, über die Lichtung schritten. »Dann werden alle Parteien dieser Fehde versammelt sein.«

Colin von Scathfell lächelte. »Das stimmt nicht ganz; ich habe in diesen Bergen mit niemandem Streit und anderswo auch nicht, soviel ich weiß, obwohl mein Vetter im Süden ständig versucht, einen anzuzetteln. Jetzt erzählt mir erst einmal, warum Ihr jeden Bären und jedes Kaninchen in diesen Wäldern gegen mich bewaffnet habt. Und ich will dann Frieden mit Euch schließen.«

»Gern«, antwortete Alastair. »Ich habe keinen Streit mit Aldaran – jedenfalls keinen, der mir bekannt ist. *Eine* Blutrache ist genug! Wir haben uns bewaffnet, um König Aidan zu helfen, der mit kaum zwei Dutzend Männern seiner Leibgarde gekommen ist, um der Blutrache zwischen mir und Lord Storn ein Ende zu bereiten. Er hat nichts gegen *Euch* – obwohl man nicht wissen kann, was er sagen wird, wenn er herausfindet, daß Ihr eine Armee gegen ihn, der unbewaffnet kam, ins Feld geführt habt. Und das würde auch ich gern wissen.«

»Wir sind also wieder an dem Punkt angelangt!« Colin von Scathfell verlor die Geduld. »Ich bin gegen die Hastur-Könige ausgezogen, die Aldaran unter ihre Herrschaft bringen wollen.«

König Aidan trat mit seiner Ehrengarde von zehn Männern, ein paar Pfeifern und Valentin Hastur auf ihn zu. Colins Gesicht verfinsterte sich.

»Wenn wir alle Anlässe zur Klage durchgehen wollen, die zwischen Hastur und Aldaran liegen, werden wir bis morgen abend hier sein und nichts erreichen«, sagte König Aidan. »Ich bin hier, um die Fehde zwischen Storn und Hammerfell zu beenden – und aus keinem anderen Grund.«

»Woher sollte ich das wissen?« fragte Scathfell.

»Wie dem auch sei, der einzige Grund für meine Anwesenheit ist der, Friede zwischen Storn und Hammerfell zu schließen, die sich schon einige Generationen zu lange bekriegen«, erwiderte Aidan. »Von beiden Familien sind nur noch wenige Mitglieder übrig, und keiner von ihnen weiß, welches der ursprüngliche Anlaß war, doch das spielt auch gar keine Rolle mehr. Sagt mir, Storn, wollt Ihr Eure Hand in Freundschaft in die des Lords von Hammerfell legen und geloben, den Frieden in diesen Bergen zu bewahren?«

»Das will ich«, beteuerte Storn feierlich. »Und mehr als das, ich will ihm die Hand meiner Großnichte Lenisa geben. Das vereinigt unsere Länder zu einem und garantiert den Frieden für ein paar weitere Generationen.«

»Ich will sie mit Freuden heiraten«, erklärte Alastair förmlich, »wenn sie mich haben will.«

»Oh, ich denke schon, daß sie dich haben will«, meinte Storn trocken. »Ich habe mir den sentimentalen Unsinn angehört, den sie ihrer Gouvernante über dich erzählt, wenn du nicht dabei bist. Sie will dich – nicht wahr, Mädchen?«

Darauf entgegnete Lenisa: »Wenn du mich in diesem

Ton ›Mädchen‹ nennst und mich weggibst, um irgendeine alte Fehde zu beenden, werde ich das Schwert nehmen und als Schwester vom Schwert unverheiratet leben und sterben! Wollt Ihr mich haben, Dame Jarmilla?«

Dame Jarmilla lachte. »Was würdet Ihr tun, wenn ich jetzt ja sagte, törichtes Mädchen? Ich rate Euch, heiratet lieber Hammerfell und zieht ein halbes Dutzend Töchter groß. Dann laßt *sie* das Schwert nehmen, wenn sie wollen.«

»Na«, sagte Lenisa, »in dem Fall und wenn es den Streit tatsächlich beendet ...«

»Ich nehme an, du kannst dich dazu zwingen«, unterbrach Alastair sie. »Und ich habe bereits gesagt, daß ich dich heiraten will, wenn du dazu bereit bist. Das ist also erledigt.«

»Und da wir gerade vom Heiraten sprechen«, meldete sich Valentin Hastur zu Wort, »wen von euch muß ich, da die Erben von Hammerfell endlich wieder in ihre Rechte eingesetzt sind, um die Hand eurer Mutter bitten?«

»Keinen von beiden«, sagte Erminie mit Nachdruck. »Niemand kann behaupten, ich sei noch nicht volljährig. Mir allein steht es zu, meine Hand zu vergeben.«

»Dann willst du mich heiraten, Erminie?«

»Ich bin höchstwahrscheinlich zu alt, um dir Kinder zu schenken ...«

»Meinst du, das kümmert mich?« fragte er leidenschaftlich und zog die errötende Frau in seine Arme.

»Eine Sache muß noch geregelt werden.« Zum erstenmal ließ sich Conn hören. »Es muß Schluß damit sein, daß Pächter vertrieben werden, weil es mehr Gewinn bringt, Schafe zu züchten – daß meine Leute gezwungen werden, fern von ihrer Heimat zu sterben.«

»Ich erinnere dich daran, Bruder«, sagte Alastair, »daß es nicht *deine* Leute sind.«

Conn sah seinem Bruder gerade ins Gesicht. »Dann

bitte ich dich für sie – oder ich will für sie kämpfen. Ich bin unter diesen Leuten aufgewachsen, und ich bin ihnen Treue schuldig . . .«

»Ich kann nicht versprechen, daß ich tun werde, was du wünschst«, wehrte Alastair ab. »Es steht fest, daß diese Berge sich nicht für den Ackerbau eignen. Und wenn du die Sache mit deinem Verstand und nicht mit törichter Sentimentalität betrachten würdest, wäre auch dir das klar. Es hat keinen Sinn, wenn wir alle verhungern, und wenn du mich so herausforderst, bin ich gezwungen, dich darauf aufmerksam zu machen: Du bist ein landloser Mann, Bruder.«

»Nein, das ist er nicht!« unterbrach Aidan. »Vor kurzem ist mir die Oberherrschaft über ein Besitztum an der Grenze im Süden zugefallen, wo das Wetter milder und der Boden noch gut ist. Ich schenke es dir, Conn, wenn du mein treuer Vasall sein willst.«

»Das will ich«, gelobte Conn dankbar, »und jeder, der von Hammerfell – oder von Storn – vertrieben wird, kann zu mir kommen und . . .« Er wandte sich Floria zu. »Als Mann ohne Land hatte ich dir nichts zu bieten, jetzt habe ich es dank König Aidan. Willst du mit mir kommen und es mit mir teilen?«

Floria lächelte ihn glückselig an. »Ja, ich will.«

»Und so endet es, wie eine richtige Ballade enden sollte«, sagte Gavin, »nämlich mit dem Zustandekommen vieler Heiraten. Aber ich muß die Ballade erst noch verfassen!«

»Das mußt du unbedingt, lieber Junge.« Aidan strahlte übers ganze Gesicht. »Fang gleich damit an.«

Gavin grinste.

»Das hab' ich schon.«

*Und jeder in den Bergen kennt die Ballade von den Zwillingsherzögen von Hammerfell und der alten Hündin, die starb, um ihren Herrn in der letzten Schlacht zu retten –*

*aber wie alle echten Balladen hat sie zwischen jener Zeit und der heutigen viele Veränderungen erfahren.*

# Marion Zimmer Bradley

# Die Schwarze Schwesternschaft

Roman

Moewig bei Ullstein
Nr. 62846

Sie nennen sich »Entsagende«: Frauen, die sich nicht in Abhängigkeit von einem Mann begeben wollen. Ihre Gildenhäuser sind Begegnungsstätten und Quartier für reisende Frauen zugleich. Magdalen Loren wurde einst als terranische Agentin in die Gilde eingeschleust, hat sich inzwischen jedoch mit den sie umgebenden Bräuchen identifiziert. Auf der Suche nach einer verunglückten terranischen Pilotin stoßen Magdalen und ihre Gefährtinnen auf eine geheimnisvolle Kraft und einen Gegner, der mit magischer Macht den Erfolg der Expedition zu verhindern sucht.